(1)

Wann immer

FBI: Houston

Jessica Westin

ISBN:
9781549782152

In ihren Augen stand jedoch ein solches Grauen, dass Brian, ohne einen weiteren Gedanken zu verschwenden, sie in seine Arme schloss. Noch immer lief ein leichtes Zittern durch ihren Körper. „Scht! Es ist alles gut!“, flüsterte er leise.

PROLOG

Vor 8 Jahren

Wie in Trance bewegte sich Filine zu Johann Strauß' berühmtem Walzer „Abschiedsrufe", dessen rauschende Musik leicht verzerrt aus Jacobs kleinem Handylautsprecher durch die Küche ihres Elternhauses klang. Ihre nackten Füße stolperten durch die Blutlachen, die den gesamten Küchenboden bedeckten. Von dem ursprünglich hellen Marmorboden war nichts mehr zu sehen. Auch die weiß gestrichenen Wände waren von roten Blutspritzern übersät. Alles in dem Raum war ein einziges Rot.

Rot. Rot. Rot. Genauso rot wie das Kleid, das Filine trug.

Fest presste Jacob ihren Körper an sich, doch Filine fühlte nichts mehr. Nicht mehr den kalten Steinboden. Nicht mehr das zuvor noch körperwarm gewesene Blut ihrer Eltern und ihrer Schwester an den Füßen. Nicht mehr die tief aufgeschnittenen Wunden, die die Drahtfesseln in Hand- und Fußgelenken verursacht hatten und auch nicht die Spuren von Jacobs brutalen Händen auf ihrem Körper.

Der letzte Ton des Walzers verstummte und Jacob umfasste erneut Filines Handgelenke vor ihrem Körper. Sein fester Griff verhinderte, dass auch nur ein weiterer Tropfen Blut in ihre Hände gepumpt werden konnte. Bereits vor einer gefühlten Ewigkeit hatte Filine aufgehört, sich zu wehren. Sie wusste, sie hatte nicht den Hauch einer Chance gegen Jacob Gabriel.

Von klein auf hatte sich Jacob dem Kampfsport verschrieben. Ob Karate, Judo oder Taekwondo, er hatte überall einen schwarzen Gürtel. In Kombination mit dem regelmäßigen Krafttraining, das er absolvierte, besaß er eine körperliche Stärke, mit der er den meisten seiner Mitmenschen deutlich überlegen war.

Dicht stand er vor Filine und presste sie mit seiner gesamten Körpergröße von 1,85 Meter hart gegen den Kühlschrank. Panisch hob und senkte sich der Brustkorb der Schulabsolventin, während sie schnell und stoßweise atmete.

Alles roch nach Metall. Genauer gesagt, nach Eisen. Mit jedem Atemzug nahm Filine diesen typischen Geruch von Blut auf, dessen Intensität für sie gefühlsmäßig immer stärker wurde. Lediglich der Brechreiz hatte im Laufe der letzten halben Stunde nachgelassen.

Kurz und fest drückte Jacob seine Lippen auf Filines, bevor er sie mit einem lauten falschen Lachen halb um sich herum zog, um sie anschließend wegzustoßen. Filines zarter Körper flog quer durch die Küche. Dumpf prallte er auf der anderen Seite des Raums gegen die Spülmaschine. Ein kurzes knackendes Geräusch war zu hören als die Rippen der jungen Frau brachen, während ein neuer starker Schmerz Filine durchfuhr, der ihr die Luft zum Atmen raubte. Reflexartig zog sie sich zu einem Ball in eine Embryostellung zusammen und schloss die Augen.

Bitte, lass es vorbei sein, flehte Filine innerlich. *Bring mich endlich um wie Mum, Dad und Belanna.*

Längst hatte Filine jedes Zeitgefühl verloren, dabei war es noch nicht einmal zwei Stunden her, als sie noch voller Vorfreude auf den Abend in ihrem Zimmer gesessen und mit ihrer besten Freundin telefoniert hatte. Aufgeregt hatten die beiden Mädchen diskutiert, ob sie die Haare zu ihren Ballkleidern lieber hochstecken oder besser offen tragen sollten, als Filine die Türklingel gehört hatte.

Wenig später war auch schon die fröhliche Stimme ihres Vaters zu ihr heraufgedrungen. „Filine, du hast Besuch. Jacob Gabriel ist da."

Hastig hatte Filine ihr Gespräch beendet und war anschließend zögerlich die Treppe hinuntergegangen. Sie wollte Jacob nicht mehr sehen. Warum war er heute gekommen?

Erst vor zwei Tagen hatte sie ihm gesagt, dass sie etwas Abstand von ihm brauche, dass sie fand, der Altersunterschied von sieben Jahren zwischen ihnen sei zu groß. Schließlich war sie erst siebzehn und zwischen ihrem Alter und seinen vierundzwanzig lagen für sie Welten.

Vielleicht war das nicht wirklich der Hauptgrund gewesen, warum Filine den gutaussehenden jungen Mann zukünftig nicht mehr hatte treffen wollen, aber er war auch nicht vollständig gelogen gewesen. Filine hatte lediglich versucht höflich zu sein und

Jacob nicht zu verletzen, denn sie hatte definitiv nicht weiter mit ihm ausgehen wollen.

Am Anfang hatte es ihr geschmeichelt, dass der weltgewandte Jacob Gabriel sich für sie interessierte. Nicht nur, dass der Mann unverhältnismäßig gut aussah. Nein, er war darüber hinaus auch der einzige Sohn eines reichen Metallhändlers.

Schon seit Jahren arbeitete Jacob im Unternehmen seines Vaters und ganz offensichtlich verdiente er dabei eine Menge Geld. Klischeemäßig fuhr er einen roten Ferrari und führte Filine bei ihrer ersten Verabredung in das teuerste Restaurant am Platz.

Doch bereits bei ihrem zweiten Treffen hatte Filine gespürt, dass sie in Jacobs Gesellschaft nicht wirklich entspannen konnte. Hatte sie es anfangs auf die ihr ungewohnte Umgebung geschoben, denn Filine verkehrte normalerweise nicht in Restaurants, an dessen Tischen sich Messer und Gabel rechts und links vom Teller aneinanderreihten wie Perlen an einer Kette, so merkte sie doch sehr schnell, dass es an Jacob selbst lag.

Anfangs hatte sie nicht sagen können, was sie an dem jungen Mann störte, doch ein unbestimmtes Gefühl in ihrem Inneren hatte sie davor zurückgehalten, sich Jacob gegenüber zu öffnen. Zwar war er immer höflich und zuvorkommend zu ihr gewesen, jedoch hatten seine Augen nie gelacht.

Vielleicht war es das gewesen, was sie so sehr gestört hatte. Allerdings hatte Jacob sie auch sehr schnell und sehr deutlich spüren lassen, dass er mehr von ihr wollte, als eine nette Unterhaltung während eines Abendessens. Für Filine hingegen war klar gewesen, dass sie ihm nicht mehr geben wollte. Weder wollte sie ihn küssen, noch wollte sie seine Hand auf ihrer Haut spüren. Zuerst hatte sie dieses Unbehagen ihrer Unerfahrenheit zugeschrieben, doch vorgestern hatte sie unerwarteterweise einen Blick in Jacobs wahre Seele werfen können.

Ein Telefonat, das er in ihrem Beisein geführt hatte, hatte ihn derart wütend werden lassen, dass sich Filine mehr als unwohl gefühlt hatte. Ein Blick in seine eiskalten Augen in jenem Moment hatte sie innerlich vor Furcht erzittern lassen und sie hatte gewusst, dass sie den Mann nicht wiedersehen wollte. Auch nicht, wenn ihr Vater noch so gerne eine Beziehung zwischen ihr und dem Juniorchef seines besten Kunden gesehen hätte.

Angstbebend kehrten Filines Gedanken in die Gegenwart zurück. Eigentlich sollte sie in diesem Moment glücklich und ausgelassen auf ihrem Abschlussball tanzen. Stattdessen lag sie flach atmend mit unbeschreiblichen Schmerzen auf dem Küchenboden ihres Elternhauses und spürte, wie ihr dünnes Abendkleid das Blut vom Boden aufsog. Es war das Blut ihrer Eltern und ihrer Schwester, die Jacob wie Tiere abgeschlachtet hatte.

Noch immer hörte Filine in ihrem Kopf das gurgelnde Erstickungsgeräusch ihres Vaters, als Jacob ihm in einer blitzschnellen und unvorhersehbaren Bewegung das Messer durch die Kehle gezogen hatte. Noch immer hörte sie den Schrei ihrer Mutter, als diese erfasst hatte, was gerade passiert war. Doch bevor Filine hatte reagieren können, hatte Jacob sie mit einem Arm umfasst und festgehalten. Schiere Panik hatte sie überwältigt und ihren Körper vollkommen gelähmt. Als sie jedoch die Schritte ihrer Schwester auf der Treppe gehört hatte, war sie aus der Starre erwacht. Sie hatte sie warnen müssen.

„Belanna, lauf raus. Verschwinde!“, hatte Filine panisch geschrien, doch die Fünfzehnjährige hatte die Gefahr, die im Erdgeschoss auf sie wartete, nicht verstanden und war trotzdem in die Küche gekommen.

„Renn!“, hatte Filine verzweifelt gerufen und mit aller Kraft versucht, sich aus Jacobs Arm zu befreien, doch dieser hatte sie nur noch enger an sich gezogen. Dabei hatten ihre Rippen zum ersten Mal geknackst.

Bis Belanna begriffen hatte, was in der Küche vor sich ging, war es zu spät gewesen. Nur kurz hatte Jacobs Messerklinge im hereinstrahlenden Schein der Sonne aufgeblitzt, bevor sie sich mühelos in Belannas Brustkorb gebohrt hatte. Mit vor Schreck geweiteten Augen war das Mädchen stumm auf den Boden gesunken, während sich ihr Blut lautlos auf dem Boden verteilt hatte.

„Neiiiin“, hatte Filine geschrien und sich in Jacobs Armen gewunden, getreten, gekratzt und gebissen.

„Sei still!“, hatte Jacob ausgerufen und sie dabei so fest geohrfeigt, dass sie hart auf den Steinboden gefallen war, als er seinen Griff gelockert hatte.

Auf allen Vieren war Filine zu ihrer Schwester gekrochen. „Belanna! Bitte nicht sterben!“, hatte sie geflüstert, doch es war zu spät gewesen. Ihre Schwester hatte sie nicht mehr hören können.

Entsetzt hatte sie den Mann angesehen, der dafür verantwortlich war.

„Niemand weist mich ab, Filine. Niemand! Es wird Zeit, dass du das verstehst!“, hatte Jacob sie aufgeklärt.

Dabei war seine Stimme dermaßen kalt gewesen, dass Filine angefangen hatte am ganzen Leib zu zittern. Ihre vor Schock geweiteten Pupillen hatten den Mann fixiert, während sie auf ihrem Po immer weiter nach hinten Richtung Küchentür gerutscht war.

„Wage es ja nicht, Filine”, hatte Jacob gedroht und ihre Mutter bei den Haaren ergriffen.

„Aaah!“, hatte diese zwischen ihren lauten Schluchzern aufgeschrien. Gleichzeitig hatte sie mit den Beinen um sich getreten, während Jacob sie durch die Küche geschleift hatte. Schließlich hatte er den Kopf ihrer Mutter brutal gegen das hölzerne Tischbein gestoßen, sodass die Frau bewusstlos zusammen gesunken war.

„Muuum!“, hatte Filine mit einer Stimme gerufen, die vor Angst, Schrecken und Grauen gezittert hatte.

„Es wird Zeit, dass du deine Lektion lernst, Filine”, hatte Jacob gesagt, während er sie dabei an Händen und Füßen auf einem Stuhl gefesselt hatte. „Nachher werden wir beide viel Spaß miteinander haben, denn du musst wissen, seitdem ich dich kennen gelernt habe, träume ich von dir. Aber es soll schön sein. Es soll unvergesslich für uns beide sein. Vor allem für dich”, hatte er angekündigt und dabei seine Finger langsam über ihre Wange streichen lassen.

Unfähig stillzuhalten hatte Filine heftig ihren Kopf geschüttelt, um seine Hand loszuwerden.

Sofort hatte sich sein Blick wieder verhärtet. „Damit du weißt, was passiert, wenn du nicht freiwillig tust, was ich erwarte, will ich es dir zeigen. Pass auf!“

Mit zwei Schritten war er zu ihrer Mutter zurückgekehrt, hatte ihre Hände an den schweren Tisch gefesselt und hatte ihr anschließend das Messer brutal in den Unterleib gestoßen. Mehrfach hatte er es anschließend herumgedreht, während ihre Mutter geschrien hatte wie ein Tier.

Für Filine hatte es eine Ewigkeit gedauert bis ihre Mutter erneut das Bewusstsein verloren hatte. Die Stille, die sich daraufhin über den Raum gesenkt hatte, war mit blankem Horror gefüllt gewesen.

Wortlos hatte Jacob zu Filine hinübergesehen, bevor er ein weiteres Mal ausgeholt und sein Messer in Pfeilgeschwindigkeit in das Herz ihrer Mutter gestoßen hatte. Anschließend hatte er den Raum mit den Worten verlassen: „Ich hole dir etwas Passendes zum Anziehen."

Noch immer wunderte sich Filine, dass sie zu jenem Zeitpunkt überhaupt noch zu einem klaren Gedanken fähig gewesen war. Doch sie hatte gewusst, dass sie das Messer erreichen musste, wenn sie überhaupt den Hauch einer Chance hatte haben wollte.

Aus einem rein intuitiven Überlebenstrieb heraus hatte Filine mit eisernem Willen begonnen, an dem Draht zu zerren, mit dem Jacob ihre Hände und Füße zusammen gebunden hatte. Doch der dünne Draht hatte sich nicht gelockert. Er hatte einzig und allein weiter ihre Haut eingeschnitten. Schließlich hatte Filine versucht, mit dem Stuhl nach vorne zu rutschen. Dabei hatte sie gebetet, dass Jacob lange genug fortbleiben würde. Sie musste das Messer erreichen. Als sie endlich bei ihrer Mutter angekommen war, hatte sie den Stuhl mit einem lauten Knall zum Kippen gebracht. Gleichzeitig hatte Jacobs lautes Lachen die Küche durchdröhnt.

„Und was nun, Filine?", hatte er verächtlich vom Türrahmen aus gefragt, an dem er lässig mit seiner linken Schulter gelehnt hatte. „Selbst wenn du das Messer aus ihrem Körper herausziehst, kannst du damit nichts anfangen. Mit deinen Händen auf dem Rücken hast du keine Bewegungsfreiheit und Draht lässt sich nicht mit einem Küchenmesser durchschneiden."

Aber weißt du was?", hatte er sie höhnisch angegrinst. „Ich werde großzügig sein und dich für diesen Versuch, deiner Mutter zu helfen nicht bestrafen. Ich will dir noch einmal verzeihen. Als Dank dafür wirst du jetzt dein wunderschönes Ballkleid für mich anziehen. Es wird schließlich Zeit für dich. Normalerweise wärst du schon lange unterwegs zu deinem Abschlussball. Also, beeil dich."

Ungläubig hatte Filine das Monster in ihrer Küche angesehen, während Jacob in völliger Ruhe sein Messer abgewischt, eingesteckt und ihre Fesseln gelöst hatte.

Mit glänzenden Augen hatte der Mann ihr dann beim Umziehen schweigend zugesehen und ohnmächtige Wut war in Filine aufgekocht, als er am Ende langsam auf sie zugetreten war, um mit seinem Zeigefinger ihr Dekolleté nachzufahren.

Im Grunde hatte Filine nicht geglaubt, noch so etwas wie Wut fühlen zu können. Doch sie war wütend gewesen. Hauptsächlich hatte sich ihr Ärger dabei gegen sich selbst gerichtet. Wieso hatte sie nicht direkt an ihrem ersten gemeinsamen Abend auf ihren Instinkt gehört und sich noch ein zweites und sogar drittes Mal mit Jacob Gabriel getroffen, obwohl ihr Bauch ihr von Anfang an gesagt hatte, dass mit diesem Mann etwas nicht stimmte?

Wieso hatte Jacob ihre Eltern und ihre Schwester ermordet? Warum hatte er nicht einfach sie getötet und ihre unschuldige Familie in Ruhe gelassen? Wieso hatte Filine sie nicht beschützen können?

Mit der harten Wucht einer Monsterwelle hatte das Mädchen die Erbitterung über Jacobs körperliche Überlegenheit sowie ihre eigene, sich zu wehren, gespürt. Ohne zu überlegen, aber voller Zorn war sie auf ihn zugegangen. Erst als sie direkt vor ihm gestanden hatte, war sie stehengeblieben und hatte ruckartig ihr Knie nach oben gezogen, um ihn an seiner empfindlichsten Stelle zu treffen, doch Jacob hatte gut trainierte Reflexe.

Zuerst hatte er wieder nur laut gelacht, doch dann hatte er seine Hände um ihren Hals gelegt und zugedrückt. Nicht lange genug, um sie zu ersticken, aber lange genug, um ihr bewusst werden zu lassen, wie es sich anfühlte, keine Luft mehr zu bekommen. Kurz bevor sie das Bewusstsein verloren hatte, hatte Jacob seine Hände gelockert und sie abermals von sich gestoßen.

Noch immer kauerte Filine vor der Spüle auf dem Boden, unfähig sich zu bewegen aus Angst vor dem Schmerz, der sie bei der kleinsten Bewegung erneut durchfahren würde.

Irgendwo im Haus klingelte das Telefon. Wahrscheinlich ihre Freundin, die sich wunderte, wo sie blieb. Seit Monaten hatten die Mädchen kein anderes Thema gehabt als den heutigen Abend. Lynn musste wissen, dass etwas passiert sein musste. Um nichts in der Welt hätte Filine freiwillig ihren Abschlussball verpasst. Würde sie die Polizei rufen? Filine schloss ihre Augen. Es spielte keine Rolle mehr.

„Steh auf, Filine. Ich bin noch nicht fertig mit dir”, drang Jacobs aufgebrachte Stimme an ihr Ohr.

Noch nicht fertig? Wimmernd zog sie sich noch enger zusammen. Unmöglich konnte sie noch mehr ertragen.

„Sieh mich an, verdammt noch mal!“, forderte Jacob und richtete sie gewaltsam auf.

„Aah!“, schrie Filine und glaubte vor Schmerzen das Bewusstsein zu verlieren.

„Du sollst mich ansehen”, brüllte Jacob und trat dabei fest mit dem Fuß in ihren Oberschenkel.

Erneut schrie Filine auf, doch öffnete sie dieses Mal die Augen. Was wollte er? Wollte er sie jetzt auch noch vergewaltigen? So, wie er es angekündigt hatte? Doch im Grunde war ihr auch das egal.

In ihr gab es nichts mehr, dass er ihr nicht schon genommen hatte. Jede Panik, die sie in den letzten beiden Stunden gespürt hatte, war mit einem Mal verschwunden. Alles in ihrem Innern war dumpf und taub. Keine emotionale Regung war mehr zu spüren. Wenn die Schmerzen nicht gewesen wären, hätte Filine tatsächlich geglaubt, sie sei bereits tot. Sollte Jacob sich nehmen, was er wollte. Es spielte keine Rolle mehr. Nichts spielte mehr eine Rolle.

Doch Jacob verspürte keine sexuelle Lust mehr. Er war in einem Höhenrausch, wie er ihn bisher noch nicht erlebt hatte. Der Geruch der Angst, den er überall in diesem Raum einatmete, beflügelte ihn. Er gab ihm eine Macht, die er genoss, wie nichts anderes jemals zuvor. Was Jacob betraf, so wollte er so lange auf dieser höchsten Welle des Rausches schwimmen, wie nur irgend möglich.

Oh ja, er würde Filine töten. Aber noch nicht. Nicht solange er sich so wunderbar fühlte. Er war der Herrscher über die Angst. Über Leben und Tod. Wie viele Jahre hatte er sich vor den Händen seines Vaters gefürchtet? Heute hatte er den Spieß umgedreht. Heute hatte er sich endlich befreit. Oh, das tat gut.

Laut schrillte die Klingel durch das Haus.

„Filine? Filine, bist du da?“, drang plötzlich die Stimme ihrer Freundin Lynn von draußen herein und da tauchte auch schon ihr Kopf am Küchenfenster auf.

Ein lauter Schreckensschrei über das Bild, das sich dem Mädchen durch die Glasscheibe bot, ließ Jacob aufspringen und nach seinem Messer greifen.

Nein! Nein! Nein! Nicht auch noch Lynn!, durchfuhr es Filine. In diesem Moment mobilisierte sie neue Kräfte, von denen sie nicht geglaubt hatte, dass sie noch in ihr steckten. Aber sie musste Jacob Gabriel aufhalten. Mit der letzten Kraft eines verzweifelten Versuchs streckte Filine ihre Beine aus.

Tatsächlich war Jacob in eben jenem Moment so stark darauf konzentriert, Lynn draußen aufzuhalten, dass er Filines Aktion zu spät erkannte und stolpernd zu Boden ging. Obwohl er seinen Fall mit einem schnellen Reflex abfing und sofort wieder auf den Füßen stand, verschaffte es Lynn die nötige Sekunde, die sie brauchte, um sicher ihr Auto zu erreichen.

Erleichtert hörte Filine, wie der Motor startete und sich das Auto entfernte.

„Schlampe!“, fluchte Jacob und kehrte mit lauten Schritten zu Filine zurück. Hasserfüllt funkelten seine Augen sie an, während er ihr wütend sein Messer, das er wieder in der Hand hielt, in den Bauch stach. Seine Mundwinkel verzogen sich zu einem Grinsen, als er das Messer schließlich in Zeitlupentempo in ihrem Unterleib herumdrehte und anschließend langsam wieder aus ihrer Haut herauszog.

Mit zurückkehrender Euphorie beobachtete er, wie Filines Blut aus ihrem Körper schoss. Überheblich lächelnd rieb er die Klinge an seinem Hosenbein ab, dann flüchtete er.

Hatte Filine geglaubt, bereits jede Schmerzgrenze überschritten zu haben, so wurde sie jetzt eines Besseren belehrt. Nichts hatte sie bisher auf das Brennen ihres Unterleibes vorbereitet, dass sich nun in ihr ausbreitete. Hitze und Kälte durchströmten sie gleichermaßen und ihr Körper begann zu zittern, was den Schmerz ihrer gebrochenen Rippen zurückbrachte.

Vor Filines Augen begannen Sterne zu blitzen und das Bild ihrer Küche verschwamm vor ihrem Gesicht. Aus der Ferne hörte sie Polizeisirenen heulen oder waren es Glocken, die läuteten?

Bremsen quietschten, Autotüren fielen zu und schwere Schritte hallten durch das Haus. Doch Filine konnte die Geräusche nicht mehr ihren Ursachen zuordnen. Allerdings registrierte sie den Schatten, der urplötzlich über sie fiel, während zeitgleich etwas fest und unnachgiebig von oben auf ihren Bauch drückte.

Nein! Nicht noch mehr Schmerzen! Verzweifelt versuchte Filine mit ihren Füßen auf dem Boden Halt zu finden, um mit mehr Kraft in der Hand das wegzuschieben, was auf ihrem Unterleib lastete.

„Nicht!“, hörte sie eine sanfte Männerstimme sagen. „Ich bin hier, um dir zu helfen. Wir müssen die Blutung stoppen.“

Blutung? Was blutete jetzt noch? Waren ihre Eltern nicht schon lange verblutet? So viel Blut! Überall Blut! Sie konnte kein Blut mehr sehen.

Fürsorglich legte sich eine warme Hand an ihre Wange und Filine zwang sich dazu, ihre Augen zu öffnen, um zu sehen, zu wem sie gehörte. Intuitiv wusste sie, dies waren nicht Jacobs Finger. Ihre Lider blinkten einige Male, bevor ihre Augen das sympathische Gesicht eines Mannes im mittleren Alter scharf stellten. Lächelnd sah er sie an.

„Filine, richtig?“, erkundigte er sich sanft.

Filine blinzelte mit ihren Augen. Sie war zu schwach, um auch nur noch ein Wort herauszubekommen.

„Es ist vorbei, Filine. Alles wird gut”, versprach die Stimme, während eine Hand fürsorglich ihre Wange streichelte.

Alles wird gut? Nichts würde jemals wieder gut werden, durchfuhr es Filine. Selbst wenn sie überleben würde, nicht. Ihre Eltern und ihre Schwester waren tot. Was hatte sie davon, alleine auf der Welt zu sein? Nein, überleben war definitiv kein erstrebenswertes Ziel. Ergeben schloss Filine die Augen und überließ sich der Dunkelheit, die sie verlockend umhüllte.

KAPITEL 1

„Alley! Warte!“

Verzweifelt stöhnte Alleyson Winters innerlich, als sie aus dem kühlen Bürogebäude hinaus in die Hitze Texas’ trat. Warum konnte Peter Limpton sie nicht endlich in Ruhe lassen? Was um alles in der Welt war an dem einen Wort ‚Nein’ so schwer zu verstehen? Verärgert blieb Alleyson stehen und drehte sich langsam um.

„Was gibt es, Peter?“, fragte sie in ruhigem Ton und betrachtete den gutaussehenden Mann argwöhnisch. Auch wenn sie persönlich den Mann, der ihr gerade entgegeneilte, als zu glatt empfand, so konnte Alleyson doch durchaus nachvollziehen, dass alle Frauen in dem Modeunternehmen auf Peter Limpton flogen.

Sein Äußeres war zu jeder Zeit völlig makellos. Sein Teint war Sommer wie Winter in immer der gleichen Nuance solargebräunt und keine einzige Falte stand in seinem Gesicht, obwohl er bereits die ersten fünfunddreißig Jahre seines Lebens hinter sich hatte. Sein Gesicht war nahezu symmetrisch, weshalb es von jedem Gegenüber zweifelsfrei als schön empfunden wurde. Jedoch stand nichts darin. Gar nichts. Eine Eigenschaft, die Alleyson mehr abschreckte als anzog.

Ihr Blick wanderte zu seinem vollen zurückgekämmten Haar. Wie immer lag auch jetzt, nach einem langen Arbeitstag, noch immer jedes einzelne seiner gefärbten schwarzen Haare genau dort, wo es Peters Meinung nach hingehörte.

Er muss jeden Morgen tonnenweise Gel dafür verwenden, vermutete Alleyson, während sie dem Mann in die Augen sah.

„Warum gehen wir nicht gemeinsam eine Kleinigkeit essen?“, schlug Peter vor und sah sie erwartungsvoll an.

Alleyson seufzte leise. Sie hatte es geahnt. Mit geduldiger Stimme, so als wolle sie einem Kleinkind etwas erklären, antwortete sie: „Peter, du weißt, ich gehe nicht aus.“

„Das sagst du jedes Mal. Aber du musst schließlich etwas essen, und es war ein anstrengender Tag. Ich kann mir nicht vorstellen, dass du noch Lust hast zu kochen, wenn du zu Hause bist."

„Das lass bitte meine Sorge sein."

„Du hast abgenommen, Alley. Du musst besser auf dich aufpassen. Warum gehen wir nicht zu Giovanni? Dort gibt es das beste italienische Essen in der ganzen Stadt und die Kerzenscheinatmosphäre ..."

„Peter!", unterbrach ihn Alley mit funkelnden Augen. „Wie oft muss ich es noch sagen, bis du es endlich begreifst? Ich möchte nicht mit dir ausgehen. Weder zu Giovanni noch sonst irgendwo hin."

„Meine Güte, Alley. Ich mache mir Sorgen um dich. Kannst du das nicht verstehen? Du bist immer nur am arbeiten. Du musst auch einmal entspannen. Was ist dabei, hie und da auszugehen und ein wenig Spaß zu haben?"

„Ich sage es dir jetzt noch einmal, Peter: Ich werde mich nicht privat mit dir treffen. Akzeptier es bitte endlich!", gab Alleyson bestimmt und sehr direkt zurück. Dann wandte sie sich ab, um den Weg zu ihrem Auto fortzusetzen.

Doch Peter ergriff ihren Arm. „Warte!"

Stocksteif blieb Alleyson stehen. Von einer Sekunde auf die andere durchflutete eine lähmende Angst ihren Körper, die sich mit jedem Atemzug zur Panik steigerte. Ihr Herz verdreifachte von jetzt auf gleich sein Schlagtempo und Alleysons Hals zog sich immer enger zusammen, sodass kaum noch Sauerstoff durch ihre Luftröhre floss. Urplötzlich verschwamm der vor ihr liegende Parkplatz vor ihren Augen.

So fest es Allyson möglich war, bohrte sie ihre Fingernägel in ihre Handflächen. Sie wusste, dass sie um alles in der Welt die Kontrolle behalten musste.

Du kannst das. Du schaffst das. Nur nicht ohnmächtig werden. Willensstark lenkte sie ihre Konzentration auf den Schmerz in den Händen.

Peter mochte körperlich größer und stärker sein als sie, aber sie war nicht mehr die gleiche wehrlose junge Frau wie früher. Eifrig hatte sie in den letzten Jahren für ihren blauen Gürtel trainiert und Techniken gelernt, mit denen sie sich auch dann zur Wehr setzen konnte, wenn sie kräftemäßig die eigentlich Unterlegene war und Peter war kein Kampfsportler. Sie wusste, sie würde sich ihm problemlos widersetzen können. Vorausgesetzt, sie schaffte es, sich aus ihrer Schreckensstarre zu lösen.

Bewusst versuchte Alleyson langsamer und tiefer zu atmen. Niemand drückte ihre Kehle zu. Also würde sie auch genügend Luft bekommen. Vorausgesetzt, sie atmete. Tief einatmen, bewusst ausatmen. Langsam, aber sicher kehrten Alleysons Sinne zurück und aufkommende Wut verdrängte die Angst.

„Lass mich sofort los!", forderte Alleyson laut und deutlich, während sie sich wieder zu ihrem Kollegen umdrehte. Dabei wunderte sie sich, wie fest und sicher ihre Stimme klang, obwohl sie innerlich zitterte wie Espenlaub.

„Alley!"

„Lass mich los!", forderte sie erneut und ging sofort einen Schritt zurück, als Peter seine Hand sinken ließ. Doch noch immer war der Mann nicht bereit, einfach aufzugeben und Alleyson gehen zu lassen.

„Erklär mir wenigstens, warum du nicht mit mir ausgehen willst? Ich bin mir sicher, wir hätten einen netten Abend. Wir haben so viel gemeinsam."

„Ich bin dir keine Rechenschaft schuldig, Peter."

„Gut. Wenn du nicht mit mir essen gehen willst, dann lass uns wenigstens etwas gemeinsam trinken."

Mit zusammengezogenen Brauen beobachtete Brian die Szene vor dem Haupteingang der Modefirma seines Onkels. Weder der Mann noch die Frau hatten ihn herankommen gehört. Zunächst hatte er einfach an ihnen vorbei gehen wollen, doch es war eindeutig zu sehen gewesen, dass sich die Frau unwohl fühlte.

Sein Bauchgefühl hatte ihn dazu veranlasst, in einiger Entfernung stehen zu bleiben, um die Szene zunächst einmal aus der Ferne zu beobachten. Falls es nötig werden sollte, würde er von hier aus jedoch schnell eingreifen können.

Neugierig betrachtete er Alleyson. Sie war schlank, nein, dünn traf es wohl eher. Aber nicht knochig. Deutlich waren ihre Rundungen an den richtigen Stellen zu sehen, auch wenn sie diese nicht offen zur Schau trug. Ob die Frau für seinen Onkel arbeitete?

Sehr wahrscheinlich, beantwortete Brian sich seine Frage sofort. Was würde sie ansonsten auf dem Firmenparklatz machen? Die weiße Bluse, die sie ohne Jackett trug, sowie ihre Jeans ließen auf einen Job schließen, in dem sie keinen Kundenkontakt hatte. Aber definitiv wirkte ihr Outfit elegant und modisch, was wahrscheinlich an Halskette, Gürtel und den dazu passenden Schuhen lag, wie Brian vermutete. Allerdings musste er bekennen, nicht wirklich viel Ahnung von Mode zu haben.

Sein Blick wanderte zurück zu ihrem Gesicht. Sie war hübsch. Und jung. Höchstens Mitte zwanzig und ihre Hochsteckfrisur betonte ihre feinen Gesichtszüge. Sogleich ertappte sich Brian dabei, wie er begann, von ihren blonden Haaren zu träumen. Er liebte hochgesteckte Haare. Nichts war sinnlicher, als langsam eine Haarnadel nach der anderen aus einer hochgesteckten Damenfrisur herauszuziehen und zu beobachten, wie sich die langen Haare einer schönen Frau langsam auflösten.

Er seufzte. Offenbar war es zu lange her, dass er das weiche seidene Haar einer Frau zwischen seinen Fingerspitzen gefühlt hatte. Nachdenklich lenkte er seine Aufmerksamkeit wieder zurück auf das Paar. Gerade griff der Mann nach dem Arm der jungen Frau. In Sekundenschnelle verlor sie alle Farbe aus ihrem Gesicht.

Mist! Die Situation schien tatsächlich unschön zu werden. Wieso konnte ihn sein Bauchgefühl nicht auch einmal trügen? Gerade wollte sich Brian in Bewegung setzen, als er mitten im Schritt innehielt. Offenbar hatte sich die Frau wieder gefangen.

„Lass mich los!“, hörte er ihre Stimme klar und deutlich. Eventuell ein wenig zu hoch in der Stimmlage, aber eindeutig nicht wehrlos.

Brians geübter Blick nahm sofort die geringe Bewegung wahr, mit der sie ihren Stand gewechselt hatte. Fest und sicher stand sie nun mit beiden Füßen auf dem Boden.

Holla! Nicht schlecht, junge Dame!, dachte Brian beeindruckt. Doch ihr Gesprächspartner schien auf beiden Augen blind zu sein. Weder erkannte er, dass Alleyson jetzt bereit war, sich jederzeit körperlich zu verteidigen, noch sah er den emotionalen Abgrund, an dem sie ganz offensichtlich balancierte.

In den letzten Jahren hatte Brian genügend Gelegenheit gehabt, Angst in all ihren Formen und Facetten kennenzulernen und so blieb ihm die Emotion auch in dieser Situation nicht verborgen. Selbst, wenn die junge Frau sie meisterhaft verbarg.

Auf sein Bauchgefühl vertrauend, beschloss Brian, dass es an der Zeit war, sich bemerkbar zu machen. Mit drei großen Schritten trat er neben Alleyson, richtete seine Augen aber einzig und allein auf Peter.

„Die Dame hat gesagt, sie hat kein Interesse." Brians Stimme klang hart und es war deutlich herauszuhören, dass er keinen weiteren Diskussionsbedarf an dieser Stelle sah.

Irritiert sah Peter von Brian zu Alleyson und wieder zurück zu Brian. Mit seinen 1,88 Meter überragte Brian den Mann um gute acht Zentimeter, weshalb Peter den Kopf leicht anheben musste. Der Mann schluckte kurz, doch war er nicht bereit, sich von einem wildfremden Mann anfahren zu lassen. Mutig forderte er Brian heraus.

„Ich wüsste nicht, was Sie unsere Unterhaltung angeht, Mr ...?" Abwartend zog er die Augenbrauen nach oben.

Brian dachte allerdings gar nicht daran, sich vorzustellen. Fragend wandte er sich an Alleyson, die mit einem hastigen Schritt zur Seite den Abstand zwischen ihm und ihr vergrößert hatte.

„Habe ich die Situation falsch interpretiert oder belästigt Sie der Mann, Miss?"

Noch bevor Alleyson antworten konnte, beeilte sich Peter zu erklären: „Selbstverständlich belästige ich sie nicht. Ich habe sie lediglich auf einen Drink eingeladen."

„Und ich habe dankend abgelehnt, Peter. Mehrfach", fand Alleyson ihre Sprache wieder.

„Dann ist ja alles geklärt", nickte Brian zufrieden, bevor er hinzufügte: „Oder, ... Peter?"

Einen kurzen Moment starrte der Mann ihn wütend an. Dann löste er seine angespannte Körperhaltung.

„Sicher. Natürlich. Einen schönen Feierabend, Alleyson", nickte Peter, aber seine Stimme klang feindselig und seine rechte Hand neben der Hüfte bildete eine Faust.

Mit hochgezogenen Augenbrauen ließ Brian seinen Blick darauf für einen kurzen Moment ruhen, bevor er Peter warnend in die Augen sah. Unterdrückte Wut spiegelte sich darin, doch Brian wich keinen Millimeter zur Seite.

Schließlich warf Peter ihm einen letzten bitterbösen Blick zu, dann setzte er sich erhobenen Hauptes in Bewegung und schlenderte betont lässig über den Parkplatz. In einiger Entfernung blieb er jedoch an einem Mülleimer stehen, wo er sich eine Zigarette anzündete. Mit einem provozierenden Blick hinüber zu Alleyson und Brian begann er zu rauchen.

Alleyson sammelte sich für einen Moment, indem sie kurz die Augen schloss und einmal langsam ausatmete. Dann wandte sie sich dem großen Unbekannten zu.

„Vielen Dank für Ihre Hilfe. Das war sehr freundlich, allerdings wäre ich auch alleine mit ihm fertiggeworden."

„Da bin ich mir sicher", stimmte Brian ihr zu und seine sonore Stimme klang nun weich und sympathisch. Nichts Dominantes war mehr darin zu hören. „Aber das ist ja kein Grund, nicht ein wenig Unterstützung anzunehmen, wenn sie sich gerade anbietet, oder?" Lächelnd streckte er ihr seine Hand entgegen. „Brian Bradshaw."

Zögernd nahm die junge Frau die Hand entgegen, kam dabei allerdings keinen Zentimeter näher. „Alleyson Winters."

Aus der Nähe betrachtet war Alleyson nicht nur hübsch, sondern regelrecht schön. Sie war kaum geschminkt. Lediglich ein wenig Wimperntusche und Lipgloss schien sie zu tragen.

Ungewöhnlich für die Modebranche, durchfuhr es Brian. Aber Alleyson brauchte nicht mehr. Die Natur hatte sie reich beschenkt. Fasziniert von ihrer Zartheit blickte Brian in ihre amazonasgrünen Augen, die von leicht blaugrünen Pigmenten durchsetzt waren.

Das waren die sowohl ungewöhnlichsten als auch schönsten Augen, in die er je hinein gesehen hatte, da war sich Brian sicher. Gleichzeitig fragte er sich jedoch erschrocken, was diese Augen bereits alles gesehen hatten. Es schien, als ob in Miss Winters Blick bereits ein ganzes Leben geschrieben stand, obwohl er die Frau selbst aus der Nähe nicht älter als fünfundzwanzig schätzte.

„Dann noch einmal vielen Dank, Mr Bradshaw", riss ihn Alleysons Stimme aus seinen Gedanken.

„Keine Ursache, aber ich bringe Sie noch zu ihrem Wagen."

„Das ist nicht nötig", antwortete Alleyson hastig und trat im gleichen Moment einen Schritt zurück.

Irritiert neigte Brian seinen Kopf leicht zur Seite. Hatte er gerade einen Schreck in ihren Augen aufblitzen gesehen? Einen kurzen Moment lang dachte er über diese Interpretation nach, dann entschied er, dass er sich getäuscht haben musste und es nur ein Lichtspiel der Sonne gewesen war. Wieso sollte sich die junge Frau auch vor ihm fürchten?

„Vielleicht nicht", gab er zu. „Aber ich möchte sicher gehen, dass Sie ohne weitere Vorkommnisse zu ihrem Auto kommen. Immerhin steht Peter noch dort vorne und raucht seine Zigarette. Wer weiß, auf welche Gedanken er kommt, wenn er Sie alleine sieht. Er schien mir eben ziemlich aufgebracht gewesen zu sein und ganz sicher ist es besser, wenn er sich erst einmal beruhigt", erklärte Brian.

Merkwürdigerweise schien Alleyson immer noch zu zögern, stellte Brian ein wenig verwundert fest. Traute sie ihm etwa nicht? Das war eine neue Erfahrung für ihn. Vor allem in einer Situation, in der er gerade zur Rettung herbeigeeilt war. Doch ohne Zweifel war Miss Winters ein misstrauischer Mensch. Brian konnte die Mauer, die sie in der letzten Minute um sich herum aufgebaut hatte, förmlich spüren.

„Nun? Rechts oder links?“, erkundigte er sich schließlich ruhig, wobei er seiner Stimme absichtlich einen unbeschwerten Ton verlieh.

Unsicher sah Alleyson ihn an. Es fiel ihr schwer, den Mann ihr gegenüber einzuschätzen. Er war athletisch, keine Frage. Er hatte lange Beine, eine schmale Taille, auf der seine Jeans wie angegossen saß, und breite Schultern. Sein weißes Poloshirt ließ deutlich die darunterliegenden Muskeln an Oberkörper und Oberarmen erkennen. Auf den ersten Blick schien er kein Gramm Fett an seinem Körper zu besitzen. Er war definitiv ein Mann mit Kraft und definitiv ein Mann, mit dem sie nicht alleine sein wollte.

Seine Lippen lächelten jedoch ehrlich und merkwürdigerweise wirkte alles an ihm sympathisch. Nichts Bedrohliches ging von ihm aus. Herausfordernd, aber freundlich schienen seine dunkelbraunen Augen sie anzublitzen. Fast erschien es Alleyson, als würde er in sie hineinsehen können. Der plötzliche Gedanke, dass er sie für undankbar halten könne, war ihr unangenehm.

„Rechts", sagte sie daher schließlich und wandte sich in die angegebene Richtung.

Automatisch passte Brian seinen Schritt dem ihren an. Dabei achtete er allerdings bewusst darauf, den Abstand, den Alleyson zwischen ihnen gewählt hatte, aufrechtzuerhalten. Sehr wohl nahm er wahr, wie Alleyson ihn aus ihren Augenwinkeln beobachtete. Die Frau war immer noch aufs Äußerste angespannt. Aber wahrscheinlich war das bei der Art und Weise, wie dieser Peter sie angegangen hatte, kein Wunder.

„Arbeiten Sie für meinen Onkel?“, erkundigte sich Brian, um das Gespräch wieder aufzunehmen.

Sofort warf Alleyson ihm einen prüfenden Blick zu. „Das kommt darauf an, wer Ihr Onkel ist", antwortete sie schließlich ausweichend.

Meine Güte, war diese Frau immer so vorsichtig?, fragte sich Brian sofort, ließ sich seine Verwunderung jedoch nicht anmerken. Stattdessen antwortete er ruhig:

„Alex Taylor." Doch dann fügte er mit einem Zwinkern in den Augen hinzu: „So weit ich weiß, gibt es in diesem Gebäude kein anderes Unternehmen. Oder hat Alex untervermietet?"

Zaghaft bewegten sich Alleysons Lippen zu einem kleinen Lächeln.

Sofort wirkt sie viel offener, erkannte Brian. Ihr Lächeln bezauberte ihn und plötzlich verspürte Brian den Wunsch, diese Frau öfter zum Lachen zu bringen. Irgendwie hatte er das Gefühl, dass sie nicht viel lachte.

„Nein, das hat er nicht", antwortete ihm Alleyson, während sie ihn abermals musterte. „Sie haben die gleichen Augen", stellte sie fest.

Ein trauriger Schleier überzog seine Iris, doch genauso schnell wie dieser gekommen war, war er auch wieder verschwunden. „Das sagen alle, die uns kennen."

Mit gerunzelter Stirn sah sich Brian auf dem großen Parkplatz um, der für mindestens hundertfünfzig Autos Platz hatte. Um diese Uhrzeit parkten jedoch nur noch höchstens zwanzig Wagen dort. „Gibt es keine Frauenparkplätze?"

Alleyson schüttelte den Kopf. „Nein."

„Hm", brummte Brian unbestimmt und beschloss, später mit seinem Onkel darüber zu reden.

„Wir sind da", verkündete sie in diesem Moment. „Das ist mein Wagen. Vielen Dank." Ohne den Abstand zu ihm zu verringern, hielt Alleyson ihm höflich ihre Hand entgegen.

Als Brian diese ergriff, erschrak er innerlich. Ihre Finger waren eiskalt. Dabei hatte es mindestens achtunddreißig Grad hier draußen. In letzter Sekunde unterdrückte er den Drang, zum Wärmen auch seine linke Hand um ihre Rechte zu legen. Stattdessen löste er den Handschlag vielmehr und trat einen Schritt zurück, um Alleyson mehr Platz zum Einsteigen zu geben.

„Nichts zu danken. Es war mir ein Vergnügen", verabschiedete er sich höflich und blickte kurz darauf gedankenverloren den Rücklichtern ihres schwarzen Honda Fit hinterher.

KAPITEL 2

„Hallo, Alex!“, grüßte Brian gut gelaunt, als er den Kopf durch die Bürotür seines Onkels steckte.

„Brian! Wie schön, dich zu sehen. Komm herein!“, rief Alex Taylor erfreut, sprang von seinem Stuhl auf und kam seinem Neffen mit großen Schritten entgegen. „Ich freue mich, dass du da bist. Lass dich umarmen, Junge!“ Fest zog er Brian an seine Brust, während seine Hand ihm kameradschaftlich auf den Rücken klopfte.

„Ich freue mich auch”, gestand Brian. „Es ist viel zu lange her, dass wir uns das letzte Mal gesehen haben.“

„Allerdings”, pflichtete ihm sein Onkel bei. „Du hast deine Familie schrecklich vernachlässigt.“

Obwohl der ältere Herr lachte und kein Vorwurf in seiner Stimme mitschwang, meldete sich sofort Brians schlechtes Gewissen. In der Tat war er zu lange nicht mehr zu Hause gewesen. Doch Aarons sinnloser Tod schmerzte noch immer und alles in Corpus Christi weckte in Brian Erinnerungen, die er lieber verdrängte, statt sich ihnen zu stellen.

Als Kinder waren er und Aaron gemeinsam durch die Straßen gezogen, hatten Geheimnisse entdeckt, Streiche gespielt und sich gegenseitig gedeckt, wenn sie es einmal allzu toll getrieben hatten. Gleichaltrig hatten sich die beiden Jungen in der Pubertät ausgetauscht, sich gegenseitig ihre geheimsten Träume verraten und gemeinsam überlegt, wie man wohl gut küsste.

Aaron und Brian waren mehr als nur Cousins gewesen und mehr als gemeinsames Blut hatte sie verbunden. Über alle verwandtschaftlichen Verhältnisse hinaus, war Aaron sein bester Freund gewesen.

Als Brians Eltern vor fast zwanzig Jahren bei einem Flugzeugabsturz ums Leben gekommen waren, nachdem er gerade seinen dreizehnten Geburtstag gefeiert hatte, war es keine Frage gewesen, dass sein Onkel und seine Tante ihn aufnehmen würden.

Ohne zu zögern, hatte Aaron ihm die Hälfte seines Zimmers angeboten und ihm Platz in seinen Schränken eingeräumt. Seine Tante Cleo hatte ihm damals das Gästezimmer einrichten wollen, doch für Aaron war das nicht infrage gekommen. Sein Cousin und Freund würde bei ihm wohnen, hatte er damals gesagt. Punkt.

Und obwohl sowohl seine Tante als auch sein Onkel alles getan hatten, damit Brian den Verlust seiner Eltern aufarbeiten konnte, waren es doch die nächtlichen Gespräche mit Aaron gewesen, die ihm in der ersten schweren Zeit am meisten geholfen hatten.

In der gesamten Kleinstadt hatten die zwei Jungs als zweieiige Zwillinge gegolten, so unzertrennlich waren sie gewesen. Ihre Wege hatten sich erst getrennt, als beide gegen Ende ihrer Schulzeit unterschiedliche Berufsvorstellungen entwickelt hatten.

Aaron hatte schon immer Modedesigner werden wollen und es war für ihn von jeher völlig selbstverständlich gewesen, dass er eines Tages das Unternehmen seines Vaters übernehmen würde. Brian hingegen hatte es mehr in die Welt des Verbrechens gezogen. Nach seinem Studium in Kriminologie, hatte er eine Stelle beim FBI angenommen und sich dort sehr schnell nach oben gearbeitet. Unabhängig von ihren beruflichen Werdegängen hatten die beiden Männer ihre intensive Freundschaft allerdings weiterhin gepflegt. Häufig hatten sie miteinander telefoniert und sich regelmäßig an den Wochenenden gesehen.

Niemals hatte sich Brian damals vorstellen können, eine Woche vergehen zu lassen, ohne wenigstens die Stimme seines Freundes gehört zu haben. Jedoch hatte das Schicksal eine andere Vorstellung gehabt. Brutal und rücksichtslos hatte es vor dreiundzwanzig Monaten Aaron mitten aus seinem Leben gerissen, als ein übermüdeter Lastwagenfahrer ihm eines Abends auf dem Nachhauseweg an einer Kreuzung die Vorfahrt genommen hatte.

„Er fehlt mir so, Alex", seufzte Brian.

„Ich weiß, Junge. Uns auch."

„Was macht Marlene?", erkundigte sich Brian nach Alex Schwiegertochter. Mit nur neunundzwanzig Jahren Witwe zu werden, hatte sie schwer getroffen.

„Es ist nach wie vor schwierig, um ehrlich zu sein. Manchmal hat sie gute Tage. Aber ganz ehrlich, es sind zu wenige." Alex seufzte, während er sich auf einem kleinen Sofa in einer Sitzecke seines Büros niederließ und mit der Hand auf einen Sessel für Brian deutete. „Unter uns gesprochen, ich weiß nicht, wie es weitergehen soll. Organisatorisch hat sie hier im Unternehmen alles bestens im Griff. Ich muss mir keine Gedanken mehr über Deadlines machen, sie hat ein unglaubliches Gespür für die Vermarktung und sowohl die Werbung als auch die Kataloge sind von vorne bis hinten fantastisch."

„Aber?", hakte Brian nach, als sein Onkel eine längere Pause einlegte.

„Aber ihr Umgang mit einigen unserer Angestellten ist, gelinde gesagt, eine Katastrophe", seufzte er. „Vor allem ist es leider noch schlimmer geworden, nachdem ich es abgelehnt habe, ihr die Führung des Designteams zu übertragen. Ich weiß nicht, warum sie so wild auf diese Position ist. Marlene ist im Bereich Marketing und Organisation wirklich eine Koryphäe. Design und Entwurf jedoch sind definitiv nicht ihre Kernkompetenz."

„Sie wollte Aarons Position?", wunderte sich Brian.

Alex nickte. „Aber das konnte ich nicht machen. Die Designabteilung kann nur ein Designer oder eine Designerin leiten. Ich meine, alle im Unternehmen versuchen Rücksicht auf sie zu nehmen, denn jeder weiß, dass es nicht einfach ist, einen geliebten Menschen zu verlieren, geschweige denn schon in so jungen Jahren Witwe zu werden. Doch manchmal macht sie es einem wirklich ziemlich schwer."

Seufzend erklärte Alex weiter: „Im letzten Jahr habe ich ihre Führungskompetenz in der Organisation weiter ausgebaut. Ich dachte, die Arbeit würde sie vielleicht ablenken."

„Aber deine Rechnung ist nicht aufgegangen?"

Der ältere Herr zuckte resignierend mit den Schultern. „Ich weiß es nicht. Manchmal denke ich, ja, sie ist auf einem guten Weg. Dann wiederum habe ich das Gefühl, die Verantwortung ist vielleicht doch zu viel für sie. Cleo und ich glauben, sie bräuchte dringend professionelle Hilfe, aber Marlene lehnt jede Unterstützung ab."

„Sie braucht einfach Zeit, Alex. Die Menschen verarbeiten den Tod unterschiedlich."

„Ich weiß. Doch jetzt verrate mir, wie geht es dir?"

„Ganz okay, denke ich. Ich habe meine Arbeit und nicht viel Zeit für anderes. Die bösen Buben sterben schließlich nie aus, wie du gerade selbst zu spüren bekommst", lenkte Brian das Gespräch sofort wieder von sich ab. Er mochte nicht über seine Gefühle sprechen. Erleichtert atmete er auf, als sein Onkel auf die Überleitung einging.

„Das ist leider wahr. Du kannst dir gar nicht vorstellen, wie froh ich bin, dass du da bist.“

„Ich auch, Alex. Zum Glück fand mein Chef die Idee gut, dass ich zunächst einmal alleine Undercover ermittle, obwohl Wirtschaftsspionage im Grunde genommen nicht mein Fachgebiet ist.“

„Ich bin sicher, du findest heraus, wer unsere neuesten Entwürfe stiehlt und an die Konkurrenz verkauft”, bemerkte Alex Taylor vertrauensvoll. „Möchtest du einen Kaffee?“

„Ja, gerne”, antwortete Brian, lenkte das Gespräch aber sofort zurück auf den eigentlichen Grund seiner Anwesenheit, nachdem sein Onkel ihm eine Tasse eingeschenkt hatte.

„Wenn ich es richtig verstanden habe, sind Teile aus den letzten drei deiner Kollektionen plötzlich bei CbH aufgetaucht.“

„Richtig”, bestätigte sein Onkel. „Das hat auf unserer Seite zu erheblichen Verlusten geführt. Wir bedienen mit unserer Mode den Mittelstand, das heißt die moderne Frau zwischen dreißig und sechzig Jahren, die Wert auf ihr Äußeres und insbesondere auf ihre Kleidung legt. Dabei achtet sie sowohl auf Design und Schnitt als auch auf Qualität. Für diese Kombination ist sie bereit eine gewisse Summe Geld auszugeben, wohlwissend dass beides seinen Preis hat. Natürlich kauft sie mit unserer Kleidung auch ein bestimmtes Maß an Exklusivität und Lebensgefühl. Mit anderen Worten, sie will nicht einen Verschnitt ihres Lieblingskleides von Alex Taylor an der Freundin ihrer fünfzehnjährigen Tochter sehen, die dafür bei CbH nur ein Fünftel des Preises gezahlt hat, den sie selbst auf den Tisch legen musste.“

„CbH bedient also im Wesentlichen einen völlig anderen Markt als du.“

„So ist es. Sie halten derzeit achtundvierzig Prozent des amerikanischen Teeniemarktes.“

„Wow! Das ist ein ganz schöner Anteil. Entschuldige, Alex, wenn ich einige blöde Fragen stelle, aber du weißt, ich habe im Grunde genommen keine Ahnung von der Modebranche.“

„Kein Problem. Frag einfach drauf los.“

„Kannst du mir erklären, wie es kommt, dass das gleiche Design sowohl für eine vierzigjährige Frau, die ihren Platz im Leben gefunden hat, als auch für einen Teenager passt?"

„Lass es mich so sagen, Brian. Unsere Kundin ist elegant, aber trotzdem trendbewusst. Das betrifft sowohl die Stoffart als auch den Schnitt. Aber natürlich gibt es kleine Veränderungen, wenn du dir die CbH Kollektion ansiehst. Die Röcke sind dort ein wenig kürzer, die Oberteile etwas enger und tiefer ausgeschnitten. Die Hosen sitzen tiefer und manche Modelle hängen auch in den Kniekehlen, aber alle Veränderungen sind marginal. Wenn man sich die letzten drei CbH-Kollektionen ansieht, wecken sie sofort Assoziationen zu uns und das will unsere Kundin nicht."

„Okay. Das verstehe ich", gab Brian zu. „Aber du hast CbH verklagt, richtig?"

Alex Taylor machte eine abwertende Handbewegung. „Ganze Horden von Anwälten beschäftigen sich mit der Sache. Aber bis wir da weiterkommen, bin ich pleite. Wenn die nächsten beiden Kollektionen ebenfalls kopiert werden, kann ich meinen Laden dicht machen. Unsere Kundin verzeiht vielleicht eine schlechte Kollektion oder auch zwei, aber glaub mir, sie mag es überhaupt nicht, wenn sie ihre teuer erworbenen Kleidungsstücke vier Wochen später bei einer Textildiscounterkette im Fenster hängen sieht. Brian, was wir verkaufen sind zum Großteil Emotionen. Ich habe Jahre gebraucht, um der Marke Alex Taylor das Image zu geben, das sie heute hat und das sie so erfolgreich macht."

Sich in seinem Sessel zurücklehnend, überlegte Brian wieder. Vorsichtig erkundigte er sich: „Entschuldige, wenn ich ganz direkt frage, aber kann es auch sein, dass jemand aus deinem Designteam die Entwürfe bei CbH stiehlt und sie dir als die seinen verkauft?"

Entschieden schüttelte der ältere Herr den Kopf. „Nein, und ich erkläre dir auch, warum das nicht möglich ist. CbH steht für Cheap but Hot- Billig, aber heiß. Genauso wie es der Name sagt, macht die Firma trendbewusste und coole Kleidung, die der Kunde, in dem Fall der Teenie, billig erwerben kann. Wenn ich nun einen Artikel am Markt so günstig wie möglich anbieten möchte, muss ich natürlicherweise kostenreduziert produzieren. Das bedeutet auf der einen Seite die Verwendung billiger Materialien und auf der anderen Seite niedrige Personalkosten. CbH kann sich kein exklusives Designteam leisten. Das wäre viel zu teuer und würde ihre gesamte Kalkulation sprengen. Soweit mir bekannt ist, lassen sie ihre Kollektion grundsätzlich von Schülern und Studenten zeichnen und glaube mir, kein Student dieser Welt kann solche Designs wie die unseren entwerfen."

„Das bedeutet aber auch, dass sie bei CbH nicht viel Geld für deine Entwürfe bezahlen können."

„An diesem Punkt hänge ich auch schon die ganze Zeit, und ehrlicherweise habe ich keine Ahnung, wie das zusammen geht."

„Nun, wer immer deine Kollektion verrät, macht es höchstwahrscheinlich nicht für Geld", schlussfolgerte Brian.

Einen Moment lang breitete sich ein Schweigen zwischen den Männern aus, bevor Alex Taylor fragte: „Was machen wir jetzt?"

„Zunächst bleiben wir bei unserem ursprünglichen Plan. Du hast vor, dich langsam aus dem Geschäft zurückzuziehen, das jedoch in Familienhand bleiben soll. Dementsprechend bin ich, als dein einziger Neffe, nach Hause gekommen, um mich der Verantwortung zu stellen. Da ich überhaupt keine Ahnung von Mode habe, bin ich geradezu dafür prädestiniert in jeder Abteilung alle möglichen schlauen und weniger schlauen Fragen zu stellen. Im Hintergrund werden wir dazu dann die Ressourcen des FBI nutzen. Vielleicht wird es ein wenig dauern, aber über kurz oder lang werden wir unseren Verräter finden. Wichtig ist nur, dass niemand vorzeitig den wahren Grund erfährt, warum ich eigentlich hier bin."

„Ich habe niemandem etwas gesagt. Nur deine Tante Cleo und Marlene wissen von dem Plan."

„Sehr gut", kommentierte Brian und nahm den letzten Schluck Kaffee aus seiner Tasse.

KAPITEL 3

Unruhig schloss Alleyson die Tür auf und betrat ihr kleines Häuschen. Wie so oft in letzter Zeit, blieb allerdings auch heute die abendliche Zufriedenheit über einen guten Arbeitstag aus. Stattdessen kehrte das beunruhigende Gefühl, beobachtet zu werden, zurück. Seit Tagen breitete es sich immer häufiger in ihr aus und auch in diesem Moment glaubte Alleyson, den Blick zweier Augen in ihrem Rücken zu spüren.

Absichtlich schloss sie die Haustür von innen langsamer als nötig, wobei sie ihre Umgebung unauffällig scannte. Doch weder konnte sie eine Person in einem der auf der Straße parkenden Autos noch an einem der gegenüberliegenden Häuserfenster ausfindig machen.

Seufzend schloss Alleyson ihre Tür sorgfältig von innen ab und schob den Sicherheitsriegel vor. Wahrscheinlich bildete sie sich das alles nur ein. Jedoch musste sie unter diesen Umständen einen Weg finden, dieses Gefühl so schnell wie möglich los zu werden.

Es beunruhigte sie einfach zu sehr und raubte ihr zu viel Kraft, die sie im Moment dringender für andere Dinge brauchte, beispielsweise für die neue Sommerkollektion von Alex Taylor, die schnellstmöglich fertig gestellt werden musste, ganz zu schweigen von der neuen Herrenlinie, die Alex gerne im nächsten Jahr auf den Markt bringen würde. Hinzu kam noch der parallel laufende Auftrag für Bentley. Im Grunde hatte sie mehr zu tun, als sie überhaupt bewerkstelligen konnte. Doch irgendwie würde es mit ein paar weiteren Nachtschichten schon gehen. Es ging schließlich immer irgendwie.

Was sich Alleyson derzeit jedoch auf keinen Fall leisten konnte, war eine gedankliche Ablenkung. In den kommenden Tagen würde sie all ihre Konzentration für ihre Kreativität brauchen. Für jegliche

Form von Angst hatte sie keine Kapazität frei, und in den letzten Tagen hatte sie bereits zu viel Angst und Unsicherheit verspürt.

Insgeheim hatte sie Peter recht geben müssen, als er sagte, sie hätte abgenommen. Es stimmte. Dieses ständige Gefühl beobachtet zu werden, sobald sie ihr Haus oder ihr Büro verließ, schnürte ihr die Kehle zu und verhinderte, dass sie genügend aß.

Auch erholsamer Schlaf hatte sich in den letzten Tagen nicht mehr eingestellt. Ihre Albträume, von denen sie geglaubt hatte, sie würden der Vergangenheit angehören, waren zurückgekehrt und verhinderten, dass sie mehr als zwei bis drei Stunden am Stück schlief.

Noch ließen sich die dunklen Ringe unter ihren Augen mit dezentem Make-up überschminken, doch bald würde auch das nicht mehr ausreichen. Dann würde sie wieder mit eingefallenen Augen und Wangen, dazu abgemagert bis auf die Knochen wie ein Zombie durch die Gegend laufen.

Entschieden straffte Alleyson ihre Schultern. Nein, diese Zeit lag hinter ihr. Darauf hatte sie definitiv keine Lust und das würde sie auf keinen Fall zulassen. Vor drei Jahren hatte sie sich geschworen, dass dies nie wieder der Fall sein würde. Jahrelange Sitzungen mit ihrer Therapeutin hatte es benötigt, um Alleyson dort hinzubringen, wo sie heute war und sie würde sich nicht von einem vagen Gefühl, dass jemand sie beobachtete, zurückziehen lassen in die dunkelste Zeit ihres Lebens.

Genau wissend, dass sie all ihre Kraft brauchen würde, beschloss sie, sich zumindest noch einen Salat zu machen. Es war zwar schon spät, aber wenn sie es richtig in Erinnerung hatte, hatte sie noch etwas Hähnchen im Kühlschrank, das sich schnell zubereiten ließ.

Während Alleyson den Salat wusch und die Hähnchenbrust in schmale Streifen schnitt, um sie anschließend in etwas Sesamöl in einer Pfanne anzubraten, wanderten ihre Gedanken zu Brian Bradshaw, der ihr heute Abend auf dem Firmenplatz ungefragt zur Hilfe gekommen war. Sowohl seine Stimme als auch seine gesamte Körperhaltung hatten zu Beginn eine Dominanz ausgestrahlt, die eigentlich Unbehagen in ihr hätten auslösen müssen. Doch wundersamerweise war das Gegenteil der Fall gewesen.

Kaum, dass der Mann neben sie getreten war, war auch noch der letzte Rest Panik verschwunden, den Peter in ihr hervorgerufen hatte. Eine innere Stimme hatte ihr gesagt, dass sie nichts vor Brian Bradshaw zu befürchten hatte.

Gegenüber Peter Limpton hatte Bradshaw sehr deutlich signalisiert, welche Antwort er von ihm hören wollte, und dass er nichts anderes akzeptieren würde, als dass er sich anstandslos zurückzog. Hart und unmissverständlich hatten seine Augen den Kollegen dabei angesehen. Gegenüber ihr jedoch war sein Blick freundlich, ja, fast sanft gewesen. Seine Stimme mit dem tiefen Ton hatte offen und beruhigend auf sie gewirkt. Erstaunt ertappte sich Alleyson dabei, wie sie sich den Mann bildlich ins Gedächtnis zurückrief.

Brian Bradshaw war gut einen ganzen Kopf größer als sie, obwohl sie Schuhe mit Absätzen getragen hatte. Seine dunklen Haare trug er in einem gepflegten Kurzhaarschnitt, allerdings war es kein Militärschnitt. Dazu waren sie zu lang. Wahrscheinlich war es auch eben dieser weiche Schnitt, der seinen Gesichtszügen entgegen kam und ihn ohne jeden Zweifel als gutaussehend erscheinen ließ, wobei ihm dabei zweifelsohne auch sein natürlicher sonnengebräunter Teint half.

Alleyson vermutete, dass der Mann generell eher ein dunkler Hauttyp war. Dafür sprachen auch seine kaffeebraunen Augen, die jedoch fast schwarz gewirkt hatten, als er Peter Limpton gegenübergestanden hatte. Darüber hinaus besaß Brian Bradshaw einen absolut durchtrainierten Körper, der genau im richtigen Maß ausgebildet war. Sicherlich würde ihn niemand als Muskelprotz titulieren, aber sein breites Kreuz und seine sichtbaren Muskeln verrieten, dass sich sein Körper in Topform befand. Dazu strahlte der Mann einen deutlichen Beschützerinstinkt aus, der wahrscheinlich am Ende ausschlaggebend dafür gewesen war, dass sich Alleyson von ihm zu ihrem Auto hatte begleiten lassen.

Brian Bradshaw. Der Neffe von Alex Taylor, ihrem Chef. Seit fast zwei Jahren arbeitete Alleyson bereits für das Modeunternehmen, doch bisher hatte sie noch nie von ihm gehört.

Das ließ wohl darauf schließen, dass er nicht in der gleichen Branche tätig war. Vermutlich war es ein rein privater Anlass, der den Mann heute Abend zu seinem Onkel geführt hatte. Damit war automatisch klar, dass Alleyson ihn nicht wiedersehen würde.

Schade eigentlich. Bei diesem Gedanken zuckte Alleyson zusammen und hätte vor Schreck fast das Küchenmesser fallen gelassen. Seit wann erwog ihr Gehirn solche Gedanken? Nicht ein einziges Mal in den letzten acht Jahren hatte sie über einen Mann nachgedacht. Zumindest nicht auf einer solchen privaten und emotionalen Ebene.

Von Anfang an hatte Alleysons Therapeutin ihr gesagt, dass der Tag ganz von selbst kommen würde, an dem sie sich zu einem Mann hingezogen fühlen würde. Doch Alleyson hatte ihr nicht geglaubt.

Niemals wieder werde ich auch nur ansatzweise mit einem Mann flirten, hatte sie damals zu der Ärztin gesagt.

Aber was hieß überhaupt, hingezogen fühlen? Brian Bradshaw war ein attraktiver Mann und sie hatte kurz über ihn nachgedacht. Zugegeben, es war das erste Mal seit langer Zeit, dass ein männliches Wesen ihre Gedankenwelt derart beschäftigt hatte. Aber deswegen fühlte sie sich noch lange nicht von ihm angezogen.

Immer noch leicht irritiert von ihren ungewöhnlichen Gedankengängen spülte Alleyson das Messer in ihrer Hand unter fließend heißem Wasser ab. Dann bereitete sie ihren Salat zu und setzte sich an den großen, weiß lackierten Holztisch in ihrer Küche. Während sie aß, öffnete sie ihre Zeichenmappe und begutachtete ihre letzten Entwürfe der neuen Sommerkollektion. Nach einigen Minuten riss sie das Klingeln des Telefons aus ihren Gedanken.

„Ja?“, nahm sie das Gespräch entgegen, doch niemand meldete sich.

„Hallo?“, rief sie wieder, aber auch dieses Mal bekam sie keine Antwort. Allerdings hörte sie, wie jemand am anderen Ende der Leitung schwer atmete. Erschrocken legte sie sofort auf. Ihr Puls raste davon und für mehrere Minuten starrte sie auf das Telefon. Doch es klingelte nicht mehr.

Nur langsam kehrten klare Gedanken in Alleysons Kopf zurück. Dieser Anruf musste nicht wirklich für sie bestimmt gewesen sein. Es konnte sich einfach nur jemand verwählt haben, der sich nicht getraut hatte, seinen Fehler zuzugeben, oder es konnten ein paar Jugendliche gewesen sein, die sich einfach einen Scherz erlaubt hatten. Es gab keinen Grund in Panik zu geraten, keinen Grund zur Beunruhigung.

KAPITEL 4

„Ach, Alex, was ich dich noch fragen wollte, meinst du nicht, es wäre sinnvoll, einige Frauenparkplätze in der Nähe des Eingangs zum Gebäude einzurichten?“, wandte sich Brian seinem Onkel zu und erzählte ihm von seinem Erlebnis auf dem Parkplatz, während sie gemeinsam den Fahrstuhl im obersten sechsten Stock betraten, in dem sich Alex Taylors Büro befand.

Aufmerksam hörte der ältere Herr seinem Neffen zu. „Ich muss gestehen, daran habe ich noch nie gedacht. Aber das ist sicherlich eine gute Idee. Gleich morgen werde ich mit Sam, unserem Hausmeister, darüber sprechen. Wie unangenehm für Alleyson.“ Angewidert schüttelte er den Kopf.

„Was macht die junge Dame bei dir?“

„Sie ist meine Chefdesignerin. Wahnsinnig kreatives Kind.“ Ein stolzes Lächeln glitt über Alex’ Gesicht.

„Sie hat Aarons Posten übernommen?“, erstaunte sich Brian. „Seit wann? Sie ist doch höchstens Mitte zwanzig.“

„Fünfundzwanzig, ja. Aaron hat damals noch das Bewerbungsgespräch mit ihr geführt. Ich kann mich noch sehr genau erinnern, wie er anschließend in mein Büro geeilt kam und mir begeistert von ihr berichtet hat. Seine exakten Worte damals waren, ‚Sie ist wie der Pink Star der Diamanten. Wenn wir sie davon überzeugen können zu uns zu kommen, werden unsere nächsten Kollektionen der Hammer schlechthin. Unsere Verkaufszahlen werden schneller nach oben gehen, als wir uns vorstellen können.’ Selten habe ich Aaron so überschwänglich und gleichzeitig so überzeugt von etwas erlebt.“ Traurig seufzte Alex. „Nach dem Unfall dachte ich, ich bin es Aaron schuldig, Alleyson ein Angebot zu machen, dass sie nicht ablehnen kann. Sechs Wochen nach seiner Beerdigung hat sie bei uns angefangen.“

„Und hat Aaron recht behalten?“, erkundigte sich Brian interessiert.

„Was ihre Kreativität angeht, ja! Alleyson Winters ist wirklich genial begabt. Einfach unglaublich. Jedes Mal, wenn sie mir etwas Neues vorlegt, frage ich mich insgeheim, was sie eigentlich bei uns macht. Sie gehört nach Paris oder London in die Haute-Couture. Ich würde mein gesamtes Vermögen verwetten, dass sie in Europa innerhalb von fünf Jahren zu den Top-Designern gehören würde.“

„Aber das sagst du ihr nicht”, stellte Brian grinsend fest.

„Einmal habe ich sie gefragt, ob sie nicht in einem der großen exklusiven Häuser arbeiten wolle, weil sich mein schlechtes Gewissen regte, ein solches Talent hier in Corpus Christi festzuhalten.“

„Was hat sie geantwortet?“

„Alleyson meinte, sie hätte kein Interesse an Haute-Couture. Es sei ihr wichtig, schöne und bezahlbare Mode zu kreieren.“

„Klingt nach jemandem mit festen Wertvorstellungen.“

„Ja, sie ein feiner Mensch. Ich meine damit, sie ist niemand, der sich in den Vordergrund spielt oder ähnliches. Viele Leute in dieser Branche sind exaltiert oder egozentrisch. Doch Alleyson ist das Gegenteil. Sie ist ausgeglichen und ruhig. Sie hat nie schlechte Laune, ist immer freundlich und offen. Wenn sie kritisiert, dann tut sie das auf eine sehr sachliche Weise, die ihr Gegenüber gut annehmen kann. Nie wird sie dabei persönlich.“

„Allerdings ...“ Alex überlegte einen Moment. „Allerdings lässt sie auch niemanden wirklich an sich heran. Zu jedem hält sie einen professionellen Abstand und wenn du mich fragen würdest, was ihre Vorlieben sind oder womit sie ihre Freizeit verbringt, könnte ich dir keine Antwort geben.“

Während Alex fortfuhr, wurde sein Ton wieder lebendiger. „Aber egal, es ist ihre Sache und so gerne ich trotz unserer gewachsenen Größe jeden Mitarbeiter immer noch persönlich kennen und zumindest einige wichtige private Eckdaten aus seinem Leben wissen möchte, wie Hochzeiten, Nachwuchs und so weiter, so respektiere ich doch die Privatsphäre eines jeden. Wenn Alleyson also eine sehr eindeutige und geradlinige Grenze zwischen ihrem Berufs- und ihrem Privatleben zieht, dann akzeptiere ich das.“

Zustimmend nickte Brian, während er den Ausführungen seines Onkels weiter lauschte.

„In jedem Fall war mir, nachdem ich sie einige Monate beobachtet hatte, sehr schnell klar, dass sie trotz ihres jungen Alters sowohl alle fachlichen als auch die nötigen menschlichen Qualitäten für die Position des Chefdesigners mitbringt. Aarons Stelle musste damals dringend neu besetzt werden. Nach fast zehn Monaten ohne leitende Hand brauchte die Abteilung wieder eine klar definierte Führung. Warum hätte ich da jemand Externes einstellen sollen, wenn ich doch bereits intern mit ihr die geeignete Person direkt vor meiner Nase hatte?“

Nachdenklich blickte Alex in die Ferne, während er seine Bilanz zog. „Ich muss sagen, diese Entscheidung habe ich bislang nicht einen Tag lang bereut. Ihr Team schätzt Alleyson und sie schafft es, ihre Leute ständig neu zu motivieren und zu Höchstleistungen zu bringen. Darüber hinaus haben unsere Kollektionen gleichzeitig an Klasse, wie auch an Raffinesse gewonnen.“

Brian wusste nicht, warum ihn die lobenden Worte seines Onkels freuten, doch irgendwie schien es, als würden sie ihn von innen wärmen. Die junge Frau war ihm auf den ersten Blick sympathisch gewesen und er hatte sofort den Wunsch verspürt, sie näher kennenzulernen. Das Beste an der Sache war, jetzt würde er sich keinen Kopf mehr darüber zerbrechen müssen, wie er das anstellen konnte. Sein neuer Job hier im Unternehmen bot ihm einen wunderbaren Gesprächseinstieg.

„Hast du dir schon überlegt, wo du in den nächsten Wochen wohnen möchtest? Du weißt, deine Tante Cleo würde sich freuen, wenn du ...“

Brian unterbrach seinen Onkel, indem er betrübt seinen Kopf schüttelte. „Tut mir leid, Alex, aber das kann ich nicht. Unmöglich kann ich in Aarons und meinem alten Zimmer schlafen.“

„Du weißt, wir haben auch ein Gästezimmer.“

„Ich weiß. Aber das Ganze wird auch so schon schwer genug für mich. Dieses Unternehmen war Aarons Traum. Er wollte nie etwas anderes machen, als für dich neue Kollektionen designen. Ich weiß nicht, wie viele Nächte er heimlich im Bett gezeichnet hat, obwohl wir hätten schlafen sollen. Jede Ecke birgt Erinnerungen.“

Seufzend gestand Brian: „Ich habe ein kleines Apartment am Blucher Park gemietet.“

Verständnisvoll nickte Alex. „Vielleicht tut es dir gut hier zu sein und dich mit Aarons Tod auseinandersetzen zu müssen. Sich in die Arbeit stürzen und damit einfach alle Erinnerungen und

Gefühle zu verdrängen, ist keine Lösung, Junge. Das Leben muss weitergehen. Aaron hätte es nicht anders gewollt."

„Ich weiß, Alex. Nur den Mut dazu zu finden, ist nicht immer leicht."

„Nein, das ist es nicht. Aber es ist gut, dass du da bist. Vielleicht hat auf diese Weise der ganze Mist hier wenigstens auch etwas Positives." Alex straffte seine Schultern. „Aber du kommst hin und wieder zum Essen, nicht wahr? Du weißt, dass du ein zweiter Sohn für uns bist. Gib Cleo bitte nicht das Gefühl, dass sie dich auch verloren hat."

Brian schluckte hart, denn er wusste, wie sehr Alex und Cleo ihn liebten. „Das mache ich, Alex. Versprochen. Wenn es euch passt, komme ich gleich morgen Abend. Vorausgesetzt, Cleo macht ihr leckeres Roastbeef."

„Ich schätze, davon könnte sie nichts in der Welt abhalten", schmunzelte Alex. „Dann bis morgen, Junge. Ich sehe dich pünktlich um neun im Büro. Verschlaf nicht. Du weißt, es gibt keine Sonderbehandlung für Angehörige."

„Keine Sorge, ich werde da sein", versprach Brian grinsend, während er in sein schwarzes BMW M3 Cabriolet stieg.

KAPITEL 5

Schweißgebadet schreckte Alleyson aus dem Schlaf auf. Einen kurzen Moment verharrte sie reglos senkrecht im Bett, bevor sie erschöpft in ihre Kissen zurück sank. Nur langsam beruhigte sich ihr rasender Herzschlag, wobei sich jedoch der kalte Schweiß, der überall an ihrem Körper klebte, immer deutlicher in ihr Bewusstsein drängte.

Tief seufzend warf Alleyson einen Blick auf die digitale Anzeige des Weckers auf ihrem Nachttisch: 5:17 Uhr. Dreieinhalb Stunden Schlaf. Viel zu wenig. Dennoch wusste sie genau, dass sie heute nicht wieder einschlafen würde.

Wie sie diese Albträume hasste. Wenn sie nur wüsste, warum sie zurückgekehrt waren. Doch im Grunde kannte sie den Auslöser. Das Problem war ihre Angst. Die intuitive Ahnung heimlich beobachtet zu werden, raubte ihr selbst das einfachste Grundgerüst eines Sicherheitsgefühls, das sie sich in den letzten Jahren doch so hart erkämpft hatte. Dadurch waren die Büchse der Pandora geöffnet und die Dämonen der Vergangenheit geweckt worden.

Konnte es sein, dass Peter Limpton ihr heimlich folgte? Seitdem Mary, eines der Models, die sie öfter zum Katalog-Fotoshooting buchten, ihn verlassen hatte, machte der Mann keinen Hehl daraus, dass er sie mochte. Seit Wochen baggerte er an ihr herum und schien kein Nein zu akzeptieren. Im Gegenteil.

Je deutlicher Alleyson ihm sagte, dass sie kein Interesse an ihm hatte, desto beharrlicher schien Peter zu werden. Hatte sich das Ganze für ihn zu einer Besessenheit gesteigert? Oder bildete sich Alleyson das alles vielleicht wirklich einfach nur ein?

Bisher gab es nicht einen objektiven Beweis dafür, dass jemand sie verfolgte. Sie war in Sicherheit. Sie war Alleyson Winters, eine kleine unbekannte Designerin in einem einfachen mittelständischen Familienunternehmen in einer von vielen amerikanischen Städten.

Corpus Christi hatte mit seinen dreihunderttausend Einwohnern genau die richtige Größe für sie. Nicht zu groß, als dass sie sich nicht schnell genug orientieren konnte, aber vor allem auch nicht zu klein. Bewusst hatte sie die Anonymität, die ein Großstadtleben mit sich brachte, gesucht.

Zwei Jahre lang hatte sie sich hier sicher gefühlt, hatte sich ein Leben, eine Existenz aufgebaut, mit der sie zufrieden war. Sie hatte einen Job, der ihr Spaß machte und der sie ausfüllte. Sie hatte nette Arbeitskollegen sowie eine gemütliche Wohnung, in der sie sich gerne aufhielt. All dies hatte ihr eine innere Ruhe beschert. Warum musste es ausgerechnet jetzt zu einem Rückschlag in ihrer psychischen Verfassung kommen?

Ganz bewusst überlegte Alleyson, welche Möglichkeiten sie hatte. Im Grunde genommen waren es nur zwei: Entweder ließ sie sich von ihrer Angst besiegen, die sie zurück in ein tiefes, dunkles und kaltes Loch hinunterziehen würde, in dem nichts lebenswert erschien, oder sie stellte sich ihr mutig entgegen und kämpfte. Ohne zu zögern, wusste Alleyson, dass Ersteres nicht infrage kam.

Seufzend setzte sie sich auf. Es nutzte nichts darüber zu sinnieren, warum sie immer wieder schlecht träumte. Und wenn sie nun schon einmal wach war, konnte sie die Zeit ebenso gut nutzen, um an ihren neuen Entwürfen weiterzuarbeiten. Kurzentschlossen schlug Alleyson die Decke zurück, stand auf und ging ins Bad, um als Erstes heiß zu duschen, damit die Kälte aus ihrem Körper wich.

Es war bereits neun Uhr, als Alleyson schließlich in der fünften Etage der Alex Taylor Incorporation durch die breite Glastür schritt und sich in dem gut achtzig Quadratmeter großen Büro umsah. All ihre fünf Designer saßen bereits an ihren Schreibtischen und arbeiteten konzentriert.

Wieder einmal war sie die Letzte am Morgen, doch Alleyson hatte kein schlechtes Gewissen. Schließlich hatte sie bereits mehr als zwei Stunden Arbeit an ihrem Esstisch hinter sich, ganz zu schweigen von der Arbeit, an der sie bis um zwei in der Nacht gesessen hatte. Außerdem wusste jeder hier, wie viel sie regelmäßig von Zuhause aus arbeitete.

„Guten Morgen, Alley, die neuen Stoffmuster für die Abendkollektion sind gekommen", rief Bailey ihr sofort zu, als sie die Teamleiterin hereinkommen sah.

„Super. Ich komme gleich", antwortete Alleyson, während sie ihre Handtasche im Schrank einschloss und den Computer hochfuhr.

„Wenn du zehn Minuten Zeit hast, könntest du bitte mal einen Blick auf meine neuen Ideen werfen", bat Fred, der mit achtundvierzig Jahren der älteste in der Designabteilung war.

„Das mache ich gerne, bin sofort da."

„Lass dir Zeit. Keine Hektik."

Alleyson nickte und öffnete zunächst ihr Mailprogramm. Glücklicherweise gab es keine Hiobsbotschaften über Nacht. Es schien ein ruhiger Tag zu werden, der ihr Zeit lassen würde für Kreatives. Seitdem sie die Führung der Abteilung übernommen hatte, war einfach ein Großteil ihrer Arbeitszeit mit organisatorischen Aufgaben gefüllt und nicht selten kam sie erst in den ruhigen Abendstunden, wenn alle bereits nach Hause gegangen waren, dazu, ihre eigentliche Arbeit zu erledigen.

Erwartungsvoll ging sie zu Fred hinüber. Sie fand es immer sehr spannend die Entwürfe anderer zu sehen. Vor allem Freds Stil mit seinen klaren Linien und Formen gefiel ihr. Manchmal musste man nur darauf achten, dass er nicht zu sehr ins Konservative abrutschte.

„Nun, was hast du?", erkundigte sie sich, während sie sich an die große freie Tischplatte lehnte, die sich direkt rechts an seinen Schreibtisch anschloss.

„Hier, warte!" Sorgfältig breitete Fred sechs große Zeichenblätter aus. Auf jedem war ein Mann entweder in Anzug oder Kombination gezeichnet. Dazu gab es mehrere kleinere Zeichnungen der einzelnen Kleidungsstücke. „Du wolltest doch, dass ich mir Gedanken über eine neue Herrenlinie mache."

Gedankenverloren nickte Alleyson und betrachtete die einzelnen Skizzen konzentriert, bevor sie die Entwürfe nacheinander in die Hand nahm.

Gespannt beobachtete Fred Alleysons Gesichtszüge. Mittlerweile kannten sie sie hier oben alle gut genug, um zu wissen, dass sich Alley mit ihrem Urteil grundsätzlich Zeit ließ, wenn sie etwas Neues vorgelegt bekam.

Anfangs hatte sie damit die meisten Kollegen reichlich verunsichert, denn Aaron war eher der spontane Typ gewesen. Allerdings musste jeder zugeben, dass diese Spontanität später nicht selten in die entgegengesetzte Richtung umgeschlagen war.

Eine anfängliche Begeisterung hatte bei ihm nicht unbedingt anhalten müssen. Oftmals waren Ideen später in den Papierkorb gewandert, nachdem bereits viele Arbeitsstunden darin investiert worden waren.

Alleyson arbeitete anders. Sie überlegte bereits vorher in alle Richtungen und bedachte schon beim ersten Entwurf mögliche Schwierigkeiten, die in der Fertigung auftreten konnten und ein Produkt damit unverhältnismäßig verteuerten. Ebenso mutmaßte sie über Stoffe, die den Schnitt ideal wiedergeben würden, denn am Ende konnte ein Design so gut sein wie es wollte. Wenn es sich letztendlich am Markt nicht zu den ihr vorgegebenen Bedingungen verkaufen ließ, nützte das alles nichts.

Schließlich richtete sich Alleyson auf und sah ihren Designer an. „Das ist gut, Fred."

„Wirklich?", hakte der Mann nach, strahlte sie jedoch bereits an.

Nach all den Jahren, die er schon im Geschäft war, war dieser Moment der Beurteilung immer noch so aufregend wie beim ersten Mal.

„Ja, wirklich", antwortete Alleyson mit ruhiger Stimme. „Damit können wir arbeiten. Vielleicht kannst du das Jackett an den Seiten etwas antaillieren?" Dabei nahm sie eine der Zeichnungen in die Hand und deutete auf die Anzugsjacke.

„Der junge Mann heutzutage möchte schließlich zeigen, wofür er jede Woche hart im Fitnessstudio trainiert", grinste sie ihn an.

„Hey! Welches Fitnessstudio? Wir Männer sind von Natur aus schlank", tat Fred erstaunt und deutete auf seinen flachen Bauch.

Alleyson wurde jedoch einer Antwort enthoben, denn in eben jenem Moment betrat Alex Taylor mit seinem Neffen das Großraumbüro. Die beiden anderen Frauen, Bailey und Greta, zogen hörbar die Luft ein. Fasziniert starrten sie Brian Bradshaw in einer Art und Weise an, aus der man hätte schlussfolgern können, dass sie noch nie ein männliches Wesen gesehen hatten.

Zugegeben, der Mann sah in seinem dreiteiligen anthrazitfarbenen Anzug fantastisch aus und die rosafarbene Krawatte, die er dazu trug, verlieh Brian Bradshaw ein fast italienisches Aussehen. Trotz allem war das in Alleysons Augen kein Grund ihn wissen zu lassen, welche Wirkung er auf das weibliche Geschlecht hatte. Aber sehr wahrscheinlich war er an solche Reaktionen gewöhnt.

„Stören wir, Alleyson?“, wandte sich der Chef zunächst direkt an sie.

„Selbstverständlich nicht”, widersprach sie lächelnd und legte Freds Skizze zurück auf den Tisch.

„Sehr gut. Wenn ich dann kurz um Ihre Aufmerksamkeit bitten dürfte”, sprach Alex allgemein in den Raum. „Ich möchte Ihnen allen gerne meinen Neffen, Brian Bradshaw, vorstellen. Wie Sie wissen, werde ich nicht jünger und es wird Zeit, dass ich das Unternehmen auf die Zukunft und damit auf eine neue Generation vorbereite. Glücklicherweise ist es mir gelungen, Brian dazu zu überreden, nach Hause zu kommen, um für die nächsten Wochen in die Alex Taylor Inc. hineinzuschnuppern. Ich denke, ich muss niemandem von Ihnen erklären, wie viel es mir bedeutet, wenn die Marke in Hand der Familie bleiben würde.“

Mittlerweile hatten sich alle Mitarbeiter erhoben und waren neugierig näher gekommen. Nacheinander stellte Alex Taylor seine Designer vor. „Das sind Bailey Miller, Greta Firestone, Steven Boo, Justin White und Fred Holsten“

Mit einem offenen Lächeln begrüßte Brian jeden einzelnen, bevor er seine Aufmerksamkeit auf Alleyson richtete.

„Und das hier, Brian, ist meine Chefdesignerin, Alleyson Winters”, stellte Alex Taylor vor.

Freudig hielt Brian ihr seine Hand zur Begrüßung entgegen. Dabei blickten sie seine Augen derart intensiv an, dass Alleyson glaubte, ihr Herz würde auf der Stelle stehenbleiben.

„Wir hatten bereits schon gestern Abend das Vergnügen.“ Angenehm drang Brians tiefe Stimme an ihr Ohr.

„Das stimmt. Guten Morgen, Mr Bradshaw und herzlich Willkommen”, nahm sie seine Hand über den Tisch hinweg entgegen.

Erstaunt weiteten sich Alleysons Pupillen, als ihre Hände sich berührten und ein Stromschlag durch ihren Körper fuhr. Reflexartig wollte sie ihre Hand zurückziehen, doch Brian hielt sie für eine weitere Millisekunde fest.

Sie hat es auch gespürt, stellte er zufrieden fest, bevor er antwortete. „Vielen Dank. Aber bitte, nennen Sie mich Brian.“ Immer noch lächelnd ließ er ihre Hand los.

Auch heute Morgen trug Alleyson ihre Haare hochgesteckt. Die hellen Perlen in ihrem Haar betonten dabei ihre eleganten Gesichtszüge ebenso wie ihr dezentes Makeup. Der zarte rosafarbene Lippenstift hatte den gleichen Ton wie ihr seidenes Wickelkleid, das sich wie maßgeschneidert um ihre Kurven legte. Als sie einen Schritt zurücktrat, sah Brian, dass es ihr bis zu den Knien reichte.

Was sie wohl für Schuhe dazu trägt?, fragte er sich automatisch. Hart schlug sein Herz gegen seinen Brustkorb und er fühlte, wie sich sein Glied in seiner Hose regte. Wann hatte er das letzte Mal eine solche Reaktion auf einen einfachen Händedruck verspürt?

Er räusperte sich leise, da er seiner Stimme gerade nicht traute und sah sich interessiert in dem offenen Raum um. Die Schreibtische waren lediglich durch niedrige Stellwände voneinander abgeschirmt, sodass der Raum in seiner gesamten Größe wirken konnte. In der hinteren Ecke, seitlich der großen Fensterfront, standen drei Kleiderstangen, auf denen jeweils einige Kleidungsstücke hingen, sowie ein hohes Regal, in dem sich verschiedene Stoffmuster befanden. Direkt vor der Fensterwand stand ein drei Meter langer weißer Holztisch. Auf der linken Raumseite war ein zweiter Raum durchdeckenhohe Glaswände abgetrennt. Darin befand sich ein weiterer großer Tisch mit zehn Stühlen.

„Hier hat sich einiges verändert", stellte Brian fest.

„Ich hoffe, es macht Ihnen nichts aus." Ein wenig verunsichert sah Alleyson zu Alex Taylor hinüber.

„Wir haben Aarons Büro in einen Besprechungsraum umgewandelt", erläuterte der Seniorchef. „Es war Alleysons Idee, die Wände herauszureißen und dafür einen gläsernen Raum zu gestalten. So wirkt alles luftiger und transparenter."

Zustimmend nickte Brian. „In der Tat. Hier könnte ich mich auch wohlfühlen. Aber wo arbeiten Sie, Alleyson? Ich darf sie doch so nennen?"

Alleyson nickte. „Mein Schreibtisch steht dort drüben", erklärte sie und deutete auf den ersten Schreibtisch nahe des Eingangs.

„Sie haben kein eigenes Büro?", wunderte sich Brian.

„Nein, warum?", schüttelte Alleyson überrascht den Kopf.

Dort, wo Brian herkam, war ein eigenes Büro ein Statussymbol und soweit er wusste, galt das für die meisten Unternehmen. Vage erinnerte er sich noch an ein Telefonat mit Aaron, währenddessen dieser ihm erzählte, dass er den Posten der Personalchefin neu besetzen müsse.

Die Dame, die die Position bisher inne gehabt hatte, war schwanger geworden und hatte, nachdem das Kind auf der Welt war, nur noch halbe Tage arbeiten wollen. Merkwürdigerweise hatte sie kein Problem damit gehabt, die Verantwortung abzugeben, denn diese Führungsposition konnte nicht mit einer Halbtagsstelle kombiniert werden. Der Verlust ihres eigenen Büros hingegen, den die berufliche Änderung mit sich gebracht hatte, hatte auf einem anderen Blatt Papier gestanden. Diesen hatte sie nicht einfach akzeptieren wollen und hatte sich dementsprechend vehement dagegen gewehrt. Doch ganz offensichtlich legte Alleyson Winters keinen Wert auf eigene vier Bürowände.

Interessiert betrachtete Brian sie. Was für ein Mensch war diese Frau? Auf jeden Fall musste er sie näher kennenlernen. Sein Gefühl hatte ihm bereits gestern signalisiert, dass es sich lohnen würde, mit dieser jungen Dame mehr Zeit zu verbringen und gerade verstärkte sich dieses Gespür noch einmal.

Ruhig hielt Alleyson seinem Blick stand, obwohl sie innerlich vor Nervosität schauerte. Magisch zogen sie die Augen dieses Mannes an. Sie blickten völlig offen, unvoreingenommen und freundlich. In diesem Moment beneidete Alleyson den Mann um die Eigenschaft, einem fremden Menschen so unbefangen gegenüberstehen zu können. Der Gedanke ließ einen traurigen Schleier über ihre grüne Iris ziehen, den Brian sofort registrierte.

Am liebsten hätte er spontan nach ihrer Hand gegriffen, doch unabhängig davon, dass gerade sechs weitere Menschen um sie herum standen, die glücklicherweise nichts von ihrem stummen Wortwechsel mitbekamen, hatte Alleyson den Abstand zwischen ihnen weiter vergrößert und das, obwohl bereits ein ganzer Tisch zwischen ihnen stand.

Ebenfalls interessant, fand Brian. Modemenschen und insbesondere Designer galten in der Regel als extrovertiert. Alleyson hingegen wirkte eher kontaktscheu.

„Ich weiß nicht. Vermutlich wundert es mich nur, weil die Leitung aller anderen Abteilungen in einem eigenen Büro sitzt", erklärte Brian, als ihm bewusst wurde, dass Alleyson noch immer auf eine Antwort von ihm wartete.

„Die Kreativen haben in diesem Unternehmen schon immer eine Sonderstellung gehabt", lachte Alex. „Solange die Arbeit hier oben stimmt, ist mir alles recht. Meine Damen, meine Herren, wir sehen uns heute Nachmittag."

Mit diesen Worten verließ Alex Taylor das Großraumbüro, doch Brian folgte seinem Onkel nicht sofort. Zuerst wollte er sich noch von Alleyson verabschieden. Er musste einfach noch einmal die weiche Haut ihrer zarten Finger in seinen Händen spüren.

Zögerlich trat Alley einen Schritt vor, um seine Hand entgegenzunehmen. Würde ein weiterer Blitzschlag durch ihren Körper fahren? Die Luft zwischen ihnen lud sich spürbar auf, doch der erwartete Schlag blieb dieses Mal aus. Stattdessen wurde es in ihrem Magen flau und ihre Brüste zogen sich zusammen.

„Dann bis nachher", verabschiedete sich Brian

„Ja, bis später", antwortete Alleyson verwirrt und wunderte sich, wie sie es geschafft hatte, ihrer Stimme einen solch normalen Ton zu verleihen.

„Wow! Ist der Typ heiß!", flüsterte Bailey hinter ihm her. „Und ich dachte, mit meinem neuen Verehrer Jack einen Sechser im Lotto gezogen zu haben", schmollte sie weiter, musste dabei aber grinsen.

„Allerdings ist er heiß. Und er trägt keinen Ehering", stellte Greta schmachtend fest.

„Oh Mann, Frauen! Kaum hat einer eine gute Figur und ein paar Haare auf dem Kopf, schon dreht ihr völlig durch", kommentierte Fred spöttisch.

„Na ja, ich finde ihn auch scharf. Meint ihr, er ist vielleicht schwul?", warf Justin in hoffnungsvollem Ton in den Raum.

„Ah!", schrie Greta entsetzt.

„Spinnst du?", rief Bailey aus und sah ihn völlig entgeistert an.

„Na ja, könnte schon sein", zwinkerte Fred Justin verschwörerisch zu.

„Niemals!", behauptete Greta mit überzeugter Stimme.

„Ich finde, der Gedanke ist nicht von der Hand zu weisen", überlegte Steven. „Aber egal wie, er hat einen super knackigen Po. Wenn ich nicht gerade mit Pablo so glücklich wäre, ..."

„Aah!", kreischte Greta erneut. „Sei still. Allein der Gedanke, dass so ein Juwel der Damenwelt nicht zur Verfügung stehen könnte, macht mich schon krank."

„Kinder, Kinder", lachte Alleyson, „Ich schätze, ihr werdet es früh genug erfahren. Jetzt kommt und lasst uns weiter arbeiten. Schließlich gibt es bis zum Meeting heute Nachmittag noch jede Menge zu tun."

KAPITEL 6

„Alex, ich schau mal eben bei Marlene vorbei. Seitdem ich hier bin, habe ich sie noch nicht gesehen und ich möchte sie gerne aktiv begrüßen, bevor wir uns irgendwo zufällig über den Weg laufen", kündigte Brian an, als er nach dem Rundgang mit seinem Onkel wieder vor dessen Sekretariat stand.

„Das ist eine gute Idee. Ihr Büro ist ganz am Ende des Flurs. Ich sehe dich dann später."

„Ja, bis nachher." Mit gemischten Gefühlen ging Brian den breiten Gang entlang.

Völlig überraschend für alle hatten Aaron und Marlene vor vier Jahren geheiratet. Sie hatten sich auf der Geburtstagsparty eines gemeinsamen Freundes kennengelernt und waren von da an unzertrennlich gewesen. Nach nur drei Wochen hatte Aaron um ihre Hand angehalten und weitere vier Wochen später hatte Brian als Trauzeuge neben seinem Cousin vor dem Altar gestanden. So sehr sich Brian damals auch für Aaron gefreut hatte, so sehr wünschte er heute zum wiederholten Male insgeheim, sein Freund hätte jemand anderen geheiratet.

In der Vergangenheit war Marlene immer freundlich zu ihm gewesen und gemeinsam hatten sie einige nette Abende zu dritt verbracht. Trotzdem hatte Brian immer geglaubt, eine unterschwellige Eifersucht zwischen ihm und Marlene zu spüren. Anfangs hatte er versucht, sich davon zu überzeugen, dass er sich dies nur einbildete, denn der Gedanke war für ihn gar zu abwegig gewesen. Schließlich hätte er niemals eine Konkurrenz für eine Frau im Leben seines Cousins sein können. Doch dieses intuitive Gefühl war niemals ganz verschwunden.

Die ersten zwei Jahre waren Aaron und Marlene im siebten Himmel gewesen. Dann jedoch hatte Marlene in der zehnten Schwangerschaftswoche ihr gemeinsames Baby verloren und von da an hatten die ersten Steinchen zu bröckeln begonnen. Marlene litt an Versagensängsten, wurde immer eifersüchtiger und Aaron musste für jede Minute, die er zu spät nach Hause kam, Rechenschaft ablegen.

Nur wenige Tage vor seinem tödlichen Unfall hatte Aaron seinen Cousin für einen Abend in Houston besucht und ihm sein Leid geklagt. Er war sich seiner Gefühle gegenüber seiner Frau nicht mehr sicher, wusste aber, dass er derzeit nicht mit ihr darüber reden konnte. Zunächst brauchte Marlene seine ganze Unterstützung.

Aaron hatte verstanden, dass der Verlust eines Embryos für eine Frau schwieriger zu verkraften war als für einen Mann. Doch nach gut zehn Monaten fiel es ihm immer schwerer, geduldig mit seiner Frau zu sein. Es gab keinen medizinischen Grund, dass sie nicht wieder schwanger werden und ein gesundes Kind zur Welt bringen konnte. Doch Marlene wollte nicht einmal mehr Sex mit ihm haben und ihre grundlosen Eifersuchtsszenen raubten ihm seine geliebte Kreativität.

Verzweifelt hatte er Brian erzählt, wie er stundenlang mit einem gespitzten Bleistift in der Hand vor einem leeren Blatt Papier saß, genau wissend, dass jeder Strich verschwendetes Material war, weil das Ergebnis niemals seinem Anspruch an sich selbst genügen würde. Keine vier Tage nach dem Gespräch mit Brian war Aaron gestorben, was Marlene in eine tiefe Depression gestürzt hatte.

In der ersten Zeit nach der Beerdigung hatte Brian regelmäßig bei Marlene angerufen. Er war sogar einige Male an einem Samstag oder Sonntag zu Cleo und Alex gefahren, obwohl es ihn zutiefst geschmerzt hatte. Er hatte versucht, Marlene aufzubauen, weil er wusste, dass Aaron es von ihm erwartet hätte. Doch Marlene hatte jede Hilfe und Unterstützung solange abgewehrt, bis Brian schließlich aufgegeben hatte. Es war nicht so, dass er Marlene nicht mochte. Er hatte nur kein persönliches, geschweige denn ein inniges Verhältnis zu ihr.

„Sie ist eine frustrierte, gehässige Kuh. Ich sag's dir", hörte Brian in diesem Moment eine helle Stimme aus Marlenes Sekretariat dringen. Verdutzt blieb er stehen.

„Abigail, pssst! Nicht so laut!", mahnte eine zweite Stimme.

„Soll sie es von mir aus doch hören. Wenn Andrew mich endlich heiratet, bin ich sowieso von hier verschwunden. Erinnere dich doch nur mal an die arme Ella."

„Ella hat sich ihr Grab selbst geschaufelt", stellte die zweite Stimme richtig.

„Meine Güte, Maddie. Sie hat sich ein Kleid ausgeliehen. Für einen Abend. Das ist doch wahrlich keine Tragödie. Das Kleid hing am nächsten Montag wieder genau dort, wo sie es Freitagabend weggenommen hatte. Niemand hat den Fetzen übers Wochenende gebraucht und wenn Marlene nicht zufällig an jenem Sonntag in die Schneiderei gegangen wäre, hätte ihn nicht einmal jemand vermisst."

„Richtig war es trotzdem nicht."

„Nein, das war es nicht. Aber es war auch kein Grund, sie sofort rauszuschmeißen. Eine Verwarnung hätte absolut genügt. Denk außerdem nur mal an den armen Thomas Henderson. Erinnerst du dich, wie er sie damals um eine Vorauszahlung seines Bonus' gebeten hat und sie ihn einfach abgewiesen hat?"

„Ja, das war wirklich mies von ihr. Als ob er es mit seinem Kind nicht schon schwer genug hat."

„Ganz ehrlich, ich weiß nicht, wie du diese Frau jeden Tag erträgst."

„Madison, verbinden Sie mich bitte mit Mrs Potowski", ertönte Marlenes befehlende Stimme hart durch einen Lautsprecher.

„Sofort, Mrs Taylor", antwortete ihre Sekretärin freundlich.

„Bin schon weg", zischte die helle Frauenstimme und Brian trat augenblicklich zwei große Schritte zurück, sodass es so aussah, als ob er gerade den Flur entlang kommen würde. Noch wollte er die beiden Frauen nicht wissen lassen, dass er ihr Gespräch mit angehört hatte.

„Hallo", grüßte die junge Frau automatisch, als sie aus dem Sekretariat trat und Brian sah.

„Guten Morgen. Ich glaube, wir kennen uns noch nicht. Ich bin Brian Bradshaw", hielt Brian sie auf, indem er sich vorstellte.

Neugierig musterte ihn die Zwanzigjährige. „Abigail Roberts. Sind Sie neu?"

„Mein erster Tag heute."

„Na dann, viel Spaß. Wir sehen uns", verabschiedete sich Abigail und warf ihren dunklen Lockenschopf aufreizend nach hinten.

Ganz bestimmt, dachte Brian, während sein Blick auf das Schild neben der Tür fiel: ‚Sekretariat Mrs Marlene Taylor'. Darunter stand etwas kleiner: ‚Madison Gayle'.

„Hallo. Sie sind Madison Gayle, richtig?“ grüßte Brian die kleine rundliche Frau hinter dem Schreibtisch, die er auf Mitte vierzig schätzte.

Skeptisch musterte ihn die Angestellte, denn ohne Anmeldung verirrte sich kaum jemals ein fremdes Gesicht in die sechste Etage. „Und Sie sind?“

„Brian Bradshaw. Ist Mrs Taylor da?“, kam er ohne Umschweife sofort zur Sache.

„Ja, aber ohne Termin ...“

„Ich bleibe nicht lange”, verkündete Brian und war bereits auf dem Weg zu Marlenes Bürotür. Hinter sich hörte er, wie Madison aufsprang und ihm folgte.

„Mr Bradshaw, Sie können nicht einfach ...”, rief sie aufgeregt, doch da hatte er die Tür bereits geöffnet.

„Hallo, Marlene”, grüßte er fröhlich, während er mit offenen Armen auf Aarons Witwe zuging.

„Brian!”, rief seine Schwägerin erstaunt aus.

„Mrs Taylor, es tut mir leid. Er ist einfach durchgegangen. Ich habe Mr Bradshaw gesagt, dass er einen Termin braucht”, stammelte ihre Sekretärin mit hochrotem Kopf.

„Es ist schon in Ordnung, Mrs Gayle. Vielen Dank. Aber warten Sie noch einen Moment mit dem Anruf, um den ich Sie gerade gebeten hatte.“

„Selbstverständlich.“ Unsicher sah die Sekretärin von ihrer Chefin zu Brian und wieder zurück. Dabei kam sie wohl zu dem Entschluss, dass sie tatsächlich gehen konnte, denn mit einem Mal drehte sie sich herum und schloss leise die Tür hinter sich.

„Es ist schön, dich zu sehen, Brian”, begrüßte ihn Marlene mit zwei Wangenküssen.

„Ebenso. Du siehst gut aus, Marlene.“

„Na ja. Danke. Ich kann dir gar nicht sagen, wie froh ich bin, dass du da bist, um die oder den Verantwortlichen für die gestohlenen Entwürfe zu finden. Alex ist total verzweifelt. Hat er dir gesagt, wie ernst, die Sache ist?“

„Ja, ich weiß alles. Ich verspreche, ich werde tun, was ich kann.“

„Das ist gut. Ich bin sicher, du wirst herausfinden, wer dahinter steckt. Aaron hat immer gesagt, du bist der beste.“

Brian schluckte bei der Erwähnung seines Cousins, kam aber dann direkt zur Sache. „Marlene, kann ich dich etwas fragen?

Erinnerst du dich an eine Ella, die hier bis vor zwei Jahren gearbeitet hat?“

„Ella Wensworth, ja. Sie hat ihre Ausbildung zur Einzelhandelskauffrau bei uns gemacht, beziehungsweise angefangen. Nach neun Monaten mussten wir sie entlassen, weil sie sich an unserer Musterkollektion bedient hat. Wie kommst du auf sie?“

„Ach, der Name ist irgendwo gefallen”, antwortete Brian ausweichend und hakte noch einmal nach. „Das heißt, sie hat geklaut?“

„Ja, leider. Im Laufe einiger Wochen sind mehrere Teile unserer Kollektion verschwunden. Wir konnten uns dies nicht erklären, doch eines Tages hat eine unserer Näherinnen Ella dabei beobachtet, wie sie ein dünnes Sommerkleid in ihre Handtasche hat gleiten lassen.“ Marlene seufzte. „Ich hasse es, Leute entlassen zu müssen. Aber in dieser Situation blieb mir leider keine andere Wahl.“

„Natürlich nicht. Weißt du, ob sie ihre Ausbildung mittlerweile woanders beendet hat?“, hakte Brian nach.

„Tut mir leid, da habe ich keine Ahnung. Ich muss gestehen, ich habe ihren weiteren Werdegang nicht weiter verfolgt.“

„Hast du die Geschichte in ihrem Zeugnis erwähnt?“

„Das darf ich nicht. Aber natürlich war mein Schreiben nicht gerade voll überschwänglichen Lobes. Leider gab es auch ansonsten keine Arbeitsleistungen ihrerseits, durch die sie besonders positiv aufgefallen wäre, wenn du verstehst, was ich meine.“

„Wie hat sie die Kündigung aufgenommen? Ich meine, es ist mir schon klar, dass sie keine Luftsprünge vor Freude gemacht hat, aber hat sie ihr Fehlverhalten eingesehen? War sie wütend oder eher sauer?“

„Miss Wensworth hat abgestritten, die Kleidungsstücke gestohlen zu haben. Sie hat behauptet, sich nur einmal ein Kleid ausgeliehen zu haben, wie sie es genannt hat. Angeblich hatte sie fragen wollen, doch niemand in der Geschäftsführung sei mehr im Haus gewesen. Sie hat mich angefleht, meine Entscheidung zu revidieren und ihr eine zweite Chance zu geben, doch natürlich war das vollkommen ausgeschlossen.“

Brian betrachtete Marlene einen Moment nachdenklich. „Bist du sicher, dass es sich nicht um eine einmalige Geschichte gehandelt hat?“

„Alle Beweise sprachen gegen sie. So war sie beispielsweise an allen Tagen, an denen Kollektionsteile verschwunden waren, die Letzte, die in dem Raum gewesen war. Außerdem bin ich aufgrund eines dringenden Fototermins an jenem Montag erst nachmittags dazu gekommen, das Gespräch mit Miss Wensworth zu führen und zu jenem Zeitpunkt war das entwendete Kleid ebenfalls noch nicht zurück in unserem Fundus. Ich darf doch davon ausgehen, dass sie sicherlich im Laufe des Vormittags eine Gelegenheit gefunden hätte, das Kleid zurückzuhängen, wenn dies denn in ihrer Absicht gelegen hätte. Am Ende spielt es aber auch keine Rolle. Sie hat Firmeneigentum ohne Erlaubnis entwendet und ein solches Verhalten ist nicht tragbar”, erklärte Marlene bestimmt, bevor sie fortfuhr.

„Als sie merkte, dass auch ihre Tränen meine Entscheidung nicht rückgängig machen würden, wurde sie wütend. Jetzt, wo du mich darauf ansprichst, fällt mir ein, dass sie sogar gesagt hat, dass ich ihre Entlassung eines Tages bereuen würde.“

Einen Moment lang hing Marlene den Erinnerungen nach. Dann schüttelte sie leicht ihren Kopf. „Ich weiß, worauf du hinauswillst, aber beim besten Willen kann ich mir nicht vorstellen, dass das etwas zu bedeuten hat. Miss Wensworth hat die Worte unbedacht im Affekt gesprochen. Ich bin wahrlich kein Fan von Miss Wensworth, aber mit den Diebstählen im Haus hat sie ganz sicher nichts zu tun. Das ist mehr als eine Nummer zu groß für sie.“

„Wir werden sehen“, antwortete Brian ausweichend, bevor er sich verabschiedete. „Ich will ich dich aber jetzt nicht länger aufhalten. Du hast bestimmt zu tun.“

„Kein Problem, Brian. Wenn ich dir helfen kann, den Spion zu fassen, kannst du mich jederzeit stören.“

Nachdenklich verließ Brian das Büro. Offenbar hatte Ella ihrer Freundin Abigail nicht die ganze Wahrheit gesagt. Konnte es sein, dass Ella einen solchen Hass entwickelt hatte, dass sie versuchte, der Firma zu schaden?

Im Gegensatz zu Marlene würde er selbst zum aktuellen Zeitpunkt nicht so weit gehen, Ella Wensworth als Verdächtige auszuschließen. Schließlich musste nicht zwangsläufig jemand von der Taylor Inc. die Kollektionen CbH angeboten haben. Es war schließlich ebenso denkbar, dass die Initiative von dem Konkurrenten ausgegangen war, der jemanden mit einer entsprechend negativen Einstellung gegenüber dem Unternehmen gesucht hatte. Das wiederum würde für Ella bedeuten, dass sie jemanden in der Firma gebraucht hätte, der ihr die Entwürfe besorgt hatte. Vielleicht Abigail Roberts? Hatten die beiden Frauen noch immer Kontakt? Waren sie vielleicht sogar befreundet?

Nachdem, was Brian heute gehört hatte, wusste er, dass die Frau Marlene nicht mochte. Es würde interessant sein in Erfahrung zu bringen, wie sie grundsätzlich zu der Firma stand, die ihr ein monatliches Auskommen sicherte.

Natürlich bedeutete Abigails Abneigung gegenüber Marlene nicht automatisch, dass sie sich nicht ansonsten loyal gegenüber ihrem Arbeitgeber verhielt. Allerdings beschloss Brian, die Frau auf jeden Fall im Laufe der nächsten Tage etwas gründlicher durchzuchecken. Ebenso wie Thomas Henderson, dessen Namen er im Moment nicht einsortieren konnte. Er hatte ihn schon einmal gehört, doch derzeit fehlte ihm ein Bild vor Augen. Offensichtlich gab es aber einige Angestellte, die mit Marlenes Meinung nicht immer einverstanden waren.

Für Brian stellten sich in diesem Moment zwei Fragen. Zum einen, ob es dafür einen berechtigten Grund gab und zum anderen, wie Thomas Henderson die unliebsame Entscheidung seiner Vorgesetzten aufgenommen hatte.

Noch immer in Gedanken versunken trat Brian kurz darauf in das kleine Büro, das ihm sein Onkel für die Zeit im Unternehmen zur Verfügung gestellt hatte. Die Größe entsprach mehr einer Besenkammer, aber das war Brian egal. Er hatte ohnehin nicht vor, sich viel hier aufzuhalten.

Mit zwei Knopfdrücken ließ er seinen Computer hochfahren und gab das Passwort ein, das es ihm ermöglichte auf alle internen vertraulichen und nicht vertraulichen Daten zuzugreifen. Zielstrebig öffnete er den Server der Personalabteilung und gab Thomas Henderson als Suchbegriff ein. In weniger als einer Sekunde hatte er den Lebenslauf des Mannes vor sich.

Thomas Henderson, zweiundvierzig Jahre, geschieden, ein Sohn, seit achtzehn Jahren im Unternehmen. Anscheinend hatte

Henderson direkt nach seinem Studium der Betriebswirtschaft bei Alex Taylor in der Personalabteilung angefangen.

In der elektronischen Akte des Mannes standen keine besonderen Vorkommnisse. Gewissenhaft schien er seine Aufgaben zu erledigen und bisher hatte er seine Jahresziele immer erreicht. Soweit Brian das beurteilen konnte, bewegte sich sein Gehalt im Verhältnis zu seiner Position in einem angemessenen Rahmen. In Kombination mit seinem Jahresbonus war Henderson sogar eher am oberen Limit, mutmaßte Brian und nahm sich vor, mit dem Mann baldmöglichst ein Gespräch zu führen, um sich persönlich einen Eindruck von ihm zu verschaffen. Doch zuerst musste er dringend alle Personaldaten kopieren und an seinen Partner Mitch in Houston schicken.

„Hey, Kumpel, wie ist es im Unternehmen der eigenen Familie zu ermitteln", wollte Mitch wissen, als Brian ihn eine Viertelstunde später anrief.

„Wie überall anders auch. Alles in Ordnung im Büro?"

„Klar. Stuart und Reece haben heute Nacht einen Verdächtigen im Fall Thatcher verhaftet. Chief Apleton ist völlig aus dem Häuschen. Wenn du also irgendetwas brauchst, wäre gerade ein guter Zeitpunkt, ihn darum zu bitten."

„Wie wäre es mit einer ordentlichen Kaffeemaschine fürs Büro?", schlug Brian sarkastisch vor.

„Gute Idee. Ich kann's ja mal versuchen, aber viel Hoffnung habe ich nicht", hörte er seinen Partner durch das Telefon grinsen. „Ich hab gesehen, du hast mir gerade eure Personaldaten geschickt."

„Ja, habe ich. Kannst du die Namen checken?"

„Alle?", erkundigte sich Mitch und tat entsetzt.

„Stell dich nicht so an. Es sind lediglich hundertzweiundvierzig und die meiste Arbeit macht der Computer."

„Schon gut. Ich setz mich gleich dran. Sind das alle aktuellen Mitarbeiter?"

„Die meisten. Drei haben das Unternehmen in den letzten beiden Jahren verlassen. Die Namen habe ich dir gelb markiert. Vielleicht kannst du herausfinden, was sie in der Zwischenzeit gemacht haben, beziehungsweise machen. Sieh dir dabei bitte besonders eine Ella Wensworth an."

„Alles klar. Ich melde mich, sobald ich was habe."

„Danke dir."

„Keine Ursache. Solange du nicht da bist, ist es herrlich ruhig hier. Man kommt mal richtig zum arbeiten."

„Was du nicht sagst", konterte Brian sarkastisch. „Dann kannst du die Zeit ja nutzen und unsere Protokolle auf einen aktuellen Stand bringen."

„Nun, ein bisschen Arbeit muss ich für dich schon noch lassen", lachte Mitch. „Nicht, dass du am Ende noch in Corpus Christi bleiben willst, weil du das Gefühl hast, hier nicht mehr gebraucht zu werden."

„Darüber brauchst du dir keine Gedanken zu machen", erwiderte Brian sofort. „Das wird in keinem Fall passieren."

„So schlimm?", erkundigte sich Mitch einfühlsam und zum ersten Mal während des Telefonats musste Brian einen Moment überlegen.

„Im Großen und Ganzen ist es okay. Heute Morgen war ich in Aarons Büro oder zumindest an dem Ort, an dem sein Büro einmal gewesen ist. Ich habe den Moment gefürchtet, doch es war nicht so schlimm, wie ich gedacht habe. Vielleicht lag es daran, dass die neue Chefdesignerin alles umgebaut hat."

„Und damit hattest du kein Problem?"

„Nein. Ich glaube sogar, dass es Aaron gefallen hätte", gestand Brian und musste bei dem Gedanken lächeln. Vielleicht hatte sein Onkel recht und es war gut, dass er gezwungen war, sich seinen Emotionen zu stellen. „Heute Abend fahre ich zu Alex und Cleo zum essen. Ich hoffe, das wird eine ähnlich positive Erfahrung."

„Du weißt, Brian, wenn du reden willst, musst du nur anrufen. Egal um welche Uhrzeit. Ich habe auch kein Problem, mich spontan ins Auto zu setzen und zu dir zu kommen."

„Ich weiß, Mitch, und dafür bin ich dir wirklich dankbar."

„Kein Thema", winkte sein Partner ab und wechselte von dem ernsten Ton, den ihr Gespräch angenommen hatte zu einem leichteren. „Jetzt mach ich mich allerdings besser an die Arbeit deiner Angestelltenliste, sonst ist bei deiner Rückkehr kein einziges weiteres Protokoll geschrieben."

„Davon will ich dich auf keinen Fall abhalten."

„Das dachte ich mir. Mach's gut, Brian."

KAPITEL 7

„Alleyson, ich habe morgen früh einen Termin mit der Werbeagentur und wir müssen vorher dringend noch einige Punkte zu ihren Vorschlägen bezüglich der neuen Kampagne besprechen”, klang Peter Limptons Stimme durch Alleys Telefonhörer.

Nach der gestrigen unschönen Konfrontation hatte die Designerin allerdings kein Interesse an einer Zusammenkunft mit dem Kollegen, doch sie wusste, dass sie um diesen Termin nicht herum kam. Sie musste die Vorschläge bezüglich der neuen Werbung mit ihm durchgehen. Seufzend blickte sie auf ihre Uhr.

„Jetzt geht es nicht, Peter. Ich müsste bereits seit zwei Minuten in einer Besprechung sein. Wie wäre es gegen vier?“

„Passt. Kommst du runter oder gehen wir rüber ins Kaffee?“, erkundigte sich Peter wie beiläufig. Doch Alleyson wusste es besser.

Krampfhaft hielt ihre linke Hand die Tischplattenkante fest, und sie schloss für einen Moment die Augen. Tief durchatmen. Das hier war kein privates Gespräch und auch wenn Peter als Leiter Marketing mit ihr beruflich auf einer Ebene stand, konnte sie ihm nicht die Antwort geben, die ihr auf der Zunge lag. Darum bemüht, eine offene Konfrontation zu vermeiden, antwortete sie schließlich ruhig: „Komm du bitte hoch.”

„Alley, bei euch ist alles offen. Kein vernünftiger Mensch kann sich da konzentrieren.“

Eben. Hier war alles offen und das aus gutem Grund. Keine zehn Pferde brachten Alleyson alleine in einen Raum mit Peter Limpton. Nicht, nachdem er sie gestern angefasst und sie in seine wütend blitzenden Augen geblickt hatte.

„Du wirst dich schon daran gewöhnen. Bis später, Peter”, beendete Alleyson das Gespräch und erhob sich.

Als sie sich umdrehte, sah sie Brian in der offenen Tür des Besprechungsraumes stehen. Wie lange stand er schon da? Hatte er ihr Gespräch etwa belauscht? Sofort begann sich ihr Herzschlag zum zweiten Mal an diesem Tag aus dem Nichts heraus zu erhöhen.

„Peter Limpton? Der Typ von gestern?", erkundigte er sich tatsächlich auch sogleich, als sie auf ihn zuging.

„Ja", seufzte Alleyson, während sie in sicherer Entfernung zwei Schritte vor ihm stehen blieb. „Unsere Abteilungen haben einige inhaltliche Abstimmungspunkte. Insbesondere vor neuen Kollektionen und Werbekampagnen."

Aufmerksam beobachtete Brian ihre Mimik. Es war offensichtlich für ihn gewesen, dass ihr das Telefonat unangenehm gewesen war. Doch bevor er etwas sagen konnte, deutete sie auf den Raum hinter ihm, in dem bereits alle anderen Designer versammelt waren.

„Darf ich?"

„Sicher", antwortete Brian und trat zur Seite, um sie eintreten zu lassen.

Als Alleyson an ihm vorbei ging, nahm er zum ersten Mal ihr Parfum wahr. Ein Hauch von Vanille und Patchouli stieg ihm in die Nase. Eine Kombination, die ihm die Sinne raubte. Für einen kurzen Moment stützte er sich mit einer Hand am Türrahmen ab und folgte ihr mit den Augen.

Sein Blick wanderte über ihren grazilen Rücken hinunter zu ihrem Po, wo er einen Moment hängen blieb. Eigentlich hätte man annehmen sollen, dass eine solch schlanke Person keine erwähnenswerte Rundung an dieser Stelle hatte. Doch weit gefehlt. Alleysons Po war fest und rund und unglaublich sexy.

Sofort spürte Brian seine Männlichkeit, die in diesem Punkt mit seinem Kopf völlig einer Meinung war. Besser, er wandte seinen Blick woanders hin. Schnell senkte er den Kopf, doch damit fiel seine Aussicht auf schier endlose, schlanke Beine, die über wohlgeformte Waden in schmale Fesseln übergingen. Ihre Füße steckten in hohen beigefarbenen Pumps, die in diesem Moment, in dem Alleyson Platz nahm, unter dem Tisch verschwanden.

Brian hob den Kopf und unwillkürlich begegnete sein Blick dem von Alleyson. Umgehend fühlte er sich ertappt und zurück in seine Pubertät versetzt. Was war nur mit ihm los? Er war hier, um zu arbeiten und nicht um eine hübsche Frau zu bewundern. Im gleichen Moment bemerkte er jedoch, wie lange es her war, dass er eine faszinierende Frau getroffen hatte.

Die letzten zwei Jahre waren mit zu viel Arbeit gefüllt gewesen und die spärliche Freizeit hatte er meistens in Gesellschaft seiner männlichen Kumpel verbracht. Allen voran mit Mitch, der ihm im Laufe der Zeit ein treuer Freund geworden war.

Ebenso wie Brian hatte sein Partner keine feste Beziehung, geschweige denn eine Familie, die zu Hause auf ihn wartete. Insofern verwunderte es nicht, dass sie oftmals noch nach Feierabend oder auch an den Wochenenden gemeinsam zum Sport oder ein Bier trinken gingen.

Nur gut, dass Mitch nicht hier ist, dachte Brian, genau wissend, dass sein Partner ihn tagelang aufgezogen hätte, wenn er den Blick, mit dem er Miss Winters gerade betrachtet hatte, mitbekommen hätte.

Noch immer sah Alleyson ihn leicht irritiert an und Brian erkannte, dass ihr seine Musterung unangenehm war. Er konnte regelrecht spüren, wie sie sich innerlich ein weiteres Stück von ihm distanzierte, während sie gleichzeitig versuchte, ihn als Person neu zu beurteilen und einzuordnen.

Augenblicklich bedauerte er, dass er ihr durch sein Verhalten Anlass gegeben hatte, die Mauer um sich herum ein Stück höher zu ziehen. Dabei war es sein Ziel gewesen, diese Stein um Stein abzutragen. Noch während er überlegte, wie er die Situation retten konnte, kam seine Schwägerin herangeeilt.

„Entschuldigen Sie bitte die Verspätung", grüßte Marlene hektisch, während sie ihre Unterlagen auf dem Tisch vor ihrem Platz ausbreitete. „Ich soll Ihnen von Alex ausrichten, dass er leider aufgehalten wurde. Er meinte, wir sollen schon ohne ihn anfangen. Was mich betrifft, würde ich jedoch gerne mit den großen Themen auf ihn warten. Ist das für Sie in Ordnung, Miss Winters?"

„Selbstverständlich", antwortete Alleyson und öffnete ihre Arbeitsmappe.

Alle in der Firma redeten sich mit Vornamen an. Alle, außer Marlene Taylor. Sie bestand auf Mrs Taylor und benutzte im Gegenzug ebenfalls nur die Nachnamen aller Angestellten.

„Gut. Ich denke, wir sollten die Gelegenheit nutzen, um einen Blick auf Miss Millers erste Entwürfe zu werfen, die ich letzte Woche in Auftrag gegeben habe."

Die junge Frau wurde bleich. „Ich ... äh, ich bin noch nicht soweit, Mrs Taylor", stotterte Bailey sichtlich verlegen.

„Was soll das heißen, Sie sind noch nicht soweit?“ Verärgert funkelten Marlenes Augen die jüngste Designerin über den Tisch hinweg an. „Haben Sie etwa noch gar nicht angefangen?“

„Doch, natürlich. Ich meine nur, ich ... äh, Alleyson hat sie noch nicht gesehen.“

„Das ist nicht tragisch”, bemerkte Marlene mit einer wegwischenden Handbewegung. „Wir sind hier schließlich unter uns und ich erwarte nicht, dass Sie in vier Tagen eine fertige Kollektion vorzuweisen haben. Ich will nur sehen, was Sie haben, um sicherzustellen, dass es das ist, was wir uns in der Geschäftsführung vorstellen, und da ich mit Alex die letzte Verantwortung trage ...“ Mit hochgezogenen Brauen ließ sie den Rest des Satzes im Raum schweben.

Zutiefst verunsichert sah Bailey zu Alleyson hinüber. Schließlich war sie ihre direkte Vorgesetzte und alle wussten, dass jeder Entwurf zunächst von ihr abgesegnet werden musste, bevor ihn jemand außerhalb der Designabteilung zu sehen bekam.

Alleyson betrachtete ihre Leute als ihr Team und es war für sie eine Selbstverständlichkeit, dass sie sich nach außen als eine Einheit präsentierten. Dies schloss auch die Geschäftsleitung ein. Alleyson übernahm die volle Verantwortung für alles, was im fünften Stock entworfen wurde. Im Gegenzug verließ nichts dieses Büro, solange es nicht mit ihr abgestimmt war. Jeder hier wusste das. Warum also spielte Marlene ganz bewusst gegen die Regeln?

Innerlich kochte Alleyson vor Wut. Äußerlich hingegen ließ sie sich nichts anmerken. Sie nickte Bailey kurz zu, wobei sie ihr ein aufmunterndes Lächeln schenkte.

Wie Marlene richtig betont hatte, gehörte sie zur Geschäftsleitung. Daran war nicht zu rütteln und Alleyson konnte sich ihrem Wunsch nicht widersetzen. Zumindest nicht in diesem Moment mit all ihren Mitarbeitern im Raum. Nichtsdestotrotz nahm sie sich vor, mit Alex Taylor über diesen Vorfall zu sprechen. Schließlich hatte sie, als sie die Abteilungsleitung übernommen hatte, ihre Regeln nicht ohne Grund eingeführt.

In ihren Augen war es Zeitverschwendung, halbfertige Skizzen zu präsentieren, da die meisten Menschen sich nicht vorstellen konnten, wie sich daraus ein fertiges Design entwickeln würde. Unnötige Erklärungen und zeitintensive Diskussionen waren die Folge. Darüber hinaus waren Designer ein Völkchen für sich. Sie waren alle kleine Individualisten und Künstler, die in ihrer eigenen Welt lebten.

Nicht kreativ arbeitende Menschen brachten oftmals nicht das nötige Gespür für die Beurteilung schöpferischer Arbeit mit. Sie wussten nicht, wie viel Seele in einem Entwurf steckte und legten an eine Skizze die gleichen Kriterien an wie an eine Powerpointpräsentation der letzten Umsätze.

Alleysons Erfahrung nach machte dies in kürzester Zeit mehr kaputt, als man in Monaten harter Arbeit aufbauen konnte. Daher hatte sie vor anderthalb Jahren kurzerhand alle wöchentlichen Geschäftsleitungsmeetings gestrichen und präsentierte die Vorstellungen ihres Teams seitdem erst, wenn die Entwürfe weiter fortgeschritten waren und auch der Laie erkennen konnte, in welche Richtung sich eine Kollektion entwickelte.

So weit sie wusste, hatte Alex keinen Grund, dieses Vorgehen plötzlich zu ändern. Bisher war er mit ihrer Arbeit grundsätzlich mehr als zufrieden gewesen.

Überrascht von dem herrschenden Ton sah Brian seine Schwägerin an. Dann wanderte sein Blick zu Bailey, bevor er feinfühlig die unterschiedlichen Minen am Tisch beobachtete. Dabei stellte er fest, dass nicht nur er ein leicht beklemmendes Gefühl verspürte.

Mit wenigen Sätzen hatte es Marlene geschafft, eine motivierte, positive Arbeitsstimmung zu zerstören. Niemand sprach mehr auch nur ein einziges Wort. Stattdessen warfen sich alle verstohlene Blicke zu. Lediglich Alleyson saß noch mit einer offenen Körperhaltung am Tisch.

Allerdings konnte sich Brian des Eindrucks nicht erwehren, dass sie diese zur Beruhigung ihrer Mitarbeiter bewusst zur Schau stellte und sie dies einiges an innerer Mühe kostete.

Immer noch verständnislos suchte Brian in Gedanken nach einem Grund für die Szene vor ihm. Wenn er es nicht besser gewusst hätte und seinen Onkel nicht so gut kennen würde, hätte er gesagt, hier wappnete sich jeder für einen kommenden Sturm.

Mittlerweile war Bailey mit ihren Zeichnungen in den Besprechungsraum zurückgekehrt. Mit zitternden Fingern und kleinen weißen Magneten heftete sie ihre Skizzen auf das große Whiteboard, das über eine gesamte Wandlänge des Raumes reichte. Zaghaft erklärte sie ihre Gedanken.

„Etwas lauter, bitte, Miss Miller. Ich kann Sie nicht verstehen", forderte Marlene in einem generalstabsmäßigen Ton. Dabei lehnte sie sich mit verschränkten Armen an eine der Glaswände.

Bailey zuckte zusammen, doch sprach sie nun lauter weiter. Als sie geendet hatte, sah sie erneut unsicher zu Alleyson hinüber. Diese schob einladend den Stuhl neben sich zurück und bedeutete Bailey damit, neben ihr Platz zu nehmen.

Im gesamten Raum herrschte Todesstille. Jedem am Tisch war bewusst, dass keine der Zeichnungen der ganz große Wurf war. Selbst Brian konnte das sehen. Dennoch verstand er nicht, warum jeder wie ein betroffenes Schulkind, das eine heftige Standpauke des Lehrers fürchtete, nach unten starrte.

„Miss Miller, ich will ehrlich sein", begann Marlene auch sogleich in einem solch frostigen Ton, dass es Brian schauderte. Fassungslos sah er Aarons Witwe an, als sie auch schon weitersprach.

„Das hier ist so ziemlich das Allerletzte, was ich je gesehen habe. Einfallslos, langweilig, hinterwäldlerisch, ..." Mittlerweile überschlug sich ihre Stimme vor Zorn.

„Marlene.", unterbrach Brian vorsichtig, denn das hier ging definitiv zu weit.

„Halt dich da raus, Brian", richtete sie ihre rabiate Stimme nun gegen ihn. „Du hast keine Ahnung, worum es letztlich geht. Du bist noch nicht eingearbeitet und daher heute lediglich als Beobachter zugelassen."

Mit funkelnden Augen wandte sich die Frau wieder Bailey zu, die mit eingefallenen Schultern auf ihrem Platz saß und versuchte, ihre zitternden Hände in ihrem Schoß zu verbergen. „Miss Miller, ich habe keine Ahnung, was mein Mann in Ihnen gesehen hat, als er sie damals eingestellt und nach Ihrer Ausbildung auch noch übernommen hat. Doch ganz offensichtlich ist es einer seiner größten Fehler gewesen. Sie sind nicht einmal in der Lage, ein einfaches Sommerkleid ..."

Ungläubig starrte Brian seine Schwägerin an. Nichts hatte ihn im Vorfeld auf eine solch persönlich angreifende Schimpftirade vorbereitet. Er wusste wohl, dass Marlene ungehalten sein konnte. Aaron hatte ihm davon erzählt und auch wie sehr er fürchtete, dass seine Ehe eines Tages darüber kaputt gehen würde. Doch niemals hatte er mit einem derart unprofessionellen Ausbruch gerechnet.

Nur mit Mühe hielt die junge Designerin die Tränen in ihren Augen zurück.

Gast oder nicht, das war Brian nun reichlich egal. Ein solches Verhalten war grundsätzlich nicht akzeptabel. Gerade wollte er sich erheben, als sein Blick auf Alleyson traf, die ihre Hand mittlerweile beruhigend über Baileys geballte Fäuste gelegt hatte. Es war eine Geste, die Brians Herz berührte, da sie der jungen Designerin den dringend benötigten Zuspruch vermittelte. Mit Sicherheit gab es nicht viele Führungskräfte, die in einer solchen Situation mit einer derart empathischen Geste reagierten. Unabhängig davon wurde es jedoch Zeit, dass er eingriff. Sowohl Marlenes Ton als auch ihre Wortwahl gingen zu weit.

Anscheinend hatte Alleyson jedoch Brians Intention aufzustehen und einzugreifen in seinen Augen gelesen, denn als sich ihre Blicke jetzt über dem Tisch begegneten, schüttelte sie leicht ihren Kopf. Dann erhob sie sich langsam.

„Mrs Taylor, ich denke, ...", versuchte sie Marlene höflich zu unterbrechen.

„Habe ich gefragt, was Sie denken, Miss Winters?", fuhr die Frau sie sofort an. „Halten Sie sich raus, solange ..."

„Mrs Taylor, ich kann mich nicht raushalten, wenn Sie eine meiner Mitarbeiterinnen angreifen", fiel Alleyson ihr erneut ins Wort. Dabei klang ihre Stimme fest und klar, jedoch in keiner Weise provozierend.

Brian kam nicht umhin, Alleyson für ihre Haltung zu bewundern. Seit Marlenes Wutausbruch versuchte sich jeder am Tisch so klein wie möglich zu machen. Selbst dem Ältesten unter ihnen, Fred Holston, war deutlich anzusehen, dass er in diesem Moment lieber überall anders auf der Welt gewesen wäre, als ausgerechnet in diesem Raum.

Mitleidig blickte jeder aus gesenkten Augen zu Bailey und war gleichzeitig doch froh, nicht selbst an ihrer Stelle zu sein. Die zehn Jahre jüngere Alleyson Winters jedoch, die selbst so zerbrechlich wirkte, hatte sich erhoben, um Marlene entgegenzutreten. In diesem Moment wusste Brian, warum sein Onkel ihr die Führung übertragen hatte und ihre nächsten Worte bestätigten das, was Alex ihm gestern von ihren persönlichen und menschlichen Qualitäten geschildert hatte.

Ungläubig starrte Marlene die Designerin an. „Was fällt Ihnen ein, ..."

„Mrs Taylor, ich bin verantwortlich für meine Mitarbeiter und jede einzelne Zeichnung, die mein Team entwirft. Wenn Sie also mit einer Leistung nicht zufrieden sind, so sollten zunächst wir beide das miteinander klären."

Einen Moment lang sahen sich beide Frauen schweigend an. Marlenes Augen funkelten immer noch wütend, doch ungläubige Sprachlosigkeit hatte sich in ihren Gesichtszügen ausgebreitet. Seit Aarons Tod hatte niemand die Unverschämtheit besessen, sich ihr in den Weg zu stellen.

Alleysons Augen hingegen blickten völlig ruhig. Dabei ließ sie jedoch keinen Zweifel daran, dass sie keine weitere Beleidigung Baileys dulden würde.

„Was ist passiert?", ertönte plötzlich Alex Taylors tiefe Stimme in der Tür. Mit hochgezogenen Augenbrauen sah er von Alleyson zu seiner Schwiegertochter. Er brauchte keine besonderen psychologischen Kenntnisse, um zu erkennen, dass hier gerade ein Gespräch eskaliert war. Die Stimmung im Raum war derart eisig, dass man trotz der hohen Außentemperaturen problemlos auf die Klimaanlage hätte verzichten können.

„Bitte, überzeug dich selbst." Mit einer ausladenden Handbewegung trat seine Schwiegertochter zur Seite und zeigte auf die Entwürfe an der Magnetwand.

„Was ist das?", fragte Alex ruhig.

„Das sind Miss Millers Vorstellungen unserer nächsten Sommerkollektion. Ich habe mir erlaubt, sie als langweilig zu bezeichnen."

Das war wohl selbst bei bestem Willen gelinde ausgedrückt. Gerade wollte Brian ansetzen, um die Sache richtigzustellen, als Alleysons Blick ihn erneut ausbremste. Woher wusste diese Frau immer, was er vorhatte? Doch er musste ihr recht geben. Dieser Kampf war nicht sein Kampf. Egal wie sehr es ihn auch in den Fingern juckte, er durfte sich nicht einmischen. Zumindest nicht heute, nicht jetzt und nicht hier.

Längst hatte er entschieden, dass er mit Alex über Marlene sprechen musste. Trauer hin oder her. Ein solches Verhalten war seines Erachtens auf keinen Fall tragbar. Für den Moment jedoch lehnte sich Brian erst einmal aufmerksam in seinem Stuhl zurück. Wie würde sein Onkel die Situation handhaben?

Zum ersten Mal fiel Brian auf, dass er Alex nie zuvor als Geschäftsführer in einer Krisensituation erlebt hatte. Er hatte ihn häufiger mit Aaron zu Hause diskutieren gehört, er hatte während des Abendessens seinen Erzählungen gelauscht, doch nie hatte er seinen Onkel live und in Farbe erlebt. Dies war auch für ihn eine neue Erfahrung.

Wenn er ehrlich war, interessierte ihn jedoch vor allem, was Alleysons nächster Zug sein würde. Dafür musste sich Brian allerdings noch einen Moment gedulden, denn zunächst einmal gab Alleyson ihrem Chef Zeit, sich selbst ein Bild von den Entwürfen zu machen.

Bedächtig betrachtete Alex Taylor die Zeichnungen. Dann wandte er sich fragend an seine Chefdesignerin. „Alleyson?"

„Mrs Taylor hat darauf bestanden, Baileys Entwürfe zu sehen. Dies hier sind allererste Ideenskizzen, die bisher noch niemand im Team gesehen hat, geschweige denn, dass wir im Team darüber diskutiert haben. Selbst Bailey hat noch keinen zweiten Gedanken auf eine der Zeichnungen verwendet", erklärte Alleyson in einer ruhigen Stimme, die nichts Wertendes in sich trug. Mit keinem Wort erwähnte sie Marlenes sprachlichen Ausfall, sondern konzentrierte ihre Darstellung ausschließlich auf eine sachliche Ebene.

„Ich verstehe", sagte Alex Taylor und warf einen Blick auf die völlig aufgelöste Jungdesignerin.

„Ich weiß nicht, was sie überhaupt noch bei uns macht. Das alles zeigt ganz eindeutig, dass Miss Miller mit unserer Linie überfordert ist", warf Marlene ein. Ihr Ton war jetzt ruhiger, aber nicht weniger kalt und beleidigend als zuvor.

Noch bevor ihr Schwiegervater jedoch etwas entgegnen konnte, ergriff Alleyson erneut das Wort. „Wenn ich meine Meinung zu den Zeichnungen äußern darf, so muss ich sagen, dass ich die Entwürfe nicht schlecht finde."

Aus den Augenwinkeln heraus nahm Brian wahr, wie jeder am Tisch versuchte, sich seine Entgeisterung nicht anmerken zu lassen. Doch selbst seinem Onkel gelang es nicht vollständig.

„Verstehst du jetzt, was ich meine?", triumphierte Marlene.

„Nun, ...", räusperte sich Alex Taylor ein wenig verlegen.

„Einen Moment bitte, Alex", unterbrach ihn Alleyson, während sie bereits aufstand und zu den Zeichnungen hinüber ging. Dabei nahm sie einige dicke Farbstifte mit.

„Darf ich, Bailey?", bat sie um die Erlaubnis, auf die Blätter zeichnen zu dürfen. Erst nachdem sie Baileys Zustimmung durch ein kurzes Kopfnicken erhalten hatte, fuhr Alleyson fort.

„Wir sollten eines bedenken. Dies hier sind die ersten Rohentwürfe einer dreiundzwanzigjährigen, die erst vor zwei Jahren ihre Ausbildung beendet hat und dafür finde ich sie ziemlich gut. Einige Ideen haben ein hervorragendes Potential, zum Beispiel dieses Sommerkleid. Machen wir aus dem Rundhalsausschnitt ein ‚V' und verlängern die Ärmel zu 7/8 Ärmeln hat das Kleid sofort eine andere Wirkung." Zügig zeichnete sie die Veränderungen mit einem dicken schwarzen Edding ein.

„Oder hier, dieses Etuikleid. Es wirkt zu streng und zu konservativ durch den Farbstreifen in der Taille. Nehmen wir jedoch eine andere Farbteilung, ..." Mit schnellen Strichen zeichnete sie die Form des Kleides noch einmal daneben, „... beispielsweise weiß und schwarz und trennen nicht in der Taille, sondern unterhalb des Busens ..." Einen Moment legte sie ihren Kopf schief, bevor sie nach einem anderen Farbstift griff.

„Nein, das ist zu hart. Rosa und ein dunkles Grau wirken besser. Dann ist es ein elegantes Kleid, das zu vielen Anlässen getragen werden kann. Unter Umständen können wir auch überlegen, die Länge des Kleides über das Knie zu ziehen und die helle Farbe mit einem Endstreifen noch einmal aufzugreifen."

Mit zwei Strichen verlängerte sie den Rock und gab der Frau anschließend rosafarbene High-Heels.

Bewundernd folgte Brian ihren Ausführungen. Mit einem Mal hatte er das Gefühl, eine völlig fremde Frau vor sich zu haben. Die Frau, die gerade auf der anderen Seite des Raumes stand und die die Spitzen der Stifte nur so übers Papier flitzen ließ, hatte nicht mehr die geringste Ähnlichkeit mit der Frau, die er gestern Abend auf dem Parkplatz getroffen hatte. Alles an ihr strahlte eine Souveränität aus, die keinerlei Platz für Unsicherheit oder gar Angst ließ. Alles an ihr sprühte voller Elan und Leidenschaft.

„Auch das Kleid hier hat einen guten Ansatz", fuhr Alleyson begeistert fort und setzte ihren Stift erneut an. „Es hat nur den falschen Stoff. Es braucht Chiffon statt Baumwolle, damit der Rock fliegen kann und vielleicht nehmen wir Knöpfe am Rücken statt eines Reißverschlusses. Das verleiht ihm eine gewisse Pfiffigkeit."

In wenigen Minuten hatte es Alleyson mit ihrem Enthusiasmus geschafft, die Atmosphäre im Raum zu drehen. Alle saßen wieder aufrecht und konzentriert am Tisch, während sie ihren Änderungsvorschlägen lauschten. Bewunderung für Alleysons Auge, das mehr gesehen hatte als alle anderen, stand jedem im Gesicht geschrieben. Selbst Bailey konnte schon wieder lächeln.

„Ich denke, hiermit können wir arbeiten", schloss Alleyson überzeugt, nachdem sie noch an weiteren drei Skizzen Änderungen vorgenommen hatte, und nahm wieder Platz. Erwartungsvoll sah sie in die Runde.

Fred war der Erste, der sich aus seiner Verblüffung löste. Langsam, aber laut begann er zu applaudieren und nacheinander fielen alle aus ihrem Team ein.

Alleyson errötete. „Hört auf. Bitte."

„Nein, das war großartig, Alleyson", lobte Alex. „Ihr Auge und ihre Kreativität erstaunen mich immer wieder."

„Danke", antwortete Alley, bevor sie tiefstapelnd weitersprach. „Aber ich habe nicht viel gemacht. Die Hauptleistung kam von Bailey. Es ist einfach, einen Entwurf zu verbessern. Die wirkliche Arbeit steckt in dem Grundkonzept." Kurz drückte sie die Hand der jungen Frau, wobei sie ihr gleichzeitig verschwörerisch zuzwinkerte. Marlene indessen saß mit zusammengekniffenen Lippen auf ihrem Platz und schwieg.

„Dann kommen wir zu der Herrenlinie", lenkte Alex Taylor auf das Thema, weshalb sie eigentlich heute zusammengekommen waren. „Bekommen wir das in den nächsten sechs Monaten hin?"

„Ja, das schaffen wir. Zumindest wenn wir die Hauptdesigns in der nächsten Woche verabschieden können. Fred, stellst du kurz vor, was wir haben?", forderte Alleyson ihren ältesten Mitarbeiter auf.

Während der nächsten Stunde wurde konstruktiv über Schnitte und Stoffe diskutiert und Brian brummte am Ende der Kopf. So viele Fremdwörter waren in den vergangenen sechzig Minuten gefallen, dass er Mühe gehabt hatte, alles aus dem restlichen Zusammenhang zu verstehen. Ehrlicherweise musste er jedoch zugeben, dass das Problem unter Umständen, oder zumindest nicht ausschließlich, auf mangelnde Fachkenntnisse zurückzuführen war, sondern vielleicht einfach seiner mangelnden Konzentration zu schulden war. Schließlich waren seine Gedanken zwischendurch immer wieder zu Alleyson abgewandert. Die junge Designerin faszinierte ihn einfach immer mehr.

Diese Frau hatte nicht nur ein hübsches Gesicht, war kreativ und verstand ihr Fach von Grund auf. Darüber hinaus besaß sie eine Art, Menschen zu begeistern und zu überzeugen, wie sie nur wenig andere besaßen.

Aaron hatte diese Eigenschaft ebenfalls besessen. Kein Wunder, dass er Alleyson unbedingt für das Unternehmen hatte gewinnen wollen und wie außerordentlich schade, dass er nicht mehr die Gelegenheit gehabt hatte, mit ihr gemeinsam zu arbeiten. Brian war sich sicher, dass die beiden in der Branche wahre Feuerwerke ausgelöst hätten.

„Ist alles in Ordnung mit Ihnen?“, erkundigte sich Alleyson, während sie Brian mit leicht geneigtem Kopf aufmerksam über den Tisch hinweg betrachtete.

„Wie bitte?“, schreckte Brian auf und sah sich erstaunt um. Zu seiner Überraschung war er mit Alleyson allein im Raum. Alle anderen waren bereits gegangen. Nur sein Onkel stand noch in der Tür und unterhielt sich mit Steven.

„Alles okay?“, wiederholte Alleyson noch einmal mit sanfter Stimme. Ganz offensichtlich hatte sich der Mann mit seinen Gedanken gerade ganz woanders befunden und wenn sie mit ihrer Vermutung richtig lag, war es kein fröhlicher Ort gewesen.

„Nein, ich meine, ja, alles in Ordnung. Ich bin nur müde. Dieses ganze Fachjargon ist ziemlich anstrengend für ein Greenhorn wie mich”, antwortete Brian ausweichend, während er sich mit der Hand durch die Haare fuhr.

Alleyson lachte kurz auf. „Ich bin sicher, Sie werden es schnell lernen.“ Dann raffte sie die Papiere vor sich zusammen und stand auf.

Fieberhaft überlegte Brian wie er das Gespräch mit ihr in Gang halten konnte. Noch war er nicht bereit, sich von ihr zu verabschieden. Die rettende Idee kam ihm, als sein Blick auf die Uhr fiel: zwanzig vor vier. „Würde es Ihnen etwas ausmachen, wenn ich Ihrem Gespräch mit Mr Limpton beisitze?“

Verdutzt sah Alleyson ihn an. Dann wurde ihr Blick argwöhnisch, doch Brian beeilte sich zu erklären:

„Ich meine, natürlich nur als Gast. Ich werde ganz still sein. Versprochen! Sehen Sie, irgendwie muss ich so schnell wie möglich die Vorgänge im Unternehmen kennenlernen wie auch die

Besonderheiten der Modebranche verstehen, und dafür bin ich sowohl hier als auch im Marketing an der besten Stelle."

Alleyson überlegte einen Moment. Was Brian gesagt hatte, stimmte. Dennoch bezweifelte sie, dass dies der einzige Grund für sein Interesse war. Allerdings musste sie zugeben, dass sie keine Lust hatte mit Peter alleine zusammenzusitzen, und höchstwahrscheinlich würden nach der Geschichte mit Mrs Taylor all ihre Kollegen ziemlich schnell ihre Sachen zusammenpacken und nach Hause gehen.

Auch wenn es ihr während der Sitzung gelungen war, die Konzentration aller wieder einzufangen, so wusste Alleyson doch, dass die Motivation für heute im Keller war. Im Grunde ging es ihr nicht anders. Aber sie musste zumindest noch das Meeting mit Peter über die Bühne bringen. Vielleicht konnte Brians Anwesenheit an der Stelle sogar hilfreich sein, überlegte sie. Auf diese Weise würde Peter zumindest beim Thema bleiben.

„Was sollte es mir ausmachen?", lächelte sie Brian daher flüchtig an und verließ schnell den Raum, bevor er noch etwas erwidern konnte.

Erleichtert atmete Brian tief durch. Gleichzeitig mahnte er sich jedoch zu erhöhter Aufmerksamkeit. Er würde aufpassen müssen. Schließlich war er aus einem bestimmten Grund hier. So sehr er es sich auch wünschte, er durfte Alleyson Winters nicht zu nah an sich heranlassen. Doch er wusste, das war leichter gesagt als getan.

Als sie ihn eben aus seinen Gedanken gerissen hatte, hatte er für einen kurzen Moment geglaubt, dass sie gewusst hatte, wo er gedanklich gewesen war. Ihre Augen schienen bis in seine innerste Seele geblickt zu haben und ihm zu signalisieren, ich verstehe dich. Doch das war natürlich blanker Unsinn. Trotzdem hatte es von seinem Brustkorb bis in die Fingerspitzen gekribbelt und selbst jetzt spürte er noch das angenehm warme Gefühl, dass sich in seinem Oberkörper ausgebreitet hatte.

Brian gestand sich ein, dass er sich darüber freute, eine weitere Stunde mit Miss Winters verbringen zu können und wenn er ihre Mimik gerade nicht völlig falsch gedeutet hatte, war auch ihr das nicht unangenehm. Eine innere Stimme erinnerte ihn, dass dies wahrscheinlich weniger an ihm als Person lag, sondern vielmehr der Tatsache geschuldet war, dass Alleyson nicht mit Peter

Limpton alleine sein wollte. Doch diesen Gedanken verdrängte er schnell wieder.

„Kommst Du, Brian?“, drehte sich Alex zu seinem Neffen um, der daraufhin zu ihm hinüberging.

„Miss Winters hat noch einen Termin mit Peter Limpton bezüglich der neuen Werbekampagne. Ich hatte vor, sie zu begleiten.“

„Das ist eine gute Idee. Dann sehen wir uns später zu Hause.“

„Ganz bestimmt. Sag Cleo, ich werde pünktlich zum Essen da sein.“

„Das mache ich. Fahr vorsichtig, bitte.“

„Immer, Alex”, versicherte Brian seinem Onkel ernst, da er wusste, dass die Worte für Alex mehr als nur eine Floskel waren. Dann ließ er seinen Blick suchend durch den großen Raum schweifen.

Aufgrund der offenen Raumkonzeption entdeckte er Alleyson sofort. Sie stand auf der anderen Seite des Raumes und mit einer Hand auf Baileys Schulter redete sie leise auf die junge Frau ein. Er konnte nicht verstehen, was sie sagte, vermutete aber, dass es aufmunternde Worte waren. Gerade holte sie einen Einkaufskorb unter Baileys Schreibtisch hervor und drückte ihn der Designerin in die Hand.

Nanu? Schickte sie Bailey etwa schon nach Hause? Um diese Uhrzeit?

Aber wahrscheinlich ist das das Beste, musste Brian zugeben. Wahrscheinlich brachte in dieser Abteilung heute ohnehin niemand mehr etwas Produktives zustande. Tatsächlich beobachtete er, wie auch alle anderen ihre Schreibtische aufräumten und sich zum Gehen bereit machten.

„Alley, wir setzten uns noch drüben im Café zusammen. Kommst du nach?“, rief Justin durch den Raum.

„Nein, ich glaube heute nicht, danke. Wir sehen uns morgen”, lehnte Alleyson freundlich ab.

„Gut, dann bis morgen”, verabschiedete sich Justin und alle anderen winkten ihr zu.

„Was ist mit Ihnen, Brian? Haben Sie Lust uns zu begleiten?“, wandte sich Greta an Alex Neffen.

„Das nächste Mal”, lehnte Brian freundlich ab. „Ich muss heute noch etwas über Medienwirkung lernen, sonst werde ich nie verstehen, worüber Sie alle hier reden.“

„Wenn Sie aufgepasst haben, konnten Sie heute schon jede Menge lernen. Es gibt Dinge, die sind wichtiger als die Entscheidung, ob man das Model mit den braunen oder den blonden Haaren bucht", brummte Fred, wobei er Brian herausfordernd ins Gesicht blickte.

„Fred!“, mahnte Alley leise, aber bestimmt.

„Schon gut, Alleyson", erwiderte Brian, ohne seinen Blick von dem Mann abzuwenden. „Jeder hat ein Recht darauf, seine Meinung frei zu äußern und seien Sie versichert, Fred, ich habe aufgepasst.“

„Beruhigend", konterte der Mann in einem Ton, der sagte ‚Ich bin gespannt, was du mit dem Wissen machst.' Eine weitere Sekunde sahen sich die beiden Männer in die Augen, dann wandte sich Fred Holsten schließlich um. „Kommt, wir verschwinden.“

Greta zwinkerte Brian noch einmal zu, dann drehte auch sie sich um und verließ gemeinsam mit den anderen das Büro.

„Marlenes Benehmen tut mir leid", bedauerte Brian, während er den Abstand zwischen sich und Alleyson verringerte. „Ich möchte mich dafür entschuldigen.“

Intuitiv wollte Alley einen Schritt zurückweichen, doch hinter ihr stand direkt Baileys Schreibtisch. Als sie gegen das Holz stieß, zuckte sie erschrocken zusammen und ihr Blick glitt für den Bruchteil einer Sekunde hinüber zur Tür. Allerdings hatte sie sich sofort wieder unter Kontrolle und als sie sprach, klang ihre Stimme normal.

„Sie haben keinen Grund, sich für Mrs Taylors Verhalten zu entschuldigen. Sie sind nicht für sie verantwortlich.“

Insgeheim fragte sich Brian, ob er sich gerade getäuscht hatte, doch er war sich sicher, in Alleysons Augen einen Anflug von Panik aufflackern gesehen zu haben, auch wenn er sich keinen Grund dafür vorstellen konnte. Automatisch war er jedoch stehengeblieben.

„Es tut mir trotzdem leid. Kommt ...", Brian suchte nach den richtigen Worten, doch fand sie nicht. „Kommt so etwas häufiger vor? Ich meine, dass sie ...“ Wieder stockte er.

„Dass sie sich im Ton vergreift?“, half Alleyson freundlich nach.

Die Formulierung war stark untertrieben, aber Brian nickte.

„Hin und wieder, ja. Meistens jedoch im Marketing und der Presseabteilung. Diese beiden Ressorts sind ihr direkt unterstellt, wohingegen wir Alex unterstehen.“

„Weiß Alex davon?“

Alleyson überlegte einen Moment, bevor sie antwortete. „Ich denke schon. Ich kann mir nicht vorstellen, dass ihm etwas Entscheidendes in dieser Firma entgeht.“

Brian seufzte. „Wahrscheinlich hat er Mitleid mit Marlene. Aarons Tod hat sie in eine tiefe Depression gestürzt. Früher war sie ein anderer Mensch.“

„Der Tod ist grausam”, stellte Alleyson fest und es war die Art, wie sie es sagte, die Brian erkennen ließ, dass auch Alleyson ihre Erfahrung mit dem endgültigen Verlust eines geliebten Menschen hinter sich hatte.

Noch bevor er etwas entgegnen konnte, ging sie jedoch zu ihrem Schreibtisch hinüber und holte die Unterlagen, die sie für ihre nächste Besprechung brauchte.

„Ich sollte noch etwas frischen Kaffee kochen“, bemerkte sie dabei.

„Das kann ich machen. Die Küche ist gleich neben dem Aufzug, nicht wahr?“

„Richtig”, bestätigte Alleyson und atmete erleichtert auf, als sich Brian entfernte. Der Mann verunsicherte sie und das gleich in mehrfacher Hinsicht. Dabei war das größte Problem für sie, dass sie ihn nicht einschätzen konnte. Brian Bradshaw passte in keine der von ihr selbst angelegten Kategorien.

Es gab Momente, in denen ein natürlicher Beschützerinstinkt von ihm ausging. Dies war sowohl gestern Abend als auch am Nachmittag im Besprechungsraum der Fall gewesen, wo sein Schutz sich an Bailey gerichtet hatte. Ohne jeden Zweifel wusste Alleyson, dass Brian für die junge Designerin Partei ergriffen hätte, wenn sie Marlene nicht ausgebremst hätte. Der Mann war niemand, der tatenlos zuschaute. Im Gegenteil.

Brian war ein Mann, der sich Ungerechtigkeit in den Weg stellte und der für seine Werte eintrat. Dabei glaubte Alleyson jedoch zu spüren, dass er auch vor körperlichem Einsatz nicht zurückscheuen würde. Obwohl ihr dies Angst machte, durchströmte sie im selben Augenblick ein Gefühl absoluter Sicherheit, das sie seit Jahren nicht mehr kannte.

Gleichzeitig rief Brian Bradshaw allerdings auch noch eine ganze Reihe anderer Gefühle hervor, die sie zutiefst verunsicherten. Dachte sie beispielsweise an den Blick, mit dem er sie gemustert hatte, als sie vor ihm den Meetingraum betreten hatte, verspürte sie sofort wieder ein leicht flaues Gefühl in ihrem Magen. Zu ihrer eigenen Verwunderung konnte sie allerdings nicht eindeutig sagen, ob es ein negatives Gefühl war.

Männliches Interesse hatte deutlich in seinen Augen gestanden und das alleine hätte für Alleyson Grund genug sein müssen, jeden weiteren Kontakt mit dem Mann zu meiden. Stattdessen hatte sie ihm gestattet, ihrem Gespräch mit Peter Limpton beizuwohnen.

Weil ein Treffen mit beiden Männern zusammen sicherer ist als mit einem von ihnen alleine, beruhigte sich Alleyson, doch sie wusste, dass sie sich selbst belog. Die Wahrheit war, dass Brians Blick ihr gefallen hatte. Zum ersten Mal seit acht Jahren hatte sie sich als Frau fühlen wollen und das Kribbeln in ihrem Magen war sogar für einen kurzen Moment lang angenehm gewesen. Um genau zu sein, war es exakt solange angenehm gewesen, bis ihre Angst übernommen hatte.

Tatsache war, Brian Bradshaw passte in keine ihrer Kategorien, und das bedeutete im gleichen Atemzug, dass er auch nicht in die Schublade ‚Sicher' gehörte. Das alleine war Grund genug, sich von ihm fernzuhalten.

Als Brian wenig später mit einer Kanne frisch gebrühten Kaffees in das Großraumbüro zurückkehrte, saßen Alleyson und Peter bereits einander im Besprechungsraum gegenüber.

„Du siehst wie immer bezaubernd aus", hörte er Peters sanfte Stimme durch den leeren Raum dringen, während er schon von Weitem sah, wie sich der Mann ihr über dem Tisch entgegenbeugte.

Automatisch vergrößerte Brian seine Schritte, indessen Alleyson ihren Stuhl wütend nach hinten stieß, aufstand und ihre Hände auf der Tischplatte aufstützte. „Peter! Wir sind zum arbeiten hier. Wann verstehst du das endlich?"

„Alley, was ist los? Ich habe dir doch nur ein Kompliment gemacht."

„Ich mag keine Komplimente, Peter."

„Unsinn. Jede Frau mag Komplimente."

„Der Kaffee ist fertig! Möchte jemand eine Tasse?“, unterbrach Brian die Diskussion entschieden, während er demonstrativ den Platz neben Alleyson einnahm.

Irritiert sah Peter ihn an. „Was machen Sie hier?“

„Ich lausche Ihrem Meeting. Alleyson hat mir freundlicherweise erlaubt, dabei zu sein.“

Fragend sah Peter zu seiner Kollegin hinüber.

„Das macht dir doch nichts aus, oder?“, erkundigte sich Alleyson, die ihren Stuhl in der Zwischenzeit wieder herangezogen hatte und nun wieder Platz nahm. In ihren Augen stand jedoch noch immer eine Mischung aus Verärgerung und unterdrückter Angst.

„Natürlich nicht”, knurrte Peter. Was hätte er auch anderes sagen können? Schließlich konnte er kaum Alex’ Neffen und Nachfolger von einer Besprechung ausschließen. Seine Körpersprache verriet jedoch, wie wenig ihm diese Überraschung gefiel. Mit zusammengepressten Lippen legte er zwei DIN A2 große Ausdrucke auf den Tisch.

„Das hier sind die beiden besten Vorschläge der Agentur für die neue Anzeigenkampagne. Wie du siehst, zeigt die eine verschiedene Szenen aus dem Leben einer Frau: morgens im Büro, nachmittags beim Spielen mit den Kindern und abends auf einer Cocktailparty. Alles in einem Kleid.“

„Im Prinzip ist es das, was wir bereits im letzten Jahr hatten”, kommentierte Alleyson emotionslos.

„Stimmt, aber es kam gut an. Die zweite Idee zeigt die Frau auf Geschäftsreise mit verschiedenen Kombinationsmöglichkeiten des Kleides.“

„Das ist ebenfalls nichts Neues. Außerdem spricht es auch nicht die gesamte Bandbreite unseres Kundenstammes an. Hatten wir nicht mit der Geschäftsleitung festgelegt, die Aussage soll dieses Mal emotionaler werden?“

„Hatten wir, aber das ist nicht so einfach. Ich habe bereits das Beste aus den Vorschlägen heraussortiert.“

„Ich frage mich wirklich, warum ihr immer noch mit dieser Agentur zusammenarbeitet. Das letzte Mal war schon eine schwierige Geburt.“

Peter zuckte mit den Schultern. „Verträge. Darüber hinaus machen sie uns einen guten Preis.“

„Jeder Preis ist zu teuer, wenn die Leistung dafür nicht stimmt. Aber egal.“ Entschieden drehte Alleyson die Bilder um und dachte nach.

„Warum nehmen wir nicht eine Großfamilie: Mutter, Vater, Großeltern, Tante, Onkel und Kinder verschiedenen Alters. Ziel war es, dass wir die immensen Kombinationsmöglichkeiten unserer Kleidungsstücke in den Vordergrund stellen. Warum nehmen wir nicht eines unserer neuen Muster in Kombination mit weiß oder schwarz. Warte kurz.“

Enthusiastisch lief Alleyson aus dem Raum und kehrte nach kurzer Zeit mit einer Mappe in der Hand zurück. „Zum Beispiel dieses Muster mit Ringen in verschiedenen Größen und Farben.“

Schnell breitete sie das genannte Stoffmuster mit einigen weiteren, die sich mit ihren Unifarben genau den Farbtönen des Originalmusters anpassten, aus. Daneben legte sie Zeichnungen, die den Stoff an Kleidungsstücken abbildeten. Auf einem Papier hatte der Rock das Muster, auf einem anderen der obere Teil eines Kleides. Auf einem anderen Bild war die Bluse in dem Muster zu sehen. „Hiermit schaffen wir Emotionen”, stellte Alleyson fest.

Interessiert folgte Brian dem Gespräch. Wieder einmal hatte er voller Erstaunen beobachtet, wie sich Alleyson vor seinen Augen von einer unsicheren Frau in eine selbstbewusste Designerin verwandelt hatte. Ihn hatte sie mit ihrem Vorschlag längst überzeugt. Doch wie würde Limpton reagieren?

Nach allem, was Brian bislang über den Mann in Erfahrung gebracht hatte, machte er inhaltlich einen guten Job. Er konnte hart verhandeln und hatte ein gutes Gespür für den Markt. Nur schade, dass ihm Letzteres im privaten Bereich völlig fehlte. Aber zumindest schien er seine persönlichen Emotionen für den Moment beiseite geschoben zu haben.

„Hmm”, überlegte er.

„Komm schon, Peter. Du weißt, dass das gut ist. Es ist noch nicht perfekt, aber es ist auch nur eine erste Idee. Es fehlt die Kulisse, die Stimmung. Aber das bekommst du hin.“

„Kannst du die Männer so einkleiden, dass sie ins Bild passen?“, hakte er skeptisch nach.

Mit hochgezogenen Augenbrauen sah sie ihn stumm an.

„Okay, das habe ich verstanden. Natürlich kannst du das”, beeilte sich Peter zu versichern. „In Ordnung, ich gebe zu, es ist besser als das, was die Agentur geliefert hat. Morgen früh stelle ich

Alex und Mrs Taylor die Grundidee vor. Wenn sie ihnen gefällt, lasse ich den Rest ausarbeiten.“

„Prima”, erklärte sich Alleyson einverstanden. „Dann sind wir für heute durch, oder?“

„Ja, das sind wir. Gehen wir etwas essen?“

Sofort verhärteten sich Alleysons Gesichtszüge wieder. „Peter!“, rief sie mahnend aus und Brian erhob sich gleichzeitig mit ihr.

„Schon gut, schon gut”, wehrte der Mann mit erhobenen Händen ab und musterte Brian fast feindselig, während er seine Papiere zusammenlegte. „Ich habe sowieso noch genug zu tun.“ Mit diesen Worten drehte er sich um und verließ den Raum.

Müde seufzte Alleyson.

„Geht das schon lange?“, erkundigte sich Brian mit einem verständnisvollen Blick.

„Ein paar Wochen”, gab Alleyson zu und versuchte erst gar nicht so zu tun, als ob sie seine Frage nicht verstand.

„Fragt er nur oder belästigt er Sie noch auf andere Art?“

Einen Moment überlegte Alleyson. Konnte es sein, dass Peter ihr folgte? Oder konnte Peter sie gestern Abend angerufen und wieder aufgelegt haben? Abgesehen von einem Gefühl hatte sie allerdings nichts in der Hand. Sie hatte nicht einmal den geringsten Beweis, dass sie überhaupt jemand beobachtete, geschweige denn, dass dieser eine Anruf gestern nicht mehr als ein Versehen oder ein blöder Scherz gewesen war. Unmöglich konnte sie den Kollegen auf dieser Grundlage bei Alex Neffen in Verruf bringen.

„Nein, er versteht nur nicht, dass ich keinen privaten Kontakt zu ihm möchte”, antwortete sie schließlich.

Brians Gefühl sagte ihm, da war noch mehr, aber Alleyson gab ihm keine weitere Gelegenheit nachzuhaken. „Schluss für heute. Zumindest hier im Büro.“

„Sie arbeiten Zuhause weiter?“

„Meistens, ja. Zum einen ist es dort ruhiger und außerdem bin ich nicht gerne die letzte im Haus”, gab Alleyson zu.

„Ich bringe Sie zu Ihrem Wagen”, bot Brian an.

„Das ist nicht nötig, danke.“

„Das ist kein Problem. Es wird ohnehin auch für mich Zeit zu gehen. Der Weg ist also derselbe.“

Alleyson verstand, dass sie, ohne weitere Aufmerksamkeit zu erregen, nichts sagen konnte, was Brian von seinem Vorhaben abbringen würde. Dementsprechend gab sie die Diskussion auf. Ihr

Schritt verlangsamte sich jedoch automatisch, als sie sich dem Aufzug näherten.

„Sollen wir die Treppe nehmen?", schlug Brian vor, der ihr Zögern bemerkt hatte.

„Gerne", gab Alleyson zu und klang erleichtert. Dabei warf sie dem Mann neben sich einen neugierigen Seitenblick zu. Ihm schien wirklich nichts zu entgehen.

„Angst vor Aufzügen oder vor kleinen Räumen?", hakte er sanft nach, während er ihr die Tür zum Treppenhaus aufhielt.

Als sie nicht sofort antwortete, überlegte Brian, ob sie die Frage wohl als zu persönlich empfand.

„Vor geschlossenen Räumen", antwortete sie schließlich.

Vor geschlossenen Räumen? Das erklärte, warum sie kein eigenes Büro beziehen wollte und auch warum sie sich einen gläsernen Besprechungsraum gewünscht hatte. Welches Erlebnis ihrer Vergangenheit wohl dafür verantwortlich sein mochte?

Brian wünschte, er könne Alleyson beruhigen und ihr ihre Angst nehmen. Mit einer Intensität, die die Luft in seinem Brustkorb zusammenpresste, wollte er diese Frau sorglos und glücklich sehen. Nicht eine Sekunde lang sollte sie sich vor etwas fürchten müssen.

Unmerklich schüttelte er seinen Kopf. Was war es nur, dass diese Frau ihn so sehr in ihren Bann zog? Schon immer hatte er einen außerordentlich ausgeprägten Beschützerinstinkt gehabt, doch aus irgendeinem Grund war er bei Alleyson Winters noch stärker vorhanden. Das Gefühl, das er ihr gegenüber empfand, war wesentlich persönlicher als in jedem anderen Fall zuvor. Im Moment jedoch konnte er sich darüber keine Gedanken machen, denn die Frau eilte in einem solchen Tempo die Treppen hinunter, dass man glauben konnte, der Teufel höchstpersönlich sei hinter ihr her. Und das auf diesen mörderischen Absätzen. Wie machte sie das bloß?

„Rasen Sie immer so? Oder liegt es an meiner Begleitung?", fragte er halb scherzend, nachdem sie das zweite Stockwerk erreicht hatten.

Abrupt blieb Alleyson stehen. Es war ihr gar nicht aufgefallen, dass sie so schnell gelaufen war. Der Mann musste sie für total verrückt halten. „Weder noch", antwortete sie ausweichend. Sie konnte ihm schließlich nicht sagen, dass sie seine Gegenwart nervös machte. „Mir ist nur gerade eingefallen, dass ich noch dringend etwas besorgen muss und dass das Geschäft in einer halben Stunde schließt."

„Ah, das beruhigt mich. Ich dachte schon, Sie versuchen mich abzuhängen", grinste er verwegen.

Alleyson zwang sich dazu langsamer zu gehen, obwohl ihr ganzer Körper dem Treppenhaus so schnell wie möglich entfliehen wollte.

„Wie viele Anzeigen werden im Jahr geschaltet?", lenkte Brian das Gespräch auf ein geschäftliches Thema in der Hoffnung, sie damit auf andere Gedanken zu bringen.

„Oh, keine Ahnung", gab Alleyson zu. „Wir Designer werden nur für die Gestaltung der Kampagnen mit ins Boot geholt. Alles andere wird von Marketing und Presseabteilung gesteuert."

„Ich schätze, das macht Sinn. Wie viele Kampagnen gibt es?"

„Zwei pro Jahr plus die Kataloge für den Handel."

„Was ist mit einem Direktvertrieb über das Internet?"

„Dazu müssen Sie Alex befragen. So weit ich mitbekommen habe, gibt es Überlegungen ins Online-Geschäft einzusteigen. Aber wie weit er damit ist, weiß ich nicht."

Erleichtert stellte Brian fest, dass sich Alleysons Körperhaltung ein wenig entspannt hatte. Offenbar sprach sie lieber über Berufliches als über Privates.

„Marlene hat mir heute Morgen etwas von einer Kollektion exklusiv für Bentley erzählt."

„Das ist ein neues Projekt", erklärte Alleyson bereitwillig. „Bisher war die Alex Taylor Inc. noch nicht im Corporate-Design-Geschäft tätig, aber wenn es klappt, wäre es eine lukrative und auch interessante Schiene. Wir entwerfen für die Firma aber erst einmal nur einige Prototypen. Mal sehen, was daraus wird."

„Der Vertrag ist also noch nicht unter Dach und Fach?", wunderte sich Brian. Heute Morgen hatte es für ihn so geklungen, als ob das Ganze bereits unterschrieben wäre.

Neben Alleyson trat Brian hinaus in die Sonne und sofort schlug ihnen eine subtropische Hitzewand entgegen. An ihrer Seite begleitete Brian die Designerin über den Parkplatz, wobei er seinen Schritt Alleysons Tempo anpasste.

„Ich mache die Verträge nicht. Meine Information ist, dass wir zunächst nur einige Entwürfe machen und wenn sie dem Kunden gefallen, bekommen wir den Auftrag."

„Sie wissen aber, wie wichtig dieser Auftrag für Alex ist.“ Es klang mehr wie eine Frage als eine Feststellung.

„Sie meinen als Ausgleich für die finanziellen Verluste der letzten Kollektionen”, schlussfolgerte Alleyson sofort.

Zustimmend nickte Brian. Dabei betrachtete er sie aufmerksam. Sie hatte in der Tat einen schlauen Kopf. Was genau wusste sie über die Kopien? „Sie wissen, dass die Konkurrenz Alex letzte Kollektionen kopiert hat?“

Urplötzlich blieb Alleyson neben ihm stehen und alles Blut wich aus ihrem Gesicht.

Irritiert sah Brian sie an. Was war das für eine Reaktion? Hatte sie etwa gedacht, er wüsste nichts von der Geschichte? Oder hatte er sie vielleicht mit diesem Thema eiskalt erwischt? Hatte sie etwas zu verbergen? Überrascht von ihrer extremen Reaktion auf seine Frage, musterte er Alleyson argwöhnisch. Doch die Frau sah ihn überhaupt nicht an. Mit vor Entsetzen geweiteten Augen starrte sie geradeaus. Dann fing ihr ganzer Körper an zu zittern.

„Alleyson, was ist los?“, fragte Brian, auf einmal besorgt. Als er keine Antwort erhielt, folgte er ihrem Blick. Über einen freien Parkplatz hinweg sah er ihr Auto.

„Was um alles in der Welt ist das?“, stieß er verwundert aus, als er plötzlich verstand, dass ihr Verhalten in keiner Weise auf seine Frage zurückzuführen war, sondern sie lediglich auf das reagierte, was sie in einigen Metern Entfernung sah.

Auf der Windschutzscheibe ihres Wagens prangten zwei große rote Buchstaben: F und Y.

Alleyson hörte ihr Blut in den Ohren rauschen und die Welt verschwamm vor ihren Augen.

Nicht ohnmächtig werden, nicht ohnmächtig werden, wiederholte sie für sich stumm. Ihre Hand suchte nach einem Halt, doch um sie herum gab es nichts außer Brian Bradshaw.

„Alleyson”, hörte sie seine Stimme, die aus weiter Ferne zu kommen schien, doch sie konnte sich nicht rühren. Stocksteif stand sie auf dem Parkplatz und konnte nicht einmal ihre Augen bewegen.

Ihre Schockstarre erschreckte Brian und er entschied: Zum Teufel mit ihrem Wunsch nach Distanz. Kurzentschlossen fasste er Alleyson an ihren Oberarmen und schüttelte sie leicht.

„Sehen Sie mich an!“, befahl er freundlich, aber mit Nachdruck.

Tatsächlich richtete Alleyson auch sofort ihren Blick auf ihn. In ihren Augen stand jedoch ein solches Grauen, dass Brian, ohne einen weiteren Gedanken zu verschwenden, sie in seine Arme schloss. Noch immer lief ein leichtes Zittern durch ihren Körper.

„Scht! Es ist alles gut!“, flüsterte er leise und atmete tief ihren Geruch ein.

Ihr Parfum mischte sich mit dem Duft ihres Shampoos, das ihn urplötzlich an seine Mutter erinnerte. Seine Mutter, die ihn liebevoll in den Arm genommen und getröstet hatte, wann immer seine kleine Kinderwelt um ihn herum ins Wanken geraten war.

Automatisch schloss Brian seine Arme noch ein wenig fester um Alleysons zarten Körper mit dem einzigen Wunsch, den Schrecken und die Kälte in ihr zu vertreiben. Brian wusste, dass der Moment der Nähe gleich vorbei sein würde, doch wollte er jede Millisekunde nutzen und seine Gefühle für die Erinnerung speichern, egal wie egoistisch das in diesem Moment auch war.

Sein Gewissen erklärte ihm vehement, dass seine Gedanken in diesem Augenblick völlig fehl am Platz waren. Die Frau in seinen Armen brauchte seine Hilfe. Er hatte nicht das Recht, all die Dinge bewusst wahrzunehmen, die seinen Körper und seinen Geist gerade durchfuhren, doch Brian hatte nicht genügend Kraft, sich seinen Emotionen zu widersetzen.

Überwältigt stellte er fest, wie perfekt Alleysons Körper zu seinem passte. Noch nie war ihm aufgefallen, dass zwei Körper sich derart ergänzen konnten. Seine Wange ruhte an ihrem Kopf und es kostete Brian alle Willenskraft, die Haarnadeln nicht aus ihrem samtigen Haar zu ziehen. Stattdessen konzentrierte er sich auf die Leichtigkeit mit der sein Herz davonzufliegen schien und die Wärme in seiner Brust, die sich in konzentrischen Kreisen in seinem Kreislauf ausbreitete. Langsam steigerte sich die Wärme jedoch zu einer regelrechten Hitze. Vor allem in seiner Lendengegend. Er musste Alleyson loslassen. Zumindest wenn er verhindern wollte, dass sie seine körperliche Erregung spürte.

„Alles ist gut”, flüsterte er noch einmal beruhigend. „Es ist nur eine widerliche Schmiererei.“ Dabei strich er ihr ein letztes Mal über den Rücken und trat zwei Schritte zurück.

„Eine Schmiererei?“, wiederholte sie leise, als ob sie den Inhalt der Worte nicht erfassen konnte.

Brians körperliche Wärme war in dem Moment verschwunden, in dem er die Umarmung gelöst hatte und sofort vermisste Alleyson den Kontakt. Für einen kurzen Augenblick hatte sie sich sicher gefühlt. Doch es war nur eine Illusion gewesen. Sie sollte sich besser konzentrieren und die Welt realistisch sehen.

Brian Bradshaw war ganz gewiss nicht ihr Beschützer. Vielmehr würde er in nicht allzu ferner Zukunft ihr Vorgesetzter werden. Im Grunde spielte es auch keine Rolle, denn es konnte sie ohnehin niemand beschützen. Sie war auf sich alleine gestellt. Seit acht Jahren war sie alleine und nichts würde sich in Zukunft daran ändern.

Brians Stimme riss sie aus ihren Gedanken, doch die Kälte in ihrem Körper blieb.

„Kommen Sie. Wir sehen es uns aus der Nähe an, aber ich glaube nicht, dass etwas beschädigt wurde."

Doch Alleyson bewegte sich keinen Schritt vorwärts. „Ist es ... Bl...Blut?"

Verständnislos kniff Brian die Augen zusammen. „Blut?"

„Es ist rot. Ist es Blut?", fragte sie nochmals. Ihre Stimme klang völlig tonlos.

„Von hier aus ist das schwer zu beurteilen. Für mich sieht es aber eher nach Farbe aus." Suchend sah Brian sich um. In einiger Entfernung stand eine Bank.

„Wollen Sie sich setzen, während ich nachsehen gehe?", schlug er vor, doch Alleyson schüttelte den Kopf.

„Ich komme mit", stieß sie hervor, obwohl sie in diesem Moment nichts lieber getan hätte, als sich umzudrehen und wegzulaufen. Weit wegzulaufen. Nur mit eisernem Willen gelang es ihr, ihre Beine dazu zu bringen, einen Fuß vor den anderen zu setzen. Ihr Herz hämmerte und Alleyson fürchtete mit jedem Schlag, es würde ihr gleich aus der Brust springen.

„Es ist Farbe", stellte Brian fest, als er schließlich davor stand und die Schrift aus nächster Nähe eingehend musterte. „Kann es sein, dass Peter Limpton seinem Ärger auf diese Weise Luft gemacht hat?"

Verständnislos sah Alleyson ihn an. „Peter?"

„Na ja, F.Y., ich vermute, das steht für Fuck You."

Fuck You. Natürlich! Plötzlich fiel ein zentnerschwerer Stein von Alleysons Brust. Gedankenverloren starrte sie auf ihre beschmutzte

Windschutzscheibe. F.Y. stand für Fuck You. Nicht für Filine Young.

Es gab wohl kaum jemanden, der so erleichtert war die Anfangsbuchstaben der Wörter Fuck und You auf seiner Windschutzscheibe zu sehen, wie Alleyson Winters in diesem Moment. Allerdings konnte sie sich dem Gefühl nicht überlassen, denn Brian wartete noch immer auf eine Antwort.

„Ich weiß nicht", gab sie schließlich zurück. „Es scheint mir nicht Peters Stil zu sein, aber im Grunde weiß ich nicht viel über ihn. Wir sind Kollegen, mehr nicht."

Erleichtert stellte Brian fest, dass ihr Gesicht langsam wieder eine normale Farbe annahm. Viele Menschen konnten kein Blut sehen und wenn das Alleysons erste Vermutung gewesen war, war ihre extreme Reaktion wohl nicht weiter verwunderlich.

„Sie sollten trotzdem die Polizei verständigen", riet Brian.

„Ach was. Sie haben Recht, es wird nur ein blöder Scherz gewesen sein. Die Polizei hat Wichtigeres zu tun", wehrte Allyson ab. „Außerdem, wenn es tatsächlich Peter war, wird die Sache damit wohl erledigt sein."

„Auf jeden Fall werde ich ihn morgen darauf ansprechen", versicherte Brian. „Aber jetzt hole ich erst einmal Wasser und einen Schwamm." Damit drehte er sich um und kehrte kurz darauf mit den beiden versprochenen Utensilien zurück.

KAPITEL 8

„Wie schön dich zu sehen, Brian.“ Erfreut drückte Cleo ihren Neffen an die Brust.

„Ich freue mich auch. Es tut mir ehrlich leid, dass ich so lange nicht hier gewesen bin”, entschuldigte sich Brian und meinte seine Worte von ganzem Herzen ehrlich.

Es tat ihm wirklich leid. Das war keine Frage. Er wollte seine Tante und seinen Onkel gerne öfter sehen. Dennoch hatte er in den vergangenen Monaten jede Ausrede genutzt, um die Fahrt nach Hause aufzuschieben und seitdem er das Haus betreten hatte, wusste er auch warum. Bereits als Brian das Auto vor der Garage geparkt hatte, hatte sich eine furchtbare Enge über seinen Brustkorb gelegt, die sich noch weiter zugezogen hatte, als er über die Türschwelle getreten war. Alles im Haus und im Garten erinnerte ihn an Aaron.

„Vergeben und vergessen. Hauptsache, wir sehen dich jetzt öfter”, drückte Cleo ihn noch einmal herzlich, bevor sie ihn aus ihren Armen entließ. „Komm, das Essen ist gleich fertig. Marlene ist auch schon da.“

„Marlene ist hier?“ Erstaunt blieb Brian stehen.

„Das ist doch in Ordnung, oder nicht?“ Unsicher sah ihn seine Tante plötzlich an.

„Natürlich”, versicherte Brian sofort mit einem Lächeln, obwohl es ihm lieber gewesen wäre, einen Abend mit Alex und Cleo alleine zu haben.

„Gut”, atmete Cleo Taylor erleichtert auf. „Dann geh hinüber und schick mir deinen Onkel Alex kurz in die Küche. Sei so nett.“

„Wenn du Hilfe brauchst, kann ich auch gerne anfassen.“

„Nein, nein, vielen Dank. Geh du nur in den Salon und genieß einen Aperitif. Ich bin sicher, du hast ihn dir verdient.“

Ich weiß zwar nicht, ob ich ihn verdient habe, aber nach dem Eklat am Nachmittag und den Ereignissen auf dem Parkplatz könnte ich definitiv etwas zu trinken vertragen, fand Brian, wusste aber gleichzeitig, dass er damit warten würde bis er später in seinem Apartment war.

„Guten Abend, zusammen", grüßte Brian um einen fröhlichen Ton bemüht, als er das Wohnzimmer betrat.

„Hallo, Brian. Was möchtest du trinken? Whisky?“, bot sein Onkel sofort an.

„Nein danke, Alex. Ich muss noch fahren. Wasser ist absolut fein“, lehnte er dankend ab.

„Spielverderber", befand Marlene und prostete ihm mit einem halbvollen Tumbler zu.

„Ach ja, Cleo wartet in der Küche auf dich", überging Brian die Bemerkung beflissentlich und wandte sich seinem Onkel zu.

„Dann gehe ich mal besser schauen, wofür Cleo meine Hilfe braucht. Nehmt doch schon mal Platz, Kinder", forderte Alex die beiden auf.

Einen Moment lang entstand ein unangenehmes Schweigen, das Marlene als Erste brach.

„Brian, was ich noch sagen wollte ...“ Verlegen drehte sie ihr Glas in ihrer Hand. „Wegen heute Mittag. Mein Verhalten tut mir wirklich leid. Ich weiß nicht, was in mich gefahren ist. Wahrscheinlich war es einfach der ganze Raum. Du erinnerst dich sicher, dass Aaron dort früher sein Büro hatte. Auch wenn sich auf der Etage mittlerweile alles verändert hat, kann ich es nicht vergessen.“

Verloren sah sie in die Ferne. „Noch immer sehe ich ihn grübelnd an seinem Schreibtisch sitzen, wenn ich den Flur betrete und ich erinnere mich daran, wie glücklich er dort gewesen ist. Ich weiß, es ist keine Entschuldigung, aber ...“ Mit Tränen in den Augen sah sie Brian an. „Er fehlt mir so.“

Erstaunt sah Brian sie an. Eine Entschuldigung hatte er in diesem Moment von Marlene nicht erwartet. Doch er war der Letzte, der nicht bereit war, eine ehrliche Bitte um Verzeihung anzunehmen, zumal er ihre Trauer nur allzu gut verstehen konnte.

„Ich weiß, Marlene.“ Verständnisvoll ging er auf sie zu und umarmte sie. Er hatte Mitleid mit ihr und unabhängig davon, ob er sie nun mehr mochte oder weniger, litt sie ebenso sehr unter dem Verlust wie sie alle. Erschwerend kam in ihrem Fall hinzu, dass sie offensichtlich über keinerlei Mittel und Wege verfügte, den Tod ihres Mannes zu verarbeiten. Für einige Sekunden hielt er Marlene daher fest. Dann nahm er sie jedoch bei den Schultern und trat einen Schritt zurück.

„Deine Trauer gibt dir allerdings nicht das Recht, deine Umwelt dermaßen anzufahren und fertigzumachen. Das hätte auch Aaron niemals gewollt", erklärte er ernst.

„Ich weiß", schniefte Marlene leise. „Glaube mir, ich versuche, meine Gefühle im Zaum zu halten. Aber manchmal schaffe ich es einfach nicht."

„Du brauchst professionelle Hilfe, Marlene", stellte Brian fest.

Zu seinem Erstaunen stimmte Marlene ihm zu. „Ich weiß. Nächste Woche habe ich einen ersten Termin bei einem Psychologen."

„Wirklich? Das ist fantastisch und die absolut richtige Entscheidung", freute sich Brian und atmete erleichtert auf. „Hast du es Alex und Cleo schon gesagt?"

Sie nickte. „Gerade eben und morgen entschuldige ich mich bei Miss Miller."

„Das ist ein guter Anfang", lobte Brian. „Aaron wäre stolz auf dich."

Vielleicht war der Wutausbruch heute Nachmittag tatsächlich der entscheidende Wendepunkt für die junge Witwe gewesen und vielleicht würde der Abend trotz Marlenes Anwesenheit doch noch ganz nett werden.

„Hallo?", rief Alleyson zum zweiten Mal in dieser Nacht in ihr Telefon. Doch wieder hörte sie nur das schwere Atmen auf der anderen Seite der Leitung. Zitternd beendete sie die Verbindung und schaltete ihr Handy aus.

Der erste Anruf war ungefähr eine Stunde, nachdem sie ins Bett gegangen war, eingegangen. Danach hatte sie eine weitere Stunde wachgelegen, bevor sie gegen zwei Uhr endlich wieder eingeschlafen war. Jetzt zeigte ihr Wecker kurz nach halb vier.

Verzweifelt ließ sich Alleyson zurück in die Kissen gleiten. Langsam konnte sie die Anrufe nicht mehr als verwählt oder Jugendscherz abtun. Das hier war Belästigung. Vielleicht sogar schon Stalking? Vermutlich trog ihr Gefühl sie auch nicht und jemand beobachtete sie tatsächlich. War es möglich, dass dies auch in Zusammenhang mit der Schrift auf ihrem Auto stand?

Nein. Nein. Nein. Das kann nicht sein. Das darf einfach nicht sein, schrie eine Stimme in Alleysons Kopf.

Frierend zog sie die Bettdecke enger um ihren Körper. Wie gerne würde sie jetzt die Arme von Brian Bradshaw spüren. So wie am Abend auf dem Parkplatz. Seine Körperwärme hatte ihr gut getan und in seinen starken Armen hatte sie sich sicher gefühlt.

Erschrocken über sich selbst, starrte Alleyson im Dunkeln an die Decke. Seit wann hatte sie solche Gedanken? Seit wann brachte sie einem Mann solche Gefühle entgegen und seit wann sah sie in einem Mann eher einen Beschützer als eine Gefahr? War das gut? Bedeutete es, dass sie einen weiteren Schritt in ihrer persönlichen Entwicklung nach vorne gemacht hatte? Oder trog sie ihr Urteil?

Brian Bradshaw war stark und das nicht nur in physischer Hinsicht. Seine ganze Persönlichkeit strahlte eine Selbstsicherheit aus, die ihr eigentlich Angst machen sollte. Auch wenn Brian ihr gegenüber bisher niemals eine Überlegenheit an den Tag gelegt hatte, so war sich Alleyson doch darüber bewusst, dass sich dies von einer Sekunde auf die andere ändern konnte, wenn sie etwas tat, das ihm nicht gefiel. Würde sie ihm dann gewachsen sein?

Instinktiv war ihr klar, dass dies niemals der Fall wäre. Sie musste nur an die Situation mit Peter vorgestern Abend auf dem Parkplatz zurückdenken, um zu wissen, dass noch ein gutes Stück Arbeit vor ihr lag, wenn sie nicht jedes Mal Schweißausbrüche bekommen wollte, nur weil sie sich privat gegenüber einem Mann durchsetzen musste. Gleichzeitig wusste sie aber, dass sie auch dies noch schaffen würde. In den letzten acht Jahren hatte sie bereits so vieles hinter sich gebracht, dass sie den letzten Rest des Weges auch noch gehen konnte.

Brian Bradshaw jedoch irritierte sie und machte sie neugierig zugleich. Was war er für ein Mensch? Wie würde er die Firma mit ihren vielen Angestellten führen, wenn Alex Taylor das Unternehmen verließ? Würde sie ihm das gleiche Vertrauen entgegenbringen können wie seinem Onkel? Würde sie jemals mit ihm stundenlang alleine in einem Raum sitzen können, um die nächste Kollektion durchzusprechen?

Allein der Gedanke an ein solches Szenario erhöhte die Frequenz ihres Herzschlages. Dabei wusste Alleyson allerdings genau, dass ihre Angst nur ein Teil des Auslösers für ihren schnellen Puls war.

Vor ihrem geistigen Auge sah sie Brian Bradshaw in dem Poloshirt, das er bei ihrem ersten Zusammentreffen getragen hatte. Seine Muskeln glänzten in der Sonne und Alleysons Fingerspitzen juckten bei dem Gedanken, über die feste Haut gleiten zu dürfen oder durch seine dunklen Haare fahren zu können. Würden sie sich so weich anfühlen, wie sie den Anschein hatten?

Sofort stoppte Alleyson ihre Gedanken und schalt sich dafür. Was dachte sie sich nur dabei? Muskeln waren nicht sexy. Sie stellten eine potenzielle Gefahr dar. Was passierte, wenn Brian seine Kraft gegen sie einsetzte?

Würde er das jemals tun?, wagte eine leise innere Stimme einen zarten Einspruch.

Sicher, antwortete eine andere vehemente Stimme in ihrem Kopf. Doch der leichte Zweifel ließ sich nicht so einfach vertreiben, und so begann eine innere Diskussion zwischen Herz und Kopf, die Alleyson am Ende mehr verunsicherte als dass sie ihr half, Brian Bradshaw ein für alle Mal in eine ihrer Schubladenkästen abzulegen. Konnte sie ihm trauen, oder nicht?

Als die digitale Zeitangabe des Weckers auf 4:07 Uhr sprang, beschloss Alleyson, ihren positiven Gedanken in Bezug auf Brian Bradshaw freien Lauf zu lassen. Zumindest träumen konnte sie von ihm. Gute Träume schadeten nicht. Und vielleicht hatten sie ja sogar die Kraft, die entsetzlichen Albträume zu verjagen.

Am nächsten Mittag begegnete Alleyson Brian auf dem Flur im sechsten Stock.

„Wie geht es Ihnen? Haben Sie den Schrecken gut überstanden?“, grüßte Brian sofort gut gelaunt. Dabei musterte er Alleyson aufmerksam.

Keine Frage, auf den ersten Blick sah sie fabelhaft aus. Die schmal geschnittene weiße Hose saß wie angegossen und die taillierte korallfarbene Bluse verlieh ihrem Gesicht einen frischen Teint. Allerdings schien es Brian, als ob die Wahl der Farbe nicht ganz unabsichtlich erfolgt war. Es entging ihm nicht, dass die Frau vor ihm im Grunde viel zu blass war und nur ihr Make-up die wirkliche Tiefe ihrer Augenringe verbarg.

„Ja, sicher. Es war nur der erste Schreck", antwortete Alleyson lächelnd. „Es tut mir leid, dass Sie mit der ganzen Sache überhaupt konfrontiert wurden.“

„Ich bitte Sie.“ Brian überlegte einen Moment. Wie weit durfte er sich einmischen? „Alleyson, wenn noch weitere Dinge passieren, also ...“

„Ah, Miss Winters, da sind Sie ja. Wir warten schon auf Sie”, unterbrach ihn Marlene, die in jenem Moment auf den Flur trat. „Brian, kommst du mit rein?“

„Nein, vielen Dank. Ich bin gerade auf dem Weg in die Schneiderei”, antwortete er seiner Schwägerin, bevor er sich noch einmal Alleyson zuwendete. „Aber ich würde gerne später noch einmal bei Ihnen vorbeischauen. Natürlich nur, wenn es Ihnen passt.“

„Sicher, jederzeit”, murmelte Alleyson, während sie klopfenden Herzens an Marlene vorbei ging. Selten war sie so dankbar für die Unterbrechung eines Gesprächs gewesen wie gerade eben.

Als Brian eine Stunde später in das Sekretariat seines Onkels zurückkehrte, fand er Alex’ Bürotür geschlossen vor. Normalerweise pflegte sein Onkel eine Open-Door-Policy. Wenn seine Tür jetzt geschlossen war, war das ein sicheres Zeichen dafür, dass er nicht gestört werden wollte.

„Ist er immer noch in einer Besprechung?“, wandte sich Brian an Julie, die schon so lange die Sekretärin seines Onkels war, wie er zurückdenken konnte.

„Mrs Taylor ist vor zehn Minuten gegangen. Aber Alleyson Winters ist noch bei ihm. Geh ruhig einfach rein. Wenn es ihm nicht passt, wird er es dir schon sagen.“

Brian nickte und klopfte kurz an die Tür, bevor er sie öffnete. „Stör ich?“

„Nein, im Gegenteil”, winkte ihn Alex sofort herein.

Die Atmosphäre war nicht unangenehm, doch war sie zweifellos auch nicht ungezwungen. Am ehesten hätte Brian sie als schwer bezeichnet.

„Ihr habt über Marlene gesprochen”, folgerte er blitzschnell.

„Ja”, stimmte ihm Alex zu. „Aber wir waren gerade fertig. Alleyson wollte mir allerdings noch schnell eine neue Idee vorstellen. Komm, setz dich. Dann kannst du uns gleich deine Meinung dazu sagen. Schließlich sollst du hier in Zukunft die Entscheidungen treffen.“

Brian schluckte angestrengt. Er wusste genau, wie sehr sich sein Onkel wünschte, dass das Unternehmen in Familienhand blieb.

Doch so sehr Brian diesen kleinen Exkurs auch genoss, so wusste er dennoch, dass sein Herz niemals für die Industrie schlagen würde. Er brauchte den Kitzel, ein Verbrechen aufzuklären sowie die Gewissheit, einen bösen Buben weniger auf den Straßen herumlaufen zu haben. Das FBI zu verlassen, war für ihn unvorstellbar.

Doch mit etwas Glück würde Marlene ihr Tief überstehen und die Firma in einigen Jahren übernehmen. Auf jeden Fall hatte sie gestern den ersten entscheidenden Schritt getan, indem sie eingesehen hatte, externe Hilfe zu benötigen. Darüber hinaus war sie auch bereit, diese anzunehmen. Das war ein guter Schritt in die richtige Richtung und Anlass zur Hoffnung.

„Sicher. Ich bin gespannt”, erklärte Brian laut, während er interessiert zu Alleyson hinüberschaute, die nun das Wort ergriff.

„Letzte Woche haben wir die Abendkollektion in Auftrag gegeben. Allerdings hatte ich die ganze Zeit das Gefühl, dass noch etwas fehlt. Sie ist einfach nicht richtig rund.“

Überrascht runzelte Alex die Stirn und er konnte ein Anflug von Entsetzen in seinem Ton nicht verbergen. „Sie wollen jetzt noch einmal die Designs der Abendkleider überarbeiten?“

„Nein”, schüttelte Alleyson beruhigend den Kopf. „Die Schnitte sind perfekt.“

Sorgfältig legte sie einige Fotos der Musterkleider auf den Tisch. „Schauen Sie sich die Bilder noch einmal an. Sehen Sie, was fehlt?“

„Nicht wirklich, wenn ich ehrlich sein soll”, gestand Alex Taylor.

„Es ist etwas, worüber wir uns noch nie Gedanken gemacht haben”, half Alleyson.

„Für mich sieht das alles ziemlich gut aus. Aber ich bin sicher, Sie werden uns gleich sagen, worauf Sie hinaus wollen”, schmunzelte Alex.

„Wir haben noch nie über die passenden Dessous nachgedacht. Insbesondere nicht über BHs.“

Urplötzlich breitete sich ein verlegenes Schweigen im Raum aus. Alex Taylor sah seine Chefdesignerin an, als sei sie gerade von einem anderen Stern gelandet und auch Brian war sich nicht sicher, wie er reagieren sollte.

Verschmitzt musste Alleyson in sich hinein lächeln. Wie konnten erwachsene Männer nur so verklemmt sein. Ein BH war schließlich auch nur ein Kleidungsstück wie jedes andere auch.

„Werfen Sie doch beispielsweise einmal einen Blick auf dieses kleine Schwarze hier.“

Mit den Augen folgte Brian Alleysons Zeigefinger, mit dem sie über das Foto eines schwarzen Cocktailkleides fuhr, dessen Blickfang der tiefe paillettenbesetzte V-Ausschnitt war. Zwar hatte das Kleid recht breite Träger, doch auch das Rückenteil war relativ weit nach unten gezogen, was ihm eine sinnliche Raffinesse verlieh. Allein die Vorstellung, das Kleid an Alleysons Körper zu sehen, verursachte eine Steigerung der Speichelproduktion in Brians Mund um mindestens dreihundert Prozent.

„Es ist ein Traum von einem Kleid. Damit haben Sie sich selbst übertroffen”, lobte Alex.

„Danke, aber das meine ich nicht. Betrachten Sie es mit dem Blick einer Frau. Welchen BH soll unsere Kundin darunter tragen? Die meisten Büstenhalter werden für den Ausschnitt nicht tief genug ausgeschnitten sein und selbst wenn sich ein passender Balkonnette-BH findet, würde es mich wundern, wenn die Seitenteile nicht zu breit für unseren Rückenansatz wären. Sehen Sie hier. Zur besseren Demonstration habe ich einmal ein Musterstück mitgebracht.“

Aus ihrer Handtasche zog Alleyson einen schwarzen Spitzen-BH und erklärte an ihm fachmännisch, warum er unter keines der Kleider auf den Bildern passen würde.

Im Laufe ihres Monologs erhob sich Brian so vorsichtig wie möglich aus seinem Sessel und ging hinüber zum Fenster. Mit Alleyson in einem Raum zu sein, ohne sie berühren zu dürfen, war bereits eine Strapaze. Vor allem seitdem er wusste, wie sie sich in seinen Armen anfühlte. Doch mit ihr über Dessous zu sprechen und sie mit diesem Hauch von Nichts in Spitze in ihren Händen zu beobachten, grenzte an Tortur.

Der Schweiß lief ihm in Strömen den Rücken hinunter und Brian war heilfroh, sein Jackett nicht ausgezogen zu haben. Der Kampf gegen seine Männlichkeit war ihm gerade Herausforderung genug. Seine heutige Anzugshose war zweifelsohne nicht eng geschnitten, doch sein zweites Ich verlangte vehement mehr Platz. Das Blut pochte in seinem Glied und Brian hatte keine Ahnung, wie er sein Herz dazu bringen sollte, zumindest einen Teil seines Blutes wieder nach oben, Richtung Gehirn, zu pumpen.

Verzweifelt dachte er an eiskalte Duschen und als das nichts half, stellte er sich vor, nackt in der Antarktis zu stehen und von einer Eisscholle direkt ins Weddell-Meer zu springen. Glücklicherweise war Alleyson gerade völlig in ihrer Begeisterung gefangen, sodass ihr sein Kampf entging.

„Ich verstehe das Dilemma”, gab Alex Taylor schließlich zu und warf einen kurzen Blick hinüber zu seinem Neffen, wobei er sich ein Grinsen verkneifen musste. Nur allzu gut wusste er, was Brian gerade durchmachte. Dreißig Jahre früher hätte er wahrscheinlich ebenso reagiert. „Was meinst du, Brian?“, konnte er sich dennoch nicht verkneifen zu fragen.

„Hm. Ja. Wahrscheinlich hat Alleyson recht”, stieß sein Neffe mühsam hervor.

„Das heißt, wenn ich Sie richtig verstanden habe, möchten Sie, dass wir eine eigene Dessous-Linie herausbringen”, wandte sich sein Onkel glücklicherweise wieder Alleyson zu.

„Nun ja, vielleicht nicht gleich eine ganze Kollektion. Erst einmal dachte ich nur an jeweils einen passenden BH zu jedem Abendkleid. Und natürlich das entsprechende Höschen dazu.“

Höschen? Brian stöhnte innerlich. *Bitte, lass sie nicht auch davon noch ein Muster aus ihrer Handtasche ziehen.* Neuer Schweiß strömte allein bei der Vorstellung daran aus seinen Poren. Das hier war harte Arbeit für sein Deo.

„Wenn eine Frau sich ein neues Abendkleid zulegt, so ist sie bereit, dafür Geld zu investieren”, erklärte Alleyson geduldig. „In der Regel geht sie für das Event, zu dem sie das Kleid trägt, auch zur Kosmetikerin oder zumindest zum Friseur. Ich bin mir sicher, wenn unsere Dessous mit dem Kleid zusammen angeboten werden, ist sie bereit, dafür noch ein paar Dollar mehr auszugeben. Schließlich möchte sie sich an diesem besonderen Abend von Grund auf schön fühlen.“

„Mit anderen Worten, Sie würden die passenden Dessous ohne Zögern kaufen?“, hakte Alex nach.

Alleyson überlegte kurz. „Ich bin kein gutes Beispiel, denn ich gehe nicht aus. Aber ich schätze, wenn ich es tun würde, würde ich spezielle Wäsche für spezielle Anlässe haben. Warum nicht?“

„Sie gehen nicht aus?“, wunderte sich Alex Taylor. „Man sollte doch meinen, ein so hübsches Ding wie Sie hätte Hunderte von Verehrern an jedem Finger.“

Neugierig auf ihre Antwort sah Brian zu ihr hinüber und beobachtete wie Alleyson dem Blick seines Onkels sichtlich verlegen auswich, indem sie den Muster BH wieder in ihrer Tasche verstaute.

„Danke für das Kompliment. Aber zurück zu der neuen Idee. In den letzten Tagen habe ich bereits ein wenig Marktforschung betrieben und bisher gibt es niemanden mit einem vergleichbaren Angebot. Wir wären die ersten auf dem Markt."

Bedächtig nickte Alex. „Die Idee klingt für mich vernünftig. Lassen Sie mich ein paar Nächte darüber schlafen. In Ordnung?"

„Sicher." Nacheinander sammelte Alleyson all ihre Fotos ein und steckte sie zum Schutz in eine Klarsichtfolie, bevor sie sich erhob. Als sie die Bürotür fast erreicht hatte, rief Alex sie noch einmal zurück.

„Alleyson, haben Sie schon mit jemandem darüber gesprochen?"

„Bisher noch nicht. Ich wollte die Idee zuerst Ihnen vorstellen."

„Sehr gut. Dabei sollten wir es dann auch zunächst belassen."

„Kein Problem." Leise zog Alleyson die Bürotür hinter sich zu. Sie hatte das Gefühl, dass die beiden Männer noch ein paar Minuten für sich alleine brauchten. Sie hatte die Tür zum Treppenhaus jedoch noch nicht ganz erreicht, als sie Brians Stimme hinter sich hörte.

„Alleyson, warten Sie bitte einen kleinen Moment." Mit großen Schritten kam er auf sie zu.

Verunsichert blieb sie stehen. Was wollte der Mann von ihr? „Noch Fragen?", erkundigte sich, wobei sie versuchte, ihn ihre Befangenheit nicht merken zu lassen.

„Jede Menge", erwiderte Brian leichthin. „Allerdings würde ich diese gern bei einem kleinen Mittagessen drüben im Bistro auf der anderen Straßenseite besprechen."

Sofort wich Alleyson einen Schritt zurück, während sich ihre Augen erstaunt weiteten. Ihre Gedanken überschlugen sich. Mittagessen mit Brian Bradshaw, war das eine gute Idee?

Aufmerksam beobachtete Brian jede ihrer Reaktionen. Dabei konnte er sich des Eindrucks nicht erwehren, dass all ihre Zeichen auf Flucht standen. Automatisch fragte er sich, wovor sich die Designerin fürchtete? Bewusst setzte Brian sein charmantestes Lächeln auf und widerstand dem Drang, die räumliche Distanz zwischen ihnen zu verringern.

„Verraten Sie mich bitte nicht, aber ich muss gestehen, dass ich heute Morgen ein wenig spät aufgestanden bin ", erklärte Brian in einem verschwörerischen Ton. „Um es pünktlich ins Büro zu schaffen, musste das Frühstück daher leider ausfallen und jetzt bin ich am Verhungern. Daher wäre ich Ihnen wirklich dankbar, wenn wir alles Weitere beim Essen besprechen könnten."

Immer noch ein wenig skeptisch, musterte Alleyson ihn mit einem eindringlichen Blick. Doch noch bevor ihr Kopf eine bewusste Entscheidung getroffen hatte, hörte sie sich antworten: „Sicher, warum nicht?"

Auf der Stelle begann ihr Herz zu rasen. Ein Essen allein mit diesem Mann, der mehr Sexappeal ausstrahlte als jeder Hollywoodschauspieler, der ihr einfiel, war sicherlich keine gute Idee. Was war nur in sie gefahren? Sie ging nicht mit Männern aus. Zumindest nicht mit Männern, die sie kaum kannte. Andererseits war es ein reines Geschäftsessen und keine private Verabredung. Außerdem war es jetzt zu spät, ihre Entscheidung zu widerrufen. Jetzt musste sie hier durch.

„Wunderbar. Müssen Sie noch mal in Ihr Büro oder können wir gleich gehen?", riss sie Brians Stimme aus ihren Überlegungen.

„Von mir aus können wir gleich los", antwortete Alleyson und trat ins Treppenhaus. Besser, sie brachte die Veranstaltung so schnell wie möglich hinter sich.

Bewusst konzentrierte sie sich darauf, die Treppen dieses Mal langsamer zu gehen als gestern Abend, auch wenn es ihr noch so schwer fiel. Glücklicherweise schwieg Brian und Alleyson nutzte die Gelegenheit, ihre Emotionen wieder in normale Bahnen zu lenken. Erleichtert atmete sie auf, als sie kurze Zeit später hinaus ins Freie traten und nebeneinander über den Parkplatz liefen. Ihr fiel auf, dass Brian körperlichen Abstand zu ihr hielt und zum ersten Mal hatte sie das Gefühl, dass ihre spontane Entscheidung zumindest kein ganz großer Fehler gewesen war.

Im Bistro wählte Brian einen Tisch in einer der hinteren Ecken und überließ Alleyson den Platz, von dem aus sie das gesamte Lokal überblicken konnte. Zwar schrie sein ganzer Cop-Instinkt, dass dies sein Sitzplatz war, doch Brian wollte, dass Alleyson sich wohl fühlte. Wenn sie keine engen geschlossenen Räume mochte, war ihr der Platz, von dem aus sie in die Weite des kleinen Lokals sehen konnte, sicherlich lieber.

„Können Sie etwas empfehlen?“, erkundigte sich Brian in einem unbeschwerten Ton und hob seinen Blick von der Speisekarte.

„Ich bin nicht sehr oft hier, aber die Burger sollen gut sein”, gab Alleyson verbindlich Auskunft. In ihrer Stimme schwang jedoch unterschwellig ein leichtes Zittern mit, das verriet, wie angespannt sie innerlich war.

„Gehen nicht die meisten Mitarbeiter tagsüber hier essen?“, wunderte sich Brian.

„Viele, ja. Aber wir arbeiten meistens durch. Hin und wieder setzen sich die Kollegen nach Feierabend noch hier zusammen, so wie gestern.“

„Und Sie gehen nicht mit?“ Interessiert sah Brian sie mit seinen dunkelbraunen Augen an.

„Ab und zu”, antwortete Alleyson ausweichend.

Als Brian sie immer noch abwartend anblickte, ergänzte sie: „Mein Schreibtisch ist einfach immer voll und die Tage sind schlichtweg zu kurz. Haben Sie entschieden, was Sie nehmen?“, lenkte sie von sich ab.

„Ich nehme den Beefburger”, bestimmte Brian und entschloss sich, auf Alleysons Ablenkung zunächst einzugehen. „Und Sie?“

„Den Caesar Salat.“

Brian winkte die Kellnerin heran und gab die Bestellung für sie beide auf. Gerade überlegte er, wie er ein weiteres privates Gespräch in Gang bringen könnte, als Alleyson ihm einen Strich durch die Rechnung machte.

„Dann schießen Sie mal los, Mr Bradshaw. Was möchten Sie über die Abteilung Design wissen?“

„Brian, bitte”, korrigierte er sie und hoffte, seine Enttäuschung würde sich nicht in seinem Gesicht spiegeln. Im Grunde hatte er geschäftliche Fragen nur vorgeschoben, denn sein eigentliches Interesse bestand darin, Alleyson Winters näher kennenzulernen. Doch ganz offensichtlich war die junge Designerin nicht bereit, mit ihm über private Themen zu sprechen.

„Brian”, wiederholte Alleyson und nahm ein Schluck Wasser aus ihrem Glas.

„Erzählen Sie mir, wie die Abläufe sind“, tat Brian interessiert. „Welche Vorgaben erhalten Sie, wie viel Zeit brauchen Sie für eine Kollektion, wer trifft wann welche Entscheidungen und so weiter.“

„Das sind eine Menge Fragen. Mal sehen, was ich davon in der kurzen Zeit eines Mittagessens beantworten kann.“

Während der nächsten halben Stunde erzählte Alleyson von den Arbeitsabläufen im Unternehmen. Mehrfach unterbrach Brian sie für weitere Detailfragen und Alleyson hätte zu gerne gewusst, was der Mann zuvor in seinem Leben gemacht hatte. Aus der Modebranche kam er jedenfalls nicht. Sie scheute sich jedoch, ihn direkt danach zu fragen, da sie ihm damit die Tür für private Fragen seinerseits öffnen würde.

„Wow! Das war eine ganze Menge an Information", sagte Brian schließlich und fuhr sich tief einatmend durch die Haare. „Ich fürchte, es wird eine Weile dauern, bis ich mich in diesem Metier wirklich auskenne."

„Ach, es wird schneller gehen als Sie denken", munterte Alleyson ihn auf.

Wenn ich ein ehrliches Interesse an dem Geschäft hätte, sicher, stimmte Brian ihr innerlich zu und zum ersten Mal regte sich sein schlechtes Gewissen, was ihn in diesem Zusammenhang erstaunte. Bisher war er noch bei keiner Undercoveraktion von Gewissensbissen geplagt worden. Noch immer hatte er Lügen als eine Notwendigkeit im Zuge der Wahrheitsfindung akzeptiert. Alleyson jedoch wollte er nicht belügen. Allerdings konnte er ihr kaum die Wahrheit sagen, solange der Fall nicht abgeschlossen war.

Seine Schuldgefühle beiseite schiebend stellte er fest, dass Alleyson zumindest gelöst und entspannt wirkte, seitdem sich das Gespräch um ihre Arbeit drehte. Auch wenn sie ihm gegenüber noch immer wachsam war, so war ihr anfänglich misstrauischer Blick im Laufe der Unterhaltung doch einem leidenschaftlichen Funkeln gewichen. Welche privaten Unsicherheiten Alleyson Winters auch haben mochte, es bestand kein Zweifel daran, wie sehr sie ihre Arbeit liebte und wie viel sie von Mode verstand.

„Wir werden sehen", erklärte Brian unbestimmt. „Eigentlich war immer klar, dass Aaron das Unternehmen eines Tages übernehmen würde."

Mit zur Seite geneigtem Kopf musterte Alleyson den Mann ihr gegenüber wieder ein wenig achtsamer. Alles an seiner Körperhaltung sagte ihr, dass er diesen Satz ursprünglich nicht hatte laut aussprechen wollen. In seinen Augen stand unbeschreiblicher Schmerz und mit einem Mal fühlte sich Alleyson mit ihrem Herz zu ihm hingezogen.

Es war keine sexuelle Anziehungskraft, sondern vielmehr war es das Gefühl, direkt in seine Seele zu blicken und Brian dadurch in seinem Grundwesen zu verstehen. Sie spürte plötzlich eine intensive Verbindung zwischen ihnen, und sie wusste mit einem Mal, welch tiefe Emotion hinter Brians Satz stand, auch wenn er diese mit keinem Wort erwähnt hatte.

Wie gestern bei Bailey spürte Alleyson, dass Brian einen körperlichen Kontakt brauchte. Ohne nachzudenken, legte sie daher einfach eine Hand auf seine. „Es ist nicht einfach, Abschied nehmen zu müssen", flüsterte sie leise.

Überrascht sah Brian sie an. Mit einer solchen Geste hatte er nicht gerechnet. Zumindest nicht von ihr. Doch in Alleysons Augen sah er ein derart tiefes Verständnis, dass ihm alle Worte im Hals stecken blieben und er schlucken musste.

„Nein, das ist es nicht", gestand er ebenso leise. Intuitiv wusste Brian, dass diese Sympathiebekundung für Alleyson Winters keine Selbstverständlichkeit war. Tief sah er ihr in die Augen und dieser Blick änderte mit einem Mal die gesamte Atmosphäre zwischen ihnen.

Aufgeregt galoppierte Brians Herz davon, während seine Hand unter ihrer wie Feuer brannte. Vorsichtig drehte er seine Hand, sodass er seine Finger mit ihren kreuzen konnte und drückte sie vertraulich ein wenig fester.

Alleysons Atem ging schneller und in ihrem Bauch breitete sich ein flaues Gefühl aus. Erschrocken über sich selbst entzog sie ihm hastig ihre Hand. Was um alles in der Welt tat sie gerade? Wie konnte sie einen Fremden berühren und damit einen körperlichen Kontakt aufbauen? Aber ganz abgesehen von der Gefahr, die eine solche Nähe mit sich bringen konnte, war Brian Bradshaw der zukünftige Eigentümer der Alex Taylor Inc. und ihr zukünftiger Chef. Ein solches Verhalten ihrerseits war mehr als unprofessionell.

„Wir sollten zahlen und zurück ins Büro gehen. Ich habe gleich einen Telefontermin", murmelte Alleyson und erschrak ein weiteres Mal, als sie merkte, wie sehr sie den Körperkontakt vermisste.

In ihrem Kopf überschlugen sich die Gedanken und ihr Herz raste. Allerdings nicht vor sexueller Aufregung. Vielmehr war es eine Kombination aus der Verwirrung ihrer Gefühle und der

Angst, welche Folgen der intime Moment haben mochte. Hatte sie Brian Bradshaw zu etwas ermuntert, von dem sie wusste, dass sie es auf keinen Fall wollte? Sollte sie es direkt ansprechen oder erst einmal abwarten?

„Ich habe auch noch jede Menge zu erledigen", stimmte Brian zu, obwohl er im Moment nichts lieber getan hätte, als weiter hier mit Alleyson zu sitzen und sich zu unterhalten. Dieses Mal aber nicht über Mode, sondern über sie.

In Gedanken ohrfeigte er sich, dass er dem Wunsch nicht hatte widerstehen können, ihre Hand in seine zu nehmen. Vielleicht hätte Alleyson dann nicht so schnell aufbrechen wollen. Andererseits wusste Brian genau, dass seine Zeit heute Mittag von Anfang an begrenzt gewesen war.

Wenn er diese Frau näher kennenlernen wollte, würde er langsam vorgehen müssen. Er durfte sie nicht bedrängen, denn ganz offensichtlich fühlte sie sich unwohl, sobald sich ihr jemand näherte. Dabei war der Radius ihrer persönlichen Komfortzone weitaus größer gefasst als der, der meisten anderen Menschen, die Brian kannte. Darüber hinaus spürte Brian, dass sich die Nähe nicht nur auf eine räumliche Distanz bezog. Alleyson hielt ihre Mitmenschen auch ansonsten auf Abstand und verriet nicht viel über sich als Privatperson.

Die einzigen beiden Male, die Alleyson in seinem Beisein ihre eigens errichtete Mauer für einen kurzen Augenblick fallen gelassen hatte, waren die Momente gewesen, in denen sie gespürt hatte, dass jemand Trost oder Zuspruch gebraucht hatte.

Sie war also kein Egoist, sondern lediglich ein sehr privater Mensch, der äußert zurückgezogen lebte und sich nicht leicht gegenüber Fremden öffnete. Doch Brian konnte Geduld haben. Was immer die Ursache ihrer Verschlossenheit auch war, er würde Alleyson im Laufe der nächsten Zeit davon überzeugen, dass sie ihm vertrauen konnte.

Nachdem Brian gezahlt hatte, kehrten sie gemeinsam ins Bürogebäude zurück, wobei Brian mehr Abstand zwischen ihnen ließ, als er zu jeder anderen Person gehalten hätte. Im Eingangsbereich trafen sie Marlene. Mit hochgezogenen Brauen sah sie von Brian zu Alleyson.

„Ich muss noch in die Schneiderei. Vielen Dank für das Mittagessen, Brian", verabschiedete sich Alleyson sofort.

Das Letzte, worauf sie jetzt Lust hatte, war ein Gespräch mit Marlene. Noch immer steckte ihr die gestrige Auseinandersetzung in den Knochen und die gemeinsame Besprechung am Vormittag hatte ihr fürs Erste ebenfalls genügt, selbst wenn Alex das Meeting im Grunde alleine geführt hatte. Auch wenn Alleyson mittlerweile keine Schwierigkeiten hatte, sich auf beruflicher Ebene durchzusetzen und ihre Meinung zu behaupten, so hatte sie dennoch ein Problem mit Menschen, die ihre Emotionen nicht im Griff hatten und ausfällig wurden.

„Ich habe zu danken", erwiderte Brian. „Ich kann mich nicht erinnern, wann ich das letzte Mal in so kurzer Zeit so viel gelernt habe."

Alleyson nickte ihm mit einem höflichen Lächeln, das ihre Augen nicht erreichte, zu. Dann verschwand sie durch eine Milchglastür in die dahinter liegende Näherei.

„Ihr wart gemeinsam essen?", erkundigte sich Marlene sofort, nachdem sich die Glastür hinter Alleyson geschlossen hatte.

„Ja. Ich brauche Informationen, Marlene", antwortete Brian erklärend und schluckte seinen Ärger über ihren Ton hinunter. „Wie sonst soll ich Dinge erfahren, wenn ich mich nicht mit den Leuten unterhalte? In der Regel ist jeder in einer lockeren Atmosphäre gesprächiger."

„Schon gut", verteidigte sich Marlene, die spürte, dass ihre Frage zu weit gegangen war. Dennoch war sie nicht bereit, das Thema fallen zu lassen. „Grundsätzlich kannst du machen, was du willst und mit wem du willst. Es wundert mich nur, dass Miss Winters mit dir essen gegangen ist. So weit ich weiß, legt sie sehr viel Wert auf eine strikte Trennung zwischen ihrem Privat- und ihrem Berufsleben."

„Es war ein Geschäftsessen. Wir haben über die Abläufe in der Produktion gesprochen. Ich habe schließlich eine Tarnung aufrechtzuerhalten", stellte Brian klar und klang dabei etwas gereizter als er ursprünglich beabsichtigt hatte. Doch Marlenes Ton gefiel ihm nicht.

„Wenn du glaubst, dass sie dich nur begleitet hat, weil sie deine Fragen beantworten wollte, soll es mir recht sein. Ich weiß nur, dass Miss Winters, solange sie hier arbeitet, noch nie alleine mit einem Mann ausgegangen ist. Sie geht entweder mit ihrem Team oder es ist ein echtes Geschäftsessen mit einem Kunden, bei dem immer noch mindestens eine weitere Person anwesend ist."

Brian wollte sie unterbrechen, doch Marlene hob abwertend die Hand. „Aber wenn du sagst, dass zwischen euch nichts ist, dann ist das so. Du hast ja Erfahrung mit Frauen, die es nur auf dein Geld abgesehen haben. Doch vergiss nicht: Alex hat dich als Juniorchef eingeführt. Für die ein oder andere Mitarbeiterin bist du damit keine uninteressante Partie."

Noch bevor Brian reagieren konnte, schritt Marlene durch die Eingangstür hinaus auf den Parkplatz. Wütend sah er ihr einen Moment hinterher, bevor er grübelnd zum Aufzug schritt. Konnte es sein, dass Alleyson ihn wirklich nur als Erben sah?

Resolut schüttelte er seinen Kopf. Nein, zu diesem Typ Frau gehörte Alleyson nicht. Ebenso widersprach alles, was sich eben zwischen ihnen abgespielt hatte, dieser These. Als sich die Aufzugstür endlich öffnete und Brian hineintrat, hatte er Marlenes giftige Bemerkung als reine Boshaftigkeit endgültig abgestempelt.

KAPITEL 9

„Was ist passiert?“, erkundigte sich Brian umgehend, als er am Nachmittag das Großraumbüro der Designer im fünften Stock betrat. Irritiert sah er zwischen den fünf Modezeichnern hin und her, die alle stumm um Alleysons Schreibtisch standen. Dabei hielt Justin White einen Blumenstrauß mit fünfundzwanzig roten Rosen in Händen. Sein Gesichtsausdruck war mehr als konsterniert.

„Wo ist Alleyson?“, wollte Brian wissen, der sie nirgendwo im Raum sehen konnte.

„Sie ist rausgerannt, nachdem ihr Sam die Blumen gebracht hatte”, erklärte Bailey.

„Sam? Der Hausmeister?“

Fred nickte und Brian verstand noch immer kein Wort.

„Sam schenkt Alleyson rote Rosen?“ Ein Gefühl der Eifersucht breitete sich in ihm aus.

„Quatsch”, warf Steven ein. „Sam hat den Strauß nur nach oben gebracht, nachdem ihn jemand aus dem Blumenladen unten am Empfang für Alley abgegeben hat.“

„Wieso halten dann Sie, Justin, den Strauß? Wo ist Alleyson?“ Immer noch völlig im Unklaren über die Zusammenhänge sah Brian auffordernd von einem zum anderen. Er wollte eine Erklärung.

Fred seufzte. „Das versteht keiner von uns. Normalerweise sollen sich Frauen über Blumen freuen. Zumindest bringt man uns Männern das so bei.“

„Alleyson jedoch hat nur einen Blick auf die Blumen und die Karte geworfen und hat sie Justin in die Hand gedrückt, der gerade neben ihr stand. Dann ist sie verschwunden”, erklärte Bailey.

„Hat sie die Karte gelesen?“

„Ja”, antwortete Fred und deutete auf einen kleinen roten Umschlag auf dem Schreibtisch.

„Ich finde das furchtbar aufregend”, stellte Greta fest. „Das muss ja ein Wahnsinnskerl sein, der fünfundzwanzig langstielige rote Rosen verschenkt.“

„Die müssen ein Vermögen gekostet haben”, schmachtete Bailey.

Doch offenbar hatte Alleyson einen anderen Geschmack als ihre beiden Mitarbeiterinnen.

„Greta, stellen Sie die Blumen in eine Vase und bringen Sie sie hinunter zum Empfang. Auf der Glastheke sehen sie sicherlich wunderschön aus und alle haben etwas davon”, entschied Brian. „Alle anderen gehen zurück an die Arbeit.“

Nachdem Brian schließlich alleine vor Alleysons Schreibtisch stand, nahm er unauffällig ein Taschentuch aus seiner Hosentasche und drehte damit die kleine Karte auf dem Tisch um.

For You, stand vorgedruckt darauf- *Für Dich*. Dabei waren das F und das Y mit einem dicken roten Filzstift nachgezogen worden. Ansonsten befand sich nichts darauf. Kein Name, keine Grüße, keine Unterschrift. Einfach nichts.

Vorsichtig wickelte Brian die Karte in sein Taschentuch und steckte sie anschließend in seine Jackentasche. Dann verließ er das Büro. Nachdenklich trat er in den Flur. Warum war Alleyson weggelaufen? Vor allem, wohin war sie gelaufen? Zufällig fiel sein Blick auf die beiden Toilettentüren. Konnte er dort nachsehen?

Nachdem er kurz darüber nachgedacht hatte, befand Brian, dass es sich um eine Ausnahmesituation handelte, in der alle Anstandsregeln ausgesetzt waren. Kurz entschlossen trat er an die Tür mit dem Schild *Damen* und klopfte leise.

„Alleyson?“, rief er fragend, während er gleichzeitig die Tür einen kleinen Spalt aufschob. Tatsächlich stand die junge Designerin vor dem Spiegel. Mit ihren Händen stütze sie sich auf dem Waschbecken ab, während ihre Stirn das Spiegelglas berührte.

Umgehend begann Brians Herz schneller zu schlagen. Mit einem Blick erkannte er, dass etwas ganz und gar nicht stimmte. Doch er würde behutsam vorgehen müssen, wenn er Antworten haben wollte. Langsam öffnete er die Tür und ging auf die Frau zu, die noch vor wenigen Stunden im Büro seines Onkels erotischste Fantasien in ihm ausgelöst hatte. Jetzt jedoch stand sie blass und erschöpft vor ihm. Alle Kraft schien aus ihrem zarten Körper gewichen zu sein. Brian widerstand dem Bedürfnis, sie in seine

Arme zu ziehen. Stattdessen blieb er in einigem Abstand hinter ihr stehen und sprach sie noch einmal leise an.

Ohne dass ein Laut über ihre Lippen kam, richtete sich Alleyson gerade auf.

Unwillkürlich wappnete sich Brian gegen ihre Reaktion. Mit Sicherheit würde sie ihn gleich aus dem Waschraum der Damen verbannen. Als sich ihre Augen jedoch im Spiegel begegneten, erkannte er, dass sie dazu nicht fähig war.

Er erinnerte sich kurz, wie erschrocken er gestern Abend über das Grauen in ihren Augen gewesen war, als sie die Schmiererei auf ihrem Auto entdeckt hatte. In diesem Moment wünschte Brian jedoch, er würde zumindest diese Emotion sehen können, denn in Alleysons Augen stand nichts. Sie waren leer. Tot.

Eisige Kälte umfasste sein Herz, doch Brian verdrängte seine Emotion. Er brauchte Antworten, wenn er verstehen wollte, worum es eigentlich ging. Denn ohne, dass er verstand, konnte er Alleyson nicht helfen und helfen wollte er mehr als alles andere in der Welt.

„Wissen Sie, von wem die Blumen sind?“, erkundigte sich Brian mit leiser, ruhiger Stimme. Dabei beobachtete er Alleysons Gesicht in dem großen Spiegel über dem Waschbecken.

Zunächst zeigte sie keine Reaktion. Auf den ersten Blick hatte es den Anschein als fände sie selbst für die Antwort auf eine so einfache und simple Frage nicht genügend Kraft. Brians Herz zog sich bei ihrem Anblick zusammen. Nicht im geringsten konnte er sich vorstellen, wie fünfundzwanzig rote Rosen eine solche Wirkung auslösen konnten.

Das Bedürfnis, diese Frau zu schützen wurde immer stärker und es kostete ihn unglaubliche Kraft, sie nicht direkt in seine Arme zu schließen. Doch so sehr ihm sein Verstand auch befahl, Abstand zu halten, so wenig hatte er die Bewegung seiner Finger unter Kontrolle. Wie von selbst legten sich seine Hände auf ihre Schultern und als sie sich nicht wehrte, drehte er Alleyson sanft zu sich herum.

Während er ihr behutsam über die Oberarme strich, wiederholte Brian seine Frage noch einmal. Leise. Fast zärtlich klang seine Stimme in dem kalten Badezimmer. „Wissen Sie, von wem die Blumen sind?“

Als Alleyson endlich reagierte, auch wenn es nur mit einem Kopfschütteln war, zog er sie an sich heran. Wie bereits gestern

Abend, schmiegte sie sich auch jetzt in seinen Arm und der Duft ihres Parfums umfing ihn.

Brians Herz raste davon. Zuhause, war der erste Gedanke, der durch sein Gehirn schoss. Alleyson im Arm zu halten war wie nach Hause kommen.

Unglaublich zerbrechlich wirkte die Frau in seinen Armen und niemals zuvor hatte Brian einen derart starken Wunsch verspürt, die Welt eines anderen Menschen beeinflussen zu können. Doch er hatte keine Gelegenheit das Gefühl auszukosten, denn Alleyson löste sich aus der Umarmung und trat zurück.

Die körperliche Wärme, die Brians Körper ausgestrahlt hatte, hatte sie aus ihrer Lethargie gerissen. Zum Glück, denn die Situation ging zu weit. Was hatte sie sich bloß dabei gedacht? In der Nacht von Brian Bradshaw zu träumen war eine Sache. Tagsüber in der Damentoilette in seinen Armen zu liegen eine andere. Sie musste sich fassen. Jetzt. Sofort. Unwillkürlich trat sie einen weiteren Schritt nach hinten.

„Brian, was machen Sie hier?“ Alleysons Stimme klang unerwartet fest und stand in krassem Gegensatz zu ihrer Gesichtsfarbe. Doch Brian ließ sich nicht einschüchtern.

„Ich habe Sie gesucht. Ihre Mitarbeiter machen sich Sorgen um Sie.“

„Dafür gibt es keinen Grund.“

„Ebenso wie ich”, setzte er ernst hinzu, ohne sie aus den Augen zu lassen.

„Ich hätte nicht einfach weglaufen dürfen. Bitte entschuldigen Sie mein Verhalten.“

„Sie haben keinen Grund, sich zu entschuldigen”, versicherte Brian, doch Alleyson fuhr unberührt fort.

„Ich gebe zu, die Blumen haben mich ein wenig aus der Fassung gebracht. Wahrscheinlich in Kombination mit der Autoscheibengeschichte und den Anrufen.“

„Anrufen?“, fiel Brian ihr entgeistert ins Wort. „Welche Anrufe?“

Erschrocken fuhr Alleyson zusammen. Sie hatte ihm nichts von den Anrufen erzählen wollen. Wie hatte ihr das nur rausrutschen können? Verdammt, warum hatte sie sich nicht besser unter Kontrolle? Unter allen Umständen musste sie zuerst denken, bevor sie sprach. „Nichts. Vergessen Sie es bitte. Ich muss ohnehin zurück an meinen Schreibtisch."

Hastig wollte sie sich an ihm vorbeidrängen, aber Brian wich nicht zur Seite. Stattdessen hielt er ihr seinen Arm in den Weg, um sie aufzuhalten. „Welche Anrufe, Alleyson?", hakte er ernst nach.

In diesem Moment wurde Alleyson noch blasser. Ihre sonst so wundervoll grünen Augen verdunkelten sich, und sie wich zurück. Wie ein verängstigtes Tier, das seinem Jäger gegenüber stand, fixierte sie ihn.

Sofort erkannte Brian seinen Fehler. Erst gestern hatte sie ihm erzählt, dass sie sich in geschlossenen Räumen unwohl fühlte und nun stand er als Hindernis vor ihr und versperrte ihren einzigen Fluchtweg.

Super, gut gemacht, schimpfte er innerlich mit sich selbst und drehte sich verärgert um. Das war nun wirklich der dümmste aller Schachzüge gewesen, den er hatte spielen können. Jetzt blieb ihm nichts anderes übrig, als jede persönliche Regung zu unterdrücken und sie gleichzeitig gehen zu lassen. Mit zwei großen Schritten ging er zur Tür und zog diese so weit auf, wie es möglich war. Bemüht, sich seine Frustration nicht anmerken zu lassen, sprach er laut und in einem sehr distanzierten Ton.

„Ich möchte Sie nicht aufhalten, Alleyson. Schließlich haben Sie keine Veranlassung, mir Dinge aus Ihrem Privatleben zu erzählen. Aber bitte denken Sie daran, Schimpfworte an einer Autoscheibe, Blumen von einem anonymen Absender und Anrufe, ohne dass sich jemand meldet oder gar obszöne Telefonate fallen eindeutig in die Kategorie Stalking. Vielleicht haben Sie sogar hin und wieder das Gefühl, beobachtet zu werden?"

Alleyson sagte nichts, doch das musste sie auch nicht. Die Reaktion ihrer Pupillen zeigte Brian, dass er ins Schwarze getroffen hatte. Zu oft hatte er im Laufe seiner Dienstjahre eben diese Reaktion gesehen, als dass er sie verkannt hätte.

Seufzend ließ er die Tür los und ging langsam zu ihr zurück. Vor ihr blieb er stehen. „Alleyson, bitte gehen Sie zur Polizei, bevor das Ganze eskaliert", bat er eindringlich. „Die Statistiken lehren uns, dass Stalker nicht einfach aufhören. Sie ..."

„Ich weiß, Brian. Vielen Dank für Ihren Rat", unterbrach Alleyson ihn hart. „Sie haben selbstverständlich recht. Ich muss etwas unternehmen, vor allem wenn es meine Arbeitszeit belastet."

„Alleyson, hier geht es nicht um Ihre Arbeitszeit. Glauben Sie mir, das ist das Letzte, woran Alex und ich in einem solchen Fall denken.“

„Das ist sehr freundlich von Ihnen. Dennoch kann ich das nicht weiter zulassen. Zunächst werde ich jedoch ein Gespräch mit Peter führen.“

„Das sollten Sie auf keinen Fall alleine machen. Wenn Sie möchten, begleite ich Sie.“

„Das wird nicht nötig sein, vielen Dank. Ich verspreche, dass ich mit ihm an einem öffentlichen Ort reden werde”, wies Alleyson ihn brüsk ab.

Es war nett von Brian, ihr seine Hilfe anzubieten, doch Alley wusste, dass er ihr nicht helfen konnte. Niemand konnte ihr helfen. Allerdings wurde es Zeit, dass sie aus ihrer Lethargie erwachte. Sie konnte die Dinge nicht mehr länger mit sich geschehen lassen. Sie musste aktiv reagieren, ob es ihr gefiel oder nicht.

Entschlossen straffte Alleyson die Schultern, dann forderte sie ihn unmissverständlich auf zu gehen. „Bitte geben Sie mir noch zwei Minuten alleine, dann werde ich an meinem Schreibtisch zurückkehren.“

Prüfend sah Brian die Frau vor sich aufmerksam an. Noch immer wurde er nicht schlau aus ihr. In der einen Minute wirkte sie völlig allein und hilflos, in der nächsten hingegen stand eine selbstbewusste junge Frau vor ihm, die genau zu wissen schien, was sie wollte. Dennoch konnte er im Augenblick an dieser Stelle nicht weiter bohren. Daher nickte Brian ergeben und ließ sie allein, ohne sich noch einmal umzudrehen.

Erschöpft lehnte sich Alleyson an die Spiegelwand hinter ihr. Unmöglich hatte sie Brian sagen können, dass sie nicht zur Polizei gehen konnte. Doch wo war sie hier hineingeraten?

Seit noch nicht einmal zwei Jahren war sie in Corpus Christi und zum ersten Mal seit jener verhängnisvollen Abschlussnacht war sie zumindest einigermaßen glücklich. Warum musste sich Peter ausgerechnet sie als Objekt der Begierde aussuchen? Oder war es am Ende gar nicht Peter?

Ein kalter Schauder lief Alleysons Rücken hinunter. Bisher hatte sie es nicht wahrhaben wollen. Ganz bewusst hatte sie immer wieder alle Anzeichen verdrängt und jede Ausrede genutzt, die ihr in den Sinn gekommen war, denn sie wollte nicht von hier weggehen. Sie wollte hierbleiben. Hier in Corpus Christi und hier im Unternehmen Alex Taylor. Sie liebte ihren Job und sie mochte ihr Team. Doch sie wusste, heute war der Zeitpunkt gekommen, an dem sie ihre Augen nicht länger geschlossen halten konnte. Sie musste der Wahrheit ins Auge sehen.

F - Y stand weder für Fuck You noch für For You. Es stand für Filine Young. Jacob Gabriel hatte sie gefunden. So einfach war die Wahrheit.

Als ob es gestern gewesen wäre, erinnerte sich Alleyson daran, wie ihre Angst ihn an jenem Tag vor acht Jahren beflügelt hatte. Heute spielte er mit ihr und beobachtete sie dabei. Alles ergab einen Sinn. Wie hatte sie sich nur so lange etwas vormachen können? Aber Alleyson wusste, warum. Corpus Christi war ihr neues Zuhause geworden.

Interessanterweise tauchte in diesem Moment Brian Bradshaw vor ihrem inneren Auge auf. Obwohl sie ihn erst seit wenigen Tagen kannte, fühlte sie sich dermaßen stark zu ihm hingezogen, dass der Gedanke, ihn nie wiederzusehen, ihr fast das Herz zerriss. Doch wenn sie weiterleben wollte, musste sie gehen und zwar sofort, solange sie noch die Gelegenheit dazu hatte.

Ihre Unterlippe zitterte und Alleyson kniff beide Lippen fest aufeinander. Dann atmete sie tief ein. Es wurde Zeit. Zumal sie noch einiges zu erledigen hatte, bevor sie endgültig gehen konnte. Schließlich konnte sie Alex und ihr Team unmöglich mit allen offenen Aufgaben von heute auf morgen verlassen. Zumindest ihre Entwürfe musste sie noch fertig stellen.

Schweren Herzens, aber entschlossen, das Richtige zu tun, verließ sie die Toilette und kehrte erhobenen Hauptes an ihren Schreibtisch zurück. Glücklicherweise waren zumindest die Blumen nirgendwo mehr zu sehen.

Justin, der ihren Blick missinterpretiert hatte, erklärte: „Brian hat die Blumen hinunter zum Empfang bringen lassen. Er dachte wohl, du legst keinen Wert auf sie."

Stumm nickte Alleyson, denn sie traute ihrer Stimme nicht. Brian Bradshaw war wirklich ein sehr aufmerksamer und einfühlsamer Mann. Doch für sie spielte das keine Rolle. Es durfte keine Rolle spielen. Besser, sie vergaß ihn und konzentrierte sich auf die Dinge, die dringend erledigt werden mussten.

Alle Gedanken beiseiteschiebend setzte sich Alleyson an ihren Computer und kopierte all die Dateien, die sie in den nächsten

Tagen brauchen würde, auf ihren USB-Stick. Sie würde die Stadt noch heute Abend verlassen, aber sie würde alle angefangenen Kollektionen in den nächsten Tagen von unterwegs aus fertigstellen und direkt an Alex senden.

Nachdem Alleyson alle dafür notwendigen Unterlagen kopiert hatte, sortierte sie ihre Papierzeichnungen in verschiedene Ordner, sodass Fred keine Probleme haben würde, sie den unterschiedlichen Projekten zuzuordnen. Zehn unfertige Skizzen für die Bentleykollektion steckte sie ein. Diese würde sie noch heute Abend zu Hause fertig zeichnen und in einen Briefkasten werfen, sodass Alex sie pünktlich zu seinem Termin mit dem Kunden vor sich haben würde. Das war das Mindeste, was sie für ihn tun musste, bevor sie die Stadt verließ.

„Ich gehe nach Hause, Kinder", kündigte sie schließlich einige Stunden später an und winkte kurz mit ihrer Hand. Konzentriert bemühte sie sich darum, sich so zu verabschieden, wie sie es jeden Tag tat. Das schlechte Gewissen, das sich in ihr meldete, ignorierte sie. Ebenso die Tränen, die in ihre Augen zu schießen drohten.

„Ciao, Alley."

„Bis morgen."

„Schönen Abend", entgegneten die Kollegen und Alleyson wünschte sehnlichst, dass sie eine andere Wahl hätte.

Wie sie es im Büro geplant hatte, zeichnete Alleyson zu Hause ihre Skizzen fertig. Es wunderte sie, wie viele gute Ideen ihr trotz der Situation immer noch in den Kopf kamen. Mühelos flog ihr Stift über das Papier, als ob sie keinerlei Sorgen hätte. Zumindest ihre Kreativität hatte Gabriel ihr nicht nehmen können.

Mit Tränen in den Augen steckte Alleyson eine Stunde später die Papiere in einen großen Umschlag, frankierte ihn und schrieb mit großen Buchstaben Alex' Privatadresse darauf. Dann nahm sie ein weißes Blatt Papier, einen Füller und überlegte, was sie ihm sagen wollte. Doch die Worte wollten ihr nicht einfallen. Stattdessen flossen stumme, heiße Tränen über ihre Wangen.

Schließlich wischte sie verärgert die Feuchtigkeit aus ihrem Gesicht, schrieb über das ganze Blatt *Es tut mir leid!*, faltete es dann einmal und steckte es zu den Entwürfen, bevor sie den Umschlag zuklebte. Anschließend schob sie ihn in ihre Handtasche. Sie durfte ihn keinesfalls vergessen.

Ein Blick nach draußen zeigte ihr, dass es mittlerweile dunkel geworden war. Es war zwar erst acht Uhr, aber die Sonne ging früh unter. Zügig eilte sie ins Schlafzimmer und packte ihre Kleider sowie ihre wenigen Habseligkeiten in zwei große Reisetaschen. Glücklicherweise besaß sie nicht viel.

Anschließend zog sie das Spannbetttuch von ihrer Matratze ab und schnitt diese an der Seite auf. Ohne suchen zu müssen, zog sie einen weiteren dicken Umschlag heraus. Ein Glück, dass sie daran gedacht hatte, für genau diesen Fall eine größere Geldsumme im Haus aufzubewahren. Wer konnte schon wissen, wie lange es dauern würde, bis sie eine neue Stelle finden würde? Vor allem brauchte sie erst einmal einen neuen Namen.

Der Gedanke, alles noch einmal durchmachen zu müssen, ließ sie erschaudern. Doch Alleyson zwang sich dazu, sich auf die Gegenwart zu konzentrieren. Zunächst musste sie nur einen Schritt nach dem anderen machen. Es war nicht nötig, allzu weit in die Zukunft zu denken. Mit dieser Strategie hatte sie es schon einmal geschafft. Kleine Etappen definieren, das war das Ziel. In diesem Moment bedeutete das: Raus aus der Stadt, das Auto loswerden und mit dem Bus oder dem Zug weiterreisen. Wohin auch immer die Reise gehen würde.

Wehmütig sah sich Alleyson noch einmal in dem kleinen Haus um, das die letzten beiden Jahre zu ihrem Zuhause geworden war. Dann griff sie nach den beiden Reisetaschen und brachte sie hinaus in den Kofferraum ihres Autos. Anschließend kehrte sie noch ein letztes Mal ins Haus zurück, um ihre Handtasche zu holen.

„Bist du sicher?“, sprach Brian ungläubig in sein Telefon.

„Natürlich bin ich sicher”, bestätigte Mitch die Information, die er seinem Partner gerade gegeben hatte.

„Irrtum ausgeschlossen?“

Mitch seufzte. „Brian, wenn ich es dir sage: Alleyson Winters ist dreiundachtzig Jahre alt und lebt in Chicago, beziehungsweise lebte. Ihre Nachbarin, mit der ich telefoniert habe, sagte, sie sei vor etwas mehr als zwei Jahren gestorben.“

„Danke, Kumpel”, antwortete Brian tonlos und lehnte sich an die Motorhaube seines Wagens.

Während sein Verstand die Bedeutung der Information in vollem Ausmaß erfasste, hatte Brians Körper das Gefühl, dass ihm gerade jemand den Boden unter den Füßen wegzog. Hart schlug sein Herz in seiner Brust und er fühlte jeden einzelnen Schlag in seinem Hals. Wenn er mit allem gerechnet hatte, dann doch nicht damit.

Alleyson Winters war eine Betrügerin. Alleyson. Die Frau, die all seine Beschützerinstinkte geweckt hatte. Die Frau, die ihm wie keine andere in der Kürze der Zeit unter die Haut gegangen war. Hatte sie nur mit ihm gespielt? Es wäre nicht das erste Mal, das eine Frau ihn an der Nase herum geführt hätte. Dabei hatte er von sich geglaubt, aus den Erfahrungen der Vergangenheit gelernt zu haben. Steckte Peter Limpton vielleicht am Ende sogar mit ihr unter einer Decke? Hatte Alleyson irgendwie Wind davon bekommen, dass er beim FBI arbeitete und eins und eins zusammen gezählt?

Fassungslos setzte sich Brian in seinen BMW und schaltete die Klimaanlage an. Sofort tauchten Alleysons Augen vor ihm auf.

Begeisternd-funkelnde Augen.

Tief-traurige Augen.

Ängstlich-verwundete Augen.

Konnte jemand derart schauspielern, dass sich all diese Emotionen in einem Augenpaar widerspiegelten?

Beim besten Willen konnte sich Brian das nicht vorstellen. Dennoch blieb die Tatsache bestehen, dass Alleyson nicht die Person war, die sie zu sein vorgab. Doch wer war sie?

Langsam verwandelte sich Brians Fassungslosigkeit und Enttäuschung in Wut. Alleyson Winters hatte mit ihm gespielt. Anders konnte es nicht sein. Schamlos hatte sie ihn, vor allem aber Alex' Vertrauen ausgenutzt.

Oh, er wollte gar nicht bezweifeln, dass Alleyson Probleme mit jemandem hatte. Doch vielleicht handelte es sich hierbei gar nicht um einen heimlichen Verehrer, sondern vielmehr um einen Partner, mit dessen Hilfe sie Alex' Kollektionen verkauft hatte. Vielleicht hatte sie diesen finanziell über den Tisch gezogen und nun wollte der Mann seinen Anteil. Im Schnelldurchlauf schossen weitere mögliche Konstellationen durch Brians Gehirn.

Kurzentschlossen startete Brian seinen Wagen. Am besten fuhr er direkt zu Alleyson nach Hause. Denn bevor er seinen Onkel über ihren Verrat unterrichtete, wollte er die Sache bis ins Detail geklärt haben. Er wollte wissen, ob, und wenn ja, mit wem sie zusammenarbeitete und er wollte ihr Motiv hören. Warum stahl eine so begabte Designerin wie Alleyson ihre eigenen Entwürfe, wenn sie doch problemlos für CbH eine eigene Kollektion hätte entwerfen können?

Brian seufzte, als er daran dachte, wie sehr dieser Vertrauensbruch Alex treffen würde. Im gleichen Moment nahm ihn die Wut darüber, seinem Onkel eine weitere Enttäuschung nicht ersparen zu können, in Besitz.

Oh ja, Miss Winters würde ihn noch heute Abend von einer anderen Seite kennenlernen. Bisher hatte sie nur seine sympathische Seite gesehen, doch Brian Bradshaw konnte auch anders. Nicht selten war er derjenige, der in einem Verhör die Rolle des bösen Cops übernahm. Wenn Miss Alleyson Winters gedacht hatte, ihn mit ihrem Aussehen und ihrem Charme einfangen zu können, so würde sie sehr bald und sehr schnell erkennen, dass sie sich in ihm getäuscht hatte.

Während der Fahrt überlegte Brian, wie er in den letzten Tagen nur so dumm hatte sein können. Wieso hatte er Alleyson nicht von Anfang an verdächtigt? Er konnte nicht einmal behaupten, dass er sie bewusst aus dem Kreis der möglichen Schuldigen ausgeschlossen hatte. Nein, es war viel schlimmer. Er hatte sie nicht einmal für eine Sekunde überhaupt auf dem Radar gehabt. Dabei hatte die ganze Geschichte erst begonnen, nachdem Alleyson Winters bei Alex angefangen hatte. Wenn Brian genau überlegte, waren die Zeichnungen sogar erst abgegriffen worden, nachdem sie die Leitung übernommen hatte. Vorher hatte sie wahrscheinlich noch gar keinen Zugang zu allen Daten gehabt. Hierzu würde er Alex jedoch noch einmal befragen müssen.

Wieder überlegte Brian, wie er all diese Zeichen hatte übersehen können. Er war schließlich kein Anfänger in seinem Job. Hatte Alleyson ihn mit ihrem Zauber tatsächlich derart eingefangen, dass er vollkommen blind gegenüber offensichtlichen Fakten gewesen war?

Verärgert über seinen eigenen Dilettantismus bog Brian genau in dem Augenblick in Alleysons Straße ein, als diese ihre beiden Taschen im Kofferraum ihres Wagens verstaute und hastig zurück ins Haus eilte.

Oha, hatte die junge Dame etwa vor abzuhauen? Da war er wohl gerade noch rechtzeitig gekommen. Gut, dass er nicht bis zum nächsten Morgen gewartet hatte. Mit quietschenden Reifen hielt Brian direkt hinter ihrem Wagen und eilte ihr nach ins Haus.

„Hallo, Alleyson", grüßte er kalt, als er die Haustür laut hinter sich ins Schloss fallen ließ.

Erschrocken drehte sich die junge Frau um. Zum zweiten Mal an diesem Tag verlor Alleyson alle Farbe aus ihrem Gesicht. Brians harter Ton und die unterdrückte Wut, die offen in seinem Gesicht stand, ließen sie langsam in die Küche zurückweichen.

Richtig. Angst in geschlossenen Räumen bei zu viel Nähe zu einem anderen Menschen, erinnerte sich Brian zynisch. So wie es aussah, hatte sie an dieser Stelle nicht gelogen. Doch im Affekt des Moments waren Brian ihre Gefühle egal. Wenn er allein daran dachte, was sein Onkel empfinden würde, sobald er von Alleysons Betrug erfuhr, war ihre Angst jetzt nur recht und billig. Ganz zu schweigen von seiner eigenen Enttäuschung, die er in vollem Ausmaß spüren würde, sobald seine Wut ihn später verlassen hatte.

„Brian", stieß Alleyson mühsam hervor. Pure Panik stand in ihren Augen. Ihr Pulsschlag hatte sich verdreifacht und das Atmen fiel ihr mit jeder Sekunde schwerer. „Was machen Sie hier?"

Langsam, aber mit festen Schritten, folgte er ihr, während sein Blick sie fixierte.

„Wollen Sie verreisen?", fragte er kalt.

Alleyson konnte nicht antworten. Eine innere Stimme schrie: *Gefahr!* Du *musst hier raus!* Doch sie war zu keiner Aktion fähig.

Das Blut rauschte in ihren Ohren. Ihr Herz schien immer schneller zu rasen und dadurch jede Reaktion zu lähmen. *Wehr dich!*, schrie es laut in ihrem Kopf. *Tu etwas, bevor es zu spät ist!*

Hart prallte Alleysons Rücken gegen die Arbeitsplatte ihrer Küche und reflexartig griff sie mit einer Hand nach hinten, um ihr Gleichgewicht wiederzufinden. Dabei stießen ihre Fingerspitzen an den Messerblock.

Richtig! Die Messer! Warum hatte sie nicht direkt daran gedacht? Dieses Mal hatte sie eine Waffe. Ruckartig zog sie eines der Messer heraus und hielt es vor ihren Körper.

Erstaunt zog Brian eine Augenbraue nach oben, blieb aber sofort stehen. „Langsam, Alleyson. Ich will nur mit Ihnen reden. Noch ist niemand verletzt worden. Noch geht es lediglich um einen reinen Sachschaden", versuchte er die Frau vor sich zu beruhigen. Zu seiner eigenen Verwunderung gelang es ihm sogar, seine Wut aus der Stimme herauszuhalten.

Sachschaden? Wovon redet er?, durchfuhr es Alleyson. Die Gedanken überschlugen sich in ihrem Kopf. Wer war dieser Mann überhaupt, der hier gerade vor ihr stand? Er hatte nicht die geringste Ähnlichkeit mit dem Brian Bradshaw, den sie bisher kennengelernt hatte. In diesen Augen stand soviel Enttäuschung und Wut.

Wut.

Wie lange würde er sie noch unter Kontrolle halten können? Wollte er das überhaupt? Die Wellen seiner Emotion durchspülten förmlich den ganzen Raum.

Ihr Körper begann zu zittern, doch Alleyson wusste, dass sie die Kontrolle behalten musste. Mit deutlich sichtbar weißen Knöcheln hielt Alleyson das Messer fest in ihrer Faust, sodass die scharfe Spitze auf Brian zeigte. Die Stimme in ihrem Kopf wurde lauter.

Raus! Raus hier! Raus aus der Küche!, befahl sie ihr.

Nein, nicht schon wieder die Küche, durchfuhr es sie im gleichen Moment.

Alleyson schluckte hart und zwinkerte kurz, während ihr Gehirn für eine Millisekunde grausame Bilder meldete.

Rote Bilder.

Bilder voller Blut.

Blut an ihren Händen, ihrem Körper, ihren Füßen.

Automatisch sahen Alleysons Augen an ihrem Körper hinunter und dieser Bruchteil einer Sekunde genügte Brian, um einen Schritt nach vorne zu treten und Alleysons rechtes Handgelenk zu umfassen. Kraftvoll zog er ihren Arm nach oben und drückte dabei so stark zu, dass Alleysons Faust nicht anders konnte als sich zu öffnen. Klirrend fiel das Messer auf die hellen Fliesen. Im selben Moment bog Brian ihren Arm nach hinten, während er gleichzeitig ihre andere Schulter nach unten drückte.

Aufschreiend vor Schmerz ging Alleyson in die Knie. Übelkeit stieg in ihr auf. Noch immer begriff sie nicht, was geschehen war. Was war mit Brian los? Was hatte sie ihm getan? Doch Jacob Gabriel hatte sie auch nichts getan.

Ihr Magen rebellierte, doch um nichts in der Welt würde sie vor Brian erbrechen. Alleyson hörte ein leises Klicken hinter ihrem Rücken. Gleichzeitig spürte sie etwas Kaltes an ihren Handgelenken.

Handschellen. Sie war gefesselt.

Nein. Keine Fesseln. Neiiiiin!

Alles schrie in ihr und sie zerrte heftig mit ihren Händen, doch sie hatte keine Chance gegen die zwei starken männlichen Hände, die sie immer noch unerbittlich nach unten drückten. Brians Füße standen gespreizt neben ihren beiden Hüften, sodass sie sich keinen Millimeter mehr bewegen konnte und plötzlich schalteten Alleysons Sinne von der Realität in die Vergangenheit um.

Ihre Augen sahen rot, ihre Nase meldete einen typischen Eisengeruch und sie glaubte das Blut direkt an ihren Händen fühlen zu können.

Neiiiiiin! Kein Blut!

Sie wusste, dass sie zu schnell und zu flach atmete, doch sie konnte nichts dagegen unternehmen. Ihr war so furchtbar übel.

„Halten Sie still, Alleyson. Sie tun sich nur selbst weh", riet Brian, während er sie nach oben zog. „Ich verhafte Sie wegen Verdachts auf Täuschung, Betrug und Industriespionage. Alles, was Sie sagen kann und wird vor Gericht gegen Sie verwendet. Sie haben das Recht ..."

Die restlichen Worte verloren sich im Raum. Für Alleyson wurde Brians Stimme immer leiser, während das Rauschen in ihren Ohren immer lauter wurde. Obwohl sie versuchte gegen die drohende Ohnmacht anzukämpfen, verschwamm ihre Küche immer mehr vor ihren Augen. Langsam fuhr ihr Gehirn herunter und umhüllte sie in eine stille Dunkelheit ohne Angst, Schmerz und Erinnerung.

„Shit!", fluchte Brian, als er Alleyson ohnmächtig auf dem kalten Steinboden zusammensinken sah. Schnell öffnete er die Handschellen und trug sie hinüber ins Wohnzimmer.

Mit einem Mal war all seine Wut auf sie verflogen. Stattdessen ärgerte er sich wieder einmal über sich selbst. Er hatte von Alleysons Angst gewusst. Doch statt darauf einzugehen, hatte er sie so tief in ihre Panik hineingetrieben, dass sie das Bewusstsein verloren hatte. Sorge überkam ihn, als er Alleyson leichenblass vor ihm liegen sah. Nervös tastete er nach ihrem Puls. Zu schnell. Auch ihre Haut war viel zu kalt.

„Alleyson", rief er und schüttelte ihre Schulter.

Panik erfasste ihn, als sie keine Reaktion zeigte. Dabei machte er sich keine Gedanken über die Konsequenzen seines etwaigen Fehlverhaltens, sondern es ging ihm einzig und allein um die Frau vor ihm, die sich leise in sein Herz geschlichen hatte und für die sein Herz selbst jetzt noch schlug, obwohl er sicher glaubte, dass sie eine Betrügerin war.

Beunruhigt sah er auf die Uhr. Dreißig Sekunden waren vergangen. Eine weitere halbe Minute würde er noch warten. Wenn sie das Bewusstsein bis dahin nicht wieder erlangt hatte, würde er den Notarzt rufen.

„Alleyson", rief er sie erneut an und rüttelte sie heftiger.

Ihre Augenlider begannen zu flattern und zu seiner Erleichterung schlug sie kurz darauf tatsächlich die Augen auf. Als sie Brian erkannte, setzte sich Alleyson blitzartig auf und kroch an das äußerste Ende des Sofas, wo sie die Arme schützend um ihre Knie schlang. Vor ihren Augen blitzten Sterne auf, doch Alleyson ignorierte sie. Sie wusste, dass die Bewegung für ihren Kreislauf zu schnell gewesen war, doch sie hatte Abstand zwischen sich und Brian bringen müssen.

„Was wollen Sie?", fragte sie mit panischer Stimme, während ihr Körper am ganzen Leib zitterte.

„Beruhigen Sie sich, Alleyson", bat er sie und seufzte innerlich. Warum musste ausgerechnet sie eine Betrügerin sein? Dann zog er sich einen Stuhl heran, setzte sich vor sie und zeigte ihr seine Marke.

„Ich bin vom FBI, Alleyson", erklärte er ruhig, fest entschlossen seine Emotionen von nun an professionell im Zaum zu halten.

„FBI?" Verwirrt starrte sie ihn an.

Brian nickte.

„Sie sind nicht Alex' Neffe?"

„Doch. Auch. Alex hat den Diebstahl seiner Designs und die dadurch entstandenen Kopien von CbH angezeigt. Ich bin offiziell abgeordnet, diesen Fall zu untersuchen."

Immer noch argwöhnisch starrte Alleyson ihn an. „FBI-Agenten greifen normalerweise niemanden an."

„Wenn ich Sie erinnern darf, haben Sie mich angegriffen. Nicht umgekehrt. Ich habe mich lediglich verteidigt, nachdem Sie mich mit einem Messer bedroht haben", stellte Brian richtig.

Bedächtig nickte Alleyson, während sie versuchte die Geschehnisse in ihrer Küche zu rekonstruieren. Nur langsam erfasste ihr Verstand die Bedeutung seiner Worte.

Mit völlig unterschiedlichen Emotionen, die von Wut über Enttäuschung bis hin zur Sorge reichten, beobachtete Brian sie.

Alleysons Vitalfunktionen schienen sich langsam zu normalisieren. Ein wenig Farbe war in ihr Gesicht zurückgekehrt, obwohl sie immer noch viel zu blass war. Ihre Lippen wirkten nach wie vor blutleer und ihre Augen waren gezeichnet von tiefen Ringen. Die Aktion von eben in Kombination mit den Ereignissen der letzten Tage forderte zweifellos ihren Tribut.

„Ich habe einen FBI-Agenten angegriffen?“ Der Schreck über diese Erkenntnis zeigte sich in ihrer Mimik.

„Mit einem Messer. Ja.“

„Oh Gott”, stöhnte Alleyson.

„Aber das ist im Moment gar nicht das Thema.“

„Was dann? Was machen Sie hier?“

Ihre Stimmlage war wieder eine Nuance zu hoch und verriet damit die Panik, die sie immer noch fühlte. Fest umschlangen ihre Arme ihre Unterschenkel, die sie dicht an ihren Körper herangezogen hatte. Wie ein verängstigtes Tier saß sie auf kleinstmöglichem Raum in der letzten Ecke des Sofas.

„Fürs Erste möchte ich wissen, warum Sie flüchten wollten. Das wäre zumindest ein Anfang”, erklärte Brian und versuchte weiterhin, seine Emotionen im Zaum zu halten und seiner Stimme einen neutralen Klang zu verleihen.

Für einen kurzen Moment schloss Alleyson die Augen. „Das kann ich Ihnen nicht sagen.“

Wieder atmete Brian tief ein. Er würde Geduld brauchen. Doch dafür musste er seine Enttäuschung beiseiteschieben. Ebenso seinen Beschützerinstinkt, der mit jeder Sekunde, die er Alleyson ansah, mehr und mehr von ihm Besitz ergriff. Wieso nur, verspürte er noch immer das unendliche Bedürfnis, diese Frau in seine Arme zu schließen? Wütend über sich selbst, klangen seine nächsten Worte härter als beabsichtigt.

„Hören Sie, Alleyson, wir können das entweder zunächst hier klären oder wir fahren gemeinsam nach Houston in mein Büro.“

Alleysons Herz begann erneut zu rasen. Mit Brian in einem Auto? Zwei Stunden? Nein, danke. Auch wenn sie mittlerweile keine direkte Angst mehr vor ihm als Person hatte, so war sie doch noch nicht wieder so weit, ihm völlig zu vertrauen.

„Auf keinen Fall”, entschied sie kopfschüttelnd „Keine Autofahrt.“

„Gut, dann erklären Sie mir, warum.“

„Warum was?“ Verwirrt sah sie ihn an.

„Warum wollten Sie meinen Onkel sang- und klanglos mit all Ihren halbfertigen Entwürfen im Stich lassen?“

„Ich wollte Alex nicht im Stich lassen”, empörte sich Alleyson und stand auf. Diese Behauptung war für sie derart abstrus, dass sie sogar ihre Panik vergaß. Stattdessen fühlte sie Ärger in sich aufsteigen. Niemals hätte sie Alex oder ihr Team einfach so im Stich gelassen.

Ihre Beine wackelten zwar noch etwas, doch sie trugen sie hinüber zu ihrer Handtasche, aus der sie mit sicherem Griff den Umschlag an ihren Chef herauszog. „Hier, bitte. Wie Sie sehen, steht Alex Adresse schon darauf.“

„Was ist drin?“, hakte Brian nach und drehte den Umschlag unschlüssig in seinen Händen.

„Die Ideen für Bentley. Die braucht Alex am schnellsten. Daher habe ich sie heute Abend noch fertiggestellt. Alles andere habe ich kopiert und stelle es in den nächsten Tagen fertig. Er bekommt die Sachen dann entweder per Mail oder per Post.“

„Sie haben alle Dateien heute kopiert? Um sie abschließend zu bearbeiten?“ Brians Stimme klang sarkastisch. „Oder vielleicht doch eher, um sie weiter zu verkaufen.“

„Verkaufen? An wen sollte ich sie verkaufen?“ Verdutzt sah sie ihn an.

„Wie wäre es mit CbH, an die Sie auch die letzten Kollektionen verkauft haben?“

Sprachlos starrte sie ihn an. „Was habe ich?“, fragte sie schließlich

Fassungslos sah Brian ihr in die Augen. Für wie dumm hielt Alleyson ihn? Doch die Verwirrung in ihrem Gesicht schien echt zu sein. Oder war sie doch gespielt? Aufgewühlt fuhr sich Brian durch die Haare. Offenbar schien er sein Urteilsvermögen gerade komplett zu verlieren. Er beschloss, es von einer anderen Seite aus zu versuchen.

„Alleyson Winters wäre heute fünfundachtzig Jahre alt geworden, wenn sie nicht vor zweieinhalb Jahren verstorben wäre.“

Augenblicklich verschwand das Wenige an Farbe, das bisher in Alleysons Wangen zurückgekehrt war und sie sank zurück auf das Sofa.

„Wer sind Sie wirklich?“, wollte Brian wissen, wobei er die Frau ihm gegenüber keinen Moment aus den Augen ließ.

Wieder schloss Alleyson die Augen. Als sie sie eine lange Minute später wieder öffnete, stand darin völlige Resignation. Ausdruckslos starrte sie ihn an. „Mein Name ist Filine Young", flüsterte sie schließlich.

Innerlich war Brian zutiefst erschrocken. Niemals zuvor hatte er in solch leere Augen gesehen. Zumindest nicht bei einem Menschen, dessen Herz noch schlug. Alles in ihm schrie danach, zu ihr zu gehen und sie in den Arm zu nehmen, ihr Leben einzuhauchen. Doch er widerstand dem Drang. Bevor er nicht wusste, worum es eigentlich ging und wer diese Frau wirklich war, durfte er seine Grenzen nicht noch einmal überschreiten. Das hier war schließlich ein offizielles Verhör, und er war emotional schon mehr involviert als gut war.

Filine Young. Der Name sagte ihm nichts. Sollte er? Mit seinen Augen auf Alleyson gerichtet, drückte er die Eins auf seinem Handy. Sofort beim ersten Klingeln nahm sein Partner das Gespräch an.

„Hey Brian, was gibt's?"

„Bist du noch im Büro, Mitch? Du musst unbedingt noch einen Namen für mich checken. Filine Young."

„Kein Problem. Warte kurz, ich muss nur schnell rüber zu meinem Schreibtisch. Lass mich raten, du bist gerade bei Miss Winters."

„So ist es."

„Bin da, gleich sind die Daten geladen."

Hörbar sog Mitch eine Minute später auf der anderen Seite der Leitung die Luft durch die Zähne.

„Was ist los?", wollte Brian wissen. Doch er erhielt keine Antwort.

„Mitch? Was ist los?", wiederholte er schließlich überdeutlich mit langen Pausen zwischen den einzelnen Worten.

„Das solltest du dir besser selbst ansehen", fand sein Partner. Jede humorige Nuance war plötzlich aus seiner Stimme verschwunden. „Ich schicke dir die Datei auf deinen Blackberry."

„Danke", brummte Brian und beendete das Gespräch. Kurz darauf summte sein Handy und gab damit den Eingang von Mitchs Nachricht bekannt.

„Jetzt wollen wir mal sehen, was das System über Sie hat", kündigte er an, während er zum Fenster hinüberging und die Datei öffnete.

Kaum hatte er jedoch die ersten Zeilen gelesen, bildete sich in seinem Magen ein schwerer Felsbrocken und die Luft schien ihm im Hals stecken zu bleiben. Fassungslos starrte er abwechselnd auf den Bericht des Kollegen von vor acht Jahren und die Frau, die ihm einige Meter entfernt leichenblass gegenübersaß.

Eigentlich hatte Brian geglaubt, in seinen zehn FBI-Jahren schon alles gesehen zu haben, doch die Bilder, die sich an den Text anschlossen, übertrafen alles bisher Dagewesene. Völlig schockiert starrte er auf die Fotos der drei Leichen in einer blutüberschwemmten Küche.

Oh Gott, was hatte er getan, als er sich Alleyson derart dominant in der Küche dieser Wohnung präsentiert hatte? Kein Wunder, dass ihr Gehirn die Notbremse gezogen hatte.

Hart schluckend rief er die nächsten Fotos auf. Die ersten beiden zeigten Alleysons Verletzungen. Ihr Körper war gezeichnet von schwarzen Flecken, wie nur Fußtritte und harte Schläge sie zu Tage bringen konnten. Auf Röntgenbildern von Lunge, Rippen und Beinen waren mehrere Brüche markiert. Darauf folgte ein Arztbericht, dessen Inhalt Brian den Magen umdrehte.

Das war mehr als ein Mensch verkraften konnte. Vor allem eine solch zarte Frau wie Alleyson. Was um alles auf der Welt sollte er ihr sagen? Die Hilflosigkeit, die er empfunden hatte, als er von Aarons Tod erfahren hatte, war nichts gegenüber dem, was er in diesem Moment empfand. Alles in ihm wollte zu ihr eilen, sie in den Arm nehmen, streicheln, liebkosen und ihr versichern, dass alles in Ordnung war. Doch für Alleyson hatte sich die Welt damals endgültig geändert. Nichts würde jemals wieder so sein wie früher.

Nur ansatzweise konnte Brian erahnen, wie viel Kraft es sie gekostet haben musste, ihr Leben wieder aufzunehmen und dort anzukommen, wo sie heute war. Doch in seiner ungestümen Art war er daher gekommen und hatte das Vertrauen, dass sie in den letzten Tagen zu ihm aufgebaut hatte, zerstört. Was war er doch für ein Mistkerl! Warum hatte er heute Abend nicht auf sein Bauchgefühl vertraut und wie ein vernünftiger Mensch zunächst einmal das Gespräch mit ihr gesucht, um Antworten auf seine Fragen zu finden?

Als seine Gedanken zu dem Bericht zurückkehrten, fiel ihm auf, dass trotz aller neuen Informationen zwei entscheidende Fragen immer noch unbeantwortet waren: Warum saß Filine hier als

Alleyson Winters vor ihm und warum hatte sie heute Abend Hals über Kopf ihre Koffer gepackt?

KAPITEL 10

Bedächtig ging Brian auf Alleyson zu. „Darf ich?“, bat er leise, während er auf den Platz neben ihr deutete.

Alleyson zuckte mit den Schultern. Es war ihr egal. Sie hatte keine Angst mehr vor Brian. Tief in ihrem Innern wusste sie, er würde ihr nichts tun und wenn sie sich irren sollte, so war es auch egal. Sie machte sich nichts vor. Brian würde sie nicht gehen lassen.

Es spielte keine Rolle, dass sie niemandem wehgetan hatte und auch niemandem Unrecht zugefügt hatte, als sie die Identität von Alleyson Winters angenommen hatte. Es war und blieb ein Verstoß gegen das Gesetz. Brian würde ermitteln müssen und bis sich alles aufgeklärt hatte, würde Jacob Gabriel sein Spiel zu seinen Bedingungen beendet haben. Im Moment war sie einfach nur müde. So furchtbar müde.

„Es tut mir leid, Alleyson”, flüsterte Brian leise.

Sie nickte nur leicht als Zeichen, dass sie ihn gehört hatte, aber sie sah ihn nicht an. Seine sanfte Stimme berührte etwas in ihr und trieb ihr die Tränen in die Augen. Doch weinen war das Letzte, was sie wollte. Zumindest nicht in seiner Gegenwart. Sie wollte sein verdammtes Mitleid nicht.

„Oder soll ich dich Filine nennen?“, erkundigte er sich.

Dabei schwang eine Zärtlichkeit in seiner Stimme mit, die Alleyson kurz aufblicken ließ. Wie lange hatte sie ihren Namen nicht mehr gehört? Und noch nie mit einer solch sanften Unternote.

„Alley ist fein”, flüsterte sie schließlich ebenso leise zurück.

„Alley”, wiederholte Brian sanft, wobei ihm auffiel, dass er sie gerade geduzt hatte.

„Ist das Du für dich okay?“, vergewisserte er sich.

Alleyson überlegte einen Moment und stellte fest, dass es ihr gefiel. Es hatte etwas Vertrautes und gab ihr das Gefühl, in dieser

Situation nicht völlig alleine zu sein. Auch wenn es wahrscheinlich nur eine Illusion war, so half es ihr im Augenblick doch, ein wenig innere Stärke zurückzugewinnen. Daher nickte sie und lächelte zaghaft.

Aufmunternd lächelte Brian zurück. „Kann ich dir ein paar Fragen stellen?“

„Sicher“, antwortete sie. Schließlich wusste sie, dass sie keine Wahl hatte und es eine rein rhetorische Frage gewesen war. Erleichtert stellte Alleyson dabei fest, dass ihre Stimme nicht mehr zitterte.

„Wie kommst du an Mrs Winters Identität?“

Für einen Moment schloss Alley die Augen und atmete tief durch. Im Grunde hatte sie mit der Frage gerechnet, dennoch fürchtete sie die Konsequenz auf ihre Antwort.

„Nachdem Jacob Gabriel damals geflüchtet war, wurde er ziemlich schnell gefasst. In einer Verhandlung wurde er jedoch aufgrund einer psychischen Störung als nicht zurechnungsfähig erklärt. Der Richter hat ihn lebenslang in eine geschlossene Anstalt eingewiesen.“ Sie machte eine kurze Pause. Ganz offensichtlich fiel es ihr schwer, darüber zu sprechen.

Obwohl Brian wusste, dass es ein Fehler war, nahm er Alleysons Hand in seine Hände. Er erschrak innerlich, als er spürte, wie kalt sie war. Gleichzeitig freute er sich, dass sie ihre Hand nicht zurückzog.

„Vor zweieinhalb Jahren erhielt ich einen Anruf von Liam Fox. Er ist der Polizist, der an jenem Tag als Erster bei uns am Haus war.“ Zaghaft zogen sich ihre Mundwinkel leicht nach oben. „Er hat meine Hand damals ebenso gehalten, wie du jetzt.“

Wieder musste Brian schlucken, während sein Daumen zärtlich über ihren Handrücken streichelte. Er konnte diese Geste nicht zurückhalten, selbst wenn sein Kopf ihn noch so sehr daran erinnerte, wie unprofessionell sie war.

„Mr Fox teilte mir mit, dass es Jacob gelungen war, eine Entlassung aus der Psychiatrie zu bewirken.“

Brian erstarrte vor Schreck. Das hatte nicht in der Akte gestanden, die Mitch ihm gesandt hatte.

„Gleichzeitig erklärte er mir, dass er keine Möglichkeit hatte, mich zu schützen, bevor Jacob Gabriel mich nicht angriff oder mich zumindest nachweislich belästigte. Er hatte mich aber zumindest vorwarnen wollen. Außerdem hat er mir damit die Gelegenheit gegeben, meine Umgebung genauer wahrzunehmen."

Brians Herz hämmerte in seiner Brust. Juristisch gesehen hatte der Kollege recht. Ihm waren solange die Hände gebunden, wie Gabriel nicht gegen das Gesetz verstieß.

„Bevor Jacob vor acht Jahren im Gericht abgeführt worden war, hat er mir versprochen, dass wir uns eines Tages wiedersehen würden. Sein Tonfall hat dabei keinen Zweifel daran gelassen, wie dieses Wiedersehen ausfallen würde."

Alley machte eine kurze Pause, bevor sie erklärend hinzufügte: „Es war kein leichtfertiges Versprechen, das im Affekt gegeben worden war. Jeder, der damals Gabriels Augen gesehen hatte, wusste, er würde seine Drohung irgendwann umsetzen. Deshalb hat Liam Fox mich gewarnt."

„Mit anderen Worten, nach dem Anruf von Fox hast du dir Mrs Winters Daten erkauft?", vermutete Brian.

„Ja." Alley blickte ihm nun direkt in die Augen. „Ich wusste, es war falsch. Allerdings wusste ich mir auch keinen anderen Rat. Mrs Winters war die Schwester meiner Vermieterin. Sie starb zwei Wochen nach Liam Fox' Anruf an einem Herzinfarkt. Damals war ich total durch den Wind. Christa, meine Vermieterin, hat solange gebohrt, bis ich ihr die ganze Geschichte erzählt habe. Es war ihre Idee gewesen, dass ich Alleysons Namen annehmen soll. Sie meinte, so hätte ihr Tod wenigstens einen Sinn. Zuerst dachte ich, ich würde das nie hinbekommen. Aber an den richtigen Orten ist es nicht sonderlich schwierig die entsprechenden Leute kennenzulernen, die einem einen neuen Personalausweis ausstellen."

Ein Schauder lief über Brians Rücken, als er an eben jene Orte dachte, von denen Alleyson sprach. Ganz bestimmt waren das nicht die richtigen Plätze für eine junge Dame wie sie. Er durfte gar nicht daran denken, was bei dieser Aktion alles hätte schieflaufen können.

„Zeitgleich habe ich damals zufällig von der Stelle bei Alex erfahren und mich beworben. Brian, ich habe niemandem etwas getan. Ich weiß, es war nicht richtig, meine Identität zu ändern, aber meine Angst vor Jacob Gabriel war so groß ..." Ihre Stimme versagte.

„... und unser Rechtssystem hat nichts getan, um dich zu beschützen", ergänzte Brian und sah sie verständnisvoll an. „Ich verstehe dich."

„Wirklich?" Der erste Lichtschimmer erklomm in ihren Augen.

„Ja", wiederholte er. „Lebt Christa Winters noch?"

„Soweit ich weiß, ja. Warum?"

„Wir werden die Geschichte überprüfen müssen. Schließlich müssen wir sichergehen, dass die wahre Alleyson Winters tatsächlich eines natürlichen Todes gestorben ist."

„Du glaubst doch nicht etwa, ..." Entsetzen stand in ihren Augen.

„Scht. Nein, das glaube ich nicht", versicherte er ihr beruhigend. „Trotzdem muss ich es prüfen lassen."

Alleyson nickte leicht. „Was passiert jetzt mit mir?"

„So wie ich die Sache sehe, nichts. Du hast niemandem geschadet. Einzig Alex könnte wegen Angabe falscher Personalien Strafanzeige stellen. Aber ich kann mir nicht vorstellen, dass er daran ein Interesse hat. Allerdings solltest du mit ihm reden."

„Alex? Brian, ich kann unmöglich bleiben." Panik kehrte in ihre Stimme zurück und sie zog ihre Hand an sich.

„Was soll das heißen: ‚Du kannst nicht bleiben'", hakte er entgeistert nach.

„Du verstehst nicht." Unruhig stand Alleyson auf und wanderte durch den Raum.

„Dann erklär es mir", forderte Brian sie auf, während seine Augen ihr folgten.

„Er hat mich gefunden."

„Wer? Jacob Gabriel?"

„Ja. Die Anrufe, die Blumen, die Buchstaben auf meinem Auto. Es war nicht Peter. Es ist Jacob. Ich weiß es." Aufkommende Panik schwang in ihrer Stimme mit.

Langsam stand Brian auf und legte vorsichtig seine Hände auf ihre Schultern. „Dafür gibt es keinen Beweis."

„Brian, die Buchstaben F und Y stehen für Filine Young, verstehst du nicht?" Verzweifelt sah sie ihm in die Augen. „Er spielt mit mir. Er ist krank. Mehr als alles Töten bereitet es ihm Spaß, Angst in seinen Mitmenschen zu erzeugen. Seit Tagen beobachtet er mich. Ich fühle es schon die ganze Zeit, nur wollte ich es nicht wahrhaben. Zum ersten Mal seit Jahren habe ich mich hier sicher und wohl gefühlt. Ich habe ein relativ normales Leben geführt."

In ihren folgenden Worten schwang ein Hauch von Sehnsucht mit. „Ich bin morgens zur Arbeit gegangen und abends nach Hause, ich habe soziale Bindungen zu anderen Menschen aufgebaut, zumindest im Unternehmen. Das ist auch der Grund, warum ich so lange andere Erklärungen für all die Vorkommnisse der letzten Tage gesucht habe. Im Übrigen", pausierte sie kurz und schluckte angestrengt, um die nächsten Worte hervorzubringen, „waren es fünfundzwanzig rote Rosen, die Jacob mir an jenem Tag meines Abschlussballs überreicht hat, bevor er meinen Vater erstochen hat. Wie viele Beweise brauchst du noch?"

„Alley!" Entsetzt zog er sie an seine Brust. Konnte sie recht haben? Steckte tatsächlich Jacob Gabriel hinter all diesen Dingen?

Nervös befreite sich Alleyson aus seinem Arm. „Deshalb wollte ich fort. Verstehst du? Nicht, weil ich Alex ausspioniert habe. Niemals würde ich etwas tun, was ihm schaden würde."

Nein, das würde sie nicht, stellte Brian erleichtert für sich fest. Sein Urteilsvermögen hatte ihn nicht völlig im Stich gelassen. Doch auf keinen Fall wollte er Alleyson verlieren. Unter keinen Umständen konnte er sie gehen lassen.

„Alleyson, wegrennen ist keine Lösung", stellte er daher langsam und unmissverständlich klar.

„Ah, und was ist deiner Meinung nach die Lösung?", wollte sie herausfordernd wissen.

„Du musst dich ihm stellen."

Alleyson sah Brian an, als ob er von allen guten Geistern verlassen sei. „Bist du vollkommen übergeschnappt? Hast du nicht gesehen, was passiert ist, als ich mit einem Messer vor dir stand? Du hast weniger als fünf Sekunden gebraucht, um es mir zu entwenden und mich zu überwältigen. Oder erinnere dich an die Situation vor ein paar Tagen auf dem Parkplatz, als Peter mich belästigt hat. Damals hätte ich fast die Nerven verloren und das nach jahrelangem Selbstverteidigungstraining. Du musst verrückt sein, wenn du allen Ernstes glaubst, ich hätte Jacob Gabriel etwas entgegenzusetzen."

„Du verstehst mich miss. Du sollst ihm nicht alleine gegenübertreten. Wir warten bis er aus seinem Versteck gekrochen kommt und dann haben wir ihn. Du musst das nicht alleine durchstehen."

„Ach nein? Wer soll mir denn bitte schön helfen? So wie ich unser Gesetz verstanden habe, hat er noch nichts getan, was ausreichen würde, um mich vor ihm zu schützen."

„Offiziell nicht, nein", musste Brian zugeben. „Zumindest nicht ohne einen eindeutigen Beweis, dass er dein Stalker ist."

„Aber?"

„Aber inoffiziell. Auch wenn ich in einer anderen Sache ermittle, heißt das nicht, dass ich dich nicht gleichzeitig schützen kann. Wir arbeiten in einem Bürogebäude. Solange du dafür sorgst, dass du innerhalb des Hauses nicht alleine bist, bist du tagsüber absolut sicher. Alle anderen Zeiten decke ich ab. Wir müssen nur unsere Arbeitszeiten aufeinander abstimmen und das sollte nicht weiter schwierig sein."

Brians Herz schlug bis zum Hals. Es war ihm klar, dass er mit dem Feuer spielte. Jeden Abend und jede Nacht in einem Haus mit dieser Frau würde ihm alles an Disziplin abverlangen, was er aufbringen konnte, um sich ihr nicht privat zu nähern. Doch Brian wusste, dass er Alleyson auf keinen Fall ziehen lassen konnte. Es würde nur eine Frage der Zeit sein, bis Jacob Gabriel sie auch an ihrem nächsten Wohnort finden würde.

„Wenn du jemals zur Ruhe kommen willst, müssen wir den Mann dorthin zurückbringen, wo er hingehört, nämlich hinter Gitter", erklärte er im Brustton der Überzeugung. „Ansonsten wirst du dein ganzes Leben auf der Flucht sein."

Im Grunde wusste Alleyson, dass Brian recht hatte. Auch wünschte sie sich nichts mehr, als in Corpus Christi bleiben zu können. Doch würde sie die Kraft haben, das alles durchzustehen? Wusste Brian, worauf er sich einließ? Würde er sie wirklich vor diesem Monster schützen können? Abschätzend sah sie ihn an.

„Denkst du darüber nach, ob ich Gabriel gewachsen bin?", äußerte Brian seinen Verdacht.

Erschrocken fuhr Alleyson zusammen. Hatte sie sich ihre Zweifel so deutlich anmerken lassen?

„Kein Grund verlegen zu sein. Das ist eine berechtigte Überlegung", beruhigte Brian sie sogleich. „Ich kann dir gern die Nummer meines Vorgesetzten geben. Doch ich versichere dir, ich bin ein ziemlich guter Agent und dabei wesentlich besser als im Versuch, den Juniorchef eines Modeunternehmens zu mimen."

Die letzte Bemerkung lockte Alleyson ein zaghaftes Lächeln hervor.

„Was?“, erkundigte sich Brian mit gerunzelter Stirn.

„Das ist nicht weiter schwierig”, antwortete sie grinsend. Auch Brians Mundwinkel verzogen sich spöttisch nach oben. Beide wurden jedoch sofort wieder ernst.

„Also, abgemacht?“, fragte Brian und hielt die Luft an.

„Abgemacht”, antwortete Alleyson schließlich und hoffte, dass sie nicht gerade einen Riesenfehler begangen hatte.

Erleichtert atmete Brian auf. „Dann hole ich deine Taschen wieder aus dem Auto. Allerdings schlage ich vor, du räumst sie nicht mehr aus.“

Erstaunt sah sie ihn an. „Warum nicht?“

„Heute Nacht werden wir hier bleiben. Aber morgen würde ich gerne das Quartier wechseln. Es sei denn deine Wohnung hat ein Gästezimmer, das sich irgendwo verbirgt.“

Alleyson errötete. „Nein, leider nicht.“

„Das habe ich mir gedacht.“ Brian bemerkte, wie sich Alleysons Pupillen langsam weiteten, als ihr bewusst wurde, dass sie auch die nächsten Nächte miteinander verbringen würden. Daran hatte sie offensichtlich bisher noch nicht gedacht.

„Keine Sorge”, beschwichtigte er sofort. „Heute nehme ich die Couch und morgen beziehen wir ein Haus mit zwei Schlafzimmern.“

Von denen eines in naher Zukunft hoffentlich überflüssig werden wird, dachte Brian für sich, während er nach draußen ging, um sein Auto ordentlich zu parken und Alleysons Taschen wieder ins Haus zu holen.

Herzhaft biss Alleyson in ihr drittes Stück Pizza. Ursprünglich hatte sie nicht geglaubt, etwas essen zu können, doch der würzige Geruch, der dem Pappkarton entstiegen war, hatte ihren Appetit zurückgebracht.

„Bist du sicher, dass jemand Internes die Daten an CbH verkauft hat”, fragte Alleyson ungläubig.

Nickend schluckte Brian den Bissen in seinem Mund herunter. „Ja. Wenn jemand von außen auf Alex’ Server zugegriffen hätte, hätte das System das angezeigt.“

„Hmm”, überlegte Alleyson.

„Könntest du dir vorstellen, dass jemand aus deinem Team ...“, begann Brian seine nächste Frage, doch Alleysons entsetzter Blick ließ ihn mitten im Satz innehalten. „Ich weiß, dass das schwer vollstellbar ist. Aber ich muss in alle Richtungen denken. Dafür bin ich da. In der Regel ist es für einen Außenstehenden leichter objektiv zu urteilen als für jemanden, der Tag für Tag mit einem Menschen zu tun hat."

„Das mag sein", gab Alleyson zu. „Dafür lässt sich ein Urteil aber auch leichter fällen. Du kennst die Menschen eben nicht. Du weißt nicht, wie sie denken, was sie fühlen."

„Nein. Deswegen muss ich Eindrücke abgleichen. Hierbei hilft mir, dass Alex schon immer viel Wert auf eine persönliche Beziehung zu seinen Angestellten gelegt hat. Auch dass die meisten Leute schon seit vielen Jahren für ihn arbeiten, ist äußerst hilfreich. Selbst Marlene kann viele Leute gut beurteilen. Durch ihr breites Aufgabenspektrum hat sie sowohl ins Marketing als auch in die Organisation und die Personalabteilung einen ziemlich engen Kontakt. Soweit ich weiß hat sie für diese Bereiche auch die Personalverantwortung, was sicherlich sinnvoll ist."

Alleyson schwieg und Brian legte sein Pizzastück zurück auf den Teller, bevor er seine Augen auf die Frau ihm gegenüber richtete.

„Du magst sie nicht", stellte er sachlich fest.

„Es spielt keine Rolle, ob ich Marlene mag oder nicht. Sie hat einen guten Blick für die richtigen Models zu den richtigen Kleidern, Kulissen und Arrangements. Außerdem kann sie perfekt organisieren. Seitdem sie das Projektmanagement für die Fertigung und die Kataloge übernommen hat, läuft alles wie am Schnürchen. Was ich gehört habe, war das früher recht chaotisch. Keiner hat sich an vereinbarte Deadlines gehalten."

„Aber?", hakte Brian nach.

„Aber was Personalführung und Mitarbeitermotivation betrifft hat sie meines Erachtens keine glückliche Hand. Ist es das, was du hören wolltest?"

„Ich will deine ehrliche Meinung hören."

„Nun, das war sie. In meinen Augen ist sie mit diesen Aufgaben überfordert. Aber es obliegt nicht meiner Funktion, Alex das zu sagen. Wie du selbst bemerkt hast, kennt dein Onkel seine Leute sehr genau. Ich bin mir ziemlich sicher, dass er um die Problematik weiß. Wenn er also an dieser Stelle etwas nicht ändert, dann nicht, weil er nicht Bescheid weiß, sondern einzig und allein weil er es nicht ändern möchte."

„Du hast Marlene früher nicht gekannt. Sie hat sich seit Aarons Tod stark verändert. Alex will ihr helfen. Immerhin ist sie seine Schwiegertochter“, unternahm Brian den Versuch, die Gründe seines Onkels zu erklären, obwohl er Alleyson im Grunde recht geben musste. Marlene war für die Aufgabe der Personalführung nicht geeignet.

Alleyson seufzte. „Glaube mir, ich bin die Letzte, die das nicht versteht. Allerdings bin ich mir nicht sicher, ob du jemandem hilfst, wenn du ihm Aufgaben gibst, denen er nicht gewachsen ist. Außerdem ...“ Sie stockte.

„Außerdem?“, forderte Brian sie auf weiterzureden.

„Außerdem kannst du jemandem nur helfen, wenn er sich helfen lassen will”, stellte Alleyson fest und brachte ihre Essensreste in die Küche. „Möchtest du vielleicht einen Kaffee? Oder einen Tee?“, rief sie ihm über die Schulter zu.

„Kaffee wäre klasse, danke”, antwortete Brian, während er ihr folgte. „Durch unser Gespräch über Marlene sind wir von meiner ursprünglichen Frage abgekommen. Wie sind die anderen in deinem Team? War niemand sauer, als Alex dir die Leitung übertragen hat? Du bist schließlich die Jüngste, abgesehen von Bailey.“

Alleyson überlegte einen Moment. „Ehrlich gesagt hatte ich nie dieses Gefühl, nein. Fred hat keinerlei Ambitionen mehr Verantwortung zu übernehmen als unbedingt nötig. Trotz seiner fast fünfzig Jahre ist er ein großes Kind. Er hat auch nie geheiratet. Er liebt seine Unabhängigkeit, sagt er. Ganz genau so arbeitet er auch. Ordentlich, zuverlässig, aber auch keinen Handschlag mehr als nötig. Es käme ihm nie in den Sinn, Arbeit mit nach Hause zu nehmen. Steven hätte die Position aus fachlicher Sicht sicher übernehmen können, wenngleich ihm etwas Gespür für das Wirtschaftliche fehlt. Manchmal gehen gute Ideen einfach mit ihm durch und er vergisst, dass ein Design am Ende auch in das Preisgefüge passen muss. Er kennt sein Manko und ich glaube nicht, dass er sauer war. Er hat ein sehr angenehmes, ausgeglichenes Naturell. Justin und Greta sind einfach noch zu jung.“

Erstaunt sah er sie an. „Du bist jünger.“

„Ja.“ Eine leichte Röte überzog ihre Wangen, die ihr ausgezeichnet stand, wie Brian fand. „Aber sie brauchen noch etwas mehr Erfahrung. Für manches fehlt ihnen einfach der Blick. Ich weiß nicht, warum ich Dinge sehe, die andere nicht sehen."

„So wie in Baileys Zeichnungen gestern Nachmittag?"

„Ja. Bailey hat Potenzial. Ich kann nachvollziehen, was Aaron in ihr gesehen hat. Sie braucht nur noch etwas Zeit sowie die richtige Förderung und viel Lob. Bailey ist jemand, der sehr unsicher ist. Auch wenn sie auf den ersten Blick nicht so wirkt."

„Ist sie leicht beeinflussbar?"

Kritisch sah sie den Mann in ihrer Küche an. „Du meinst, ob sie jemand derart beeinflussen könnte, dass sie die Entwürfe gestohlen hat?"

„Zum Beispiel", bestätigte Brian, während er wieder einmal bewunderte, wie schnell Alleyson kombinierte.

Einen langen Moment dachte sie eingehend über seine Frage nach. „Nein", antwortete sie schließlich. „Bailey identifiziert sich völlig mit dem Unternehmen. Von klein auf war es ihr sehnlichster Wunsch Designerin zu werden. Ihr Vater war jedoch dagegen gewesen und nicht bereit, ihr die Schule zu finanzieren. Auf eigene Faust hat sie sich damals heimlich bei Aaron vorgestellt. Ich weiß nicht, wie er es letztlich angestellt hat, aber dein Cousin ist wohl mit ihr nach Hause gegangen und hat ihren Vater davon überzeugt, dass seine Tochter eine Begabung für diesen Beruf hat."

„Aaron konnte sehr überzeugend sein", stellte Brian fest und lächelte in Erinnerung an so manche Diskussion zwischen seinem Cousin und seiner Mutter.

„Ihr standet euch nahe", bemerkte Alleyson leise.

„Ja", schluckte Brian und wandte sich ab. Er hatte keine Lust über Aaron zu sprechen. Zumindest nicht heute Abend. „Ist der Kaffee schon durchgelaufen?"

KAPITEL 11

Blut. So viel Blut überall. Ähnlich einem geschächteten Tier hing ihre Mutter kopfüber an der Küchendecke. Unter ihr stand ein großer goldener Kelch, der das herauslaufende Blut aus dem Schnitt unterhalb ihres Halses auffing. Flehentlich schluchzte ihre Schwester Belanna.

„Ich will nicht sterben. Filine, hilf mir."

Filine wollte ihre Arme ausstrecken, doch sie konnte sich nicht bewegen. Jacob lachte laut auf. Es war das Lachen des Satans.

„Filine, willst du deiner Schwester helfen?"

Verzweifelt nickte sie. Sie würde alles tun, um Belanna zu retten.

„So trink!", befahl Jacob und hielt ihr den goldenen Kelch mit dem Blut ihrer Mutter an die Lippen.

Der Geruch des Blutes stieg durch ihre Nasenlöcher über den Riechkolben in ihr Gehirn auf. Filine würgte.

Lauthals lachte Satan erneut auf und nahm selbst einen großen Schluck aus dem Becher. „So viel zu deiner Hilfe."

Mit einem hellen Geräusch zog er sein Messer aus dem Hosenbund und ging zu Belanna hinüber.

„Neiiiiin", schrie Filine. „Ich trinke es. Bitte."

Wieder erklang das grässliche Lachen und Satan kehrte zurück. Höhnisch presste er den Rand des Kelches an ihre Lippen und kippte ihn in großem Winkel.

Würgend schreckte Alleyson auf. Mit zitternder Hand fuhr sie sich über den Mund und besah sich anschließend ihre Finger. Weiß. Nicht Rot. Kein Blut. Es war nur ein Traum gewesen. Ein Traum. Wie oft noch? Wie viele ihrer Nächte würde Jacob Gabriel noch bestimmen?

Verzweifelt sah Alleyson auf die Uhr: 3:47 Uhr. Als sie das letzte Mal auf den Wecker gesehen hatte, hatte er 0:36 Uhr angezeigt. Immerhin hatte sie gute drei Stunden geschlafen. Mehr war ihr zurzeit nicht gegönnt. Die Erfahrung hatte Alleyson gelehrt, dass sie nicht mehr einschlafen würde. Ihr Bedarf an Schlaf war auch für diese Nacht gedeckt. Zu groß war Ihre Angst, dass der gleiche Traum sich noch einmal wiederholte. Darauf konnte sie gut und gerne verzichten.

Sich in ihr Schicksal ergebend, schaltete Alleyson die kleine Lampe auf ihrem Nachttisch an. Mist! Warum hatte sie nur ihren Laptop und ihren Zeichenblock im Wohnzimmer liegen lassen? Sie wollte Brian nicht wecken, doch weitere drei Stunden sinnlos im Bett zu verbringen, war ebenfalls nicht sonderlich erstrebenswert. Mit Sicherheit schlief er um diese Uhrzeit auch tief und fest. Wenn sie leise war, würde es ihn bestimmt nicht stören, wenn sie kurz hinüber schlich und ihre Sachen holte.

Kurzentschlossen stand sie auf und öffnete fast geräuschlos ihre Tür, um zu dem großen Tisch zu schleichen. Bereits nach zwei Schritten ging jedoch das Licht an und Brian starrte sie überrascht von ihrer Couch aus an.

Alles in ihm zog sich bei Alleysons Anblick zusammen. Erstarrt vor Schreck stand sie in ihrem langen Sleepshirt barfuß vor ihm und erinnerte ihn an ein Reh im Scheinwerferlicht. Blass, mit eingefallenen tiefdunkelgrünen Augen, in denen noch immer der Horror eines Traumes stand, und den langen vom Schlaf zerzausten blonden Haaren weckte sie wieder einmal alle Beschützerinstinkte in ihm. Und dazu noch etwas anderes. Eine sexuelle Lust, die nicht da sein dürfte, begann sich zu regen.

„Albtraum?“, erkundigte er sich ruhig und schalt sich in Gedanken dafür, dass er durch sein verantwortungsloses Verhalten am Abend die schrecklichen Bilder in ihrem Gehirn getriggert hatte.

Alleyson nickte nur, da sie ihrer Stimme nicht traute. Auch wenn es ihr unerklärlich war, reagierte ihr Körper auf den Mann, der nur in Boxershorts bekleidet auf ihrer Couch saß. Niemals zuvor hatte sie solch eine Erregung gespürt. Bekleidet war Brian Bradshaw schon sehr anziehend. Halb nackt jedoch war er schlichtweg umwerfend. Seine sonnengebräunte Haut verriet, dass er seine Kleidung öfter ablegte.

Am meisten beeindruckte Alleyson jedoch sein Oberkörper, der einzig und allein aus Muskeln zu bestehen schien. Inbrünstig wünschte sie, ihre Finger über seine Haut streifen zu lassen und ihren Kopf an seine Brust legen zu können. Sehnsüchtig erinnerte sie sich daran, wie seine Arme sie gestern gehalten hatten. Sicher und warm. Das waren die beiden Gefühle gewesen, die sie mit der Erinnerung verband. Ein leichtes Zittern fuhr durch ihren Körper. Was waren das für Gedanken?

„Komm, setz dich her", lud Brian sie mit sanfter Stimme ein. Dabei stand er auf und schlüpfte in seine Jeans.

„Ich wollte dich nicht wecken. Ich wollte nur meinen Block holen", entschuldigte sich Alleyson.

„Ich habe nicht geschlafen. Komm her, bevor du erfrierst", forderte er sie abermals auf, als er die Gänsehaut auf ihren Armen sah.

Zögernd setzte sich Alleyson auf das Sofa und Brian legte eine Wolldecke über sie, bevor er sich auf den nebenstehenden Sessel setzte.

So viel zu ihren Wünschen. Anscheinend fühlte Brian nicht das Gleiche für sie. Doch war das ein Wunder bei all ihren Problemen?

„Es tut mir leid, Alley." Mit schuldbewussten Augen sah er sie an.

Überrascht blickte sie auf. „Was tut dir leid?"

„Ich wollte mit meinem Verhalten keine Albträume auslösen. Niemals hätte ich gestern Abend einfach reinstürmen und dich so hart befragen dürfen. Mein Auftreten war absolut unprofessionell."

„Du hast den Albtraum nicht ausgelöst", beschwichtigte Alleyson. „Die Träume sind schon seit zwei Wochen zurück."

„Möchtest du darüber reden?"

Wild schüttelte sie den Kopf. *Auf gar keinen Fall!* „Was sagst du dazu, dass wir nächstes Jahr eine Herrenlinie herausbringen werden?", wechselte sie lieber abrupt das Thema.

Brian verstand den Wink mit dem Zaunpfahl und nach einem Blick in ihre flehenden Augen ließ er sich auf den Themenwechsel ein. „Das finde ich super. Wird es eine reine Businesskleidung oder wird auch etwas für die Freizeit dabei sein?"

„Zunächst nur Business. Wenn es aber gut angenommen wird, ist eine zusätzliche Freizeitlinie angedacht. Möchtest du sehen, was ich bisher gezeichnet habe?"

„Gerne, wenn ich darf. Brauchst du deinen Computer oder deinen Block?"

„Den Block, bitte."

Mit dem Zeichenblock in der Hand, ließ sich Brian neben Alleyson auf dem Sofa nieder.

Sofort schien die Raumtemperatur um einige Grad anzusteigen. Obwohl Alleysons Sleepshirt mit den dünnen Spaghettiträgern weder aus Seide noch aus Spitze bestand und auch nicht durchsichtig war, so ließ es doch jede Kurve des darunter versteckten Körpers erahnen. Allein ihr Anblick bereitete Brian Schluckbeschwerden. Ihre Haut sah so weich aus, dass es ihm fast körperliche Schmerzen bereitete, sie nicht berühren zu dürfen. Wie lange war es her, dass seine Finger über ein weibliches Dekolleté gefahren waren?

Brian räusperte sich und schlug ein Bein über das andere in der Hoffnung, seine Erregung damit verbergen zu können.

„Ich habe überlegt, dass auch Männer etwas figurbetontere Schnitte tragen sollten", rief ihn. Alleysons Stimme in die Gegenwart zurück. „Was meinst du?" Erwartungsvoll sah sie ihn an.

Um ihren Entwurf besser betrachten zu können, legte er einen Arm hinter Alleyson auf die Rückenlehne und beugte sich zu ihr hinüber. Auf dem weißen Papier waren zwei dunkelhaarige Bleistiftmänner zu sehen. Der eine trug einen schmalgeschnittenen anthrazitfarbenen Anzug, der andere Jeans und ein weißes Hemd mit seitlichen Abnähern, dessen Knöpfe bis zur Brust offen standen.

Unwillkürlich musste Brian grinsen. „So möchtet ihr Frauen uns also sehen."

Alleyson errötete leicht. „Na ja, ich dachte, wenn jemand schon die ganze Zeit im Fitnessstudio schwitzt, würde er auch gerne zeigen, was er hat. Ist das falsch?"

„Nun ja, hm, ...", druckste er herum. Als er jedoch ihren verwirrten Blick wahrnahm, antwortete er wahrheitsgemäß. „Nein, ich glaube nicht."

Zufrieden nickte Alleyson. „Ich wollte etwas kreieren, das Kombinationsmöglichkeiten in der Freizeit ermöglicht, auch wenn der Focus auf Businesskleidung liegt. Daher könnten sowohl die Anzugjacke als auch das Hemd problemlos auf eine Jeans getragen werden. Normalerweise besteht immer das Problem, dass ein Anzugjackett zu weit geschnitten ist. Natürlich passt aber auch super eine Lederjacke zu dem Hemd." Während Alleyson weiter erklärte, festigte sich ihre Stimme und es dauerte nicht lange, bis ihr Enthusiasmus sie davontrug.

Brian musste in sich hineinlächeln. Alleysons Begeisterung war ansteckend und er liebte ihre Stimme. Ganz besonders, wenn sie vor Leidenschaft glühte.

Leidenschaft.

Bestimmt konnte Alleyson auch in anderen Lebenslagen leidenschaftlich sein. Träumerisch drifteten Brians Gedanken zu einer nackten Alley, die sich erregt auf seinen Laken und vor allem unter seinen Händen räkelte.

Mit einem heißen Glühen in den Augen, das seine sexuelle Lust widerspiegelte, sah er die Frau neben sich an. Alleyson schien seinen Blick zu spüren und blickte plötzlich von ihrem Block auf. Langsam verstummte sie und die Welt schien auf einmal zusammenzuschrumpfen. Ihr Herz schlug schnell, Schmetterlinge schienen durch ihren Bauch zu fliegen und in ihrem Schoß wurde es auf einmal sehr heiß. Sehnsüchtig erwartete ihr Körper eine Berührung von ihm.

In Brian pulsierte eine Lust, die er kaum kontrollieren konnte. Sein Blick fiel auf Alleysons Brüste, die sich hart gegen ihr Shirt drückten. Seine Hand zuckte auf seinem Bein, so sehr wünschte er, seine Finger um zumindest eine der beiden Brüste legen zu dürfen. Bei der Vorstellung, wie sich seine Lippen um die harte Brustwarzenspitze schlossen, sammelte sich so viel Speichel in seiner Mundhöhle, dass er kaum schlucken konnte.

Langsam fokussierte sich sein Blick auf Alleysons pralle Lippen. Lippen zum Küssen. Sanft berührte seine linke Hand ihre rechte Wange und ein Stromschlag von eintausend Volt fuhr durch seinen Körper. Hatte Alleyson es auch gespürt?

Brian blickte in ihre Augen. Dort sah er das gleiche Verlangen, das auch er empfand. Allerdings war es gepaart mit einer gehörigen Portion Unsicherheit, die ihn umgehend in die Realität zurückriss. Was um alles auf der Welt tat er hier? Seine Aufgabe war es, Alley zu beschützen, nicht sie zu verführen. Wie sollte er seinen Job machen, wenn er eine solch emotionale Bindung zu Alleyson aufbaute? Unter keinen Umständen durfte er sich ablenken lassen. Ablenkungen führten zu Fehlern und Fehler führten in seinem Beruf zu schnell direkt in den Tod.

Der Gedanke, dass Alleyson etwas zustoßen konnte, war wie eine kalte Dusche. Niemals würde er das zulassen. Egal was es ihn heute Nacht und alle zukünftigen Nächte kosten würde.

Zärtlich strich er mit seinem Daumen über ihre Wange, bevor er seine Hand zurückzog und sich erhob. „Ich glaube, ich brauche einen Tee. Möchtest du auch einen?“

Verwirrt blinzelte Alleyson. „Nein, danke”, antwortete sie eine Sekunde später mit heiserer Stimme.

Was war passiert? Warum hatte Brian sie nicht geküsst? Seit wann wollte sie überhaupt geküsst werden? Fragen über Fragen kreisten in ihrem Kopf und selten war Alleyson in ihrem Leben so verwirrt gewesen. Aufgewühlt von den unterschiedlichsten Emotionen legte sie sich auf die Couch und rollte sich zusammen. Ihr Kopf sank auf das Kopfkissen, das Brian zuvor benutzt hatte. Sein Geruch hing noch in den Federn und umfing sie mit einem Gefühl der Sicherheit, das sie in den letzten Nächten verzweifelt vermisst hatte.

Ihr Herzschlag verlangsamte sich und eine wunderbare Ruhe breitete sich in ihr aus. Wie schön wäre es, wenn sie diese immer fühlen könnte? Wenn sie nie wieder Angst haben müsste? Wie schön wäre es, wenn sie nicht mehr völlig alleine auf der Welt wäre?

Alleyson vermisste ihre Familie jeden Tag. Sie trauerte um ihre Eltern, ihre Schwester und um all das, was sie gemeinsam zu viert verloren hatten. An diesem Abend verspürte sie jedoch zum ersten Mal das Bedürfnis, sich diese tiefe Liebe und innige Vertrautheit aus ihrer Kindheit und Jugend zurückzuholen. Zum ersten Mal dachte sie in der Zukunft und überlegte, wie es wäre, eine eigene Familie zu haben. Angefangen mit einem Mann, dessen starke Arme sie umfingen wie ein sicherer Kokon und der das Böse von ihr fernhielt. Sie war der dunklen Seite des Lebens müde und wollte endlich wieder lachen können.

Sehnsüchtig schloss Alleyson die Augen und umgehend bildete ihr Gehirn ein Bild von Brian Bradshaw, der sie liebevoll lächelnd ansah.

Nachdenklich stand Brian in der Küche und beobachtete, wie das Wasser in dem durchsichtigen Wasserkocher langsam zu brodeln begann.

Filine Young alias Alleyson Winters sprach ihn definitiv auf zu vielen Ebenen an. Vom ersten Augenblick hatte er sich zu ihr hingezogen gefühlt, doch nicht im Entferntesten hatte er mit den

Gefühlen gerechnet, die diese Frau mittlerweile in ihm auslöste. Noch immer hatte er das Gefühl, sein Körper würde in Flammen stehen. Wie ein brennender Baum sich nach löschendem Wasser sehnte, so sehnte sich seine Haut nach einer Berührung von Alleyson Winters.

Verträumt blickte er auf seine linke Hand hinunter, in dessen Fingerkuppen er noch immer Alleysons samtweiche Haut zu spüren glaubte. Warum nur hatte er vernünftig sein müssen? Warum hatte er sie nicht geküsst? Dann wüsste er jetzt wenigstens, ob ihre Lippen sich ebenso weich anfühlten wie die Haut an ihren Wangen.

Brian seufzte, denn er wusste nur allzu gut, warum er die Situation abgebrochen hatte. Er wusste, dass ein Kuss von Alleyson niemals genug sein würde. Er wollte diese Frau. Mit jeder Faser seines Körpers wollte er sie. Sie löste ein sexuelles Verlangen in ihm aus, das ihn in dieser Stärke überraschte. Nie zuvor hatte er einen derart starken sexuellen Trieb verspürt. Nicht als Siebzehnjähriger und auch nicht als Fünfundzwanzigjähriger, als er geglaubt hatte, Betty sei die Frau seiner Träume. Was ihn jedoch weitaus mehr irritierte, waren all die anderen Gefühle, die sich zu dieser physischen Sehnsucht gesellten.

Da war zum einen die schier endlose Neugier, die alles über diese Frau wissen wollte. Wie war sie aufgewachsen? Was dachte sie? Was waren ihre Träume? Dann war da noch die unglaubliche Bewunderung für diese zarte Person, die sich trotz des unvorstellbaren Grauens, das sie erlebt hatte, in ihr Leben zurück gekämpft hatte. Und nicht zuletzt bestaunte Brian ihre unglaubliche Kreativität. Er liebte ihre Begeisterung, ihren Enthusiasmus und er bewunderte sie für die Art und Weise ihr Team zu führen, ihre Charakterstärke hinter jedem Einzelnen von ihnen zu stehen und sich selbst niemals in den Vordergrund spielen zu müssen. Nicht viele Menschen, die er kannte, besaßen eine solche Größe.

Der Wasserkocher schaltete sich ab und Brian goss das Wasser über den Teebeutel in eine große Tasse. Mit dem Tee in der Hand kehrte er ins Wohnzimmer zurück und musste unwillkürlich lächeln, als er Alleyson schlafend auf der Couch vorfand.

Geräuschlos stellte er seinen Tee auf dem kleinen Tisch ab, nahm die Decke und deckte sie zärtlich zu. Dabei widerstand er dem unbändigen Drang sie zu berühren. Sie sah so friedlich aus.

Zum ersten Mal seit er sie kannte, wirkten Alleysons Gesichtszüge völlig entspannt. Ihr Atem ging ruhig und auf ihren Lippen schien sogar ein kleines Lächeln zu liegen.

Brian machte es sich in dem Sessel bequem, umfasste seine Tasse mit beiden Händen und beobachtete Alleyson. Ja, er würde diese Frau beschützen. Koste es, was es wolle. Nur über seine Leiche würde Jacob Gabriel zu Alleyson Winters gelangen.

KAPITEL 12

Verlockender Kaffeeduft strömte durch Alleysons Nase und ließ sie die Augen aufschlagen. Was machte sie auf der Couch? Für einen kurzen Moment sah sie sich orientierungslos um, doch dann kehrten ihre Erinnerungen an die Nacht zurück.

Sie musste eingeschlafen sein, während sich Brian einen Tee gekocht hatte. Doch es roch nicht nach Tee. Es roch eindeutig nach Kaffee. Langsam setzte sie sich auf und fuhr sich durch die Haare. Zum ersten Mal seit Wochen fühlte sie sich am Morgen nicht erschlagen. Zum ersten Mal hatte sie das Gefühl ausgeschlafen zu sein. Wie spät war es?

„Guten Morgen, Langschläferin", grüßte Brian gut gelaunt und grinste über das ganze Gesicht. „Kaffee?" Dabei kam er mit zwei Kaffeetassen auf sie zu, von denen er ihr eine reichte.

„Gerne. Wie spät ist es?"

„Kurz nach acht." Vorsichtig zog er die Vorhänge an den Fenstern zurück und sofort wurde der ganze Raum von hellem Sonnenlicht geflutet.

„Kurz nach acht?", schreckte Alleyson auf. „Um Himmels willen, warum hast du mich nicht geweckt? Ich muss ins Büro."

„Immer alles mit der Ruhe. Du hast so tief geschlafen, dass ich entschieden habe, dich nicht zu wecken. In deinem Kalender sind heute Vormittag keine Termine eingetragen und ich denke, du konntest den Schlaf gut gebrauchen."

Alleyson seufzte ergeben. Brian hatte Recht. Sie hatte den Schlaf wirklich gebraucht. „Danke", flüsterte sie und nahm einen Schluck aus ihrer Tasse. „Ich habe seit Tagen nicht mehr so gut geschlafen."

„Nichts zu danken", lächelte Brian wissend.

„Warte! Was hast du gerade gesagt?", schreckte Alleyson unvermittelt auf. „Du hast meine Termine gecheckt?"

„Ja. Als Juniorchef kann ich auf alle Firmendaten zugreifen", grinste Brian, nicht bereit sich dafür schuldig zu fühlen. „Da in deinem Kalender nur ein Termin am Nachmittag steht, habe ich gedacht, es kommt nicht darauf an, ob du heute um acht, um neun oder auch erst um zehn im Büro bist. Warum ziehst du dich nicht an, während ich Frühstück mache?"

„Frühstück?"

„Ja. Eier, Pfannkuchen oder wonach sonst dir der Magen steht."

Skeptisch sah sie ihn an.

„Keine Sorge. Ich verspreche, man kann es essen", beruhigte er sie.

„Da bin ich sicher. Eigentlich frühstücke ich nur nie."

„Dann solltest du unbedingt mein Omelette probieren", entschied Brian und verschwand in Richtung Küche.

Allerdings konnte er nicht widerstehen, sich im Türrahmen noch einmal umzudrehen. Er hatte die heimliche Hoffnung noch einmal einen Blick auf Alleysons wunderschöne, ellenlange und vor allem unglaublich aufregende nackte Beine zu erhaschen. Tatsächlich wurde Brians Wunsch auch erfüllt. Im selben Moment erkannte er allerdings, dass er einen Fehler begangen hatte, denn sofort träumte er davon, dass sich diese Beine leidenschaftlich um seine Hüften schlangen. Allein die Vorstellung raubte ihm den Atem und zwangsläufig schoss ihm die Frage durch den Kopf, seit wann ihn ein Paar Beine derart in Ekstase zu versetzen mochten.

„Hmm. Das riecht wirklich lecker", musste Alleyson zugeben, als sie kurze Zeit später neben ihn an den Herd trat. „Kann ich etwas helfen?"

„Nein, es ist alles fertig." Geschickt gab Brian die beiden Omelette auf zwei Teller und atmete tief den Geruch ihres Duschgels und Shampoos ein. „Wenn du das Besteck nimmst, haben wir alles. Frischer Kaffee steht schon auf dem Tisch."

„Wo hast du so fantastisch kochen gelernt?", erkundigte sich Alleyson, nachdem sie die Eierspeise probiert hatte.

„Nun, kochen ist vielleicht etwas übertrieben", korrigierte Brian lächelnd. „Aber Cleo, meine Tante, findet es wichtig, dass auch Männer kochen können. Wahrscheinlich kommt es daher, dass Alex in der Küche ein totaler Außerirdischer ist. Zu Aaron und mir sagte sie früher immer, sie wolle unseren Frauen ein ähnliches Schicksal ersparen.“

„Bist du früher viel bei deinem Onkel gewesen?“

Ein trauriger Schleier überzog Brians Augen. „Ich war dreizehn Jahre alt als meine Eltern bei einem Flugzeugunglück ums Leben kamen. Von da an habe ich bei Alex, Cleo und Aaron gelebt.“

„Das tut mir leid”, sagte Alleyson leise und legte ihre Gabel zur Seite.

Brian blickte auf und sah in ihren Augen grenzenloses Verständnis für seine Empfindungen, die ein solcher Verlust mit sich brachte. Weder Mitleid noch höfliches Bedauern standen darin, sondern einfach eine große Empathie, wie sie nur jemand aufbringen konnte, der selbst erfahren hatte, was es hieß, einen geliebten Menschen zu verlieren.

Brian nickte kurz, bevor er sich räusperte, um den dicken Kloß im Hals zur Seite zu schieben. „Ich schätze, ich kann mich mehr als glücklich schätzen, dass sie mich aufgenommen haben. Aaron und ich haben uns schon immer ziemlich gut verstanden, aber von da an, waren wir quasi unzertrennlich.“

„Doch dann kam Aarons Unfall”, flüsterte Alleyson.

„Ja”, schluckte Brian. „Es war, als würde mir jemand zum zweiten Mal den Boden unter den Füßen wegziehen.“

Gedankenverloren nickte Alleyson. Das Gefühl kannte sie nur allzu gut. Allerdings hatte sie nicht nur den Boden verloren, sondern parallel dazu waren auch ihr Dach und all ihre Wände eingestürzt. Aber daran wollte sie im Moment nicht denken.

„In den letzten beiden Jahren bin ich nur sehr wenige Male zu Hause gewesen und dann auch immer nur für einen Tag. Ich bin nie über Nacht geblieben. Ich weiß, es war feige von mir, aber ich habe es schlichtweg nicht geschafft.“ Brians schlechtes Gewissen stand ihm förmlich ins Gesicht geschrieben.

„Ich bin sicher, Alex hatte Verständnis.“

„Ja, das hatte er. Zumindest haben er und Cleo mir immer das Gefühl gegeben, mich zu verstehen. Nicht einmal haben sie mich gedrängt zu kommen, obwohl ich wie ein zweiter Sohn für sie bin. Ich weiß, dass es ihnen schwer gefallen ist, mir den selbstgewählten Freiraum zu gewähren. Wenn ich ehrlich bin, war ich in meiner Trauer ziemlich egoistisch. Ich habe einen Freund verloren, aber die beiden ihr Kind. Ich weiß nicht, ob es eine Trauerskala gibt, aber der Verlust eines Kindes ist sicherlich das furchtbarste aller

Schicksale. Allerdings konnte ich das in der ersten Zeit nicht so sehen und habe mich in meinen eigenen Schmerz zurückgezogen.“

Mitfühlend legte Alleyson ihre Hand auf Brians. „Du solltest nicht zu hart mit dir ins Gericht gehen. Jeder hat seinen eigenen Trauerweg und jetzt bist du hier. Das ist die Hauptsache.“

Brian nickte. „Du hast recht. Aber jetzt iss. Vor uns liegt ein langer Tag. Wir haben beide eine Menge Arbeit. Dazu muss ich noch ein paar Telefonate führen, damit wir für die nächsten Nächte eine sichere Bleibe haben”, schob er die traurige Stimmung vehement zu Seite.

Seine linke Hand spürte sofort den Verlust der Berührung, als Alleyson ihre Hand zurückzog und ihre Gabel wieder aufnahm. Merkwürdigerweise hatte ihre Anteilnahme und ihre Reaktion ihm eine Stärke gegeben, die ihm seit Aarons Tod niemand hatte schenken können. Die Unterhaltung erinnerte ihn an viele seiner früheren nächtlichen Gespräche mit seinem Cousin.

Wie immer sie es angestellt hatte, Allyson hatte vermocht, das gleiche hoffnungsvolle Gefühl in ihm zu wecken wie Aaron nach dem Flugzeugunglück seiner Eltern. Damals hatte er mit seinem Schicksal gehadert und sich schrecklich allein gefühlt. Nach Aarons Tod hatte er genauso empfunden und dabei vergessen, dass er nicht der einzige Mensch war, den der Verlust schmerzte. Er hätte sich nicht die ganzen Monate hinter seiner Arbeit verstecken dürfen. Das hatten Cleo und Alex nicht verdient.

Heute belastete ihn sein Verhalten. Doch mit wenigen Worten und einer kleinen Geste hatte Alleyson sein schlechtes Gewissen ausgeschaltet und einen hoffnungsvollen Streifen am Horizont schimmern lassen. Mit einem Mal hatte Brian eine weitere Seite an Alleyson entdeckt und alles in ihm schrie danach, diese Frau näher kennenzulernen und für immer festhalten zu wollen.

Für immer?

Wow! War er jetzt total verrückt geworden?

Nach einem kurzen Stopp in Brians Apartment, wo er geduscht und seine Sachen zusammen gepackt hatte, parkte Brian den Wagen schließlich vor der Firma seines Onkels.

Vielleicht wäre ich besser mit meinem eigenen Wagen gefahren, dachte Alleyson, während Brian ihr von außen die Tür öffnete.

„Nein, wärst du nicht”, widersprach Brian sanft.

Erschrocken fuhr Alleyson zusammen. „Kannst du jetzt Gedankenlesen?“

„Nicht generell. Aber der Gedanke stand so deutlich in deinem Gesicht, dass jeder sehen konnte, was du gerade gedacht hast”, lachte er. Dann wurde er ernst. „Alley, wenn wirklich Jacob Gabriel hinter all den Dingen steht, dann kannst du gar nicht vorsichtig genug sein.“ Dabei sah er tief in ihre großen grünen Augen. Am liebsten hätte Brian seine Hand an ihre Wange gelegt und sie geküsst, doch das war gleich aus mehreren Gründen keine gute Idee.

Für einen kurzen Moment schloss er die Augen und schluckte, um der Atmosphäre die erotische Spannung, die sich zwischen ihnen aufgebaut hatte, zu nehmen. „Lass uns hinein gehen, es wird Zeit zu arbeiten”, forderte er sie auf, ohne sie dabei allerdings noch einmal direkt anzusehen.

Aus den Augenwinkeln nahm er jedoch sehr wohl ihr schüchternes, aber wissendes Lächeln wahr, das um ihren Mund lag. Seine Erregung war ihr also nicht entgangen. Trotzdem war sie nicht zurückgewichen. Die Vorstellung, dass Alleyson seine wachsenden Gefühle ihr gegenüber gefielen, beflügelte Brian.

„Alley, wieso bringt Brian Bradshaw dich ins Büro?“, stürzte sich Bailey sofort auf Alleyson, als sie ihr Büro betrat.

„Was hast du in Bradshaws Auto gemacht?“, wollte auch Steven wissen.

„Ihr habt doch nicht etwa die ganze Nacht ...?“ Mit offenem Mund starrte Greta sie an.

„ALLEY! Nun sag endlich etwas”, drängte Bailey.

„Was soll sie denn sagen? Ihr braucht doch nur zu sehen, wie ausgeglichen sie heute Morgen aussieht. Rosige Haut, keine dunklen Augenringe. Ich sage euch doch schon seit Wochen, unsere Alley braucht einfach etwas mehr Spaß anstatt immer nur Arbeit, Arbeit, Arbeit”, stellte Fred zufrieden fest und betrachtete seine Chefin grinsend von Kopf bis Fuß.

Zu ihrem eigenen Ärgernis wurde Alleyson rot. „Mein Auto ist kaputt. Und Brian war so nett mich mitzunehmen”, erklärte sie wütend.

„Eine bessere Ausrede ist dir auf die Schnelle nicht eingefallen?“, feixte Steven.

Als er jedoch Alleysons blitzende Augen sah, hob er schnell abwehrend seine Hände. „Schon gut, schon gut. Ich habe nichts gesagt, nichts gesehen, nichts gehört.“

„Hört gut zu, denn ich sage das hier nur einmal”, erläuterte Alleyson in strengem Ton, der jede weitere neckende Bemerkung unterband. „Brian ist nur ein Freund. Nicht mehr und nicht weniger. Verstanden?“

„Sicher”, murmelte Bailey.

„Wenn du es sagst”, meinte Steven, klang dabei aber ebenso wenig überzeugt, wie zuvor Bailey.

„Wie du willst, Alley”, stellte Greta achselzuckend fest.

„Gut. Dann können wir ja endlich weiter arbeiten”, bemerkte Alleyson trocken.

„Sicher”, stimmte Fred zu und verschwand hinter seinem Schreibtisch, wobei er immer noch über das ganze Gesicht grinste.

Verstimmt ging Alleyson in den Besprechungsraum und schloss die Tür hinter sich. Zum ersten Mal bedauerte sie, dass der Raum verglast war und war dankbar, dass Alex darauf bestanden hatte, Jalousien anzubringen, um die Möglichkeit zu haben, sich von äußeren Blicken abzuschirmen.

Allein mit ihrem Zeichenblock, mehreren Bleistiften und einem großen Radiergummi setzte sie sich an den Tisch und begann, sich auf ihren Bentley-Termin am Nachmittag vorzubereiten.

„Aber im Augenblick vermuten Sie lediglich, dass es sich um Jacob Gabriel handelt. Habe ich das richtig verstanden?“, drang die Stimme von Brians Chefs, Joseph Apleton, durch die Telefonleitung.

„Das ist richtig. Allerdings ist die Wahrscheinlichkeit ziemlich hoch und wenn wir richtig liegen, ist das eine Riesenchance, den Kerl ein- für allemal aus dem Verkehr zu ziehen.“

Nervös hielt Brian die Luft an, während er auf Apletons Antwort wartete. Zwar hatte er, völlig unabhängig davon zu welcher Entscheidung sein Chef kommen würde, längst für sich beschlossen auf Alleyson aufzupassen, aber mit dessen offiziellem Einverständnis würden ihm zusätzliche Ressourcen zur Verfügung stehen, die er gut gebrauchen konnte und die ihm das Leben vereinfachen würden.

„Mitch, was sagen Sie dazu?“

„Ich finde, Brian hat recht, Sir. Kurz vor diesem Gespräch habe ich mit Liam Fox telefoniert. Das ist der Kollege, der damals die Ermittlungen hauptverantwortlich geführt hat. Für ihn steht außer Frage, dass es sich bei dem Stalker um Jacob Gabriel handelt. Nachdem er die Information erhalten hatte, dass der Mann aus der Psychiatrie entlassen worden war, hat er sich in der Anstalt etwas umgehört. Angeblich soll Gabriel ein Verhältnis mit der Ärztin gehabt haben, die ihm seine wundersame Heilung bescheinigt hat. Handfeste Beweise gibt es dafür natürlich nicht, nur jede Menge wilde Gerüchte", berichtete Mitch.

„Interessant. Was hat die betroffene Dame dazu gesagt?", wollte Apleton wissen.

„Nichts mehr. Sie hatte zwei Tage nach Gabriels Entlassung einen tödlichen Autounfall", dokumentierte Mitch weiter.

„Wie praktisch", stellte Brian sarkastisch fest.

„Das war auch Fox' Kommentar dazu", bemerkte Mitch.

„Aber eine Ärztin kann doch nicht alleine eine solche Entscheidung treffen", zweifelte der Chief.

„Nein. Natürlich gab es vor zwei Jahren auch eine offizielle Anhörung. Aufgrund des großen Aufsehens, das die schreckliche Tat damals in der Bevölkerung hervorgerufen hat, hat Gabriels Anwalt jedoch auf eine Verhandlung unter Ausschluss der Öffentlichkeit plädiert. Schließlich hätte sein Mandant ein Recht auf eine zweite Chance, wenn das Gericht zu der Überzeugung gelangt, dass er geheilt ist und keine weitere Gefahr mehr von ihm ausgeht."

Verächtlich schnaufte Brian durch die Nase. „Anwälte!"

„Kam schon jemand auf den Gedanken, Mr Gabriel nach einem Alibi zu fragen?", wollte Apleton wissen.

„Selbstverständlich, Chief. Fox ist direkt heute Morgen nach meinem Anruf zu seinen Eltern gefahren, deren Adresse Gabriel bei seiner Entlassung als Aufenthaltsort angegeben hat. Interessanterweise wissen diese nicht, wo sich ihr Sohn zur Zeit befindet. Angeblich ist er auf Weltreise, um sich neu zu orientieren."

Einen Moment lang schwiegen alle drei. Apleton sprach als Erstes wieder. „Na ja, das muss nicht gelogen sein. Ich sage meinen Eltern auch nicht immer, wo ich hinfahre."

„Aber bei Ihnen weiß dann Ihre Frau über Ihren Aufenthaltsort Bescheid, oder?", warf Mitch ein. „Gabriel hat keine Freunde oder sonstigen Verwandten. Außer seinen Eltern haben sich alle von ihm distanziert."

„Du meinst, seine Eltern stehen vollkommen hinter ihm?", fragte Brian ungläubig.

„Laut Fox waren sie damals zunächst völlig entsetzt. Jedoch haben sie immer gesagt, dass Jacob trotz allem, was er getan hat, immer noch ihr Sohn ist. Während der ganzen Jahre haben sie ihn regelmäßig besucht und auch seine Anhörung haben sie in jeder Hinsicht unterstützt. Sein Vater erwirtschaftet mit seinem Unternehmen jedes Jahr einen Ertrag von mehreren Millionen, sodass es ihm nicht schwer gefallen ist, seinem Sohn den besten juristischen Beistand zu erkaufen, der zu haben war. Seine Anwälte wurden extra aus New York eingeflogen. Für die Eltern gibt es keinen Zweifel, dass die Ärzte ihn geheilt haben und Jacob ein völlig neuer Mensch ist."

„Hallelujah!", kommentierte Brian ironisch.

„In Ordnung. Brian, behalten Sie Miss Winters im Auge", entschied Apleton schließlich. „Ich muss Ihnen jedoch nicht sagen, dass Sie keine Handhabung gegen Gabriel haben, solange er sich nichts zuschulden kommen lässt."

„Nein, Chief, das müssen Sie nicht."

„Gut. Mitch, unterstützen Sie ihren Partner, wo immer er Sie braucht. Aber verlieren Sie bei dem Ganzen nicht den eigentlichen Grund Ihrer Anwesenheit in Corpus Christi aus dem Auge, Brian. Ich will Ergebnisse und diese möglichst schnell. Haben wir uns verstanden?"

„Ja, Sir", bestätigten Mitch und Brian gleichzeitig, bevor sie sich verabschiedeten.

Mit einem Blick auf die Uhr stellte Brian fest, dass es schon fast Mittag war. Es wurde Zeit, dass er Thomas Henderson kennenlernte. Bei der Gelegenheit konnte er auch gleich einen Blick in Peter Limptons Büro werfen. Sicherlich konnte es nicht schaden, dem Mann noch einmal etwas genauer auf den Zahn zu fühlen.

Gerade trat er hinaus auf den Flur, als ihm Alleyson in die Arme lief. Sofort hellte sich seine Stimmung auf. „Wolltest du zu mir?", strahlte er sie an.

„Nein, ich habe eine Besprechung mit Alex."

„Wie schade!", stellte er bedauernd fest.

„Aber wenn ich dich gerade sehe, kann ich dir gleich sagen, dass mein Termin heute Nachmittag außer Haus stattfindet."

Missfallend zog Brian seine Stirn kraus. „Außer Haus?"

„Ja. Der Kunde wollte eigentlich zu uns kommen, doch jetzt schafft er es zeitlich nicht und hat uns gebeten, stattdessen zu ihm raus zu fahren. Sein Büro ist in Mathis, aber Fred ist bei dem Termin dabei. Ich kann also mit ihm fahren und bin nicht alleine."

„Fred Holston?"

„Ja."

Brian überlegte einen Moment. „Okay. Wann wirst du zurück sein?"

„Der Termin ist um vier. Ich schätze, wir brauchen ungefähr eine Stunde mit dem Kunden, dann die Fahrt zurück. Alles in allem wahrscheinlich zwischen halb sechs und sechs", rechnete Alleyson.

„Gut, dann warte ich hier auf dich. Gib mir aber bitte Bescheid, sobald Ihr auf dem Rückweg seid, versprochen?"

Unwillkürlich musste Alleyson lächeln. Es war lange her, dass sich jemand Sorgen um sie gemacht hatte. Doch halt! Agent Bradshaw machte lediglich seine Arbeit. Das war alles. Sofort verschwand das Lächeln aus ihren Augen.

„Selbstverständlich. Ich rufe an", versprach sie und ihr Ton klang plötzlich geschäftig. „Ich muss los. Entschuldige, aber ich bin schon spät dran."

Brian konnte nur noch nicken, bevor sie in Alex' Sekretariat verschwand. Nachdenklich starrte er ihr hinterher. Warum war das Glänzen in ihren Augen auf einmal so schnell erloschen? Zu gerne hätte er gewusst, was sie in jenem Moment gedacht hatte und was es brauchte, um dieses wunderbare Leuchten zurückzubringen.

„Guten Morgen, ich glaube, wir sind uns noch nicht vorgestellt worden. Brian Bradshaw", grüßte Brian, als er an Thomas Hendersons Schreibtisch trat.

„Hallo. Thomas Henderson. Ich habe schon gehört, dass Sie unser neuer Chef werden." Henderson erhob sich und ergriff Brians ausgestreckte Hand.

Der Mann wirkte offen und sympathisch, sah allerdings um einiges älter aus, als die zweiundvierzig Jahre, die in seiner Personalakte standen. „Herzlich Willkommen."

„Danke. Das ist sehr freundlich. Bis Alex das Ruder aus der Hand gibt, vergeht allerdings noch etwas Zeit. Jedoch will ich mich schon einmal orientieren. Wenn ich das richtig verstanden habe, sind Sie hier der verantwortliche Mann für die Kundenbetreuung."

„Das ist richtig. Ich leite seit fünf Jahren den Verkauf, habe das Geschäft von der Pieke auf gelernt."

„Ich habe gehört, Sie haben mit ihrer Reorganisation den Ertrag um gut dreißig Prozent gesteigert. Das ist eine ordentliche Leistung."

„Danke", nahm der Mann das Kompliment an. Selbstbewusst stand er vor Brian und sah ihm in die Augen. Mit seinen 1,88 Meter war er ebenso groß wie Brian. Allerdings hatte er bei weitem nicht Brians Charisma. Seine Hautfarbe ähnelte mehr einem fahlen Grauton, der sich auch in der Farbe seiner Augen wiederfand.

„Das heißt, Sie arbeiten hauptsächlich Mrs Taylor zu", stellte Brian fest.

„Das stimmt."

„Kommen Sie gut mit ihr zurecht?", wagte Brian einen direkten Vorstoß.

Sofort blitzten Hendersons Augen verdächtig auf, seine Stimme jedoch blieb völlig ruhig. „Sicher. Sollte ich nicht? Hat sie sich über mich beschwert?"

„Nein, nein", beeilte sich Brian lächelnd zu versichern und beschloss die Richtung des Gesprächs zu ändern. „Hätten Sie wohl einen Moment Zeit, mir die internen Vorgänge im Verkauf zu erklären?"

„Natürlich, gerne. Nehmen Sie Platz", forderte Henderson ihn auf und zog einen Stuhl zu seinem Schreibtisch heran.

Für die nächste halbe Stunde lauschte Brian dem Mann, stellte einige gute Fragen und wartete dabei auf die Gelegenheit, das Gespräch wieder in eine etwas privatere Richtung lenken zu können. Diese ergab sich, als Lydia Meyer, eine der Kundenbetreuerin an die Tür klopfte.

„Ja?", bat Henderson sie herein.

„Entschuldige, dass ich störe, Thomas."

„Kein Problem. Was gibt es, Lydia?"

„Dillon ist gestürzt. Seine Lehrerin hat mich gerade angerufen und gefragt, ob ich ihn abholen könne. Sie glaubt, er habe sich den Arm gebrochen."

„Oh, wie schrecklich. Das tut mir leid, Lydia", rief Henderson sofort teilnahmsvoll aus. „Selbstverständlich holst du ihn sofort ab.

Wenn du ein paar Tage frei brauchst, ruf mich an. Wir bekommen das hier auch eine Weile ohne dich hin."

„Danke, Thomas." Die Erleichterung war ihr förmlich anzusehen.

„Nichts zu danken. Jetzt geh und sag Dillon ‚Gute Besserung'."

„Das mache ich. Danke, nochmal." Eilig hastete die Frau aus dem Büro.

„Das war Lydia Meyer. Sie ist allein erziehend. Ihr Sohn ist vor ein paar Tagen sieben geworden", erklärte Henderson noch bevor Brian etwas sagen konnte.

„Der Arme. Ich hoffe, die Vermutung der Lehrerin bestätigt sich nicht, und der Arm ist nicht wirklich gebrochen. Bestimmt ist es für Mrs Meyer nicht immer einfach, den Alltag zu organisieren."

Misstrauisch blickte Henderson ihn an. Offensichtlich traute er Brians verständigen Worten nicht. „Nein, es ist ganz sicher nicht immer leicht. Aber sie hat alles sehr gut im Griff. In Notfällen allerdings ..."

„Thomas, ich wollte nicht andeuten, dass Lydia ihre Arbeit nicht korrekt erledigt", unterbrach Brian freundlich.

„Dann ist es gut", atmete der Mann auf. „Alex legt immer viel Wert darauf, dass dies ein familienfreundliches Unternehmen ist."

„Das tut er und das wird sich auch ganz gewiss nicht ändern."

Henderson musterte ihn noch einmal abschätzend, als ob er versuchte einzuordnen, ob Brians Bemerkung ernst gemeint war. Dann glätteten sich seine Gesichtszüge wieder. „Es tut mir leid, dass ich ihre Bemerkung falsch interpretiert habe."

„Schon vergessen. Haben Sie Kinder?"

„Ja, einen Sohn. Er wird nächste Woche vierzehn."

„Cooles Alter. Da gibt es bestimmt eine große Party. Spielt er Football?"

„Nein." Hendersons Mimik wechselte erneut und sein Blick wanderte traurig zu einem kleinen Stein auf seinem Schreibtisch. Er seufzte leise. Dann sah er wieder auf. „Er hat eine sehr seltene Blutkrankheit. Seitdem sie vor fünf Jahren wurde diagnostiziert wurde, hat sich sein Leben drastisch geändert. Leider kann er dadurch auch keinen Sport mehr machen."

„Das tut mir leid", sagte Brian ernst und sah Henderson offen an.

Seine Schultern straffend richtete sich der Verkaufsleiter wieder auf. „Aber wir bekommen das hin. Seit einigen Monaten gibt es ein neues Medikament auf dem Markt. Es ist recht teuer, aber es scheint tatsächlich zu wirken.“

„Das ist großartig. Wenn Sie irgendetwas brauchen, womit wir Sie unterstützen können, lassen Sie es mich wissen”, bot Brian an, genau wissend, dass sein Onkel jederzeit helfen würde, wenn es im Bereich seiner Möglichkeiten läge.

Wieder blickte Henderson ihn argwöhnisch an.

„Was ist?“, wollte Brian wissen, da er den Blick nicht eindeutig interpretieren konnte.

„Nichts, nichts”, konterte der Verkaufsleiter schnell und kehrte zu dem Punkt zurück, an dem sie von Lydia unterbrochen worden waren. „Soll ich Ihnen noch unser Logistikprogramm erklären?“

„Gerne”, bejahte Brian das Angebot, machte sich jedoch in Gedanken eine Notiz mit Marlene und Alex über Hendersons Sohn zu sprechen.

Nachdem sich Brian eine weitere halbe Stunde später verabschiedet hatte, ging er auf direktem Weg in die Marketingabteilung.

„Hallo, Brian”, klang ihm sofort eine bekannte Stimme entgegen, und er sah Abigail Roberts auf ihn zukommen.

Wie bereits bei ihrer letzten Begegnung trug die junge Frau einen Minirock, der für seinen Geschmack mehr als eine Nuance zu kurz war, selbst wenn sich ihre Beine sehen lassen konnten. Interessanterweise stellte Brian jedoch fest, dass sich bei Abigails Anblick nichts in ihm regte. Stattdessen bildete sein Gehirn ein Bild von Alleysons nackten Unterschenkeln aus, auf die er sowohl in der Nacht als auch am Morgen einen kurzen Blick erhascht hatte. Bei der Erinnerung sammelte sich der Speichel in seinem Mund, den er hastig hinunterschluckte. Auf keinen Fall wollte er, dass Miss Roberts hier etwas missverstand. Hastig wollte er im Vorbeigehen grüßen, als er plötzlich einer inneren Eingebung folgte und seine Meinung änderte.

„Hallo, Abigail. Wie geht es Ihnen?“, blieb er vor ihr stehen und lächelte sie freundlich an.

„Sehr gut, vielen Dank. Kann ich Ihnen vielleicht helfen?“

„Eigentlich wollte ich zu Peter, aber wissen Sie was? Ich könnte sehr gut zuerst einen Kaffee vertragen. Wie wär’s? Hätten Sie Lust, mich hinunter in die Cafeteria zu begleiten?“

Erstaunt weiteten sich Abigails Augen, dann strahlte sie über ihr ganzes Gesicht. „Selbstverständlich.“

Gemeinsam fuhren sie hinunter ins Erdgeschoss und Brian wählte absichtlich einen ruhigen Tisch in einer der hinteren Ecken.

„Nehmen Sie Ihren Kaffee mit Milch und Zucker?“, erkundigte er sich.

„Ja, bitte. Wenn möglich hätte ich gerne zweimal Zucker. Ich bin nämlich eine Süße”, dabei bedachte sie ihn mit einem aufreizenden Augenaufschlag.

Sicher, dachte Brian und schluckte jede weitere Bemerkung hinunter. Er hasste solche Frauen und er hasste es, sich mit ihnen unterhalten zu müssen. Normalerweise war das Mitchs Part, denn er hatte damit weniger Probleme. Achselzuckend tat sein Partner es als einen ungeliebten Pflichtteil seines Jobs ab und machte sich keine weiteren Gedanken darüber. Im Gegensatz zu Brian.

Vermutlich lag es an seiner Ex-Freundin Betty, dass er eine solch tiefe Abneigung gegenüber diesen Gesprächen hatte. Auch wenn Betty subtiler gewesen war, so hatte Brian im Nachhinein doch genügend Anzeichen gefunden, die ihn hätten erkennen lassen müssen, dass es der Frau mehr um seine verwandtschaftliche Beziehung zu Alex gegangen war als um ihn als Person. Bettys Traum war eine Modelkarriere gewesen und sie hatte geglaubt, dass Brian, beziehungsweise sein Onkel, ihr das perfekte Sprungbrett bieten würde. Noch immer konnte Brian nicht fassen, wie naiv und blind er damals gewesen war.

Mitch verstand, warum Auseinandersetzungen mit derart berechnenden weiblichen Charakteren für Brian schwieriger waren als für ihn. Daher übernahm er stillschweigend diesen Part. Dieses Mal war Mitch jedoch nicht zur Stelle und so musste Brian dieses Gespräch selbst führen.

„Wie lange arbeiten Sie schon für Alex, Abigail?“, erkundigte sich Brian, nachdem er mit zwei Tassen Kaffee an den Tisch zurückgekehrt war.

„Seit fast vier Jahren. Ich habe hier meine Ausbildung zur Marketingassistentin gemacht und Peter hat mich anschließend fest übernommen.“

„Gratuliere. Macht Ihnen die Arbeit Spaß?“

„Natürlich. Die Atmosphäre ist toll und Mode ist einfach cool.“

Ein weiteres aufreizendes Zwinkern fand seinen Weg über den Tisch und der Ton ihrer Worte ließ deutliche Rückschlüsse darauf zu, wie viel Leistung Abigail in ihre Arbeitszeit steckte. Brian brauchte nicht viel Fantasie, um die Gründe zu erahnen, warum Limpton die junge Frau übernommen hatte.

Noch einmal schluckte Brian, dann beschloss er seine Abneigung zur Seite zu schieben und sein eigenes Spiel zu beginnen.

„Abigail", begann er in einem absichtlich verschwörerischen Tonfall, wobei er sich leicht über den Tisch zu ihr nach vorne lehnte, „darf ich ehrlich zu Ihnen sein?"

Er wartete bis sie nickte, dann fuhr er fort. „Ich brauche dringend ein paar Informationen. Informationen, die mir keiner gibt, weil ich Alex' Neffe bin."

Abigails erstaunter Blick weitete sich zu einem Grinsen. „Sie wollen wissen, wer mit wem kann, wer nicht und so weiter."

„Genau", bestätigte Brian, wobei er ihr sein charmantestes Lächeln schenkte.

„Woher weiß ich, dass sie mich nicht verpetzen?"

Mit gespieltem Entsetzen starrte er sie an. „Das trauen Sie mir doch nicht wirklich ernsthaft zu, oder?" Entspannt lehnte sich Brian wieder zurück, als er in ihren Augen die Antwort las.

Wie erwartet, ließ Abigails positive Reaktion nicht lange auf sich warten. „Was wollen Sie wissen?"

„Fangen wir mit Peter Limpton an. Was ist ihr Chef für ein Typ?"

„Peter?" Ihre Augen verklärten sich und Brian wusste, er hatte richtig getippt. Die Frau schlief mit ihm ihrem Boss. *Wahrscheinlich besorgt sie es ihm zwischendurch in seinem Büro,* vermutete Brian abfällig.

„Er ist in Ordnung und ein guter Chef. Eigentlich hat er immer alles im Griff."

„Fair?"

„Ja, meistens."

Brian zog die Augen zusammen. „Wann nicht?"

„Na ja, das sollte ich vielleicht besser nicht sagen."

„Abigail, bitte", flehte Brian, während er innerlich angewidert den Kopf schüttelte. Die Frau schlief mit dem Mann und war doch bereit, ihn bei der erstbesten Gelegenheit anzuschwärzen. Loyalität war offensichtlich ein Fremdwort für Miss Roberts. Doch letztendlich hatte Brian genau deswegen das Gespräch mit ihr gesucht. Er brauchte Informationen über Limpton. Um seiner Bitte noch ein wenig Nachdruck zu verleihen, legte er für einen Moment seine Hand auf ihre. Wie er gehofft hatte, verfehlte die Geste ihre Wirkung nicht.

„Na ja, zum Beispiel, wenn Mrs Taylor etwas will. Dann müssen wir alle immer springen und wenn es nicht genau so ist, wie sie es haben möchte, dann kann sie ziemlich ungehalten werden. Manchmal reicht aber einfach die Zeit nicht, die sie uns gibt. Anstatt ihr die Prozesse zu erklären und den Zeitplan mit ihr durchzugehen, stimmt Peter ihren Vorgaben einfach zu. Er sagt ihr nicht, woran es wirklich liegt, wenn bestimmte Dinge nicht rechtzeitig fertig sind."

„Peter hält Ihnen also nicht den Rücken frei", folgerte Brian und dachte erneut an Alleyson und die Art, wie sie hinter ihren Leuten stand. Aber ein solches Gebaren passte in seinen Augen nicht zu Peter Limpton. Der Mann hatte schlichtweg nicht Alleysons Rückgrat. Vielmehr drehte er seine Fahne mit dem Wind.

„Ich nehme an, Peter kann demzufolge sehr gut mit Mrs Taylor?"

Abigail verzog ihren Mund. „Nein, so kann man das nicht sagen. Es ist mehr, wie soll ich es ausdrücken? Er ... er will es sich nicht mit ihr verscherzen. Im Grunde kann keiner mit Mrs Taylor." In einer theatralischen Geste schlug sie sich beide Hände vor den Mund. „Das hätte ich wirklich nicht sagen sollen."

„Doch, das hätten Sie, Abigail. Machen Sie sich keine Gedanken. Schließlich bin ich nicht blind. Mrs Taylor ist kein einfacher Mensch, aber inhaltlich leistet sie sehr gute Arbeit."

„Schon, aber ich glaube, wenn Peter seine kranke Mutter nicht in der Stadt hätte, wäre er damals gegangen, als Mrs Taylor die Position in der Geschäftsführung erhalten hat. Jahrelang hatte Peter damit gerechnet, die komplette Verantwortung an dem Tag zu übernehmen, an dem der alte Marketingvorstand Simpson in Rente geht. Doch als es dann soweit war, ..."

„Dann kam Mrs Taylor", schlussfolgerte Brian und dachte sich, dass Mr Limpton nicht mehr nur als Stalker verdächtig war.

„Darf ich Sie noch etwas fragen, Abigail? Es tut mir leid, aber ich kam nicht umhin, einen Teil Ihres gestriges Gesprächs mit Mrs Taylors' Sekretärin mitzuhören."

Die junge Frau errötete leicht, doch zog sie schnell ihre Lippen zu einem Schmollmund zusammen. „Ich nehme nichts davon zurück. Mrs Taylor ist ein Drache."

Unwillkürlich musste sich Brian ein Grinsen verkneifen. „Weil sie zu enge Projektpläne erstellt?“

„Nein. Kennen Sie Thomas Henderson?“

Als Brian nickte, fuhr Abigail fort. „Ich weiß nicht, ob Sie es wissen, aber der Mann hat einen schwerkranken Sohn zu Hause, dessen Krankheit bislang als unheilbar galt. Mehrere Forschungsgruppen arbeiteten bereits seit Jahren an einem Medikament, dennoch haben die Ärzte Thomas keine große Hoffnung gemacht. Jeder hat ihm gesagt, dass die Arznei für seinen Sohn sehr wahrscheinlich zu spät kommen werde.“

Abigail machte eine kurze Pause und strich sich eine Haarsträhne aus dem Gesicht. Dann erzählte sie weiter. „Völlig unerwartet gelang eines Tages der entscheidende Durchbruch und das Medikament erhielt in einem beschleunigten Verfahren die Zulassung. Damit hatte der Junge plötzlich eine gute Chance auf Heilung.“

„Aber?“, hakte Brian nach, als Abigail für längere Zeit schwieg.

„Aber es war ziemlich teuer, und Henderson hat nicht genügend Geld für die neue Behandlung. Also bat er Mrs Taylor um einen Vorschuss auf seinen Bonus, der ihm ohnehin schon so gut wie sicher war. Doch sie lehnte die Vorauszahlung ab.“

Entsetzten breitete sich in Brian aus, während gleichzeitig bittere Galle in ihm aufstieg. Bewusst zwang er sich dazu, Ruhe zu bewahren. Was Abigail ihm gerade erzählte, konnte nicht wahr sein. Er wusste, wie Gerüchte in Firmen entstanden, indem sich Geschichten von Mund zu Mund immer weiter aufbauschten. Das konnte Marlene nicht getan haben. Gerade sie wusste schließlich was es hieß, einen geliebten Menschen zu verlieren.

„Ich bin sicher, dass es sich so nicht zugetragen hat”, wandte Brian dementsprechend ein. Dabei klang seine Stimme härter als er beabsichtigt hatte.

Automatisch richtete sich Abigail auf. „Wieso fragen Sie mich eigentlich, wenn Sie ohnehin nicht vorhaben zu glauben, was Ihnen nicht gefällt?“, fragte sie sichtlich wütend, während sie ihren Stuhl zurückschob.

„Bitte bleiben Sie. Es tut mir leid”, entschuldigte sich Brian. Auf keinen Fall durfte er sie jetzt gehen lassen. Er hatte keine Lust, diese Charade länger aufrechtzuerhalten als nötig und ein zweites Gespräch mit Abigail Roberts wollte er um jeden Preis vermeiden.

„Ich war gerade nur so geschockt von Ihren Ausführungen. Hat Mr Henderson das Geld denn anderweitig aufgetrieben?“

Die junge Frau zuckte mit den Schultern. „Soviel ich gehört habe, hat er alles verkauft, was er besessen hat. Haus, Auto, seinen Ehering. Aber den hat er zu jenem Zeitpunkt ohnehin nicht mehr gebraucht. Seine Frau hatte ihn damals schon verlassen.“

„Warum ist Henderson nicht zu Alex gegangen?“

„Das kann ich Ihnen nicht sagen, aber ich vermute, dass dies einfach nicht Thomas’ Art ist. Mrs Taylor ist seine direkte Vorgesetzte und wenn sie eine Entscheidung trifft, dann respektiert er sie.“

Generell mochte ein solches Verhalten zu dem Mann passen, aber würde man sich über diese Vorgesetztenregel nicht hinwegsetzen, wenn das Leben des eigenen Kindes auf dem Spiel stand?, überlegte Brian.

„Ich glaube, ich sollte langsam wieder an die Arbeit gehen”, unterbrach Abigail seine Gedanken. „Wir können unsere Unterhaltung ja gerne nach Feierabend fortsetzen.“

„Sie haben recht, wir sollten wirklich weiterarbeiten“, stimmte Brian ihr sofort zu, wobei er Abigails weiteren Vorschlag überging. „Kommen Sie, ich bringe Sie zurück. Ich wollte ohnehin noch bei Peter vorbeischauen.“

Zurück im dritten Stock erfuhr Brian jedoch, dass Peter bereits gegangen war. Laut seiner Sekretärin hatte er noch einen Termin mit einem Fotografen und würde anschließend nicht mehr ins Büro kommen.

Frustriert kehrte Brian in sein Büro zurück. Auch Alex war nicht mehr im Haus, sodass seine Fragen auf jeden Fall bis morgen würden warten müssen. Aber zumindest blieb ihm auf diese Weise Zeit, ein paar Hintergrundinformationen über einige andere Angestellte zu lesen, die ihm Mitch zusammengestellt und per Mail geschickt hatte.

KAPITEL 13

„Das war ein guter Termin", befand Fred, als er mit Alleyson vom Parkplatz des Kunden in Mathis fuhr. „Du warst wie immer einsame Spitze."

„Quatsch. Wir waren einfach gut vorbereitet", widersprach Alleyson.

Doch ihr Kollege schüttelte den Kopf. „Das stimmt zwar. Aber wenn du nicht jedes Mal mit so großartig kreativen Ideen genau dann um die Ecke kommen würdest, wenn der Kunde seine Vorstellungen um hundertachtzig Grad dreht, wären wir heute nicht mit einem Auftrag aus dem Termin gegangen."

„Unsinn. Das hätte jeder gekonnt", wiegelte Alleyson ab.

„Nein. Ich halte mich ja wirklich nicht für schlecht. Ich würde sogar sagen, ich bin ziemlich gut."

„Bescheidenheit ist eine Zier", lachte Alleyson.

„Wahrscheinlich könnte ich sogar noch besser sein, wenn ich mehr Zeit investieren würde", ließ Fred sich nicht beirren. „Aber gegen dich bin ich nur ein kleines Licht. An Tagen wie diesen frage ich mich, was du eigentlich bei uns machst. Du könntest dein eigenes Label haben."

„Kein Interesse, vielen Dank. Weißt du, wie viel Zeit ich in die Organisation und den anfallenden Bürokram stecken müsste? Nein, wirklich nicht. Ich will einfach nur kreativ sein."

„Das kann ich nachvollziehen. Darauf hätte ich auch keine Lust."

„Fred?"

„Hm?" Irritiert von ihrer ernsten Stimme, sah Fred kurz zu Alleyson hinüber.

„Kann ich dich etwas fragen?"

„Klar, schieß los!"

„Wolltest du eigentlich nie meine Stelle haben?"

Für einen Augenblick wurde es still im Auto, dann antwortete Fred mit dem gleichen ernsten Tonfall, der auch in Alleysons Stimme gelegen hatte.

„Als Aaron starb, war es eine schwere Zeit für uns alle. Die ersten Wochen haben wir einfach nur funktioniert, aber bald war klar, dass wir wieder eine Führung brauchten. Irgendwie hatte ich das Gefühl, alle sind davon ausgegangen, dass Alex mir den Job anbieten würde. Wahrscheinlich lag diese Annahme nahe, weil ich der Älteste und auch am längsten von allen im Unternehmen war. Bis zu jenem Zeitpunkt hatte ich mir nie darüber Gedanken machen müssen, ob ich das Team jemals würde leiten wollen. Es war immer klar gewesen, dass dies Aarons Job ist. Als ich damals zum ersten Mal darüber nachdachte, stellte ich fest, dass ich im Grunde keine Lust hatte, Verantwortung zu tragen. Doch dann kamen plötzlich neue Gerüchte auf. Man munkelte, dass Marlene die Leitung übernehmen wolle und das war der Moment, an dem ich umdachte. Bei allem Verständnis für Marlenes Leid wollte doch niemand von uns mit ihr arbeiten. Zumal sie so kreativ ist wie eine grüne Banane."

Fred warf ein kurzes Grinsen zu Alleyson hinüber. „Ich wusste, wenn Marlene das Team übernähme, dann würde alles auseinanderbrechen. Jeder von uns hatte seine Kündigung bereits in Gedanken geschrieben und wo hätte ich dann hingesollt? Ich will nicht aus Corpus Christi fort. Das mag vielleicht albern klingen, aber hier ist mein Zuhause. Daher beschloss ich für mich, den Job anzunehmen, wenn Alex tatsächlich auf mich zukäme. Im Laufe dieses Prozesses bist du dann eines Tages gekommen. Als ich merkte, wie gut du bist, war ich in der ersten Zeit wahrhaftig ein wenig eifersüchtig auf dich. Du bist jung, unglaublich schön und darüber hinaus einfach genial begabt. Du hast alles, wovon ich in meiner Jugend immer geträumt habe."

Alleyson musste schlucken. Nein, von ihrem Leben hatte er ganz bestimmt nie geträumt. Doch noch bevor sie etwas einwerfen konnte, sprach Fred weiter.

„Mittlerweile hatte ich mir so meine Gedanken gemacht. Ich wusste, wie ich die Abteilung führen würde, was ich ändern würde, was gut lief und was weniger gut funktionierte. Ich hatte mich an den Führungsgedanken gewöhnt und er gefiel mir von Tag zu Tag besser. Doch dann hat Alex dir die Stelle gegeben und ich muss zugeben, zunächst war ich etwas stinkig."

„Das hast du mich nie merken lassen", flüsterte Alleyson.

„Hoffentlich nicht", schüttelte Fred seinen Kopf. „Das wäre nicht fair gewesen. Schließlich war es Alex' Entscheidung. Außerdem habe ich sehr schnell erkannt, wie richtig sie war. Vieles von dem, was ich bereits in meinem Kopf beschlossen hatte umzustellen, hast du uns in deinem ersten Meeting vorgestellt", grinste er breit. „Du hast eine gute Art zu führen, Alley. Wir hätten niemand Besseren bekommen können und nachdem ich das erkannt hatte, ist mir ein Stein vom Herzen gefallen. Erst da merkte ich, wie lange ich mich selbst belogen hatte, denn meine erste Intuition war absolut richtig gewesen. Ich bin kein Führer."

„Das heißt, du bist auch auf Alex nicht sauer?"

„Nein. Im Gegenteil."

Gedankenverloren nickte Alleyson. Im Grunde hatte sie sich auch nicht vorstellen können, dass Fred irgendeinen Groll gegen sie oder Alex hegte, doch es tat gut seine Worte zu hören, die durch und durch ehrlich klangen.

„Oh Mist, das habe ich ganz vergessen", rief sie plötzlich aus.

„Was hast du vergessen?"

„Ich sollte Brian anrufen, wenn wir in Mathis losfahren." Hastig suchte sie in ihrer Handtasche nach ihrem Handy.

„So weit seid ihr schon? Das ging aber schnell", spottete Fred kameradschaftlich.

„Unsinn. Sei nicht albern. Es ist nicht das, was du denkst. Er wollte einfach nur wissen, wie der Termin gelaufen ist", verteidigte sich Alleyson.

„Schon gut, Alley. Du bist erwachsen und kannst machen, was du willst und mit wem du willst. Vergiss nur nicht, dass er irgendwann der neue Boss sein wird. Wenn es schief läuft ..."

„Fred!", unterbrach Alleyson ihren Kollegen. „Wie oft soll ich es noch sagen?"

„Ruf ihn an", kommentierte Fred nur und blinkte links, um den Wagen vor ihnen zu überholen.

„Bradshaw", meldete sich Brian sofort beim ersten Klingeln.

„Hallo Brian. Ich bin's, Alley. Ich wollte nur sagen: Wir haben den Auftrag!"

„Super! Gratuliere! Das wird Alex freuen. Der Termin hat lange gedauert. Ich habe schon begonnen, mir Sorgen zu machen."

„Musst du nicht. Wir sind schon im Nueces River Park. Fred und ich haben noch ein paar Fakten in unseren Köpfen sortiert und darüber habe ich ganz vergessen, dich anzurufen. Tut mir leid, Brian!“

„Hey! Was ist das für ein Idiot”, schrie Fred neben ihr plötzlich auf und lenkte den Wagen weiter nach rechts auf den Seitenstreifen.

„Was ist los?“, erkundigte sich Alleyson, als sie erschrocken aufsah.

„Verdammt. Was macht der?“, rief Fred erneut.

Völlig bewegungslos vor Schreck starrte Alleyson den großen schwarzen SUV an, der in einem Höllentempo auf ihrer Spur auf sie zugerast kam. Genau wie Fred fuhr dieser jetzt auf dem Standstreifen. Auf ihrem Standstreifen!

„Alley, was ist los?“, drang Brians Stimme aus dem Telefon, doch Alleyson konnte nicht antworten. Wie gebannt waren ihre Augen geradeaus auf den Fahrer des Wagens gerichtet.

Er trägt eine Skimaske, war das Letzte, was Alleyson dachte, als Fred das Lenkrad zurück nach links riss und der SUV sie mit voller Wucht vorne rechts rammte. So sehr Fred auch versuchte, den Wagen auf der Straße zu halten, es gelang ihm nicht. Unnachgiebig schnitt der Gurt schmerzhaft in Alleysons Brustkorb, als sich der Wagen überschlug. Dann verlor sie das Bewusstsein.

Wie aus weiter Ferne drangen dumpfe Schläge an ihr Ohr. Was war das? Wieso regnete es auf ihre Hände? Vorsichtig blinzelte Alleyson unter ihren Augenlidern hindurch. Glasscherben. Seit wann regnete es Glasscherben? Sie musste unbedingt die Augen öffnen. Jetzt.

Blinzelnd schlug Alleyson die Augen gegen das grelle Sonnenlicht auf und blickte ...- nein, das konnte nicht wahr sein! Durch die Windschutzscheibe blickte sie geradewegs in Jacob Gabriels eiskalte Augen.

Sofort schlug Alleyson ihre Lider wieder zu. Das konnte nur ein Traum sein. In Wirklichkeit war es Nacht, sie lag in ihrem Bett und träumte. So wie jede Nacht. Nur dass sich das Szenario geändert hatte. Dieses Mal befand sie sich nicht in einer Küche, sondern in einem Auto.

Mach die Augen auf, Alley! Richtig auf! Damit du siehst, dass du nur schläfst, befahl sie sich selbst in Gedanken. Gegen ihren

Willen zwang sie sich, die Augen erneut zu öffnen. Doch wieder sah sie Jacob Gabriel. Seine Mundwinkel hoben sich zu einem Grinsen und Alleyson konnte das überlegene Gefühl sehen, das ihn durchströmte, während er die Panik in ihren Augen in sich aufsog.

„Ich töte dich, wann immer ich will", hörte sie seine eiskalte Stimme an ihr Ohr dringen. In Zeitlupentempo hob Gabriel seine Arme über die Kühlerhaube. In seinen Händen hielt er ein Gewehr.

Unfähig sich auch nur einen Millimeter zu bewegen, weiteten sich Alleysons Augen vor Entsetzen. Ihr Herz hämmerte, doch das war das Einzige, was sie wahrnahm. Sowohl in ihrem Kopf als auch um sie herum war es totenstill.

„Plopp!", dröhnte es plötzlich laut durch die Karosserie des Autos. Allerdings schien es, als brauche ihr Gehirn eine schiere Ewigkeit, bis es das Geräusch dem Gewehr zugeordnet hatte.

Ein Schuss. Gabriel hatte auf sie geschossen. Doch Alleyson fühlte keinen brennenden Schmerz. Warum nicht? Irritiert blickte sie an sich herunter. Ihre weiße Bluse war rotgetränkt. Blut.

Gabriel grinste nun über das ganze Gesicht. Dann steckte er das Gewehr unter seine viel zu große Fliegerjacke. „Wann immer ich will!", wiederholte er und verschwand.

Nach und nach drängte sich ein dumpfer Schmerz in Alleysons Bewusstsein. Sie fühlte etwas und solange sie etwas fühlte, war sie nicht tot. So weit konnte sie zumindest denken. Vorsichtig drehte Alleyson ihren Kopf und sah hinüber zu Fred, der bewusstlos in seinem Gurt hing. Sie musste ihm helfen. Wenn ihr nur einfiele, was sie tun musste.

„Oh Gott, Harold, tu etwas. Wir müssen den beiden helfen", hörte Alleyson in diesem Moment eine helle Frauenstimme schreien.

„Ruf einen Krankenwagen, Alice", antwortete eine tiefe Stimme und kurz darauf tauchte ein Männergesicht an ihrem Fenster auf.

„Miss? Können Sie mich hören?", wurde sie gefragt und Alleyson nickte.

„Helfen Sie meinem Kollegen. Mir geht es gut", flüsterte sie, doch die Augen des Mannes, die entsetzt auf ihre Brust starrten, sagten, dass er ihr nicht glaubte.

Als Brian am Telefon den Zusammenstoß der beiden Wagen und die sich anschließenden Überschlagsgeräusche hörte, setzte sein

Herz aus und für einen Moment war er sich nicht sicher, ob es jemals wieder anfangen würde zu schlagen.

„Alley!“, schrie er in sein Handy. „Alley!“ Doch es drang nur noch Stille an sein Ohr. Die Leitung war tot.

„Alley!“, flüsterte er verzweifelt, bevor sein Verstand einsetzte und das Kommando übernahm.

Während Brian die Treppen hinunter zu seinem Wagen raste, informierte er Krankenwagen und Polizei. Auch wenn er nur einen ungefähren Unfallort angeben konnte, war diese Information doch besser als keine. Alleyson hatte ihm gesagt, dass sie bereits durch den Nueces River Park gefahren waren, also mussten sie auf der ‚37' sein.

Zwischen all den Selbstvorwürfen, die sich Brian machte, weil er Alleyson mit Fred Holston alleine hatte fahren lassen und den Gebeten, dass ihr nichts passiert sein möge, brach er alle Geschwindigkeitsbeschränkungen der Strecke. Darüber hinaus überfuhr er zwei rote Ampeln. Trotzdem hatte Brian das Gefühl, zu langsam zu sein.

Als er endlich an der Unfallstelle ankam, fiel sein erster Blick auf zwei Sanitäter und einen Notarzt, die am Boden knieten und mit allen ihnen zur Verfügung stehenden Mitteln versuchten, jemanden mit einer Herzdruckmassage zurück ins Leben zu holen.

Nein!, schrie alles in Brian, während er glaubte, sein Herz reiße ihn entzwei.

„Sir!“, hörte er eine männliche Stimme und ein Klopfen an seinem Seitenfenster lenkte seine Aufmerksamkeit zu dem Polizisten, der neben seinem Auto stand. „Sie müssen bitte weiterfahren.“

Reiß dich zusammen, Bradshaw!, befahl sich Brian, bevor er all seine Emotionen zur Seite schob, ein professionelles Gesicht aufsetzte und die Tür öffnete. Aus seiner Tasche zog er seine Dienstmarke.

„FBI. Wo ist Miss Winters?“, verlangte er in einem autoritären Ton zu erfahren.

In Gedanken wunderte sich Brian, dass seine Stimme nicht bebte, denn innerlich war er das reinste Nervenwrack. Doch er wusste, wenn er sich jetzt die kleinste Unsicherheit anmerken ließ, würde der Polizist vor ihm Fragen stellen, für deren Antworten er im Moment keine Zeit hatte.

„Officer? Wo ist Miss Winters?“, wiederholte Brian seine Frage noch einmal nachdrücklich. Dann ließ er seinen Blick zu dem Mini schweifen, der am Straßenrand liegengeblieben war.

Die Frontscheibe war zersprungen, die Seitenscheiben hatten sich in zehntausend kleinen Glassplittern auf der Straße verteilt und die gesamte Karosserie war zerbeult und verzogen. Selbst das Dach wies eine tiefe Delle auf, was ein sicheres Zeichen dafür war, dass sich der Wagen überschlagen hatte.

Totalschaden, erkannte Brian sofort, wobei sein Gesicht noch mehr an Farbe verloren haben musste, denn der Polizist fasste ihn plötzlich am Arm.

„Sie sollten sich setzen, Sir”, schlug der junge Officer in einem wesentlich freundlicheren Ton vor.

Langsam richtete Brian seine Augen zurück auf den jungen Polizisten. Zunächst war sein Blick ein wenig verständnislos, doch dann verstand er plötzlich. Mit einem Schlag legte sich der Sturm, der an seinen inneren Organen riss. Abrupt wurde es still in ihm.

„Ist sie tot?“, fragte er mit unnatürlich ruhiger Stimme.

„Nein, Sir, nein, das wollte ich damit nicht sagen”, beeilte sich der Polizist zu versichern. „Miss Winters ist im Krankenwagen. Sie hat wahnsinniges Glück gehabt. Außer ein paar blauen Flecken und einem gehörigen Schreck ...“

Den Rest des Satzes hörte Brian nicht mehr. Mit riesigen Sätzen hechtete er auf den Krankenwagen zu und sprang hinein.

„Alleyson”, flüsterte er und konnte kaum glauben, sie lebendig auf einer Trage sitzen zu sehen.

„Brian”, rief sie aus und lief auf ihn zu. Es war eine spontane Reaktion, über die Alleyson nicht nachgedacht hatte. Doch sie war in diesem Moment so glücklich, Brian zu sehen, dass sie all ihre Ängste und Vorbehalte vergaß.

Automatisch öffnete Brian seine Arme und zog sie an seine Brust. Sie war am Leben. Es ging ihr gut. Zumindest körperlich. Unendliche Erleichterung darüber breitete sich in ihm aus. Er roch die ihm bereits vertraute Mischung aus Vanille, Patchouli und Alleyson und drückte sie noch fester an sich. Er musste sie einfach fühlen.

Scharf sog sie die Luft durch die Zähne ein.

„Verzeih’, ich wollte dir nicht wehtun”, entschuldigte er sich sofort und trat einen Schritt zurück. Dabei ließ er seine Hände jedoch auf ihren Schultern liegen. „Um Gottes willen, Alley, was ist das?“, rief er entsetzt, als er das Blut auf ihrer Bluse sah.

Sofort fing sie an zu zittern. „Das habe ich ganz vergessen”, stotterte sie. „Es ist rot. Blut. Oh Gott, Brian, es ist Blut.“ Verzweifelt zerrte sie an ihrer Bluse.

„Es ist nur Farbe, Miss Winters”, beruhigte sie der Sanitäter.

„Ich muss sie ausziehen.“ Ihr Atem kam jetzt stoßweise. „Aber ich habe nichts zum Wechseln und trage nichts darunter.“ Panisch sah sie sich um. Dabei blieb ihr Blick an einer Spritze hängen, die der Sanitäter gerade aufzog. „Ich will das nicht.“

„Es ist nur ein schwaches Beruhigungsmittel, Miss Winters. Nach dem Schreck ...“

„Nein”, schüttelte sie wild den Kopf. „Brian”, flehte sie ihn mit verzweifeltem Blick an, ihr zu helfen.

„Sch, Sweetheart, es ist alles gut. Setz dich her”, beruhigte er sie denn auch sofort.

„Nein. Ich will keine Medikamente. Ich muss das hier nur ausziehen.“

„Ich weiß. Setz dich und warte eine Minute. Eine Minute, Alley, okay? Vertrau mir.“ Eindringlich sah er sie an und ließ sie erst los, nachdem sie genickt hatte. Zügig knöpfte er sein Hemd auf, zog es aus und reichte es ihr. „Kannst du deine Bluse alleine ausziehen?“

Hastig nickte Alleyson.

„Gut. Dann drehen wir uns um“, entschied Brian, bevor er seine Aufmerksamkeit auf die Spritze zurücklenkte, die der Sanitäter noch immer bereit hielt. „Ich denke, die brauchen wir im Moment nicht.”

„Wie Sie meinen. Aber es ist Ihre Verantwortung”, gab der Mediziner zurück und gab ihm mit dem Tonfall seiner Stimme deutlich zu verstehen, dass er anderer Meinung war. „Wenn Sie mich im Augenblick nicht brauchen, sehe ich nach, ob ich den Kollegen draußen helfen kann”, verabschiedete er sich und sprang kurz darauf aus dem Wagen.

„Fertig?“, erkundigte sich Brian, nachdem er eine Weile die Wand des Notarztwagens angesehen und noch immer nichts von Alleyson gehört hatte. Er selbst hatte mittlerweile sein Sakko über das weiße T-Shirt gezogen, das er unter seinem Hemd getragen hatte.

„Ja. Nein”, antwortete Alleyson und klang verzweifelt.

Vorsichtig drehte sich Brian um und sah, dass Alleyson mit ihren Armen in sein Hemd geschlüpft war. Mit zitternden Händen versuchte sie die Knöpfe zu schließen und gab schließlich auf. Verzweifelt hielt sie den Stoff vor ihrem Körper zusammen und sah Brian mit großen Augen an, als ob er der Einzige wäre, der ihr helfen konnte. Ihre hochgesteckte Frisur hatte sich aufgelöst und einzelne Strähnen fielen ihr ins Gesicht.

Ruhig setzte sich Brian neben sie, nahm ihre Hände und legte sie ihr in den Schoß. Dann begann er langsam die Knöpfe des Hemdes zu schließen. Einen nach dem andern. Dabei zwang er sich, Alleysons zartem Körper so wenig Beachtung wie möglich zu schenken. Allerdings war das leichter gesagt als getan. Es stand außer Frage, dass er das Hemd wesentlich lieber auf- als zugeknöpft hätte, doch daran durfte Brian im Augenblick nicht denken. Besser, er beeilte sich, die letzten Knöpfe zu schließen.

Um sicherzugehen keinen Knopf vergessen zu haben, glitt sein Blick nach unten auf ihr Dekolleté. Als er dort jedoch das große Hämatom sah, war es mit seiner Selbstbeherrschung vorbei. Zärtlich zog er ihren Kopf an seine Brust und drückte seine Lippen auf ihr Haar. Einen Moment hielt er sie einfach nur fest und als sich Alleysons Körper langsam in seinen Armen entspannte, wusste er, sie hatte diesen Kontakt ebenso sehr gebraucht wie er.

Brian spürte, wie Alleysons Herz nach und nach seinen gleichmäßigen festen Herzschlag übernahm und als auch ihr Atem ruhiger wurde, ließ er sie los und trat einen Schritt zurück. Sofort vermisste er den Körperkontakt, doch Brian wusste, er musste die Situation professionell handhaben. Auf keinen Fall durfte er sich von seinen persönlichen Emotionen leiten lassen.

„Was ist mit Fred?“, wollte Alleyson wissen.

„Ich weiß es nicht, Alley. Als ich gekommen bin, waren sie noch dabei ihn an Ort und Stelle zu versorgen.“ Brian brachte es nicht fertig, ihr zu sagen, dass sie ihn wiederbeleben mussten. „Soll ich sehen, ob mir jemand etwas sagen kann?“

„Das wäre nett”, nickte Alleyson.

„Ich bin gleich zurück, Sweetheart.“

Erschöpft schloss Alleyson die Augen. *Sweetheart,* wiederholte sie in Gedanken. Zum zweiten Mal hatte Brian sie so genannt. Die Wärme, die sich bei dem liebevollen Kosewort in ihr ausbreitete, war schön. Wahrscheinlich bedeutete es nichts Besonderes für ihn.

Doch für sie rückte es die Welt in diesem Moment wieder ein kleines Stück gerader.

Sie war nicht allein. Brian war hier. Hier bei ihr. Er war gekommen, ohne dass sie ihn gebeten hatte. In der letzten halben Stunde hatte sie sich nicht eingestehen wollen, wie sehr sie seine Nähe herbeigesehnt hatte. Doch als er plötzlich vor ihr gestanden und sie in seine Arme geschlossen hatte, hatte sie es nicht mehr leugnen können. Wie niemand anderer schaffte es Brian, ihr nicht nur ein Gefühl von Ruhe und Sicherheit zu vermitteln, sondern auch ein Gefühl intimen Vertrauens auszulösen. Etwas, das sie seit Jahren vermisste und, wie sie erst jetzt verstand, sich sehnlich wünschte.

Allerdings war auch noch etwas anderes zwischen ihr und Brian im Spiel. Allein seine Anwesenheit brachte ihren Herzschlag dazu, schneller zu pulsieren. Noch immer brannten ihre Lippen vor Verlangen nach einer Berührung von ihm. Sehnsüchtig fuhr sie sich mit dem Zeigefinger über ihre Unterlippe und schloss die Augen.

„Alles in Ordnung?“, erkundigte sich Brian mit besorgter Stimme, als er in diesem Moment in den Krankenwagen zurückkehrte und sie kritisch betrachtete.

„Ja”, antwortete Alleyson schnell und stand auf. Dabei überzog eine leicht verräterische Röte ihre Wangen.

Brian verkniff sich ein Lächeln. Konnte es sein, dass Alleyson mit ihren Gedanken gerade dort gewesen war, wo er sich ein paar Minuten zuvor befunden hatte? Hoffnung stieg in ihm auf und ließ sein Herz hüpfen. Doch jetzt war nicht der richtige Zeitpunkt für sexuelle Fantasien.

„Was ist mit Fred?“

„Er lebt. Sein Herzschlag hatte ausgesetzt, aber sie konnten ihn zurückholen. Sie werden ihn gleich ins Krankenhaus bringen, wo sie feststellen können, wie schlimm seine inneren Verletzungen sind. Sein Lebensgefährte ist schon verständigt.“

„Ich hoffe, er wird schnell wieder gesund. Das Ganze ist meine Schuld, Brian.“ Bleich, sah sie ihn an.

„Unsinn. Es war ein Unfall”, versuchte er sie zu beruhigen und wollte sie noch einmal an sich ziehen. Doch Alleyson wich kopfschüttelnd zurück.

„Was ist?“ Verständnislos sah Brian sie an. Dabei musste er sich zusammenreißen, sich seine Enttäuschung über ihren Rückzug nicht anmerken zu lassen.

„Es war Jacob", flüsterte Alleyson tonlos.

„Jacob Gabriel? Wie kommst du darauf? Hast du ihn gesehen?"

Ein Schauder lief Alleysons Rücken hinunter, als sie langsam nickte.

„Setz dich, Liebes, und erzähl mir, was genau passiert ist." Brians Stimme klang zärtlich, doch es lag auch eine gehörige Portion Professionalität darin. Er hatte in den Agentenmodus umgeschaltet.

„Wie wäre es, wenn ich da zuhöre?", schlug der junge Officer vor, der soeben den Krankenwagen bestieg. „Wenn ich den Unfallhergang direkt aufnehme, erspart Ihnen das für heute den Weg aufs Revier. Sie können dann einfach im Laufe des morgigen Vormittags bei uns vorbeikommen und das Protokoll unterschreiben."

Abwägend neigte Brian seinen Kopf und betrachtete Alleyson musternd. „Bist du damit einverstanden?"

Sie nickte einmal. Auf diese Weise brauchte sie es wenigstens nicht zweimal zu erzählen.

„Wunderbar. Dann hole ich mein Aufnahmegerät", verkündete der Polizist, dessen Brustschild ihn als Officer Graham ausgab, und verschwand.

„Alleyson", drehte sich Brian schnell zu ihr um. „Erzähl erst einmal nur von dem Unfall und sag zunächst nichts über Gabriel."

Fragend sah sie ihn an, doch dann hellte sich ihr Blick auf. „Wegen meiner gefälschten Daten."

„Ja. Bevor wir eine weitere Entscheidung treffen, will ich erst die ganze Geschichte hören. Es nützt uns nichts, wenn die örtlichen Behörden wegen deines Namens anfangen zu recherchieren. Mein Chef weiß bereits Bescheid und für den Augenblick reicht das. Wenn es später tatsächlich nötig sein sollte, die örtliche Polizei hinzuzuziehen, dann können wir deine lückenhafte Aussage immer noch auf einen Schockzustand direkt nach dem Unfall schieben. Okay?"

Alleyson konnte nur noch nicken, denn schon war Graham zurück. Geschäftig schaltete er sein Handy auf Sprachaufnahme und zog parallel dazu einen Block sowie einen Stift aus seiner inneren Jackentasche. „Beginnen wir damit, Miss Winters, wo sie herkamen und wo sie hinwollten."

„Fred und ich kamen von einem Kundentermin in Mathis", begann Alleyson und erzählte wie plötzlich ein schwarzer SUV auf ihrer Straßenseite auftauchte. „Fred versuchte auszuweichen, aber der Wagen rammte uns vorne rechts und wir haben uns überschlagen. Dabei muss ich kurz das Bewusstsein verloren haben, denn als ich wieder aufwachte, stand alles wieder still.“

„Sie sagten, es war ein schwarzer SUV, ist das richtig?“, hakte der junge Officer noch einmal nach.

„Ja.“

„Konnten Sie das Nummernschild erkennen? Oder zumindest einen Teil davon?“

„Nein. Es ging alles so schnell. Ich konnte nur auf das Fahrzeug starren.“

„Haben Sie den Fahrer gesehen?“

Alleyson überlegte einen Moment. „Nein, die Sonnenblende war nach unten geklappt.“

Graham runzelte die Stirn. „Die Sonne sollte eigentlich hinter dem Fahrer gestanden haben. Wieso war die Blende unten?“

„Das weiß ich nicht, Officer. Aber sie war unten. Ganz sicher”, bestätigte Alleyson noch einmal mit sicherer Stimme.

„Was ist dann passiert?“, wollte er weiter wissen.

Alleyson schauderte. „Ich ... ich weiß es nicht mehr. Auf einmal stand ein Mann an meinem Fenster.“

„Harold Klearton. Der Mann, der Ihnen aus dem Auto geholfen hat”, folgerte Graham. Weder Alleyson noch Brian berichtigten ihn.

„Officer, ich glaube, es reicht für heute”, bat Brian. „Wenn noch etwas fehlt, kann Miss Winters das sicherlich morgen ergänzen.“

„Natürlich”, stimmte Graham nach einem Blick auf Alleyson zu, die sichtlich erschöpft war. „Eine Frage habe ich allerdings noch. In welcher Funktion sind Sie eigentlich hier?“ Erwartungsvoll sah er Brian an.

„Was soll das heißen, Officer?“, gab Brian herausfordernd zurück.

„Sie wissen, Agent Bradshaw, dass die Nutzung Ihres Dienstausweises zur Verwendung privater Zwecke untersagt ist”, klärte ihn Graham selbstbewusst auf, während er seine Augen auf Brian gerichtet hielt.

Wäre Brian nicht so wütend gewesen, hätte er den dienstjungen Mann für seinen Mut, die Handlung eines älteren FBI-Agenten infrage zu stellen, bewundert. Doch gerade war er dafür nicht in Stimmung. Daher erhob er sich und trat dem Polizisten entgegen.

„Officer Graham, entgegen dem, was Sie anscheinend anzunehmen glauben, gibt es keinen privaten Anlass, der mich hierher gebracht hat. Miss Winters ist uns in einem aktuellen Fall behilflich, zu dem ich Ihnen jedoch derzeit keine näheren Erläuterungen geben kann. Wenn Sie allerdings Zweifel an der Berechtigung meiner Anwesenheit hier an der Unfallstelle haben, so fragen Sie gerne bei meinem Vorgesetzten, Chief Apleton, in Houston nach. Soll ich Ihnen die Nummer diktieren oder sind Sie in der Lage, sich diese selbst zu besorgen?“

„So war das nicht gemeint, Sir”, ruderte Graham zurück, seine Hautfarbe eine Nuance blasser als noch eine Minute zuvor.

„Doch, Officer, das war es und wenn Sie Zweifel an meiner Integrität haben, so ist es Ihre Pflicht, dem nachzugehen. Es besteht kein Grund für mich, deswegen sauer zu sein. Erkundigen Sie sich und anschließend seien Sie so freundlich und schicken mir Ihr Protokoll.“ Dabei hielt ihm Brian seine Visitenkarte mit dem offiziellen FBI-Logo entgegen, die Officer Graham schluckend einsteckte.

„Selbstverständlich, Sir. Alles Gute, Miss Winters.“

„Danke, Officer”, antwortete Alleyson leise und senkte schnell ihren Kopf. Auf keinen Fall wollte sie, dass Brian sah, wie sie gegen die Tränen in ihren Augen ankämpfen musste.

Es gibt keinen privaten Anlass hier zu sein, hatte er gerade gesagt. Der Satz hätte Alleyson eigentlich nicht derart erschüttern dürfen. Doch die Wahrheit war: Er hatte sie bis ins Mark getroffen. Sie hatte keine Lust mehr, ständig alleine gegen ihre Vergangenheit und im Moment auch noch um ihre Zukunft zu kämpfen. Alle Kraft hatte sie verlassen und für einen Augenblick wünschte sie, Gabriel hätte das Ganze einfach ein für allemal beendet.

„Hey!“, flüsterte Brian zärtlich und legte seinen Zeigefinger unter ihr Kinn. Mit sanftem Druck zwang er sie, ihren Kopf zu heben und ihn anzusehen. Die Tränen in ihren Augen schnürten ihm das Herz zu. „Ich verspreche dir, Gabriel wird dir nichts tun. Wir finden ihn und zwar rechtzeitig”, beteuerte er.

Alleyson nickte. Wenn es doch nur das wäre. Sie versuchte sich abzuwenden, doch Brian ließ es nicht zu. „Was ist los, Alley?“

„Nichts. Wahrscheinlich sind es nur die Nachwirkungen des Unfalls”, erklärte sie, aber Brian glaubte ihr nicht.

„Du weißt, dass du nicht alleine bist. Wir stehen das zusammen durch.“

Sicher. Und dann würde er gehen und sie war wieder alleine mit ihrem Leben. Alleine mit ihren Albträumen, für deren Bekämpfung sie erneut Jahre brauchen würde. Sie hatte keine Lust mehr darauf, noch einmal von vorne anzufangen. Wie gerne hätte Alleyson herausgefunden, ob das wunderschöne aufregende Herzklopfen, das Brians Anblick immer in ihr hervorrief, sie beide irgendwohin führen könnte. Doch es war nicht fair, jemanden mit ihren Problemen zu belasten. Solange sie ihre Ängste nicht im Griff hatte, konnte sie sich niemand anderem zumuten. Sie wäre nur eine Belastung.

„Ich weiß”, schluckte sie. „Du bist ein guter Agent und machst einen hervorragenden Job.“

Leicht irritiert von diesen Worten verdunkelten sich Brians Augen für einen Moment. Was war das für eine Aussage? Fieberhaft überlegte Brian, wie und wo er diesen Kommentar einsortieren sollte, doch kam er zu keinem Ergebnis. Schließlich entschied er sich für den direkten Weg. Sein Herz pochte laut in seiner Brust.

„Alley, das hier ist mehr für mich als nur ein Job“, gestand er leise.

„Aber du hast eben gesagt, es gibt keine privaten Gründe”, erwiderte Alleyson verständnislos und plötzlich verstand Brian, was in ihrem hübschen Kopf vorgegangen war.

Erleichtert lächelte er sie an. „Natürlich habe ich das gesagt. Alles andere hätte uns beide um Kopf und Kragen gebracht. Sieh es so, meine Funktion macht es uns einfacher für deine Sicherheit zu sorgen, aber selbst wenn ich nicht beim FBI wäre, würde ich alles tun, um dich zu beschützen. Als Freund und ...“ Er pausierte kurz, so als ob er erst Mut fassen müsste, das auszusprechen, was ihm auf der Zunge lag.

„... als Mann. Ich kenne dich erst seit wenigen Tagen und ich habe keine Ahnung, ob sich etwas Ernsthaftes zwischen uns entwickeln kann und wird. Aber eines weiß ich genau: Ich will dich kennenlernen, Alleyson. Noch nie habe ich jemanden getroffen, zu dem ich mich so stark hingezogen gefühlt habe wie zu dir. Noch nie hatte ich das Gefühl, jemanden schon mein ganzes Leben zu kennen und gleichzeitig doch nichts über ihn zu wissen. Als ich den Unfall am Telefon mitgehört habe und nicht wusste, was mit dir ist, bin ich fast umgekommen vor Sorge. Allein die Vorstellung, dass du ernsthaft verletzt sein könntest oder noch schlimmer ...“

Er schloss kurz die Augen, um das grauenhaft Bild beiseite zu schieben. „... hat mir körperliche Schmerzen bereitet.“

Zögerlich fuhr Alleyson mit einem Zeigefinger über seine Wange und Brian hielt die Luft an. Es kam einer Tortur gleich. Alles in ihm wollte sich Alleyson entgegen beugen, sie küssen, sie spüren, sie streicheln, sie erkunden. Doch das wäre fatal. Er war schon jetzt stärker emotional involviert als gut und richtig war. Zumindest was seine Karriere und, was noch entscheidender war, was ihre Sicherheit betraf. Doch wie sollte er dieser Verlockung widerstehen? Er spürte, wie sein Glied gegen seine Hose drückte. Dick, fest und steif. Seine Haut kribbelte vor Verlangen. Wann hatte er das letzte Mal eine Frau derart begehrt? Hatte er überhaupt jemals eine solche Begierde gespürt?

„Miss Winters, wir nehmen Sie zu einer gründlicheren Untersuchung mit in die Klinik”, rettete ihn die Stimme des Sanitäters.

Brian erhob sich sofort und auch Alleyson stand auf.

„Nein, danke. Ich denke, Sie haben soweit alles gut versorgt”, lehnte Alleyson ab. „Es sind nur ein paar blaue Flecken und einige Schrammen. Die werden von selbst heilen.“

„Sie könnten eine Gehirnerschütterung haben. Es wäre besser, Sie würden das abklären lassen.“

„Ich verspreche, wenn es mir schlecht wird, ich nicht mehr klar sehe oder Kopfschmerzen bekomme, fahre ich sofort in das nächste Krankenhaus. Aber jetzt möchte ich nichts lieber als nach Hause.“

Der Sanitäter nickte. „Ich habe befürchtet, dass Sie das sagen werden. Haben Sie jemanden, der heute Nacht nach Ihnen sehen kann? Auf keinen Fall sollten Sie alleine sein.“

„Ich passe auf”, versprach Brian.

„Gut. Dann unterschreiben Sie mir bitte hier auf dem Formular, dass Sie auf eigenen Wunsch nicht mit in die Klinik gefahren sind.“

Schwungvoll setzte Alleyson ihre Unterschrift auf die Linie mit dem Kreuz. Dann half Brian ihr aus dem Krankenwagen und öffnete für sie die Tür seines BMWs, der nur wenige Meter entfernt stand, für sie.

„Wo fahren wir hin?“, erkundigte sich Alleyson.

„Nach Hause", antwortete Brian heiser. Noch bevor Alley fragen konnte, was das bedeutete, lenkte Brian zu ihrer großen Verwunderung das Gespräch auf ihren Kundentermin in Mathis. „Erzähl mir von eurem Termin. Am Telefon hast du gesagt, ihr habt den Auftrag bekommen. Was bedeutet das für Alex?"

Gespannt lauschte Brian und freute sich innerlich, als er hörte, wie Alleysons Stimme nach und nach an Schwere verlor. Letzte Nacht hatte er festgestellt, dass es sehr einfach war, Alleyson abzulenken und Ablenkung war das, was sie gerade am dringendsten brauchte. Denn waren sie erst an ihrem Zielort angekommen, würde sie ihm den Unfallhergang noch einmal erzählen müssen und er ahnte bereits, wie schwer ihr das fallen würde.

KAPITEL 14

Angespannt beobachtete Brian, wie sich das schmiedeeiserne Tor, dessen goldene Spitzen im Schein der tiefstehenden Abendsonne glänzten, öffnete. Seine Hände schwitzten an dem ledernen Lenkrad, doch er widerstand dem Drang, sie an seiner Hose abzureiben. Fest hielt er seinen Blick auf die vor ihm liegende, breit geschwungene Auffahrt gerichtet, die an beiden Seiten von strahlendweißem Kies begrenzt wurde. Zum dritten Mal in zwei Minuten fragte er sich, warum er mit Alleyson nicht in ein Hotel gegangen war. Warum hatte er nicht einfach zwei Zimmer mit Verbindungstür gebucht? Oder eine Suite mit zwei Schlafzimmern? Doch für beides war es nun zu spät.

Als nach der letzten Kurve eine imposante Südstaatenvilla auftauchte, spürte Brian Alleysons beeindruckten Blick auf sich ruhen.

„Was ist das hier? Ein Schloss?“

„Nein, mein Elternhaus”, gab Brian zur Antwort, als sei es das Selbstverständlichste der Welt in einem solchen Anwesen aufzuwachsen.

„Dein Elternhaus?“, wiederholte Alleyson ungläubig, während sie sprachlos durch die Windschutzscheibe starrte.

Eingebettet in scheinbar endlose Weiten englischen Rasens lag ein großes weißes Herrenhaus vor ihr. Roséfarbene Rosen aller Schattierungen zierten beide Seiten des breiten Treppenaufgangs. Es war ein Anwesen, das Alleyson nur aus Märchenbüchern oder Fernsehfilmen kannte.

„Kommst du mit rein oder bleibst du im Auto sitzen?“, fragte Brian, der mittlerweile ihre Beifahrertür von außen für sie aufhielt, scherzhaft.

Während Alleyson ausstieg, öffnete sich die doppelflügelige Eingangstür des Hauses und ein älterer Herr eilte die Treppe herunter.

„Herzlich Willkommen zu Hause, Sir”, begrüßte er Brian herzlich und seine Augen glänzten vor Feuchtigkeit.

„Danke William. Ich freue mich auch, Sie wiederzusehen. Es ist lange her”, entgegnete Brian ebenso herzlich.

„Zu lange, Sir.“

Brian nickte. „Sie haben sich wirklich wunderbar um alles gekümmert. Ich muss sagen, ich hätte nicht erwartet, es ...” Er schluckte. „... so vorzufinden.“

„Es ist alles noch genauso wie damals. Nur die Kleidungsstücke habe ich aussortiert, so wie Sie es gewünscht haben.“

Brian fehlten die Worte. „Danke”, bemerkte er daher ergriffen und legte eine Hand an den Oberarm des Mannes, der ebenfalls von seinen Emotionen überwältigt war.

Zu seiner eigenen Erleichterung fing Brian sich jedoch schnell wieder. „William, darf ich Ihnen Miss Winters vorstellen? Sie ist in den nächsten Tagen unser Gast. Ich hoffe, mein Anruf heute Morgen war nicht zu kurzfristig und Sie konnten das Gästezimmer ohne größeren Aufwand fertig machen?“

„Seit zwanzig Jahren wartet das Haus auf ihre Rückkehr, Sir. Die Zimmer sind vorbereitet, der Kühlschrank ist gefüllt und Holz liegt unter dem Außenkamin bereit”, bestätigte William, bevor er sich Alleyson zuwandte.

„Herzlich Willkommen, Miss Winters.“

„Vielen Dank, Mr ...?“

„William, bitte.“

„William”, wiederholte Alleyson ehrfürchtig.

„Haben Sie Gepäck, Sir?“, wandte sich der Bedienstete wieder an Brian.

„Wir haben nur zwei Taschen im Kofferraum. Ich hole sie gleich.“

„Ich hole sie und bringe sie nach oben. Anschließend parke ich den Wagen in der Garage.“

Brian begriff, dass William diese Aufgaben als sein Territorium erachtete. Nichts lag ihm ferner, als den treuen Mann, der seit zwanzig Jahren ein leerstehendes Haus und dessen Grund instand hielt, zu beleidigen.

„Danke, William. Das ist sehr nett.“

„Warum gehen Sie nicht schon einmal hinein. Ich komme sofort mit den Taschen nach.“

Bereitwillig übergab Brian dem Mann seinen Autoschlüssel, dann legte er eine Hand auf Alleysons Rücken und schob sie leicht in Richtung Eingangstür. Kein Grund, es aufzuschieben.

„Komm, ich zeige dir dein Zimmer”, murmelte er, während er die helle Eingangshalle mit der großen halbgeschwungenen Marmortreppe betrat.

„Wow!“, entfuhr es Alleyson, als sie die Größe des Raumes erfasste. Ihre gesamte Wohnung hätte in die Grundfläche des Entrées gepasst und wahrscheinlich wären sogar noch einige Quadratmeter übrig gewesen. Doch Brian ließ ihr keine Zeit, sich umzusehen. Stattdessen schritt er bereits die beeindruckende Treppe hinauf. Eilig folgte ihm Alleyson.

„Dies hier ist dein Zimmer.“ Einladend hielt Brian die erste Tür der linken Seite auf.

Ein großes Bett mit rosa bezogener Bettwäsche dominierte das Zimmer. Auf einer Seite stand eine kleine weiße Kommode, auf der anderen ein großer weißer Kleiderschrank. Gegenüber der Tür befand sich ein großes, bodentiefes Fenster mit innenliegenden Sprossen. Vorsichtig zog Alleyson die fast durchsichtigen weißen Chiffonvorhänge zur Seite und blickte nach draußen in den Garten.

Direkt unter ihrem Fenster befand sich eine großzügige Terrasse, an die sich, drei Stufen tiefer gelegen, ein großer rechteckiger Swimmingpool anschloss. Dahinter setzte sich der gleiche englische Rasen fort, den Alleyson bereits vor dem Haus bewundert hatte. In einiger Entfernung des Hauses standen mehrere Bäume, die herrlich verlockenden Schatten spendeten. Gemessen am Umfang ihrer Stämme mussten sie schon seit vielen Jahrzehnten dort stehen.

„Die Tür hier führt ins Bad. Du solltest dort eigentlich alles finden, was du brauchst. Wenn nicht, gib einfach Bescheid. Mein Zimmer ist das letzte auf der linken Seite”, erklärte Brian.

„Ich nehme an, dies ist Ihre Tasche, Miss Winters?“, erkundigte sich William, der gerade durch die Tür schritt.

„Ja, vielen Dank.“

„Nichts zu danken. Dann bringe ich die andere Tasche in Ihr Zimmer, Sir. Wenn Sie noch etwas brauchen sollten, drücken Sie einfach die Eins auf dem Telefon.“

„Sie wohnen immer noch drüben im Gästehaus?“, fragte Brian verwundert.

„Ja, Sir. Es war sehr nett von Ihnen, mir zu gestatten, ins Herrenhaus zu ziehen, aber das wäre nicht angemessen gewesen.“ Mit diesen Worten entschuldigte sich der Butler und verließ den Raum.

Gedankenverloren sah Brian dem Mann nach, der ihm mit einer Loyalität verbunden war, die ihn beschämte. Sicher, er hatte William all die Jahre bezahlt und ihm auch jedes Jahr sowohl ein großzügiges Weihnachts- als auch ein Geburtstagsgeschenk geschickt. Doch persönlich war er ihm fern geblieben, dabei hatte der Butler weit mehr als seine Pflicht getan.

William war stolz auf das Anwesen sowie auf den Zustand, in dem es sich befand und dazu hatte er auch jeden Grund. Es war einzig und allein sein Verdienst, dass weder das Gebäude noch die Gartenanlage im Laufe der Zeit an Schönheit eingebüßt hatten. Es war längst überfällig, dass Brian sich davon mit eigenen Augen überzeugte und dem Mann ehrliche Worte der Dankbarkeit entgegenbrachte.

„Warum ruhst du dich nicht ein wenig aus, während ich uns etwas zu essen mache?”, schlug Brian vor und stand bereits draußen im Flur. „Nimm eine heiße Dusche oder ein Bad und versuch ein wenig zu entspannen.“

„Sicher”, erwiderte Alleyson, obwohl essen das Letzte war, wonach ihr der Sinn stand.

Mit gemischten Gefühlen beobachtete sie, wie Brian die Zimmertür hinter sich schloss. Auf einmal konnte sie sich des Eindrucks nicht erwehren, dass er das Zimmer nicht schnell genug hatte verlassen können. Seine plötzliche Distanziertheit verwirrte sie. Bereute er, sie mit nach Hause genommen zu haben? Hatte sie etwas Falsches gesagt? Sie konnte sich nicht erinnern, aber warum hatte er sie dann in dieses Zimmer verbannt, anstatt sie mit nach unten nehmen? Oder hatte er wirklich nur gastfreundlich sein wollen, indem er ihr eine Dusche angeboten hatte?

Je länger Alleyson darüber nachdachte, desto mehr kam sie zu der Überzeugung, dass Brian die Dusche nur als Vorwand genutzt hatte, um sich zurückziehen zu können. Allerdings musste die Ursache dafür nicht automatisch in einem Fehlverhalten ihrerseits liegen. Vielleicht hatte Brian einfach nur etwas Zeit für sich haben müssen.

Während der Autofahrt hatte Brian sie zwar mit Fragen zu ihrer Arbeit gelöchert, doch erst jetzt fiel Alleyson auf, dass Brian immer schweigsamer geworden war, je mehr sie sich dem Haus genähert hatten. Sie war wirklich eine egoistische Person. Wie hatte ihr das nur vorher entgehen können? Schließlich war sie nicht die Einzige mit einer Vergangenheit. Das Haus musste für Brian schmerzliche Erinnerungen bergen.

Aus seiner kurzen Unterhaltung mit William konnte sie schließen, dass Brian seit dem Tod seiner Eltern nicht mehr hier gewesen war. Sie wusste, dass er für die Dauer seines Aufenthalts in Corpus Christi ein kleines Apartment in der Stadt gemietet hatte. Dementsprechend hatte er zu keinem Zeitpunkt vorgehabt, hier zu wohnen. Wenn er jetzt trotzdem hier war, dann nur wegen ihr.

Alleyson seufzte. Das Leben war manchmal wirklich kompliziert. Hätte sie früher die richtigen Schlüsse gezogen, hätte sie vehement widersprochen, denn niemals hatte sie schmerzhafte Erinnerungen für ihn zurückbringen wollen. Doch nun war es zu spät. Sie wünschte, sie könnte Brian wenigstens etwas von seinem Kummer abnehmen. Doch das lag nicht in ihrer Macht. Aber sie konnte ihm zumindest etwas Zeit für sich geben und seinem Vorschlag folgen.

Kurzentschlossen ging Alleyson ins Bad und ließ das warme Wasser über ihre schmerzenden Muskeln regnen. Anschließend schlüpfte sie in eine weiße Jeans und ein einfaches hummerfarbenes T-Shirt. Dann warf sie einen Blick auf die Uhr: Eine Stunde war vergangen. Würde Brian dies genügen oder sollte sie lieber noch ein wenig länger warten? Unschlüssig ging sie hinüber zum Fenster.

Der Tisch auf der Terrasse war für zwei Personen gedeckt. In der Mitte standen eine Schüssel mit Salat, etwas Baguette und eine Flasche Wein. In einer windgeschützten Ecke sah sie Brian auf einer Terrassenschaukel sitzen. Gedankenverloren blickte er hinaus in den Garten. Seine Gesichtszüge wirkten ernst und gedanklich schien er sich an einem gänzlich anderen Ort zu befinden.

Alleyson war sich nicht sicher, ob Brian dieser Ort wirklich gefiel. Seine Gesichtszüge wirkten jedenfalls angespannt. Vielleicht sollte sie ihm vorschlagen, in ein Hotel zu ziehen?

Mit einem Schlag hellte sich seine Miene jedoch plötzlich auf, und Brian begann zu lächeln. Sofort verschwand Alleysons gedrückte Stimmung, und ihr Herz hüpfte leicht in ihrer Brust. Das Bedürfnis in Brians Nähe zu sein, seine Stimme zu hören und dabei in seine dunkelbraunen Augen zu blicken, wurde immer stärker.

Es war unglaublich, wie Brian Bradshaw in nur wenigen Tagen ihr vollständiges Vertrauen und darüber hinaus auch ihre Zuneigung gewonnen hatte. Dabei war es nicht nur ihr Herz, das Brians Nähe herbeisehnte. Immer öfter gab es Situationen, in denen sich auch ihr Körper eine Berührung von ihm wünschte. Dieses Gefühl war allerdings noch so neu für Alleyson, dass sie jedes Mal zwischen Neugier und Unsicherheit hin und her gerissen war.

Während Brian aufstand und zum Grill hinüberging, nutzte Alleyson die Gelegenheit, um ihn zum ersten Mal in Ruhe zu betrachten. Während sie geduscht hatte, hatte Brian seinen Anzug gegen knielange blaue Shorts getauscht. Darauf trug er ein sportliches weißes Freizeithemd, dessen Ärmel er lässig zweimal umgeschlagen hatte. Problemlos konnte sie ihn sich beim Steuern eines Segelboots vorstellen. In Gedanken sah sie, wie seine Muskeln während der verschiedenen Manöver arbeiteten, um das Boot in der untergehenden Abendsonne durch die Wellen gleiten zu lassen.

Brian war ein gut aussehender Mann. Daran hatte es nie einen Zweifel gegeben. Darüber hinaus hatte er jedoch auch eine männlich erotische Wirkung auf sie und zum ersten Mal gestand sich Alleyson diese Ausstrahlung in ihrem vollen Ausmaß ein.

Hin und wieder war es in der Vergangenheit vorgekommen, dass sie im Rahmen ihrer Arbeit männlichen Models begegnet war. Ausnahmslos waren dies schöne Männer gewesen. Jeder hatte eine Bilderbuchfigur besessen, dennoch hatte keiner von ihnen auch nur ansatzweise die Gefühle in Alley hervorgerufen, die Brian weckte. Seine Muskulatur machte ihr keine Angst, sondern weckte vielmehr ihr weibliches Interesse. Zu gerne wollte sie wissen, wie sich diese unter ihren Fingerspitzen anfühlen würde.

Alleyson spürte, wie eine leichte Röte ihre Wangen überzog und war froh, dass Brian dies nicht sehen konnte. Glücklicherweise war er damit beschäftigt, die Steaks zu wenden und hatte sie somit noch nicht hinter der Fensterscheibe entdeckt. Als sie sah, wie er die Gasflamme des Grills herunterdrehte, beschloss sie, zu ihm hinunterzugehen. Zu ihrer eigenen Überraschung verspürte sie auf einmal sogar ein leichtes Hungergefühl. Sie war noch nicht ganz am Fuß der Treppe angelangt, als Brian ihr bereits entgegenkam.

„Das trifft sich gut. Ich war gerade auf dem Weg, dich zu holen. Das Essen ist fertig", verkündete er freudestrahlend. Nichts deutete mehr darauf hin, dass er sich unwohl fühlte. „Außerdem habe ich noch eine gute Nachricht. Das Krankenhaus hat eben angerufen. Fred Holstons Zustand ist stabil. Zwar hat er sich gehörig den Kopf angeschlagen, aber es gibt keine inneren Hirnblutungen. In ein bis zwei Wochen wird er wahrscheinlich wieder ganz der Alte sein."

„Oh, wie schön", strahlte Alleyson über das ganze Gesicht. „Es wäre furchtbar gewesen, wenn ..." Sie stockte.

„Nicht, Alley. Es lohnt sich nicht, sich Gedanken über ‚Was wäre wenn' zu machen. Im Augenblick schläft er ruhig und wenn in den nächsten Tagen keine Komplikationen auftreten, sitzt er bald wieder an seinem Schreibtisch. Das ist alles, was zählt."

„Du hast recht. Wie ich Fred kenne, entwirft er bereits in ein paar Tagen eine neue Schwesternkollektion", scherzte Alleyson, während sie Brian nach draußen folgte.

„Wie magst du dein Steak? Medium?", wollte Brian wissen.

„Medium ist fein."

„Ist es okay, wenn wir draußen essen?"

„Sicher."

„Setz dich schon mal", forderte Brian sie auf und deutete auf einen der beiden Stühle. Dann ging er zum Grill hinüber, um das Fleisch zu holen, wobei er sich absichtlich etwas länger Zeit ließ.

Alleysons Anblick hatte seine Körpertemperatur um mindestens zwei Grad ansteigen lassen und es kostete ihn bereits schon jetzt alles, was er an Willenskraft aufbringen konnte, seine Hände bei sich zu behalten und nicht ihre seidig glänzenden Haare zu berühren oder gar mit seinen Fingern all ihre Kurven nachzufahren. Dabei hatte der Abend noch nicht einmal begonnen.

„Brauchst du Hilfe?", hörte er ihre glockenklare Stimme in seinem Rücken.

„Nein. Alles gut", antwortete Brian schnell und kehrte mit dem Fleisch zu ihr zurück. „Ein Glas Wein?"

„Gerne."

Während Brian den Wein einschenkte, verteilte Alleyson den Salat auf ihre beiden Teller. „Hmm, lecker. Du kannst ja wirklich kochen", lobte sie.

„Das habe ich doch gesagt", schmunzelte Brian. „Wie sieht es mit dir aus? Kochst du?"

„Manchmal. Für mich alleine bin ich meistens zu faul, aber wenn Besuch kommt, koche ich gerne. Hin und wieder lade ich das Team zu mir ein. Beispielsweise zu Beginn einer neuen Kollektionsentwicklung, wenn wir noch nicht wissen, wo wir hin wollen. Dann treffen wir uns in der Regel bei mir. Ich koche und gemeinsam diskutieren wir bis tief in die Nacht. Meiner Erfahrung nach ist es manchmal gut, wenn man eine Ortsveränderung hat und raus aus dem Büro kommt. Dann fließen die Gedanken anders. Wahrscheinlich denkst du jetzt, ich spinne."

„Nein, das tue ich nicht. Ich mache das ähnlich. Wenn ich in einem Fall nicht weiterkomme, fahre ich raus aus der Stadt. Manchmal alleine, aber meistens mit Mitch, meinem Partner. Wir gehen fischen oder klettern und versuchen alles aus einem anderen Blickwinkel zu betrachten. Nicht wenige Fälle haben plötzlich bei einer solchen Aktivität die richtige Richtung erhalten."

„Was sagt euer Chef dazu? Akzeptiert er eure Ausflüge während der Arbeitszeit?"

„Apleton will Ergebnisse sehen. Wie wir sie beschaffen, ist ihm egal. Jeder legale Weg, der einen Mörder oder Verbrecher so schnell wie möglich hinter Gitter bringt, ist ihm recht. In seiner Methodik ist unser Chief ziemlich modern. Außerdem darf man nicht vergessen, dass wir im Grunde keine festen Arbeitszeiten haben. Nicht selten arbeiten wir bis tief in die Nacht und mitten in einer Mordermittlung gibt es auch kein Wochenende für uns. Wenn Mitch und ich jede Überstunde aufschreiben würden, wären wir ziemlich lange beschäftigt. Apleton weiß das und daher sagt er nichts, wenn wir uns hin und wieder auch mal eine Stunde Auszeit gönnen."

„Ist Mitch ein Typ wie du?"

„Was bin ich für ein Typ?", fragte Brian neugierig zurück und sah sie mit lachenden Augen an.

„Hmm, sympathisch, loyal, logisch denkend, selbstbewusst", zählte Alleyson vorsichtig auf, während in ihrem Kopf völlig andere Adjektive umher wirbelten. Adjektive, wie beispielsweise beschützend, stark, charismatisch, verdammt sexy, unwiderstehlich, verführerisch. Aber sie hütete sich davor, auch nur eines davon laut auszusprechen.

„Mitch ist so alt wie ich, ein Jahr jünger", erklärte Brian augenzwinkernd. „Äußerlich sind wir grundverschieden. Er ist blond, hat blaue Augen und ist immer braun gebrannt. Er ist mehr der Surfertyp. Alle Frauen fliegen auf ihn. Daher übernimmt er auch immer die Verhöre der weiblichen Verdächtigen. Wenn nötig, mime ich den bösen Cop."

„Das kann ich mir nicht vorstellen", rutschte Alleyson heraus.

„Was? Dass ich den bösen Cop spiele?"

„Nein", errötete Alleyson leicht. „Dass die Frauen alle auf Mitch stehen."

Brian lachte laut auf, bevor er zugab: „Na ja, vielleicht nicht alle. Aber definitiv hat er die offenere Ausstrahlung von uns beiden. Ich bin nicht der Typ für schnelle, oberflächliche Bekanntschaften."

Nein, den Eindruck hatte Alleyson auch nicht gewonnen. Zum Glück erwartete Brian keinen Kommentar, sondern sprach bereits weiter.

„Aber Mitch ist einer der besten Agenten, die ich kenne. Ihm entgeht nicht die geringste Kleinigkeit und wenn er einmal von der Schuld einer Person überzeugt ist, gibt er nicht auf, bis er die entsprechenden Beweise gefunden hat. Außerdem ist er im Laufe der Jahre ein wirklich guter Freund geworden."

Absichtlich hielt er ihr Gespräch während des Essens leicht. Sie unterhielten sich über Filme, die sie in der letzten Zeit gesehen und Bücher, die sie gelesen hatten.

Nachdem sie ihr Besteck zur Seite gelegt hatten, bedauerte Brian, dass er die entspannte Atmosphäre wieder zerstören musste. Doch er musste wissen, was am Nachmittag genau passiert war. Lächelnd sah er Alleyson an, während seine Stimme auf einmal ernst wurde.

„Mitch wartet übrigens auf einen detaillierten Bericht zu dem genauen Unfallhergang. Ich schätze, wir kommen also nicht drumherum, das Geschehen noch einmal im Einzelnen durchzugehen. Möchtest du vorher noch einen Kaffee?"

Vorsichtig schüttelte Alleyson ihren Kopf. „Nein, danke. Lass es uns einfach hinter uns bringen. Aber vielleicht sollten wir noch schnell aufräumen?"

„Ich bringe die Teller rein, den Rest mache ich später", verkündete Brian und war bereits auf dem Weg in die Küche. Als er zurückkehrte, setzte er sich an die Kopfseite des Tisches, sodass sich nur die Ecke zwischen ihnen befand.

„Fangen wir noch einmal mit dem Zeitpunkt an, als euch der Wagen entgegengekommen ist. Es war ein schwarzer SUV, richtig?“, erkundigte er sich sanft, um Alleyson den Einstieg leichter zu machen.

„Ja. Er kam uns mit ziemlich hohem Tempo entgegen und lenkte plötzlich auf unsere Spur. Fred versuchte nach rechts auf die Standspur auszuweichen, aber der SUV folgte ihm.“

„Bist du absolut sicher, dass der SUV den Aufprall absichtlich herbeigeführt hat? Das würde bedeuten, dass es kein Unfall war“, hakte Brian nach.

„Ich bin sicher. Er hat uns vorne rechts gerammt und unser Auto hat sich überschlagen.“ Alleysons Stimme wurde leiser, als sie sich an den Unfall erinnerte.

Fürsorglich griff Brian nach ihrer Hand. „Okay. Was ist dann passiert?“

Alleyson schloss die Augen. Sie wollte sich nicht an Gabriel erinnern. Sie wollte nicht seine eiskalten Augen sehen. Alles, was sie wollte war vergessen und ohne Angst ihr Leben leben. Mit allem, was sie an Willen aufbringen konnte, versuchte sie Gabriels Gesicht vor ihrem inneren Auge zu löschen, doch es gelang ihr nicht. Ihr Herz raste weiterhin in ihrem Brustkorb und feine Schweißperlen bildeten sich auf ihrer Stirn.

Auf einmal spürte sie Brians zarte Finger auf ihrer Wange. „Er ist nicht hier. Du bist in Sicherheit und niemand kann dir etwas tun”, sprach Brian leise zu ihr. „Sieh mich an, Alley”, forderte er sie auf. „Ich will, dass du siehst, dass ich da bin. Du bist nicht alleine.“

Seufzend öffnete Alleyson ihre Augen und blickte direkt in Brians Gesicht. Verständnisvoll lächelte er sie an und steckte ihr dabei in einer vertraulichen Geste eine Haarsträhne hinter das Ohr.

Ihr Haar war tatsächlich genauso weich, wie er es sich vorgestellt hatte. Doch das hier war nicht der richtige Moment für Romantik. Fest nahm er ihre beiden Hände in seine. „Was ist dann passiert, Alley?“, brachte Brian das Gespräch zurück.

„Ich hörte dumpfe Schläge und die Windschutzscheibe ging kaputt.“

„Die Scheibe ist nicht bei dem Unfall zersprungen?“

„Nein. Er hat sie eingeschlagen.“

„Wer?“, hakte Brian nach, obwohl er bereits eine Ahnung hatte. Es war jedoch wichtig, dass Alleyson den Namen aussprach. Er durfte ihn ihr nicht in den Mund legen.

Es verging fast eine halbe Minute, bis Alleyson schließlich antwortete. „Jacob Gabriel.“

„Hast du ihn gesehen?“

Alley nickte.

„Was hat er gesagt?“, fragte Brian, nachdem Alleyson wieder verstummt war.

Auch jetzt brauchte sie mindestens eine weitere halbe Minute, bis sie schließlich antwortete. Dabei blickten ihre Augen ausdruckslos ins Leere. „Ich töte dich, wann immer ich will'.“

„Sonst nichts?“

„Nein.“

„Er hat dich nicht mit Namen angesprochen?“

„Nein. Zuerst hat er mich nur angesehen. Dann hat er gegrinst. Er hat sich an der Panik erfreut, die mich mehr und mehr erfasste. Ich wollte sie unterdrücken, aber ich konnte nicht.“ Ihre Stimme überschlug sich.

„Sch. Alles ist gut”, beruhigte Brian sie wieder und drückte ihre Hände etwas fester. „Konntest du sehen, mit was er die Scheibe eingeschlagen hat?“

„Ich glaube, es war ein Hammer. Aber ich bin mir nicht sicher. Er steckte ihn gerade weg, als ich die Augen aufmachte. Kurz darauf zog er ein Gewehr hervor.“

Brian runzelte die Stirn. „Ein Gewehr?“

„Er hat auf mich gezielt. Ganz langsam hat er sich auf der Motorhaube abgestützt, mich angesehen und irgendwann abgedrückt. Es kam mir vor wie eine Ewigkeit vor. Ich wollte mich wehren, weglaufen, aber ich konnte nicht. Meine Muskeln waren wie gelähmt. Ich konnte ihm nur in die Augen sehen.“

Mittlerweile zitterte Alleyson am ganzen Körper. Unmöglich konnte Brian länger tatenlos zusehen. „Es ist gut. Komm her, Sweetheart.“ Zärtlich zog er sie in seine Arme und streichelte ihren Rücken. Dabei wirbelten seine Gedanken wild durch den Kopf.

Wie konnte Gabriel aus nächster Nähe auf sie geschossen haben, ohne sie dabei tödlich getroffen zu haben? Irgendetwas passte hier nicht. War Alleyson doch schwerer verletzt, als alle bisher angenommen hatten? Hatte sie vielleicht eine schlimme

Kopfverletzung? Eine Hirnblutung? Sollte er direkt mit ihr in die Klinik fahren?

Mit aller Macht drängte Brian die Panik zurück, die dieser Gedanke in ihm auszulösen drohte. Es musste noch eine andere Möglichkeit geben. Bisher hatte sie sich schließlich ganz normal verhalten und keinerlei Anzeichen von Verwirrung gezeigt. Natürlich gab es Verletzungen, die sich erst nach Stunden zeigten, sich aber dann von einer Minute auf die andere rasant verschlimmerten. Doch in diesem Fall glaubte Brian nicht daran. Nein, es musste eine andere Erklärung geben.

Während er Alleyson noch immer in seinen Armen hielt, erinnerte sich Brian an ihre weiße Bluse mit dem großen roten Fleck, die sie getragen hatte, als er an der Unfallstelle angekommen war. Zeitgleich fiel ihm ihr riesiges Hämatom im Brustbereich ein und endlich zog Brian die richtigen Schlüsse.

„Er hat mit einem Paint-Ball-Gewehr auf dich geschossen?“, formulierte er ungläubig.

Wieder etwas ruhiger, richtete sich Alleyson auf und nickte. „Ja, es muss wohl ein Spielgewehr gewesen sein. Aber für mich sah es aus, als sei es eine echte Waffe. Als ich den roten Fleck auf meiner Bluse gesehen habe, habe ich gedacht, es sei mein Blut. Bevor Gabriel gegangen ist, hat er seine Worte allerdings noch einmal wiederholt ‚Wann immer ich will.‘, hat er gesagt.“ Ein weiteres Zittern lief durch ihren Körper.

Entsetzt sah Brian sie an. Wie krank war dieser Typ? Eine neue Wutwelle erfasste ihn. Wut auf ein Rechtssystem, das einem Wahnsinnigen die Möglichkeit gegeben hatte, zum zweiten Mal Menschen zu terrorisieren und zu ermorden. Er verspürte Wut auf Jacob Gabriel, der tatsächlich mit Alleysons Angst spielte und dies offensichtlich in vollen Zügen genoss und nicht zuletzt spürte er die Wut über seine eigene Unfähigkeit, Alleyson zu beschützen. Wie hatte er es nur zulassen können, dass Gabriel heute so nah an Alleyson herankommen konnte? Er hätte sie heute töten können. Diese Tatsache ließ ihn selbst erzittern. Irritiert sah Alleyson ihn an.

„Es tut mir leid, Alley. Es ist meine Schuld. Ich hätte dich nicht alleine mit Fred fahren lassen dürfen”, seufzte Brian.

„Unsinn. Hör damit auf”, forderte sie ihn energisch auf. „Niemand konnte ahnen, was Gabriel vorhat.“ Wütend funkelten ihre Augen ihn an. Die Ablenkung von sich tat ihr gut.

„Hat Fred ihn ebenfalls gesehen?“, forschte Brian nach und brachte damit das Gespräch auf Fakten zurück.

„Nein. Er war bewusstlos.“

An Brians Gesichtsausdruck erkannte Alleyson, dass ihm die Antwort nicht gefiel. „Was ist los?“

„Nichts.“

Angestrengt dachte Alleyson nach. Was hatte sie gesagt? Welche Schlüsse hatte Brian gezogen, die ihr entgangen waren? Und plötzlich wusste sie es. Entsetzt sprang sie auf.

„Du glaubst mir nicht”, stellte sie fassungslos fest.

„Selbstverständlich glaube ich dir”, widersprach Brian sofort scharf und erhob sich ebenfalls. Sollte er Alleyson die Lage erklären, wie sie war? Kurzentschlossen bejahte er sich diese Frage. Verschönern half ihnen nicht weiter.

„Aber es spielt leider keine Rolle, ob ich dir glaube, denn vor einem Richter würde die Sache mit ziemlich großer Sicherheit nicht so ausgehen, wie wir uns das wünschen. Wenn Gabriel erklärt, dass er zum Unfallzeitpunkt an einem völlig anderen Ort gewesen ist, selbst wenn er dafür keinen Zeugen hat, würde Aussage gegen Aussage stehen. Und zwar seine Aussage gegen deine, wobei du gerade einen furchtbaren Unfall durchlebt hast und dabei sogar kurz bewusstlos gewesen bist. Jeder Psychologe würde ihm bestätigen, dass es durchaus möglich und wahrscheinlich auch nicht ungewöhnlich sei, wenn deine Psyche dir in jenen Sekunden einen bösen Streich gespielt hätte, indem sie traumatische Bilder der Vergangenheit mit dem gerade erlebten Trauma verbunden hat.“

Für einen kurzen Moment starrte Alleyson ihn stumm an. Schließlich flüsterte sie tonlos: „Du hast recht.“ Dann drehte sie sich um und verschwand im Haus. Wenig später hörte er sie in der Küche werkeln.

Brian seufzte tief. Nichts wünschte er sich in diesem Moment mehr, als Alleysons Welt von Jacob Gabriel befreien zu können. Doch heute Abend würde ihm das kaum mehr gelingen. Allerdings konnte er noch einige Dinge auf den Weg bringen. Doch dazu musste er als Erstes mit Mitch sprechen. Er beschloss, Alleyson ein wenig Zeit zu geben und zunächst seinen Partner anzurufen.

Als Brian zehn Minuten später in die Küche trat, schrubbte Alleyson konzentriert die Edelstahlspüle. Neben ihr stand das wenige Geschirr, das sie während des Essens benutzt hatten.

Anscheinend hatte sie alles mit der Hand gespült und abgetrocknet, anstatt es einfach in die Spülmaschine zu räumen.

Einen Moment beobachtete Brian die schmale Frau, die nur wenige Meter von ihm entfernt stand und mit aller Kraft die bereits blitzende Spüle putzte. Langsam ging er auf sie zu, dann nahm er ihr behutsam den Schwamm aus der Hand.

„Die Spüle ist sauber, Alley", sagte er leise, aber bestimmt.

„Er spielt mit mir, Brian", erwiderte Alleyson, ohne ihn anzusehen. „Ich habe keine Chance. Wann immer es ihm passt, wird er mich töten."

„Nein, das wird er nicht", widersprach Brian laut und drehte sie zu sich herum. „Sieh mich an, Alley."

Er wartete bis sie ihren Blick gehoben hatte. „Das wird er nicht. Ich verspreche es dir."

Ihre Augen füllten sich mit Tränen, die sie versuchte wegzublinzeln. Doch eine löste sich trotzdem und kullerte ihre Wange hinunter. Mit sanften Lippen küsste Brian sie behutsam fort.

Es war eine zarte Berührung, fast nur ein Hauch, doch löste sie einen ganzen Sturm an Gefühlen in Brian aus. Überwältigt von den Emotionen, die sein Gehirn nicht so schnell einsortieren konnte, zog er Alleyson an sich und legte sein Kinn auf ihr Haar.

Alley fühlte sein Herz rasen, hörte seine schnellen Atemzüge und spürte, wie sich sein Glied härtete. In diesem Augenblick vergaß sie Jacob Gabriel und genoss das Gefühl, dass Brian Bradshaw sie begehrte.

In diesem Augenblick konzentrierte sie sich auf ihren Körper und auf die Signale, die er aussendete. Ihre Brüste hatten sich zusammengezogen und ihre Brustwarzen drückten hart gegen die weiche Spitze ihres BHs. Doch noch intensiver war das Brennen in ihrem Genitalbereich. Sie spürte die Feuchtigkeit ihrer Vagina, die Hitze und das unbändige Verlangen nach mehr Druck. Automatisch presste sie sich enger an ihn.

Ein leises Stöhnen entfuhr Brians Lippen. Er wusste, er sollte sie loslassen, solange er noch einen Funken Kontrolle über seinen Körper hatte. Doch es fühlte sich so gut an. So gut.

Nur noch eine Sekunde oder zwei, entschied er. Um sie noch näher an sich zu ziehen, legte er eine Hand auf ihren Po und drückte sie gegen seine Erektion.

Oh jaaah! Küssen! Er musste sie küssen. Nur einen Kuss. Dann würde er sie loslassen. Doch zuerst musste er wissen, wie sie schmeckte. Seine zweite Hand wanderte zu Alleysons Hinterkopf, dann beugte er sich zu ihr hinab und setzte seinen Mund auf ihre Lippen. Zart zuerst. Ganz bewusst wollte er diese erste Berührung empfinden und abspeichern.

Samtweich waren ihre Lippen. Wie ein Bett aus Schlagsahne. Vorsichtig erkundete er ihren Mund, doch mit jedem Millimeter steigerte sich seine Begierde. Sein Kuss wurde fordernder, seine Zunge wollte nicht mehr länger außen vor bleiben. Sie wollte mitspielen.

Einladend öffnete Alleyson ihre Lippen. Ihr Herz war ohnehin längst davon geritten. Mit einem Mal war all ihre Müdigkeit wie weggeblasen. Sie fühlte sich so lebendig wie ein Kind auf einem Kettenkarussell. Sie fühlte Dinge, die sie noch nie empfunden hatte und ihr Wille, alles Unbekannte kennenzulernen und erleben zu wollen, kehrte zurück. Leidenschaftlich erwiderte sie Brians Kuss, bis sie beide keine Luft mehr bekamen.

In Brians Innern kämpften Vernunft gegen Verlangen, Verstand gegen Gier. Doch Brian wäre nicht Brian, wenn seine Kontrolle nicht siegen würde. Atemlos trat er einen Schritt zurück.

„Entschuldige, Alley. Das hätte ich nicht tun dürfen."

Ihre Augen verdunkelten sich. „Warum nicht?"

Verzweifelt raufte Brian sich die Haare. Verdammt! Das war schwerer als er vermutet hatte. Was sollte er erwidern?

Weil er heute Abend zum ersten Mal seit zwanzig Jahren in seinem Elternhaus stand und sich seine Emotionen überschlugen? Weil er die Aufgabe als ihr Bodyguard übernommen hatte und er distanzierte Objektivität brauchte, wenn er sie schützen wollte? Weil sein Chef ihn vierteilen würde, wenn er von seinen unprofessionellen Gefühlen ihr gegenüber wüsste? Weil sie verletzt war, weil sie Angst hatte, weil sie ihm vertraute, weil sie sich nicht lange genug kannten, weil ...? Himmel, es gab eintausend Gründe, warum das hier der falsche Zeitpunkt war, auch wenn es sich noch so richtig anfühlte.

„Ich habe mit Mitch telefoniert”, antwortete er schließlich mit einem riesigen thematischen Sprung.

Alleysons kurzes Stirnrunzeln entging ihm nicht, aber Brian atmete erleichtert auf, als sie schließlich zurücktrat und den Themenwechsel akzeptierte. „Was hat er gesagt?“

„Er hat einen Punkt ins Spiel gebracht, an den ich bislang noch nicht gedacht habe.“ Brian hasste es, mit ihr darüber sprechen zu müssen, denn er konnte sich vorstellen, wie sie sich fühlen würde, wenn Mitch mit seiner Vermutung richtig liegen sollte.

„Und der wäre?“, fragte Alleyson ungeduldig.

Brians Verhalten frustrierte sie. Zwar glaubte sie zu verstehen, warum er sich für die Vernunft entschieden hatte, aber Alleyson wollte nicht mehr vernünftig sein. Zum ersten Mal in ihrem Leben hatte sie ein starkes sexuelles Verlangen verspürt. Zum ersten Mal seit ewigen Zeiten hatte sie gefühlt, wie das Leben durch ihre Adern hindurch pulsierte. Zum ersten Mal hatte sie die gesamte Welt um sich herum ausschalten können.

Doch dann hatte sich Brians Verstand eingemischt und sie zurückgeholt in die Realität, in der ein Irrer sie zum zweiten Mal als Spielball benutzte. Ein Irrer, der bereits vor acht Jahren ihr Leben zerstört hatte. Als ob das nicht gereicht hätte. Wütend ballte sie ihre Hände zu Fäusten. Verdammt! Sie hatte keine Lust mehr auf diese Realität.

Doch es war nicht fair, ihre Wut an Brian auszulassen. Er hatte recht, es war nicht der richtige Zeitpunkt für sie beide. Vielleicht würde sich etwas zwischen ihnen entwickeln, wenn alle Probleme gelöst waren, wenn Alex’ Verräter verhaftet worden war und Gabriel sich wieder in sicherer Verwahrung befand. Aber was war, wenn Brian sein Versprechen nicht halten konnte? Wenn Gabriel am Ende doch siegen würde? Dann würde sie niemals wissen, wie es sich anfühlte, einem anderen Menschen nahe zu sein.

Um das Zittern ihrer Hände zu verbergen, lehnte sich Alleyson mit ihrer Hüfte an die Küchentheke und hielt sich mit ihren Händen an der Kante fest.

Brian war das Zittern nicht entgangen, doch widersetzte er sich dem Drang, sie noch einmal in den Arm zu nehmen. Auf keinen Fall durfte er Alleyson heute noch einmal berühren. Seine Selbstbeherrschung war definitiv an ihrem Limit angelangt.

Schließlich war er ein Mann und kein Heiliger. „Mitch hat die Frage gestellt, woher Gabriel wusste, wo er euch finden würde.“

Es dauerte nur wenige Sekunden bis Alleyson die Bedeutung hinter der Frage verstand. Entsetzt sah sie ihn an.

„Natürlich kann er euch einfach gefolgt sein, ohne dass ihr es gemerkt habt”, sprach Brian weiter. „Aber irgendwie kann ich mir nicht vorstellen, dass er den ganzen Tag die Firma im Auge behält. Schließlich hast du keinen Job, in dem du viel unterwegs bist.“

Einen Moment war es still in der kleinen Küche, bevor Brian fortfuhr. „Du hast mir doch gesagt, dass du in der letzten Zeit das Gefühl hattest, beobachtet zu werden.“

„Das stimmt.“

„Wann war das der Fall? Überleg genau, Alley.“

Konzentriert rief sich Alleyson die letzten Tage in Erinnerung. „Hauptsächlich, wenn ich nach Hause gekommen bin. Zwei- oder dreimal auf dem Firmenparkplatz und einmal beim Einkaufen im Supermarkt. Aber ich habe nie jemanden gesehen. Vielleicht hat mich mein Gefühl auch getrogen.“

„Nein, das glaube ich nicht. In der Regel funktioniert das eigene Frühwarnsystem relativ gut oder hattest du schon öfter in den letzten Jahren das Gefühl, dass dir jemand folgt?“

„Nein, noch nie. Nur einmal am Anfang, kurz nachdem ich aus der Klinik entlassen worden war. Aber das war ein Reporter.“

„Dein Gefühl war also auch damals richtig gewesen”, kommentierte Brian zufrieden und Alleyson nickte.

„Mit anderen Worten, wenn Gabriel nicht den ganzen Tag vor der Firma sitzt, muss er seine Informationen woanders her haben.“

„Du meinst, jemand hat ihm gesagt, dass Fred und ich nach Mathis rausfahren?“ Entgeistert sah sie ihn an.

„Das ist eine Möglichkeit, aber nicht die Einzige. Weißt du, was ich mich schon die ganze Zeit gefragt habe?“ Nachdenklich sah Brian zu ihr hinüber. „Warum hat er dir die Rosen ins Büro geschickt?“

„Wie bitte?“

An die Rosen wollte sie nun wirklich nicht mehr denken müssen.

„Es tut mir leid, Alley”, seufzte Brian. „Ich weiß, das ist nicht einfach für dich. Doch wenn wir ihn fassen wollen, muss ich wissen, wie er denkt. Du hast gesagt, es macht ihm Freude, Angst zu erzeugen.“

Zustimmend nickte Alleyson.

„Das ist ihm auch gelungen. Allerdings frage ich mich, was er davon hat?“

„Was meinst du mit, ‚was er davon hat’?“

„Was hat er davon, wenn du Angst hast, er es aber nicht mitbekommt? Wo bleibt sein Kick bei der Sache?“

Langsam verstand Alley, worauf Brian hinauswollte. „Du denkst, er hat mich beobachtet, als Sam die Rosen hochgebracht hat”, schlussfolgerte sie.

„Ja, das ist die zweite, und in meinen Augen sehr viel wahrscheinlichere Möglichkeit.“

„Aber wie soll er das angestellt haben? Dafür müsste er eine Kamera im Büro ...“ Ihre Stimme versagte bei der Vorstellung, dass Jacob Gabriel sie die ganze Zeit im Auge gehabt haben könnte.

„Es ist bis jetzt nur eine Vermutung, aber wir sollten in jedem Fall die Umgebung deines Schreibtisches absuchen.“

Sowie deine Wohnung, fügte Brian in Gedanken hinzu, denn er hatte beschlossen, davon zumindest heute nichts mehr zu erwähnen. Morgen war früh genug. Mittlerweile waren Alleyson deutlich die Strapazen des Tages anzusehen und mehr als alles andere brauchte sie Ruhe. Gerade rieb sie sich mit ihren Zeige- und Mittelfinger über ihre Schläfen.

„Kopfschmerzen?“, erkundigte er sich besorgt.

„Ein wenig”, gab sie zu, doch Brian vermutete, dass dies leicht untertrieben war.

„Du solltest schlafen gehen, Alley. Heute Abend gibt es nichts mehr, das du tun kannst und in diesem Haus bist du absolut sicher. Das Grundstück ist komplett eingezäunt und videoüberwacht.“

„Wahrscheinlich hast du recht”, stimmte sie ergeben zu.

Am liebsten hätte sie Brian gesagt, dass sie sich nur in seinen Armen wirklich sicher fühlte, doch sie verzichtete darauf. Sie hatte kein Interesse daran, einen weiteren Vortrag über das Richtige zu hören. Stattdessen ging sie zur Tür hinüber und verabschiedete sich. „Gute Nacht, Brian.“

„Gute Nacht.“

„Alley!“, rief Brian sie noch einmal zurück, als sie die Küche gerade verlassen wollte.

„Hm?“

„Erschrick dich nicht, wenn ich nachher noch einmal in dein Zimmer komme. Du weißt, dass ich dem Sanitäter versprochen habe, nach dir zu sehen."

„Schon okay. Wahrscheinlich werde ich dann ohnehin tief und fest schlafen und nichts mitbekommen." Zumindest betete sie inständig, dass eine traumlose Nacht vor ihr lag. Sie wollte nichts mehr hören, nichts mehr sehen und auch nichts mehr denken. Sie wollte nur noch vergessen.

KAPITEL 15

Mit einem Espresso in der Hand kehrte Brian zurück auf die Terrasse. Er war froh, dass Mitch morgen kam. Unabhängig von Alley wurde es Zeit, dass sie einige Leute in Alex Firma etwas gründlicher unter die Lupe nahmen. Seine Funktion als Juniorchef wollte er noch nicht aufgeben, daher war es gut, wenn Mitch in offizieller Funktion die unangenehmen Fragen stellte.

Dieses Mal wird er den bösen Cop spielen müssen, lächelte Brian in sich hinein, während er in seinem Laptop eine neue Datei anlegte, in der er all die Leute auflistete, die ihm bisher aufgefallen waren und die ein Motiv haben könnten, Alex zu schaden.

Da war zum einen Thomas Henderson als alleinerziehender Vater eines kranken Kindes, dessen vorzeitige Bonuszahlung Marlene abgelehnt hatte und zum anderen Peter Limpton, dessen Karriere von Marlene ausgebremst worden war. Aber auch die ehemalige Auszubildende Ella Wensworth, die noch Kontakte in die Firma hatte, hatte ein Motiv und nicht zu vergessen Abigail Roberts, für die Loyalität ein Fremdwort war.

Brian zögerte kurz, dann setzte er die Namen aller Designer darunter. Zwar hatte sich sein Bauchgefühl bislang bei niemandem von ihnen geregt, jedoch war nicht von der Hand zu weisen, dass sie direkt an der Quelle saßen und es damit am einfachsten hatten, frühzeitig Dateien zu entwenden.

Bailey Miller wirkte zwar auf den ersten Blick nicht, als ob sie die Nerven hatte, eine solche Sache durchzuziehen, aber dass sie eine tiefe Abneigung gegenüber Marlene hegte, war mehr als anzunehmen und leider auch verständlich, wie sich Brian eingestehen musste.

Nachdenklich fragte er sich, ob vielleicht gar nicht Alex derjenige war, gegen den sich der Hass des Täters in erster Linie richtete. Marlene war nicht nur unbeliebt, sondern sie war in den letzten beiden Jahren auch ziemlich vielen Personen auf die Füße getreten. Lebte Alex Taylor einen offenen und persönlichen Führungsstil, so führte Marlene ihre Leute autoritär und unnachgiebig. Es war nicht verwunderlich, dass sich die Stimmung im Unternehmen damit geändert hatte.

Leider musste Brian zugeben, dass sein Onkel daran nicht ganz unschuldig war. In der Hoffnung seiner Schwiegertochter über den tragischen Verlust ihres Mannes hinwegzuhelfen, hatte er Marlene kritiklos gewähren lassen. Dabei hätte sie eher liebevolle Grenzen gebraucht. Inständig hoffte Brian, dass Marlene nun die Hilfe fand, die sie dringend benötigte. Jedenfalls nahm er sich vor, sie im Rahmen seiner Möglichkeiten hundertprozentig zu unterstützen und damit seine Abwesenheit in den vergangenen Monaten wieder gut zu machen.

Seufzend griff Brian zum Telefon und wählte die Nummer seines Onkels. „Hallo, Alex", grüßte er kurz darauf.

„Brian. Hast du schon etwas von Fred Holston gehört?"

„Ja, sein Zustand ist stabil."

„Gott sei Dank. Ich kann dir gar nicht sagen, wie erleichtert ich bin. Weißt du zufällig auch, wie es Alleyson geht?"

Angespannt lehnte sich Brian nach vorne und stützte seine Arme auf der Tischplatte auf. Was sollte er darauf antworten?

„Es geht ihr gut, Alex", antwortete er schließlich.

„Im Krankenhaus haben sie mir gesagt, dass sie nicht mit in die Klinik gefahren ist. Dabei muss sie einen gehörigen Schock bekommen haben. Den ganzen Abend habe ich versucht, sie telefonisch zu erreichen, aber es heißt immer ‚Der Teilnehmer ist vorübergehend nicht zu erreichen'."

„Ihr Telefon ist bei dem Unfall kaputtgegangen. Sie braucht ein neues Handy", informierte ihn Brian.

„Das erklärt, warum ich sie nicht erreichen kann. Trotzdem mache ich mir Sorgen. Sie lebt allein und ..."

Brian seufzte leise. „Alex, sie ist bei mir, und sie schläft."

„... hat niemanden, der nach ihr sehen ..." Eine Pause entstand am anderen Ende der Leitung.

„Sie ist bei dir?", fragte sein Onkel schließlich und in seinem Tonfall lag mehr als ein wenig Verwunderung.

„Ja. Der Sanitäter hat sie nur unter der Bedingung gehen lassen, dass sie die nächsten vierundzwanzig Stunden nicht allein ist."

„Aber hast du nicht gesagt, du hättest nur ein kleines Apartment gemietet?“

„Ich bin zu Hause, Onkel Alex”, gestand Brian ruhig.

Wieder entstand ein kurzes Schweigen. Dann räusperte sich der ältere Herr.

„Wie geht es dir dabei, Junge?“

„Erstaunlich gut. Auf dem Weg hierher war es mir ziemlich mulmig, doch jetzt ist es okay. Ich hätte längst herkommen müssen. Du hattest recht, als du sagtest, manchmal ist es gut, wenn man einen ordentlichen Schubs bekommt.“

„Du weißt, Cleo sagt immer, dass es nichts Böses gibt, was nicht auch etwas Gutes mit sich bringt. Vielleicht ist das, das Gute an dem Unfall heute gewesen.“

Zwar zweifelte Brian diese Weisheit ernsthaft an, denn beim besten Willen konnte er sich nicht vorstellen, dass es irgendetwas Gutes gab, was Jacob Gabriel mit sich brachte, doch er hatte keine Lust darüber zu philosophieren.

„Alex, warum ich eigentlich anrufe”, kam er daher zur Sache, „Du kennst doch bestimmt Thomas Henderson.“

„Sicher kenne ich Thomas. Er ist einer meiner treuesten Mitarbeiter. Das Schicksal hat ihn hart getroffen. Sein Sohn hat eine seltene Form von Leukämie. Er kümmert sich rührend um ihn und das ist nicht einfach, zumal seine Frau ihn und das Kind verlassen hat, nachdem die Krankheit diagnostiziert worden war. Es war ihr wohl alles zu viel. Was ist mit ihm?“

„Hat er dich jemals um eine Gehaltserhöhung gebeten? Oder um einen Vorschuss auf eine Bonuszahlung?“

„Nein, der gesamte Verkauf ist Marlenes Resort. Solange niemand zu mir kommt, mische ich mich nicht ein. Wieso fragst du, Brian? Du kannst nicht ernsthaft Thomas in Verdacht haben?“

„Noch habe ich überhaupt keinen konkreten Verdacht. Erst einmal versuche ich einfach nur hinter die Fassaden deiner Mitarbeiter zu schauen“, beruhigte ihn sein Neffe. „Weißt du, dass Thomas Marlene um eine Bonusvorauszahlung gebeten hat, die sie abgelehnt hat?“

„Nein. Was war ihre Begründung?“

„Soweit ich weiß, wollte sie kein Exempel statuieren. Sie meinte, dann könne jeder kommen und der Sinn einer Bonuszahlung wäre nicht mehr gegeben.“

„Da hat sie nicht Unrecht, Brian.“

„Sicher. Allerdings weißt du auch genauso gut wie ich, dass es im Leben Situationen gibt, in denen Ausnahmen gelten müssen. Henderson hat das Geld dringend für Medikamente seines Sohnes gebraucht und war durch die Ablehnung des Vorschusses gezwungen, sein Haus zu verkaufen."

Alex Taylor schwieg betreten. Doch er musste auch nichts sagen. Brian konnte sich das entsetzte Gesicht seines Onkels haargenau vorstellen.

„Warum ist er nicht zu mir gekommen?", fragte er leise in den Hörer.

„So wie ich es verstanden habe, ist es nicht seine Art, Entscheidungen seiner Vorgesetzten infrage zu stellen. Allerdings, Alex, habe ich bisher weder mit Henderson selbst noch mit Marlene darüber gesprochen. Vielleicht hat sich die Sache auch ganz anders zugetragen. Du weißt, wie sich einfache Dinge in kürzester Zeit zu bösen Gerüchten aufbauschen können."

„Das stimmt. Meistens enthält jedoch jede Geschichte einen wahren Kern. Gleich morgen werde ich mit Marlene reden und dir dann Bescheid geben."

„Das ist gut. Wenn du möchtest, kann ich auch mit ihr sprechen."

„Nein, das werde ich selbst machen."

„Alex?"

„Hm?"

„Wenn du das Gespräch führst, musst du ihr vielleicht nicht unbedingt sagen, dass du die Information von mir hast. Unser Verhältnis ist ohnehin nicht ganz einfach und ich möchte es nicht unnötig belasten."

Sein Onkel musste nicht lange überlegen. „Kein Problem. Ich werde mir etwas einfallen lassen, was weder auf dich noch auf Thomas zurückzuführen ist. Hast du sonst noch etwas mitbekommen, was ich wissen sollte?"

Brian hörte, wie schwer dem Mann diese Frage fiel. In den letzten Tagen war Alex schmerzhaft bewusst geworden, welcher Schaden entstanden war, indem er zu viel Verantwortung in die falschen Hände gelegt hatte oder zumindest den falschen Zeitpunkt hierfür gewählt hatte. Marlene war fachlich gut und vielleicht würde sie die notwendigen menschlichen Fähigkeiten zur Führung des Unternehmens im Laufe der nächsten Monate entwickeln, aber zunächst einmal musste Marlene zu sich selbst zurückfinden.

„Im Augenblick sollten wir uns darauf konzentrieren den Spion zu finden, damit die nächste Kollektion nicht ebenfalls bei CbH landet”, entschied Brian.

„Deinem Vater und mir war immer wichtig ein Unternehmen zu führen, mit dem sich jeder Mitarbeiter identifiziert”, sprach Alex leise. „Jeder wusste, wenn es Probleme gibt, egal ob sie beruflicher oder privater Natur sind, kann er jederzeit zu uns kommen. Ich wollte immer für jeden da sein, aber in den letzten beiden Jahren war ich nur für Marlene da. Dabei habe ich mindestens einen Menschen so sehr verletzt, dass er sich auf seine Weise rächt.“

„Nur weil einem eine Entscheidung nicht gefällt, ist das kein Grund, dich zu bestehlen”, widersprach Brian mit fester Stimme. „Soweit ich weiß ist keiner deiner Mitarbeiter jemals zu dir gekommen und hat dir gesagt, wie schwer es ist, unter Marlene zu arbeiten.“

„Nein, aber es wäre meine Pflicht gewesen, stärker nachzuhören. Schließlich war ich nicht völlig blind. Doch statt die Augen etwas weiter aufzumachen, habe ich sie bei den ersten Anzeichen willentlich geschlossen.“

„Du hast es gut gemeint, Alex, und alle die dich kennen, wissen das. Deshalb hat auch jeder geschwiegen. Jetzt werden wir den Täter finden und Marlene wird ihre Therapie beginnen. Beides sind gute Ansätze für richtige Veränderungen.“

„Vielen Dank für deine aufmunternden Worte, Junge. Ich hoffe, du hast recht.“

„Ganz bestimmt habe ich das.“

„Dann sehen wir uns morgen.“

„Schlaf gut, Alex und grüß bitte Cleo von mir.“

Müde legte Brian das Telefon zur Seite. Am liebsten wäre er ebenfalls schlafen gegangen, doch daran war noch lange nicht zu denken. Zunächst musste er einen Fragenkatalog für Mitch zusammenstellen, damit sein Partner morgen vorbereitet war und den richtigen Leuten die Informationen entlocken konnte, die sie brauchten.

Es dauerte gute zwei Stunden bis Brian endlich mit der Zusammenfassung fertig war und sich todmüde Richtung Bett begeben konnte. Vor Alleysons Zimmer blieb er unentschlossen stehen. Sollte er wirklich hineingehen? Sie noch einmal wie einen Engel schlafen zu sehen, sie aber nicht anfassen zu dürfen wie in der letzten Nacht, würde ihn nicht nur quälen, sondern auch wilde erotische Fantasien heraufbeschwören, die ihn wahrscheinlich die ganze Nacht nicht schlafen lassen würden. Allerdings erinnerte er sich nur zu gut an sein Versprechen, ihren Gesundheitszustand zu beobachten. Infolgedessen blieb ihm überhaupt keine andere Wahl, als nach ihr zu sehen. Auch wenn er keinen Anlass zur Sorge hatte, musste er sich versichern, dass es ihr gut ging.

Geräuschlos drückte Brian die Klinke nach unten und öffnete die Tür. Durch die Fensterscheibe fiel heller Mondschein auf das Bett. Doch was war das? Alleyson glich alles andere als einem Engel.

Mit schmerzverzerrtem Gesicht bewegte sie ihren Kopf in kleinen hektischen Bewegungen hin und her. Ihre Arme lagen lang ausgestreckt neben ihrem Körper, die Hände waren zu Fäusten geballt. Jede Muskelfaser ihres Körpers schien aufs Äußerste gespannt zu sein. Jede einzelne Ader war zu sehen. Alleys Mund öffnete sich, als ob sie schreien wollte, doch kein Ton kam über ihre Lippen. Stattdessen flossen Tränen über ihre Wangen. Noch nie hatte Brian jemanden im Traum derart leiden sehen.

Er kannte Albträume und hatte seinen Teil davon öfter durchlebt als ihm lieb war. Aber das hier war weitaus schlimmer als alles, was er sich vorstellen konnte. Es dauerte einige Sekunden, bis er sich aus seiner Schockstarre lösen konnte.

„Alley!“, rief er und fasste sie leicht an der Schulter. „Wach auf, Alley. Es ist nur ein Traum. Alles ist gut.“

Zwar erwachte sie nicht, aber ihr Körper schien sich zu entspannen.

„Es ist in Ordnung, Sweetheart”, flüsterte Brian. „Ich bin da.“

Ihre Lippen versuchten zu lächeln, doch plötzlich verzerrte sich Alleysons Mimik erneut. Heftig bewegte sich ihr Kehlkopf wie bei einer starken Schluckbewegung.

Entschlossen dem Ganzen ein Ende zu bereiten und sie aufzuwecken, fasste Brian sie fester an beiden Schultern. Mit mehr Bestimmtheit in der Stimme forderte er: „Alley, du musst aufwachen. Du träumst.“

Wie von einer Tarantel gestochen, fuhr Alleyson mit einem Ruck auf, griff sich an den Hals und würgte. Orientierungslos sah sie sich einen kurzen Moment verwirrt um, dann rannte sie ins Bad.

Eigentlich hatte Brian ihr etwas Privatsphäre geben wollen, als er jedoch hörte, wie Alleyson das gesamte Abendessen erbrach, hielt er es nicht länger im Schlafzimmer aus. Besorgt eilte er ins

Bad und kniete sich neben sie. Fürsorglich hielt er mit einer Hand ihre Haare im Nacken zurück, während die andere beruhigend über ihren Rücken streichelte. Als sie fertig war, reichte er ihr ein feuchtes Handtuch und betätigte den Spülkasten.

Zitternd erhob sich Alleyson, putzte sich die Zähne und wusch sich das Gesicht. Die ganze Zeit stand Brian mit einer Hand in ihrem Kreuz hinter ihr, bereit sie aufzufangen, falls sie sich nicht mehr halten konnte.

„Es tut mir leid. Das ist peinlich", flüsterte Alleyson und sah ihn im Spiegel an. Ihre Augen wirkten viel zu groß in dem kreideweißen Gesicht.

„Nichts ist peinlich, Sweetheart. Außerdem gibt es nichts, das dir leidtun müsste", versicherte Brian. „Komm zurück ins Bett, bevor du dich erkältest." Mit einem Arm um ihre Schultern geleitete er sie sanft durch das Schlafzimmer.

Im Bett lehnte sich Alleyson mit dem Kissen in ihrem Rücken an die Wand. Unmöglich konnte sie wieder einschlafen. „Wie spät ist es?", wollte sie wissen.

„Halb zwölf."

„Erst?", flüsterte Alleyson entsetzt. Sie hatte so gehofft, dass es schon auf den Morgen zugehen würde. Die Vorstellung, dass die ganze Nacht noch vor ihr lag, ließ sie erzittern.

„Das muss die Hölle von einem Traum gewesen sein", stellte Brian fest und setzte sich auf die Bettkante, sodass er sie ansehen konnte. Dabei nahm er ihre kalten Hände in seine. „Zumindest möchte ich nicht glauben, dass mein Essen so schlecht war."

Zaghaft zog Alleyson einen Mundwinkel zu einem angedeuteten Lächeln nach oben. „Es war nicht dein Essen." Nach einer Schweigesekunde ergänzte sie so leise, dass er es kaum hören konnte: „Es war das Blut meiner Mutter."

Entsetzt starrte er sie an. Das Blut ihrer Mutter? „Was hast du geträumt, Alley?"

Alleyson schluckte. „Es ist immer das Gleiche. Meine Mutter hängt mit den Füßen an unserer Küchendecke. Wie bei der Schächtung hat Gabriel ihren Hals aufgeschnitten und fängt das herausströmende Blut in einem goldenen Kelch auf. Sie schreit noch und meine Schwester Belanna schreit ebenfalls. Immer und immer wieder wiederholt sie, dass sie nicht sterben will. Derweil hält Gabriel mir den Kelch an die Lippen und verspricht, wenn ich alles Blut trinke, lässt er Belanna am Leben."

Für einen kurzen Moment schloss sie die Augen, dann sprach sie weiter. „Ich will es trinken, doch ich schaffe es nicht. So sehr ich mich auch versuche zu zwingen, mein Mund gehorcht mir einfach nicht. Als Folge davon geht Gabriel zu Belanna und schneidet sie mit seinem langen scharfen Messer auf. Ich schreie und verspreche, dass ich das Blut trinke, obwohl sie schon tot ist. Dann kommt Gabriel zurück, hält mir den Becher an die Lippen, sodass ich ihn zwar berühre, aber nicht daraus trinken kann. Dazu lacht er wie ein Satan, während er den Kelch kippt. Das Blut läuft mir über Kinn und Hals ins Dekolleté und ich wache auf. “

Regungslos saß Brian auf ihrem Bett. Er hatte bereits vom Zuhören genug und mochte sich gar nicht vorstellen wie es war, dazu noch Bilder zu sehen, sowie die Schreie ihrer Mutter und ihrer Schwester zu hören.

„Heute jedoch, hatte der Traum ein anderes Ende”, fuhr Alleyson leise fort.

„Was war anders?“, fragte er heiser.

„Heute habe ich deine Stimme gehört. Du hast gesagt, dass alles gut werden wird und ich habe aus dem Kelch getrunken. Aber es war so widerlich. Ich habe es nicht geschafft, ihn auszutrinken und er hat Belanna trotzdem getötet.“ Ihre Stimme begann zu zittern.

„Oh Gott, Alley. Es tut mir leid. Ich wollte dich wecken und nicht ...“

Alleyson legte ihm einen Zeigefinger auf die Lippen. „Du kannst nichts dafür. Ich bin froh, dass du da warst, als ich aufgewacht bin.“ Erneut flossen stumme Tränen über ihr Gesicht. „Glaubst du, du könntest mich festhalten? Nur einen Moment? Mir ist so kalt”, flüsterte sie.

„Ich kann dich die ganze Nacht halten, wenn es das ist, was du möchtest.“

Ohne weiter nachzudenken, streifte sich Brian die Schuhe von den Füßen, bevor er sich auf das Bett legte und Alleyson fest an sich zog. Er spürte ihre Tränen auf seinem Hemd, doch es war ihm egal. Alles, was er sich wünschte, war ihre Dämonen für sie verjagen zu können.

Ihr Körper wurde heftig geschüttelt, doch Brian hielt sie fest und sicher. Mit beruhigender Stimme sprach er leise liebevolle Koseworte in ihr Ohr. Es dauerte lange, doch schließlich beruhigte sich die zarte Frau in seinen Armen. Sie wirkte so unendlich zerbrechlich.

„Ich habe diesen Traum so satt, Brian."

Er traute sich kaum zu fragen. Trotzdem formulierte er, was ihn beschäftigte. „Träumst du ihn jede Nacht?"

„Im ersten Jahr habe ich ihn fast täglich geträumt. Dann wurden die Träume seltener. Vielleicht noch vier oder fünf Mal im Jahr. Meist an den Geburtstagen. Doch seit zwei Wochen kommt er wieder. Jede Nacht. Ich mag nicht mehr. Ich will nicht mehr, dass Gabriel so eine Macht über mich hat. Nichts, was ich tue bringt mir meine Familie zurück. Die ersten zwei Jahre hatte ich täglich Todessehnsüchte. Doch eines Tages habe ich verstanden, dass weder meine Eltern noch Belanna das gutheißen würden. Das war der Moment, an dem ich mein Leben wieder selbst in die Hand genommen habe. Ich habe studiert und seit ich hier in Corpus Christi bin, habe ich das Gefühl so nah am Glück zu sein, wie ich ohne meine Familie kommen kann. Ich will nicht, dass Gabriel es mir wegnimmt."

„Das wird er nicht. Ich verspreche es. Solange ich atme, wird er dir nichts tun." Mit diesen Worten zog er Alleyson wieder fest an sich heran und küsste ihre Stirn. Tiefe Bewunderung breitete sich in ihm aus. Wie konnte sie nur jede Nacht diesem Monster begegnen und gleichzeitig weiterhin solch wunderschöne Kleider entwerfen?

Wochenlang nach dem Tod seiner Eltern, erinnerte sich Brian, hatte Aaron ihn die Hausaufgaben abschreiben lassen, weil er selbst nicht in der Lage gewesen war, sich auf irgendetwas Neues zu konzentrieren. Auch in der ersten Zeit nach Aarons Tod hatte er einige Wochen gebraucht, um wieder richtig funktionieren zu können. Damals war Mitch derjenige gewesen, der die Laufrichtung vorgegeben und ihn mitgezogen hatte. Objektiv betrachtet musste Brian zugeben, dass er nicht zu einer Leistung, wie Alleyson sie Tag für Tag erbrachte, fähig wäre, wenn ihn jede Nacht solche Bilder heimsuchen würden.

„Was überlegst du?", wollte Alleyson wissen.

„Ich bewundere dich."

Erstaunt sah sie zu ihm auf. „Wofür?"

„Dafür, dass du es trotz dieses Grauens schaffst, solch wunderschöne Mode zu kreieren. Ich habe mir deine ganzen Kollektionen angesehen, Alley. Jede einzelne strahlt eine solche

Lebenslust und Lebendigkeit aus, dass niemand auch nur ansatzweise auf die Idee kommt zu ahnen, was du erlebt hast. “

Seine Aussage zauberte ein ehrliches Lächeln auf ihr Gesicht. „Es ist mein Ausgleich. Das Zeichnen lenkt mich ab. Wenn ich vor meinem Block sitze, denke ich an nichts anderes als an Kleidung. Abends zeichne ich bis mir vor Müdigkeit der Stift aus der Hand fällt und wenn ich aufwache, zeichne ich weiter, weil ich dann wieder nur Mode im Kopf habe. Die Bilder und Schreie des Traumes verschwinden. Vielleicht verstehst du es nicht, aber beim Designen vergesse ich einfach alles um mich herum und ich freue mich, wenn etwas Schönes auf dem Papier entsteht.“

„Wolltest du schon immer Modedesignerin werden?“

„Ja. Schon als Kind habe ich Kleidungsstücke entworfen, die meine Mum anschließend zu Hause genäht hat. Ich kann dir gar nicht sagen, wie oft sie versucht hat, mir beizubringen mit einer Nähmaschine umzugehen. Aber ich war lange ein hoffnungsloser Fall. Immer, wenn ich dort gesessen habe, habe ich mir überlegt, was ich stattdessen zeichnen könnte. Ich empfand es als reine Zeitverschwendung. Wenn meine Mum die Sachen doch nähen konnte, warum sollte ich das dann selbst machen?“

Brian musste lächeln. „Wer hat am Ende gewonnen?“

„Meine Mum natürlich. Eines Tages hat sie einfach aufgehört für mich zu nähen. Ich glaube, es ist ihr schwer gefallen, hart zu bleiben. Aber sie vertrat die Ansicht, dass eine Designerin, die nicht um die Arbeit der Schneiderin weiß, nicht vernünftig entwerfen kann.“

„Das klingt in meinen Ohren nicht ganz falsch.“

„Nein. Natürlich hatte sie völlig recht. Während meines Studiums war ich ihr auch sehr dankbar, dass sie darauf bestanden und mich gezwungen hat, es zu lernen. Aber da hatte ich keine Gelegenheit mehr, es ihr zu sagen”, fügte sie traurig hinzu.

Zärtlich fuhr Brian mit seinen Fingerkuppen über ihren nackten Arm. „Es tut mir leid. Ich kenne das Gefühl. Es gibt so vieles, das ich meinen Eltern ebenfalls noch gerne gesagt hätte.“

Instinktiv fühlte Alleyson, dass mehr hinter der Aussage steckte. Daher sah sie ihm auffordernd in die Augen. „Zum Beispiel?“

„Zum Beispiel, dass ich sie liebe. Oder dass es in Ordnung war, mich nicht mit auf ihre Geschäftsreisen zu nehmen, wenn ich keine Ferien hatte. Vor allem aber, dass ich später verstanden habe, warum es wichtig war, dass sie damals am Tag des Unglücks beide wegfliegen mussten."

„Ich bin sicher, sie wussten, dass du sie liebst."

„Ja, aber ich habe es ihnen nicht gesagt, als wir uns verabschiedet haben. Ich war so sauer, dass ich hier bleiben musste, während sie nach Europa zu einer Messe geflogen sind. An jenem Wochenende war mein erstes großes Footballspiel. Zum ersten Mal hatte mich der Trainer bei einem wichtigen Spiel eingesetzt. Ich habe nur daran gedacht, dass all die anderen Eltern kommen würden, um ihre Kinder anzufeuern. Nur meine Eltern würden nicht da sein. Ich habe gedacht, ich sei ihnen nicht wichtig genug. Damals habe ich nicht verstanden, wie entscheidend der Messebesuch für die berufliche Zukunft der Firma war. Für sie und die hundert Arbeitnehmer stand mehr auf dem Spiel als das Footballspiel einer drittklassigen Highschool-Mannschaft." Brian schluckte.

„Und du hast dich nicht richtig von ihnen verabschiedet?"

„Verabschiedet schon. Aber ich habe sie deutlich spüren lassen, dass ich sauer war. Wenn ich gewusst hätte, dass ich sie nie wiedersehen würde, ..." Er ließ den Rest des Satzes in der Luft hängen.

Behutsam fuhr Alleyson mit ihrem Zeigefinger über seine Wange. „Deine Eltern haben es verstanden. Sie sind auch einmal jung gewesen. Sie wussten, dass der Ärger, den du in jenem Moment gespürt hast, nichts mit eurer Liebe zueinander zu tun hatte. Ihr hattet doch ein gutes Verhältnis, oder?"

„Das Beste. Meine Eltern waren tolle Menschen. Wahrscheinlich bin ich deswegen seit ihrem Tod auch nicht mehr hier gewesen."

„Du hast das Haus zwanzig Jahre lang nicht betreten? Nicht einmal um zu sehen, ob alles in Ordnung ist?"

„Feige, nicht wahr?"

„Hm", überlegte Alleyson. „Feige ist nicht das richtige Wort. Trauer ist etwas sehr persönliches. Aber warum bist du nie hergekommen?"

„Es gab keine Veranlassung. Ich fürchtete mich vor den Emotionen, die über mich hereinbrechen würden, den Erinnerungen, die mit dem Haus verbunden sind. Außerdem gab es keinen triftigen Grund. William hat auf alles aufgepasst und alles in Stand gehalten. Wenn es etwas zu besprechen gab, haben wir das telefonisch geklärt."

Einen Moment war es ruhig in dem Zimmer. Dann nahm Alleyson all ihren Mut zusammen und fragte leise in die vom Mondschein durchbrochene Dunkelheit: „Warum bist du mit mir hergefahren? Warum heute?"

„Das ist ganz einfach, Alley. Ich brauchte einen Platz, an dem du sicher bist. Idealerweise einen Ort, den ich kenne und der mit jeder Menge Sicherheitstechnik ausgestattet ist. Beides trifft auf dieses Haus zu. Alle Fenster und Türen sind mit einer Alarmanlage gesichert, im und ums Haus befinden sich zahlreiche Bewegungsmelder und Videokameras überwachen das Grundstück. Das Haus ist besser gesichert als das des Gouverneurs."

„Wieso ein solcher Aufwand? Ich meine, ich kann verstehen, dass du das Haus vor Einbrechern schützt, aber ist ein solcher Umfang nicht ein klein wenig übertrieben?"

„Mitchs Bruder hat eine Sicherheitsfirma und er brauchte ein Haus zum Ausprobieren neuer Lösungen sowie ein Grundstück zu Trainingszwecken für seine Leute. Heute ist er ziemlich erfolgreich und hat mehr als fünfzig Angestellte. Als er sich jedoch vor acht Jahren selbständig gemacht hat, hatte er nicht das nötige Kleingeld, um etwas Passendes zu mieten."

„Und da hast du ihm das Haus zur Verfügung gestellt."

„Mit Williams Einverständnis natürlich."

„Du scheinst ein wirklich netter Kerl zu sein", seufzte Alleyson.

„Das stimmt", grinste Brian. Dabei blickte er Allyson tief in die Augen und mit einem Mal wurde die Atmosphäre zwischen ihnen sehr persönlich.

Alleyson erwiderte seinen Blick und die Welt um sie herum verschwamm. Jeder von beiden hörte nur noch seinen eigenen Herzschlag in seinen Ohren.

Brian glaubte in Alleysons grünen Augen zu versinken wie in einem kristallgrünen Strom, der ihn in einer immer schneller werdenden Fließgeschwindigkeit mit sich zog. Ein tosender Wasserfall riss ihn in ihre Seele, die plötzlich verwundbar und zerbrechlich vor ihm lag. Nie zuvor hatte er so etwas erlebt.

Erstaunt stellte er fest, dass es in ihm selbst ganz ruhig geworden war. Zwar klopfte sein Herz immer noch heftig und seine Männlichkeit drängte nach Befreiung, doch in seinem Kopf herrschte völlige Stille. Sein Gehirn verstand die Verantwortung, die jeder weitere Schritt mit sich bringen würde und Brian nahm diese ganz bewusst an. Es war fast als würde er vor einem Pfarrer in der Kirche stehen und sagen ‚Ja, ich will.'

Obwohl er immer noch in ihre Augen blickte, nahm Brian wahr, wie Alleyson ihre Lippen leicht öffnete. Zeitgleich spürte er ihre flache Hand auf seiner Brust. Sein Atem kam schneller und ohne weiter nachzudenken, schob er eine Hand unter ihre Haare und zog ihren Kopf zu sich heran. Als ob es das Selbstverständlichste der Welt sei, küsste er sie. Nicht zart und leicht, aber auch nicht hart und fordernd. Seine Lippen umschlossen ihren Mund, als ob es keinen perfekteren Ort für sie gäbe und seine Zunge spielte mit ihrer, als ob sie nie etwas anderes getan hätte.

Brians freie Hand wanderte hinunter zu ihrem Po. Automatisch rückte Alleyson näher an ihn heran und Brian schob sein linkes Bein unter ihr rechtes. Als sie dabei leise stöhnte, war es für Brian der schönste Laut, den er je gehört hatte. Es war die Geburtsstunde des unbändigen Bedürfnisses, sie lauter stöhnen zu hören. Nein, nicht nur stöhnen. Er wollte, dass sie vor Lust regelrecht schrie. Er wollte ihre Stimme in Ekstase erleben, wollte seinen Namen aus ihrem Mund hören, wenn sie ihren Höhepunkt erreichte.

Mit einem Mal waren ihm seine eigenen Bedürfnisse völlig egal. Es ging ihm nur noch darum, der Frau in seinen Armen ein Erlebnis zu schenken, das durch seine Schönheit alles Grauen aus ihrem Kopf verdrängen würde.

Mit vielen kleinen Küssen wanderte sein Mund über ihre Wange und ihren Hals hinab zu ihrem Dekolleté, während zeitgleich seine Hand über ihre Taille zu ihrem Busen hinaufwanderte. Zärtlich legte er seine Lippen um eine ihre Brüste und saugte behutsam. Hörbar sog Alleyson die Luft ein und presste ihre Hüfte intensiver an ihn.

Ooh, war das gut! Doch es reichte nicht. Als Erstes musste der Stoff ihres Sleepshirts verschwinden. Mochte er auch noch so dünn sein, er war im Weg.Brians Hand schob die Spitze zur Seite, sodass seine Lippen ihre Brustwarze direkt umschließen konnten. Während er stärker saugte, schob sich seine Hand unter ihrem Shirt zu ihren Pobacken. Seine Finger fühlten noch mehr Spitze, was ihn weiter erregte. Sie war bereits feucht, dabei hatte er noch nicht einmal richtig angefangen. Blitzschnell drehte er sie auf den Rücken. Dabei küsste er weiterhin ihren Busen und ließ seine

Finger über die Innenseite ihrer Oberschenkel weiter nach oben gleiten.

Alleyson atmete schneller und als Brian ihre Klitoris berührte, entfuhr ein leiser Seufzer ihren Lippen.

Erregt sah er zu ihr auf. Er wollte ganz genau wissen, was ihr gefiel. Keine noch so kleinste Reaktion sollte ihm entgehen. Doch seine Hand stoppte bei dem Ausdruck auf ihrem Gesicht.

Irritiert drehte er seinen Kopf zu einer Schulter, sodass das einfallende Mondlicht ihm einen besseren Betrachtungswinkel gab. Alles in ihrem Gesicht widersprach sich. Er sah Lust, Angst und Unentschlossenheit. Was war passiert? Bis vor wenigen Sekunden hätte er Stein und Bein geschworen, dass sie ihn genauso begehrte, wie er sie.

Vorsichtig rutschte er neben sie und schob ihr Shirt über ihren Busen zurück. Seine Hand ließ er allerdings auf ihrer Taille liegen. Er wollte den körperlichen Kontakt nicht abbrechen. Nicht solange sie ihn nicht eindeutig darum bat. Fieberhaft arbeitete sein Gehirn an einer Antwort. Warum zweifelte sie plötzlich?

Auf einmal kam ihm ein Verdacht. Hatte der medizinische Bericht in der Akte vielleicht nicht alle Details enthalten? Nein. Das konnte nicht sein. Das durfte nicht sein. Doch so sehr er sich auch vor ihrer Antwort fürchtete, er musste es wissen.

„Alley, ...", räusperte er sich, „kann ich dich etwas fragen?"

Stumm nickte sie.

„Hat Gabriel ..., ich meine, hat er dich ..." Verdammt, wie sollte er das hier bloß formulieren? Doch bevor er eine Lösung gefunden hatte, kam ihm Alleyson zur Hilfe.

„Nein, er hat mich nicht vergewaltigt, wenn du das meinst."

Brian nickte, während ihm ein riesengroßer Stein vom Herzen fiel. Wenigstens das hatte er ihr nicht angetan. Liebevoll strich er über ihre Wange und steckte ihr eine Haarsträhne hinters Ohr.

„Was ist los, Sweetheart? Wenn ich zu weit gegangen bin, tut es mir leid."

Tränen füllten ihre Augen, doch sie blinzelte sie weg. „Es ist ... ich weiß nicht, wie ich es sagen soll, ..."

Geduldig wartete Brian. Dabei nahm er ihre Hand und führte sie an seine Lippen. „Zuviel Nähe?", fragte er schließlich vorsichtig.

„Nein. Es ist ... weißt du, ich habe nicht so viel Erfahrung", rückte sie endlich mit der Sprache heraus. „Es ist nicht, dass ich noch Jungfrau bin. In meinem letzten Highschooljahr gab es einen Jungen. Wir waren beide neugierig und na ja, da ist es eben passiert. Es war okay”, beeilte sie sich zu versichern. „Es war nur nicht so, dass ich das Gefühl hatte, ohne Sex nicht leben zu können.“

„Danach gab es niemand anderen mehr?“, hakte Brian nach. Die Vorstellung, der erste Mann zu sein, den Alleyson wirklich begehrte, barg eine ganz besondere Art der Erregung.

„Nein”, gab sie zu, bevor sie fortfuhr. „Weißt du, es ist nicht so, dass ich Angst habe, mich mit Menschen, oder Männern insbesondere, zu treffen. Ich bin nur nicht gerne mit jemandem alleine, den ich nicht wirklich kenne oder mit jemandem, dem ich nicht hundertprozentig vertraue. Aber es war Teil meiner Therapie mich mit Leuten zu treffen, mich wieder zu verabreden. Wenn ich ehrlich bin, habe ich mich dabei allerdings nie sehr wohl gefühlt. Ich habe diese Treffen nur durchgezogen, um den Diskussionen mit meiner Therapeutin zu entgehen. Niemandem von diesen Leuten habe ich auch nur ansatzweise erzählt, was mir passiert war. Trotzdem muss ich im Nachhinein zugeben, dass diese Treffen am Ende gut für mich waren. Ansonsten hätte ich niemals meinen Beruf ausüben können. Nur dem Vorschlag, allein mit einem Mann auszugehen, bin ich nie gefolgt. Ich schätze, ich war damals einfach noch nicht so weit. “

Nachdenklich hörte Brian ihr zu. „Und jetzt?“

Eine leichte Röte zog in Alleysons Wangen. Konnte sie ehrlich sein und Brian sagen, was sie wirklich empfand? Einen kurzen Moment überlegte sie zu schwindeln, doch dann verwarf sie den Gedanken.

„Du bist der Erste, der in mir Gefühle hervorruft, die ich nicht einsortieren kann. Bei dir fühle ich mich absolut sicher. Letzte Nacht auf dem Sofa zum Beispiel habe ich seit Wochen zum ersten Mal entspannt geschlafen. Auch deine Anwesenheit an der Unfallstelle heute Nachmittag hat mich beruhigt. Na ja, ...”, lächelte Alleyson versonnen, „... das ist vielleicht nicht ganz richtig. Meine Angst hat sich gelegt. Mein Herzschlag hingegen hat sich eher erhöht.“

Unsicher sah sie Brain an und unwillkürlich musste er lächeln. Die Vorstellung, Alleysons Puls beeinflussen zu können, gefiel ihm.

„Du hast keine Vorstellung, was allein ein Gedanke an dich mit meinem Herzen macht.“ Zärtlich küsste er ihre Lippen. „Alley, ich verspreche dir, wir haben alle Zeit der Welt. Du machst dir viel zu viele Gedanken. Überlass dich einfach deinen Gefühlen."

Liebevoll sah er sie an. „Ich möchte, dass du eines weißt, Alley: Wenn wir jetzt schlafen, dann nicht, weil ich dich nicht begehre, sondern weil es das Vernünftigste ist. Es spielt für mich keine Rolle, wie viel oder wie wenig Erfahrung du hast."

Nachdenklich sah Alley ihn an. „Brian?"

„Hm?"

„Ich möchte nicht vernünftig sein. Seit Wochen denke ich entweder an meine Arbeit oder an Gabriel. Deine Berührungen, deine Küsse haben mir das einmalige Gefühl gegeben, lebendig zu sein und nicht einfach nur zu funktionieren. Es ist wahrscheinlich schwer zu verstehen, aber ich möchte das Leben fühlen. Ich möchte etwas Schönes in meinem Kopf haben, statt immer nur Angst und Schrecken. Etwas, für das es sich lohnt zu kämpfen."

„Das ist nicht schwer zu verstehen, Sweetheart. Glaube mir, ich weiß ganz genau, was du meinst", flüsterte Brian und küsste sie. Dieses Mal jedoch war sein Kuss fordernder, seine Hand rutschte hinunter zu ihrem Busen und er spürte, wie sich ihre Brustwarze vor Erregung zusammenzog.

Ja, er verstand sie. Nicht selten hatte Brian während einer brutalen Mordermittlung in der Vergangenheit das Bedürfnis nach Sex verspürt. Es hatte nicht gereicht, zu wissen, dass er lebte. Er hatte es fühlen müssen. In seinem Kontaktverzeichnis gab es gleich mehrere Frauen, die nur zu gerne mit ihm schliefen, ohne dass er irgendeine Form von Verpflichtung eingehen musste. Doch er fühlte, dass dies hier mit Alleyson für ihn in eine andere Kategorie fiel. Allerdings beschlich ihn ebenfalls der Verdacht, dass es für sie nicht unbedingt die gleiche Bedeutung haben musste.

Für sie war er ihr Beschützer. Sie empfand für ihn Dankbarkeit, vertraute ihm. In Kombination mit einer gegenseitigen körperlichen Anziehungskraft erzeugte dies eine Leidenschaft, die ihre Sexualität weckte. Es hatte nichts damit zu tun, dass sie eine feste Beziehung mit ihm eingehen wollte, wenn alles vorbei war.

An dem Schrecken, der Brian bei dieser Erkenntnis durchfuhr, erkannte er, dass Alleyson die erste Frau war, die das Potenzial hatte, ihm das Herz zu brechen. Doch darüber wollte er jetzt nicht nachdenken. Schnell schob er diesen Gedanken beiseite, denn jetzt wollte er einfach nur genießen.

KAPITEL 16

In einer nie dagewesenen Intensität fühlte Alleyson Brians Hände auf ihrem Körper, seinen warmen Atem auf ihrer Haut und seine Muskeln unter ihren Fingern. Niemals zuvor hatte sie einen so attraktiven Männerkörper gesehen, wie Brian ihn besaß. Völlig nackt wirkte er auf sie absolut unwiderstehlich. Nervös ließ sie ihre Hände auf seinem Rücken hinuntergleiten und wollte ihn küssen, doch Brians Kopf befand sich zu tief dafür.

Sie spürte, wie seine Zunge mit ihrem Bauchnabel spielte, fühlte eine Hand an ihrer Brust, die andere an ihrem Po oder war es an ihrem Bein? Ihr gesamter Körper schien in Flammen zu stehen. Verzweifelt versuchte sie sich darauf zu konzentrieren, welche Körperstelle Brian gerade berührte und dieses Gefühl intensiv in sich aufzusaugen, aber es gelang ihr nicht. Jede Zelle ihres Körpers wollte seine Hände oder seine Lippen spüren, doch kaum berührte er sie, schrie schon die Nächste ‚Ich auch. Ich auch'.

Kraftlos gab sie auf und überließ sich dem Bad der Emotion, so wie Brian es vorgeschlagen hatte.

Lächelnd glitt Brians Zunge weiter hinunter, als er spürte, wie sich Alleyson entspannte. Endlich. Ihre Haut war so samtweich, dass seine Fingerspitzen vor Wonne prickelten, während sie die perfekten Kurven des Körpers entlangfuhren. Alleysons Busen passte genau in seine Hände und ihre schmale Taille ging in ein wunderbares Becken über, dessen Kurvengrad ihn in höchstem Maße erregte. Allerdings war Alleyson sehr zart gebaut. Sie würde eng sein und er würde behutsam in sie eindringen müssen, wenn er ihr nicht wehtun wollte.

Bereits jetzt war sein Glied zu einer Größe angeschwollen, die Brian eine gehörige Portion Selbstdisziplin abverlangte. Doch seine Erektion würde noch etwas warten müssen. Alleyson war noch nicht so weit. Mit seinen Lippen umschloss er ihre Klitoris. Wie warm sie war. Wie gut sie roch. Leise stöhnte er. Das hier musste der direkte Weg ins Paradies sein.

„Brian", hörte er Alleysons leise Stimme und spürte wie ihre Hände an seinen Schultern zerrten. Irritiert sah er auf.

„Was ist, Liebes?", flüsterte er und ließ sein Zunge ein weiteres Mal kreisen, als er zwar Unsicherheit auf ihrem Gesicht, aber das lodernde Feuer der Erregung in ihren Augen sah. „Ich möchte dich schmecken."

Neckend ließ er seine Zunge in ihre Scheide gleiten. Dabei musste er höllisch aufpassen, dass er nicht im selben Augenblick kam, als Alleyson unter lautem Stöhnen zurück in die Kissen sank.

Instinktiv wusste Brian, dass sie dies noch nie zuvor getan hatte. Darüber hinaus würde er seine Hand dafür ins Feuer legen, dass auch noch nie solch intensive Gefühle ihren süßen Körper durchströmt hatten. In vollen Zügen genoss er die leisen Töne, die Alleyson ausstieß und überließ sich ihrer Wirkung auf ihn.

Mit jeder Sekunde, die er die Frau in seinen Armen den Weg der Lust weiter nach oben trieb, steigerte sich seine eigene Begierde. Als er glaubte, es nicht länger aushalten zu können, drang er behutsam erst mit einem Finger, dann mit zwei Fingern in sie ein. Feucht genug war sie. Mit langsamen Bewegungen rieb er über ihren G-Punkt. Zuerst nur leicht, doch Alleyson nahm seinen Rhythmus sofort mit ihrer Hüfte auf und kam ihm entgegen. Der Druck reichte ihr nicht. Sie brauchte mehr und es gab nichts, das Brian in diesem Moment lieber getan hätte, als ihrem Bedürfnis gerecht zu werden.

Alleysons Atemfrequenz zeigte ihm, dass sie nicht mehr weit von ihrem Höhepunkt entfernt war. Ohne seine Handstellung zu verändern, fuhr Brians Daumen mit kreisrunden Bewegungen über ihre Klitoris. Dann nahm er eine ihre Brüste in seinen Mund und das war der Moment, in dem Alleyson den Gipfel erreichte.

„Brian", schrie sie, während ein Zittern durch ihren Körper lief und sich ihre Muskeln um Scheide und Gebärmutter zusammenzogen.

Tief bohrten sich Alleysons Fingernägel in Brians Rücken, doch er spürte nichts davon, so überwältigt war er von Alleys Gesichtsausdruck in diesem Moment. Fasziniert starrte er sie an. Ihr Blick war noch immer verklärt, die Wangen rosa gefärbt.

„Das war ... einfach unbeschreiblich", stieß sie atemlos aus.

Lächelnd fuhr Brian mit seinem Daumen über ihre Lippen, bevor er sich zu ihr hinunterbeugte und sie küsste. „Dabei war das erst der Anfang", flüsterte er.

Ohne sich umzudrehen, zog er die Nachtischschublade auf und entnahm ihr ein Kondom. Ein Glück, das William wirklich nichts verändert hatte. Ein schneller Blick auf das Verfallsdatum zeigte ihm, dass der treue Butler die Präservative sogar regelmäßig ausgetauscht haben musste. Mit seinen Zähnen riss Brian die Verpackung auf und binnen weniger Sekunden hatte er das Gummi über seinen Penis gerollt.

So behutsam wie möglich ließ er sein Glied in Alleyson eindringen. Dabei gab er ihrem Körper Zeit, sich an seine Größe zu gewöhnen und sich entsprechend zu dehnen.

Ein Stöhnen entfuhr ihm. Er hatte recht gehabt. Sie war eng. Das hier sprengte alles, was er bisher je erlebt hatte. Das Gefühl kurz vor der Explosion zu stehen, war so intensiv wie nie zuvor. Aber da war noch etwas anderes. So sehr seine Lendengegend auch an ihm zerrte, endlich zum Höhepunkt zu kommen, so ruhig wurde es in seinem Brustkorb. Er war Zuhause. Er war am Ziel.

Erstaunt sah er Alleyson in die Augen. Bisher war es ihm immer nur darum gegangen, eine körperliche Erlösung zu finden. Nie hatte er im Moment des Eindringens eine solche Tiefgründigkeit in sich gespürt. Ein Blick in Alleysons Gesicht sagte ihm, dass auch sie überwältigt war von den Empfindungen.

Ganz plötzlich meldete sich sein Ehrgeiz zurück. Er wollte Alleyson noch einmal auf dem Höhepunkt erleben. Selbst wenn es ihn umbrachte, noch weiter auf seine Erlösung warten zu müssen.Bedächtig begann er, sich in Alleyson zu bewegen. Langsam. Geduldig wartete er bis sie reagierte und ihr Körper seinen Rhythmus aufnahm. Sehr schnell erhöhte sich ihre Atemfrequenz erneut und Brian stieß etwas härter in sie ein.

„Komm, Alley, komm noch einmal für mich", flehte er sie an und hob ihre Pobacken gegen seine Lenden.

Ihr Blick überzog sich mit dem Schleier der Leidenschaft und plötzlich weiteten sich ihre Pupillen. Ein leiser Schrei hallte durch das Zimmer.

Brian spürte ihre Kontraktionen und nun konnte er sich nicht länger zurückhalten. Mit drei kräftigen Stößen erreichte er seinen Höhepunkt und ergoss sich mit einem lauten Stöhnen.

„Alley!“, hauchte er, als er sich völlig erschöpft auf sie sinken ließ.

Mit letzter Kraft schloss er sie in seine Arme und drehte sie beide herum, sodass sie auf ihm lag. Zärtlich strich er ihre Haare aus ihrem Gesicht. Er fühlte, wie sich ihr Brustkorb im gleichen Takt hob und senkte wie der seine.

Eine ausgeglichene Ruhe hatte sich im Zimmer ausgebreitet und wenn es nach Brian gegangen wäre, hätte er bis ans Ende seiner Tage hier mit Alleyson in den Armen liegen können.

„Das war einfach unbeschreiblich”, flüsterte er.

„Wirklich?“, flüsterte sie zurück und hob ihren Kopf.

„Für dich nicht?“, fragte er erstaunt zurück.

„Doch. Es war wie ein Feuerwerk, nur viel schöner. Nie hätte ich mir vorstellen können, jemals etwas so Schönes zu empfinden. Aber ich habe keinen wirklichen Vergleich. Vielleicht bist du enttäuscht?“

„Alles andere als das”, versicherte ihr Brian. „Du bist einmalig, Alleyson. Ich weiß nicht, wie du es anstellst, aber das hier war so intensiv, wie ich es noch nie zuvor erlebt habe.“

Eine erneute Schamesröte stieg in ihre Wangen. „Du übertreibst.“

„Nein, das tue ich nicht.“

Eine ganze Weile lagen sie schweigend beieinander, hielten sich einfach nur fest und genossen die entspannte Atmosphäre. Schließlich erhob sich Brian mit einem Kuss auf Alleysons Stirn. „Ich bin gleich zurück, Liebes.“

Mit den Augen folgte sie Brian ins Bad und lauschte den Geräuschen der Dusche. Noch immer war Alleyson überwältigt von ihren Gefühlen. Dies betraf jedoch nicht nur die sexuelle Gefühlsexplosion ihres Körpers, die sie gerade erlebt hatte, sondern auch die tiefer gehenden Emotionen, die sie Brian entgegen brachte. Zweifelsohne schwärmte sie für ihn. Oder war es mehr?

Als er sie eben im Arm gehalten hatte, wären ihr fast die bedeutungsvollsten drei Worte der Welt über die Lippen gerutscht. Glücklicherweise hatte sie im letzten Moment verhindern können, sie laut auszusprechen. Brian hätte wahrscheinlich sofort reißaus genommen. Sicherlich war sie für ihn nicht mehr als eine nette

Ablenkung zwischendurch, auch wenn er nicht den Eindruck machte, auf schnelle One-Night-Stands zu stehen.

Konnte es sein, dass er vielleicht doch mehr für sie empfand? Wahrscheinlich nicht. Besser, sie machte sich nichts vor. Schließlich war sie diejenige gewesen, die vorgeschlagen hatte, jegliche Vernunft in den Wind zu jagen. Brians Entscheidung wäre sicherlich anders ausgefallen.

Alleys Herz zog sich zusammen und gab ihr einen kleinen Vorgeschmack auf den Schmerz, den es senden würde, wenn Brian nach Houston zurückkehren würde. Das hier würde für sie nicht ohne Konsequenzen bleiben. Aber alles hatte seinen Preis und Alleyson war bereit diesen Preis zu zahlen. Sie musste nur an Brians durchtrainierten Körper denken, sowie an all die wunderbaren Gefühle, die er damit in ihr ausgelöst hatte, um zu wissen, dass Brian Bradshaw jeden Preis wert war.

Noch immer hörte sie die Dusche im Bad. Alleyson stellte sich vor, wie das Wasser des Rainshowers aus der Decke auf seine breiten Schultern prasselte und von dort über seinen harten Sixpack nach unten floss. Sofort wurden ihre Brüste wieder hart und erneut durchströmte ein ungeheures Lustgefühl ihren Körper.

Ohne weiter darüber nachzudenken, stand sie auf und folgte Brian ins Bad. Als sie die Tür hinter sich schloss, spülte Brian gerade Shampoo aus seinen Haaren. Er öffnete die Augen und sah sie überrascht an.

Alleyson errötete leicht und senkte den Blick. Das war ein Fehler, denn dieser fiel jetzt genau auf Brians Glied, das sich bei ihrem nackten Anblick sofort versteifte. Unsicher sah Alleyson wieder auf. Was hatte sie sich nur dabei gedacht, ihm einfach ins Bad zu folgen?

Ihr Kopf sagte ihr, sie solle sich besser umdrehen und auf der Stelle zurück ins Bett huschen, doch ihre Augen konnten sich nicht dazu durchringen, ihren Blick von Brians formvollendeten Männerkörper zu nehmen. Hart presste Alleyson ihre Lippen aufeinander.

Selbstbewusst stand Brian regungslos unter dem Wasserstrahl und ließ sich von Alleyson durch die glasklare Duschwand mustern. Schön wie eine Göttin, stand sie vor ihm und Brian staunte nicht schlecht über die Reaktion seines Körpers. Er wollte sie schon wieder.

Er hatte bereits geahnt, dass es ihm nicht reichen würde, Alleyson nur einmal in seinem Bett zu haben. Jedoch hatte es bislang noch keine Frau geschafft, zwei Erektionen so dicht hintereinander bei ihm auszulösen. Alleysons offensichtliche Verlegenheit machte ihn dabei nur noch mehr an.

Er wusste, sie war hin und her gerissen zwischen Neugier, Lust und Angst und er bewunderte sie für den Mut, mit dem sie ihrem Willen folgte. Lächelnd öffnete er die Duschtür und streckte ihr einladend eine Hand entgegen.

Alleyson zögerte nur eine Sekunde, dann stieg sie zu ihm in die Dusche und schloss die Tür hinter sich.

KAPITEL 17

Ihre gleichmäßigen Atemzüge verrieten Brian, dass Alleyson eingeschlafen war. Nachdem sie sich ein zweites Mal geliebt hatten, hatte sich Alley eng in seinen Arm gekuschelt. Nun lag ihr Kopf auf seiner Brust und ihre Beine hatten sich in seine geschlungen. Brian wunderte sich, wie richtig sich das anfühlte, denn normalerweise hatte er beim Schlafen gerne etwas mehr Abstand. Doch mit Alleyson war alles anders. Sie konnte er gar nicht dicht genug bei sich fühlen.

Der Gedanke, jeden Abend mit ihr einzuschlafen und jeden Morgen mit ihr aufzuwachen, kreiste plötzlich durch seinen Kopf und nistete sich dort ein. Mochte Alleyson heute mit ihm aus dem Bedürfnis heraus geschlafen haben, den Schrecken ihres Albtraumes zu vergessen, so würde er zukünftig alles daran setzen, sie davon zu überzeugen, dass es durchaus noch andere gute Gründe gab, das Bett mit ihm zu teilen.

Über seine Gedanken, wie er Alleyson angemessen umwerben würde, sobald Gabriel gefasst war, musste er eingeschlafen sein, denn der Wecker seines Handys schreckte ihn plötzlich auf. Schnell schaltete er ihn aus und ließ sich zurück in die Kissen gleiten. Im Augenblick fühlte er sich, als sei ein Traktor über ihn gefahren.

Kein Wunder, dachte er mit einem Blick auf die Uhr. Er hatte maximal drei Stunden geschlafen und draußen war es noch stockdunkel. Gerade wollte er vorsichtig seinen Arm unter Alleysons Schultern herausziehen, um sie nicht zu wecken, da sah sie ihn bereits mit wachen Augen an.

„Schlaf weiter, Sweetheart", flüsterte Brian und küsste zärtlich ihre Wange.

„Wo gehst du hin?", wollte sie wissen, während sie sich aufsetzte.

Brian seufzte. Er hätte sich denken können, dass sie ihn nicht einfach gehen lassen würde. „Ich treffe mich mit Mitch im Büro."

„So früh? Es ist erst viertel nach fünf."

„Ich weiß, doch wir wollen dein Büro nach einer Wanze oder einer Minikamera absuchen und ich will fertig sein, sobald die ersten Leute anfangen zu arbeiten."

Brian hasste es, die Realität so früh am Morgen zurück in Erinnerung rufen zu müssen. Wie schön wäre es gewesen, wenn sie die Wirklichkeit noch ein wenig länger hätten beiseite schieben und den Vormittag gemeinsam im Bett verbringen können? Doch heute war daran leider nicht zu denken.

„Ich komme mit", verkündete Alleyson plötzlich und schwang ihre Beine aus dem Bett.

„Oh nein. Du bleibst schön hier liegen und schläfst noch ein paar Stunden. William wird Frühstück machen und ich komme dich später abholen. Falls du überhaupt ins Büro gehst. Nach dem Unfall wäre es besser, wenn du dich heute etwas schonen würdest."

„Unsinn. Mir geht es gut und es gibt mehr als genug Arbeit. Vor allem jetzt, da Fred für die nächsten Wochen ausfällt. Außerdem möchte ich Mitch kennenlernen", zwinkerte sie ihm über die Schulter zu, bevor sie die Badezimmertür hinter sich schloss.

Brian war klar, dass er diese Diskussion nicht gewinnen würde. Daher gab er die Schlacht verloren. Er eilte hinüber in sein Schlafzimmer, duschte kurz und zog sich an. Als er die Treppe hinunter ging, roch er frischen Kaffeeduft.

„Hm, daran könnte ich mich gewöhnen", schwärmte er, als Alleyson ihm eine Tasse entgegenhielt.

„Ich bin sicher, wenn du William sagst, wann du aufstehst, hat er den Kaffee jeden Tag für dich fertig."

„Das mag sein. Aber ich bezweifle stark, dass mir Williams Anblick am Morgen so gut gefällt wie deiner", grinste Brian und nahm einen Schluck aus seiner Tasse.

Verlegen wandte sich Alleyson ab. „Ich habe dich gestern gar nicht gefragt, wie du mit deinen Ermittlungen vorankommst, aber wahrscheinlich darfst du mir dazu sowieso nichts sagen, oder?"

„Nein, eigentlich nicht, obwohl ich mir nicht vorstellen kann, dass du etwas davon weitererzählst. Wenn du wolltest, könntest du meine Tarnung ohnehin jederzeit auffliegen lassen. Allerdings müssen wir jetzt erst einmal los, zumindest wenn wir Mitch nicht vor verschlossenen Türen warten lassen wollen."

Das gesamte Bürogebäude lag noch im Dunkeln, als Alleyson und Brian auf den Firmenparkplatz fuhren. Lediglich im Empfangsbereich war eine Nachtbeleuchtung eingeschaltet.

„Mitch scheint noch nicht da zu sein", bemerkte Brian.

„Sieht so aus, als ob er gerade kommt", stellte Alleyson fest und deutete auf die hellen Scheinwerfer eines Autos, das gerade in die Parkplatzeinfahrt bog.

„Tatsächlich." Gemeinsam stiegen sie aus und warteten, bis der sich nähernde Wagen neben ihnen hielt.

„Hi, Mitch", grüßte Brian und klopfte seinem Partner freundschaftlich auf die Schulter. „Gut, dich zu sehen."

„Gleichfalls, Partner. Sie müssen Alleyson Winters sein. Schön, Sie kennenzulernen."

„Sie auch." Neugierig betrachtete Alley den Mann, den Brian gestern als Frauenheld beschrieben hatte und stellte fest, dass er nicht übertrieben hatte.

Ohne Zweifel war der Mann attraktiv. Seine Gesichtszüge waren harmonisch, was ihm ein sympathisches Aussehen verlieh. Vielleicht lag das aber auch an seinen blauen Augen, die sie verschmitzt anlächelten. Ähnlich wie Brian, hatte auch sein Partner einen durchtrainierten Körper und Alleyson konnte sich problemlos vorstellen, was andere Frauen zu ihm hinzog. Doch so attraktiv der Mann auch war, Alleyson selbst empfand keinerlei sexuelle Anziehungskraft. Nicht im Entferntesten konnte er ihrer Ansicht nach mit Brians Ausstrahlung und Charisma mithalten.

„Lasst uns anfangen, damit wir rechtzeitig fertig sind", schlug Brian vor, während er bereits die Eingangstür aufschloss.

Hinter ihnen sperrte er von innen wieder ab, bevor er sich an Mitch wandte, der einen schwarzen Koffer hinter sich herzog. „Wie sieht's aus, Partner? Nehmen wir die Treppe als Frühsportprogramm?"

Überrascht sah Alleyson zu ihm hinüber. Sie war sich sicher, er hatte diesen Vorschlag wegen ihr gemacht. Sie kannte Mitch nicht und er hatte vermutet, dass sie sich gemeinsam mit ihm in einem engen Raum, wie einem Aufzug, unwohl fühlen würde. Interessanterweise stellte sie jedoch fest, dass dies nicht der Fall war. Zumindest nicht, solange Brian bei ihr war. Doch noch bevor sie etwas einwenden konnte, stimmte Mitch bereits zu.

„Klar. Nach der Autofahrt tut das meinen Beinen gut. Lass uns sehen, ob wir den Lift schlagen können."

„Soll ich den Koffer mitnehmen?", erkundigte sich Alleyson.

„Warum nicht? Danke sehr", nahm Mitch das Angebot an, bevor er Brian mit ausholenden Schritten folgte.

Im fünften Stock angelangt begannen beide Männer sofort, Alleysons Arbeitsplatz abzusuchen.

„Brian?", rief Mitch seinen Partner kurz darauf zu sich.

„Hast du was?"

Mit seinem Zeigefinger deutete Mitch auf Alleysons Schreibtischlampe. Dann hob er mit einem kleinen Schraubenzieher ein kleines rundes Teil heraus, das aussah, wie eine Flachbatterie, mit dem einzigen Unterschied, dass dieses Teil schwarz war. In dem ebenfalls schwarzen Gummi, der den unteren Rand des Lampenschirms verkleidete, war es nicht aufgefallen.

„Was ist das?", wollte Alleyson wissen.

„Das ist die kleinste Minikamera mit Abhörfunktion, die es derzeit auf dem Markt gibt", erklärte Brian, während er Alleyson besorgt musterte. Das hier war schauerlich, doch Alleyson zeigte keine Reaktion. Im Gegenteil. Sie war völlig ruhig. Zu ruhig für Brians Geschmack.

„Das heißt, er konnte mich den ganzen Tag beobachten? Er konnte sehen, was ich mache und hören, was ich sage?"

„Ja", bestätigte Mitch mit ernstem Gesichtsausdruck nickend.

„Reicht das, um ihn zu verhaften?"

„Ich fürchte, nein. Zumindest nicht, solange wir die Kamera nicht eindeutig zu Gabriel zurückverfolgen können. Selbstverständlich werden wir die Wanze auf Fingerabdrücke untersuchen, aber ich bezweifle sehr stark, dass wir etwas finden werden", erklärte Mitch geduldig.

Alleyson schluckte und rieb sich die Oberarme. Mit einem Mal fror sie. „Aber können Sie nicht feststellen, wohin die Kamera ihre Daten liefert? Wie macht sie das überhaupt?"

„Ich vermute, sie ist in das WLAN-System eingeloggt."

„Aber dann müsste Gabriel zwölf Stunden lang direkt vor dem Haus stehen, wenn er die Daten abrufen will", fiel Brian seinem Partner ins Wort. „Das kann ich mir irgendwie nicht vorstellen."

Mitch zuckte mit den Schultern. „Möglich ist natürlich, dass die Kamera über WLAN auf den Server sendet. Dann könnte Jacob Gabriel die Daten ortsunabhängig abrufen. Auch zeitlich wäre er dann ungebunden. Allerdings müsste er sich dann nicht nur in das firmeninterne WLAN, sondern auch in den Server gehackt haben.“

„Keine einfache Sache, aber letztendlich auch nicht unmöglich”, meinte Brian nachdenklich.

„Könntet ihr das dann nicht nachweisen?“ Hoffnungsvoll sah Alleyson von einem zum anderen.

„Das hängt von der IP-Adresse ab, die er benutzt. Wenn wir diese mit ihm in Verbindung bringen können, dann ja”, erklärte Brian. „Allerdings würde es mich sehr wundern, wenn es uns jemand, der eine derart große Mühe auf eine solche Konstruktion verwendet, so einfach machte.“

„Es tut mir leid, Alleyson.“ Mitfühlend sah Mitch sie an, bevor er hinzufügte: „Außerdem dürfen wir nicht vergessen, dass es noch einen anderen Grund für die Existenz der Kamera geben könnte. Unter Umständen ist es gar nicht Jacob Gabriel, der Ihren Arbeitsplatz abhört. Wäre es nicht auch möglich, auf diese Weise an die Designs zu gelangen, die in der Vergangenheit jemand an CbH verkauft hat?“

In ihren Augen erkannte Mitch, dass die Frau daran noch gar nicht gedacht hatte und er sah, dass sie diese Möglichkeit jetzt ernsthaft in Betracht zog. Es dauerte mehr als eine Minute, bis Alleyson endlich antwortete.

„Ich glaube nicht, dass jemand auf diesem Weg an die Entwürfe kommt. Selbst wenn die Kamera aufnimmt, was auf meinem Schreibtisch liegt, so sind doch immer nur Teile einer Kollektion in meinem Block. Alle anderen in meinem Team zeichnen genauso viel wie ich. Oft fügt sogar jemand anderes all die Änderungen ins System ein, die zuvor gemeinsam besprochen worden sind.“

„Was ist, wenn im Teamraum ebenfalls eine Kamera angebracht ist?“, hakte Brian nach und wieder überlegte Alleyson. Doch am Ende schüttelte sie erneut den Kopf.

„Das ist möglich, aber nicht sehr wahrscheinlich. Viele Änderungen besprechen wir auch einfach zwischendurch. An einem Schreibtisch, bei einem gemeinsamen Mittagessen drüben im Bistro oder auch schon mal bei mir zu Hause. Es ist einfach nicht so, dass der Teamraum der Ort ist, an dem wir ganz sicher regelmäßig zusammensitzen. Vieles würde wahrscheinlich auch nur undeutlich oder teilweise aufgenommen werden, abhängig von dem Installationswinkel der Kamera. Nein, je länger ich darüber nachdenke, desto mehr bin ich davon überzeugt, dass jemand die Kollektionsdaten vom Server ziehen muss."

„Ich checke trotzdem den Rest der Etage", verkündete Mitch und machte sich an die Arbeit.

„Brian?" Mit großen Augen sah Alleyson ihn an.

„Ja?"

„Angenommen, es war doch Gabriel, der die Kamera angebracht hat, wie ist er dann hier herein gekommen?"

„Ehrlich gesagt, kann ich diese Frage noch nicht beantworten. Meine erste Vermutung wäre die abendliche Putzkolonne. Auf jeden Fall werde ich es aber herausfinden. Warum arbeitest du nicht ein bisschen, während ich Mitch helfe?", schlug Brian vor, genau wissend, dass sie dies ablenken würde.

„Vielleicht ist das eine gute Idee", antwortete Alleyson und begann einen Bleistift zu spitzen.

Mitch und Brian verbrachten eine gute Stunde damit, nach weiteren Abhörgeräten zu suchen. Schließlich gaben sie auf.

„Ihr habt nichts mehr gefunden?", fragte Alleyson hoffnungsvoll, als die beiden Männer zu ihr zurückkehrten. Dabei drehte sie sich auf ihrem Schreibtischstuhl zu ihnen herum.

Mit einem Blick hinüber zu Brian, der besagte ‚Du bist dran', zog Mitch zwei Stühle an ihren Arbeitsplatz heran.

„Was ist?", hakte Alleyson sofort nach und sah unruhig von einem zum anderen.

„Es gab noch eine Kamera auf der Damentoilette", erklärte Brian schließlich direkt, nachdem er einmal tief durchgeatmet hatte.

„Auf der Damentoilette?" Entsetzt starrte sie ihn an.

„Im Bereich der Waschbecken, ja. Ich schätze, er wollte sicher gehen, dass ihm nichts entgeht", erinnerte Brian sie vorsichtig an ihre Reaktion auf die Rosen.

Alleysons Gesichtsfarbe wurde noch blasser. Intuitiv nahm Brian ihre Hände in seine. Er wusste, sie erlebte noch einmal die Emotionen jenes Momentes. Was würde er darum geben, ihr das hier ersparen zu können?

Aus dem Augenwinkel sah Brian, wie Mitch ihn überrascht ansah. Doch in diesem Moment war es ihm egal, was sein Partner für Schlüsse zog. Alles, was zählte war, dass er Alleyson das Gefühl gab, nicht allein zu sein. Sie brauchte ihn. Oder zumindest brauchte sie menschliche Wärme und die Gewissheit, dass Gabriel ihr nichts mehr tun würde.

„Vielleicht hängt es doch mit der Spionage zusammen?“, hoffte Alleyson, obwohl ihre Augen sagten, dass sie daran selbst nicht glaubte.

„Ich halte das für unwahrscheinlich, nachdem wir nur zwei Kameras gefunden haben, vor allem, wenn man den zweiten Ort bedenkt”, erinnerte Brian vorsichtig und atmete tief ein. Leider musste er noch etwas Unangenehmes mit ihr besprechen, und das konnte nicht länger warten.

„Alley, es gibt da noch etwas, was wir in Betracht ziehen müssen”, erklärte Brian daher ernst.

Fragend sah sie ihn an, während Mitch sich erhob und seinen Stuhl zurückstellte. Offensichtlich hatte er spontan entschieden, dass Brian diesen Teil der Unterhaltung besser alleine führte.

„Ich brauche noch einen Kaffee.“ Mit diesen Worten verschwand er in Richtung Küche.

„Was ist los, Brian? Wovon sprichst du?“ Leicht irritiert sah Alleyson zu Brian hinüber.

„Es tut mir leid, Alley, aber wir müssen die Möglichkeit in Erwägung ziehen, dass Gabriel dich nicht nur an deinem Arbeitsplatz beobachtet hat.“

Alleyson hielt die Luft an. Nein, unmöglich konnte Brian das meinen, was sie vermutete. „Du meinst, er hat bei mir zu Hause ...“ Ihre Stimme versagte.

„Ich weiß es nicht. Aber es wäre sehr gut möglich. Um ganz sicher zu gehen, hätte ich gerne, dass Mitch hinüber in deine Wohnung fährt und nachsieht.“

„Ich fahre mit”, sprang Alleyson sofort auf.

„Das halte ich für keine gute Idee”, erhob sich auch Brian. „Ich möchte dich im Moment so wenig wie möglich auf der Straße sehen.“

Alleyson schüttelte den Kopf. Sie kannte Mitch gerade erst ein paar Stunden und nun sollte er alleine ihr Haus durchsuchen?

„Außerdem, ...”, fuhr Brian mit ruhiger Stimme fort, „... möchte ich nicht, dass dich jemand mit Mitch sieht.“

Richtig. Mitch und Brian kümmerten sich nur um Gabriel, weil sie ohnehin vor Ort waren. Der eigentliche Grund ihres Hierseins war Alex’ Problem. Wie hatte sie das nur schon wieder vergessen können? Auf keinen Fall konnte Alleyson riskieren, dass Brians Tarnung aufflog. Wie egoistisch von ihr. Wenn sie genauer darüber nachdachte, konnte sie Mitch ohnehin nicht helfen. Kurzentschlossen suchte sie in ihrer Handtasche nach ihrem Haustürschlüssel.

„Bitte", hielt sie Brian schließlich den Schlüsselbund entgegen, der ihn in seine Hosentasche gleiten ließ.

„Danke. Wir finden ihn, Alley", versprach er und beugte sich zu ihr hinunter.

Fest drückte er seine Lippen auf ihre Stirn. „Ich bin gleich zurück. Ich geleite nur schnell Mitch hinaus."

Im Aufzug musterte Mitch seinen Partner aufmerksam. „Sie ist ziemlich hübsch."

„Wer?" Warnend funkelten Brians Augen ihn an, doch Mitch überging es.

„Alleyson, natürlich. Bist du sicher, dass dein Interesse an ihr rein beruflicher Natur ist?"

„Was willst du von mir, Mitch?"

„Ich will gar nichts von dir. Die Frage ist vielmehr, was du von ihr willst."

Als Brian sichtbar erregt antworten wollte, hob Mitch ergeben die Hände.

„Du brauchst dich nicht aufzuregen, Partner. Das Einzige, was ich sagen will, ist: Es sieht ein Blinder mit einem Krückstock, dass es dich voll erwischt hat. Noch nie habe ich einen solch fürsorglichen Blick in deinen Augen gesehen, wie gerade eben. Versteh mich nicht falsch, Brian. Ich kann das durchaus nachvollziehen. Alleyson Winters ist eine wirklich außergewöhnliche Frau. Nur weißt du ebenso gut wie ich, wie wichtig ein kühler Kopf in unserem Job ist."

„Es hat mich nicht erwischt", widersprach Brian brüsk.

„Na dann", akzeptierte Mitch schulterzuckend und fuhr in einem beiläufigen Ton fort: „Dann hast du ja auch nichts dagegen, wenn ich sie ausführe, sobald der Fall abgeschlossen ist."

„Untersteh dich", entgegnete Brian wütend.

„Dann interessierst du dich also doch für sie", entgegnete Mitch grinsend, woraufhin Brian ergeben seufzte.

„Ich weiß nicht, was es ist, aber du hast recht. Ich empfinde mehr für sie als es der Fall sein dürfte"

Etwas in Brians Tonfall ließ Mitch aufhorchen, und er betrachtete seinen Freund und Partner ein wenig gründlicher. Schließlich äußerte er fragend: „Es ist mehr als nur ein heißer Flirt, richtig?“

Brians erste Reaktion war die Behauptung abzustreiten, doch er wusste, dass Mitch ihn dafür zu gut kannte. Er hätte ihm dies niemals abgenommen. Daher nickte er.

„In Alleyson Gegenwart empfinde ich Dinge, die ich nie zuvor gefühlt habe. Allerdings“, wechselte er den Tonfall von privat zu professionell. „spielt das im Moment keine Rolle. Zunächst müssen wir Gabriel fassen und dann werde ich weitersehen. Ich weiß nicht, ob Alleyson und ich eine gemeinsame Zukunft haben können. Ich weiß nicht einmal, was genau sie für mich empfindet, aber ich habe mir vorgenommen, es herauszufinden, sobald der Fall abgeschlossen ist. Also, lass uns zusehen, dass wir diesen Scheißkerl zu fassen kriegen.“

„Das werden wir, Brian”, versprach Mitch, während er in seinen Wagen stieg. „Wir sehen uns später, Kumpel.“

Frustriert legte Alleyson ihren Stift aus der Hand. Heute brachte sie einfach nichts Vernünftiges zustande. Genauso gut hätte sie auch zu Hause im Bett bleiben können. Im Bett?
In Erinnerung an die letzte Nacht durchfuhr sie ein wohliger Schauer und ihre Körpertemperatur erhöhte sich um mindestens ein ganzes Grad. Niemals hätte sie gedacht, dass sie zu solchen Empfindungen, wie sie sie letzte Nacht gespürt hatte, in der Lage wäre. Wenn sie die Augen schloss, konnte sie noch immer Brians Finger auf ihrer Haut fühlen und seine sanfte Stimme in ihrem Ohr hören. Wie schön war es auch gewesen, sich nach dem gemeinsamen Liebesspiel aneinander zu kuscheln. Es war so selbstverständlich, so vertraut gewesen.

„Alley, ich gehe jetzt auch. Wir sehen uns morgen”, riss Steven sie aus ihren Gedanken.

Verwundert blickte Alleyson auf. Tatsächlich waren bereits alle Kollegen schon gegangen. „Wie spät ist es?“

„Nach sechs. Wir sehen uns morgen.“

„Ja, bis morgen. Schönen Abend.“

„Dir auch.“ Müde lehnte sich Alleyson zurück.

Was machte Brian eigentlich? Den ganzen Tag hatte sie nichts mehr von ihm gehört. Eigentlich war sie davon ausgegangen, dass er sich melden würde, sobald Mitch aus ihrer Wohnung zurückgekehrt war. Doch weder hatte sie ihn gesehen noch hatte er sie angerufen.

War es ein gutes Zeichen, dass sie nichts von ihm gehört hatte? Oder eher ein schlechtes? Sollte sie ihn anrufen? Doch so gerne Alleyson auch seine Stimme gehört hätte, sie entschied sich dagegen. Auf keinen Fall wollte sie wie eine Nervensäge oder ein Kontrollfreak rüberkommen. Wahrscheinlich saß er immer noch mit Mitch in Interviews. Schließlich hatte er einen Job zu erledigen. Einen Job, an dem die Zukunft der Alex Taylor Inc. mit all seinen Angestellten hing. Sie konnte nur hoffen, dass Brian und Mitch den Schuldigen schnell fanden.

„Puh, das war anstrengend", stöhnte Mitch, während er sich in Brians Büro in einen Sessel fallen ließ. „Den ganzen Tag Verhöre, Verhöre, Verhöre. Ich weiß nicht, wann wir das das letzte Mal in dieser Form hatten. Es grenzte schon fast an einen Marathon."

„Ich könnte auch geradewegs ins Bett fallen", stimmte Brian ihm zu. „Fährst du heute noch zurück?"

„Das hatte ich eigentlich vor."

„Du weißt, dass du jederzeit bei mir übernachten kannst. Das Haus hat genügend freie Zimmer."

Für einen langen Moment sah Mitch seinem Freund und Partner prüfend in die Augen, denn er wusste genau, wie lange Brian sein elterliches Anwesen gemieden hatte. Offensichtlich fand er seine Bedenken jedoch nicht bestätigt, denn er überging jede Bemerkung dazu.

„Vielen Dank für das Angebot, aber ich denke, ich fahre besser nach Hause. Auf diese Weise kann ich gleich morgen früh im Büro anfangen, einige Dinge zu recherchieren. Irgendwie fand ich Miss Roberts nicht sonderlich glaubwürdig. Wenn du mich fragst, hat sie sehr wohl noch Kontakt zu Ella Wensworth."

„Das vermute ich auch. In der Schneiderei haben alle bestätigt, dass Miss Wensworth sich des Öfteren Kleider ausgeliehen hat. Unmöglich kann jemandem wie Abigail Roberts, die mit jedem über alles spricht, dies entgangen sein. Ich bin nur noch nicht sicher, ob sie wirklich so naiv ist und ihrer Freundin glaubt oder ob sie nur hört, was sie hören will. "

„Mir scheint, dass sie sich an allem freut, worüber sich lästern lässt. Ich checke direkt morgen früh, was Ella Wensworth heutzutage macht und dann werde ich ihr am Nachmittag einen kleinen Besuch abstatten. Miss Roberts macht jedenfalls auf mich den Eindruck, als ob sie für Geld alles tun würde."

„Ganz sicher fehlt ihr jegliche emotionale Bindung zu dem Unternehmen." Brian schüttelte angeekelt den Kopf, als er daran dachte, wie sie versucht hatte, mit ihm zu flirten.

Grinsend sah Mitch zu seinem Partner hinüber. „Die hätte sie aber gerne."

„Hör mir bloß auf."

„Ja, ihre Anmache war schon ein bisschen billig", stimmte Mitch zu. „Aber ihre Figur kann sich sehen lassen."

„Ich bin sicher, sie ist einem Date mit dir nicht abgeneigt", feixte Brian.

„Ich verzichte, vielen Dank", lehnte Mitch sofort ab und grinste zurück.

Was Frauen betraf, so waren sich beide Männer einig. Schönheit war eine nette Zugabe, aber kein relevantes Kriterium. Sowohl Mitch als auch Brian waren einer festen Beziehung grundsätzlich nicht abgeneigt, doch sie wussten beide, wie schwer es war, eine Frau zu finden, die sowohl die Unregelmäßigkeit als auch die Gefahr, die ihr Beruf mit sich brachten, akzeptieren konnte.

„Was war dein Eindruck von Thomas Henderson?", lenkte Brian ab.

„Auf mich wirkt er äußerst loyal. Ich glaube, er ist ein Mann mit festen Grundsätzen. Wenn er kein begnadeter Schauspieler ist, ist er meiner Meinung nach unschuldig. Gegen ihn als Täter spricht im Übrigen auch, dass die Entwürfe an CbH verkauft wurden, die ganz sicher nicht die Summe gezahlt haben, die ein hochwertiger Konkurrent gezahlt hätte. Henderson braucht eine Menge Geld für die medizinische Betreuung seines Sohnes. Warum ein hohes Risiko eingehen, wenn er dann nicht zumindest meistbietend verkauft?"

„Vielleicht hatte er nur zu CbH Beziehungen? Schließlich kann er nicht einfach auf dem Markt rumrennen und die Designs feilbieten."

„Hm", überlegte Mitch. „Möglich wäre es, aber ich traue es ihm trotzdem nicht zu. Wer würde sich um seinen Sohn kümmern, wenn er im Gefängnis wäre? Nein, ich glaube nicht, dass er etwas mit der Sache zu tun hat."

„Wahrscheinlich hast du recht", seufzte Brian. „Was ist mit Peter Limpton?"

„Der Typ hat ein echtes Ego-Problem. Er hält sich für den Allerschönsten und Größten. Dabei frage ich mich, woher er diese Erkenntnis nimmt? Außer jeder Menge Arroganz kann er meines Erachtens mit nicht viel aufwarten."

„In jedem Fall hat er ein Problem damit, ein ‚Nein' zu akzeptieren."

„Du spielst auf Alleyson an."

„Du hättest ihn erleben sollen, Mitch. Der Typ wurde richtig wütend und sogar handgreiflich, als sie nicht mit ihm ausgehen wollte. Ich möchte nicht wissen, wie es ausgegangen wäre, wenn ich damals nicht zufällig vorbeigekommen wäre."

„Nachdem du mir von ihm erzählt hattest, habe ich seinen Namen als einen der ersten durch den Computer gejagt. Aber außer drei bezahlten Strafzetteln liegt nicht das Geringste gegen ihn vor."

„Allerdings hat Marlene seine Karriere ausgebremst, was durchaus Grund genug sein könnte für einen Typen wie ihn. Er kann nicht gut mit Zurückweisungen umgehen und ist äußerst emotional."

„Hm", überlegte Mitch.

„Was?"

„Er ist ziemlich eitel. Ich mag mich täuschen, aber ich habe den Eindruck, dass er ein viel größeres Problem damit hat, wenn er als Mann nicht ankommt, als wenn er nicht den nächsten Karriereschritt macht. Ich glaube, er ist mit seiner Position nicht unglücklich. Er hat ein entsprechendes Prestige, ein gutes Gehalt und die nötige Freizeit, um es auszugeben. Sein Alter hingegen macht ihm Sorgen."

„Sein Alter?", erstaunte sich Brian. „Der Typ ist gerade mal Mitte dreißig."

„Trotzdem", nickte Mitch. „Er hat ständig mit jungen Models zu tun und der Altersunterschied wird für ihn von Jahr zu Jahr größer. Im Laufe unseres Gesprächs hat er sein Alter mindestens dreimal genannt. Dabei hat es nicht einmal einen Grund dafür gegeben. Hat er vielleicht sein Glück mal bei Aarons Witwe versucht und ist abgeblitzt?"

„Bei Marlene? Nicht, dass ich wüsste. Aber es ist wohl eher unwahrscheinlich, dass Marlene mir davon erzählt hätte, wenn dem so gewesen wäre. Schließlich haben wir in der Vergangenheit nicht sehr häufig miteinander gesprochen und wenn, drehte sich unser Gesprächsthema ausschließlich um Aaron. Ich werde sie jedoch gezielt danach fragen, wenn ich sie das nächste Mal sehe."

„Gut. Lass mich wissen, was sie geantwortet hat. Doch jetzt lass uns gemeinsam zu Alleyson hinunter gehen, bevor ich fahre."

Seufzend erhob sich Brian. „Ich wollte, du hättest nichts gefunden."

Aufmerksam musterte Mitch seinen Partner. „Sie ist stärker als du denkst, Brian. Erinnere dich, was sie bereits alles hinter sich gelassen hat."

Am liebsten hätte Brian entgegnet, dass Mitch keine Ahnung hatte, wie sehr sie immer noch gegen die Vergangenheit ankämpfte, doch er behielt es für sich. Das ging nicht einmal seinen Partner etwas an.

„Im Schlafzimmer?", wiederholte Alleyson tonlos und sah Mitch entsetzt an.

„Es tut mir leid", versicherte Mitch ehrlich. „Ich weiß, es ist nur ein kleiner Trost, aber es war zumindest die einzige Kamera, die ich gefunden habe."

„Mehr hat er auch nicht gebraucht, um jede Nacht seinen Spaß zu haben", entfuhr es Alleyson.

Beruhigt stellte Brian fest, dass ihre Augen dabei wütend funkelten. Wut war besser als Resignation und Schock. Mitch hingegen sah verlegen zur Seite. Sofort begriff Brian, dass sein Partner Alleysons Worte in eine völlig falsche Richtung interpretiert hatte.

Anscheinend wurde auch Alley die Doppeldeutigkeit ihrer Aussage plötzlich bewusst, denn eine verlegene Röte überzog ihr Gesicht. „So habe ich das nicht gemeint", beeilte sie sich aufzuklären. „Gabriel liebt es, andere Menschen in Angst und Schrecken zu versetzen. Das ist sein Fetisch."

„Und Sie haben jede Nacht Albträume?", folgerte Mitch daraufhin sanft.

Alleyson nickte, während sie nach unten blickte. Bei der Vorstellung, dass Jacob Gabriel beobachtet hatte, wie sie sich jede Nacht in ihrem Bett kämpfend hin und her gewälzt hatte, bis sie schließlich schweißgebadet aufgewacht war, wurde ihr übel.

Mit einem Mal konnte Mitch seinen Partner verstehen. Mit diesem Ausdruck in Alleysons Augen regten sich auch in ihm all seine Beschützerinstinkte, und er war erleichtert zu wissen, dass sein Partner sich darum kümmern würde.

„Bei Brian sind Sie sicher. Vertrauen Sie ihm. Er ist einer der besten Männer, die das FBI hat", versicherte er dementsprechend auch sofort.

Zuversichtlich nickte Alleyson. „Ich vertraue ihm."

Um Brians Herz wurde es wieder warm. Der Blick, mit dem sie ihm ansah, sprach Bände. Er hoffte nur, er würde keinen folgenschweren Fehler machen und ihr Vertrauen damit enttäuschen. Zum ersten Mal in seiner Laufbahn hatte er Angst zu versagen. Doch hastig schob er die aufkommende Furcht zur Seite. Versagen stand schlichtweg nicht zur Debatte. Nicht, wenn es um Alleyson ging.

„Hast Du noch viel zu tun?", erkundigte er sich.

„Nein, ich bin fertig. Heute war ohnehin kein besonders produktiver Tag", antwortete Alleyson.

„Dann lass uns Mitch nach unten begleiten und ebenfalls gehen. Ich habe auch genug für heute."

„Hast du etwas von Fred gehört?", erkundigte sich Alleyson auf dem Weg nach unten.

„Sein Zustand ist stabil. Wahrscheinlich kann er übermorgen schon wieder nach Hause."

„Ich wollte, ich könnte ihn besuchen."

„Sobald Gabriel sicher hinter Schloss und Riegel sitzt", versprach Brian, während er ihr die Tür nach draußen aufhielt.

„Auf Wiedersehen, Mr Bradshaw", verabschiedete sich Mitch in einem offiziellen Ton. Zwar waren sie im Moment alleine auf dem Parkplatz, aber man konnte schließlich nie wissen. Außerdem war der Empfang hinter ihnen von einem Sicherheitsmann besetzt, der das Gebäude erst später mit der Putzkolonne verlassen würde.

„Auf Wiedersehen, Mr Decker. Sie melden sich, sobald Sie etwas gefunden oder noch Fragen haben?"

„Selbstverständlich. Auf Wiedersehen, Miss Winters." Mit einem Kopfnicken wandte sich Mitch nach rechts und schritt über den Parkplatz zu seinem Auto, während Brian und Alleyson nach links gingen.

„Ich hoffe, William hat etwas zum Essen vorbereitet. Ich sterbe vor Hunger", gestand Brian. „Den ganzen Tag nur Kaffee und ..." Plötzlich wurde Brians Satz von einem lauten Knall abgeschnitten. Einem schnellen Reflex folgend riss er Alleyson zu Boden. Dabei fing er den Aufprall so gut wir möglich mit seiner Schulter ab, bevor er sich blitzschnell auf sie rollte. Schützend umklammerten seine Arme ihren Kopf.

Es dauerte einige Sekunden bis Alleyson verstand, dass gerade jemand auf sie geschossen hatte. Sie fühlte Brians Gewicht schwer auf ihrem Körper ruhen und wurde von Panik erfüllt. Hatte ihn die Kugel getroffen? Doch dann spürte sie seinen schnellen, aber gleichmäßigen Herzschlag an ihrem Rücken. Gott sei Dank, er war nicht verletzt. Das feste Klopfen gab ihr ein Gefühl von Sicherheit. Brian war bei ihr. Sie war nicht allein. Und er beschützte sie. Er war ihr Fels in der Brandung, der immer zu wissen schien, was zu tun war.

Erschrocken zuckte sie zusammen, als ein zweiter Schuss den Boden vor Brians BMW traf, hinter dem sie in Deckung lagen. Im gleichen Augenblick hörte sie die quietschenden Reifen eines davonfahrenden Autos.

„Bleib unten", befahl Brian, während er sich aufrichtete. Dabei zog er seine Waffe und blickte vorsichtig seitlich am Auto vorbei.

„Ist alles okay bei euch?", rief Mitch über den Parkplatz.

„Ja. Bei dir?"

„Auch. Bleib hier. Ich häng mich an ihn dran", schrie er, während er schon in seinen Wagen stieg.

Brians erster Reflex war zu seinem Partner ins Auto zu springen, doch er wusste, er wurde dringender am Tatort benötigt. Außerdem hatte er eine Rolle zu spielen. Im Augenblick war er Juniorchef eines Modeunternehmens und kein FBI-Agent.

Leichenblass erschien der Sicherheitsmann in der Tür. „Sir?", erkundigte er sich mit zitternder Stimme und ratsuchendem Blick.

„Rufen Sie die Polizei, Cole. Dann verständigen Sie meinen Onkel", übernahm Brian das Kommando. „Und kochen Sie frischen Kaffee."

„Ja, Sir", stammelte der Mann und verschwand im Gebäude. Er war glücklich, dass er eine Aufgabe hatte.

Brian hingegen drehte sich zu Alleyson um, die mit dem Rücken an seinem Auto lehnte.

„Alley?“, sprach er sie behutsam an und ging vor ihr in die Hocke.

Langsam hob sie ihren Kopf und sah ihn mit ihren großen Augen an, die ihn zum wiederholten Mal an ein Reh im Scheinwerferlicht erinnerten.

„Sweetheart, ist alles in Ordnung? Bist du verletzt?“

Alleyson schüttelte ihren Kopf.

Zu langsam, beurteilte Brian die beiden Reaktionen. Obwohl Alleyson ihre Augen auf ihn gerichtet hatte, schien sie ihn nicht zu sehen. Überhaupt wirkten ihre Augen zu groß und ihre Haut zu blass.

Zärtlich legte Brian eine Handfläche an ihre Wange und streichelte sie mit seinem Daumen. „Alley, bitte sprich mit mir. Sonst muss ich einen Krankenwagen rufen.“

Langsam fokussierten ihre Pupillen sein Gesicht. Das war schon einmal gut.

„Bist du verletzt?“, erkundigte er sich abermals.

„Nein, ich glaube nicht”, antwortete sie heiser.

„Gut.“ Noch einmal musterte Brian sie besorgt, bevor er vorschlug: „Dann lass uns reingehen.“

„Was ist mit Mitch?“

„Ihm ist nichts passiert. Er hat die Verfolgung aufgenommen. Komm, jetzt.“ Fürsorglich legte er einen Arm um ihre Taille und half ihr auf.

„Bbbrian”, stotterte sie und sah ihn panisch an. Krampfhaft hielt sie sich an seinem Arm fest, während ihr Körper anfing zu zittern.

„Es ist alles in Ordnung, Liebes. Komm, her.“ Fest zog er sie an sich und umschloss sie mit seinen Armen. „Das ist nur der Abbau des Adrenalins. Gleich wird es besser.“

Sein Herz schlug schneller. Wieso nur hatte er diesen Anschlag nicht verhindert? Wie hatte er zulassen können, dass Gabriel sie noch einmal in Angst und Schrecken versetzen konnte? Und das, obwohl er Alleyson versprochen hatte, dass er ihr nichts mehr würde tun können. Doch Brian musste ehrlich sein. Nicht im Entferntesten hatte er damit gerechnet, dass Gabriel sie in seinem Beisein angreifen würde. Völlig naiv war er davon ausgegangen, dass seine Anwesenheit Abschreckung genug sein würde.

Welch ein Anfängerfehler, der Alleyson leicht das Leben hätte kosten können! Allein der Gedanke ließ Brian erschaudern und er hielt sie noch ein wenig fester. Sie gehörte zu ihm. Jacob Gabriel würde sie ihm nicht nehmen.

Mittlerweile hatte sich auch das Adrenalin in seinem Körper soweit abgebaut, dass das Schmerzempfinden zurückgekehrt war. Als er seinen linken Arm bewegen wollte, fuhr ein stechender Schmerz durch seine Schulter. Brian musste die Zähne zusammenbeißen, um nicht laut aufzustöhnen. Allerdings musste er gezuckt haben, denn Alleyson sah fragend zu ihm auf.

„Was ist?“

„Nichts. Lass uns reingehen”, schlug er vor, doch Alleyson hielt ihn zurück.

„Was ist los?“, beharrte sie auf einer Antwort. „Bist du verletzt? Hat er dich getroffen?“ Panik kehrte in ihre Augen zurück.

Diese Frau war wirklich einmalig. Trotz ihres eigenen Entsetzens sorgte sie sich in erster Linie um andere. Hatte sie nicht eben zuerst nach Mitch gefragt? Auch jetzt war ihr Blick voller Besorgnis.

„Nein, er hat mich nicht getroffen. Wahrscheinlich habe ich mir die Schulter beim Aufprall geprellt. Es ist nicht von Bedeutung”, versicherte Brian.

„Lass es mich sehen.“

„Nachher, okay? Sobald wir zu Hause sind. Sieh, dort kommt bereits die Polizei. Lass uns einfach die Formalitäten so schnell wie möglich hinter uns bringen und dann nach Hause fahren.“

Abschätzend musterte ihn Alleyson, doch sie musste wohl zu dem Ergebnis gekommen sein, dass sie im Moment an dieser Stelle nicht weiterkam. Daher folgte sie ihm ohne Widerrede zurück ins Gebäude.

„Cole, wir setzen uns in die Cafeteria. Passen Sie auf, dass niemand ins Gebäude kommt, der hier nichts zu suchen hat. Ich vermute, die Meute dort drüben wird bald näher kommen.“ Dabei deutete Brian auf die Menschenansammlung, die sich vor dem Bistro auf der anderen Straßenseite gebildet hatte.

„Selbstverständlich, Mr Bradshaw. Ich lasse niemanden herein.“

Alles in Allem dauerte es weniger als eine Stunde bis die Polizei den Tatort untersucht und alle Zeugen verhört hatte. Dies war vor allem Chief Joseph Apleton zu verdanken, den Mitch bereits vom Auto aus über die neuesten Ereignisse informiert hatte. Sofort hatte sich dieser mit den örtlichen Behörden in Verbindung gesetzt und Mitch Decker als verantwortlichen Agenten benannt.

Zwar hatten Alleyson und Brian ihre Aussage getrennt voneinander zu Protokoll geben müssen, doch ohne Apletons Einmischung hätte alles wesentlich länger gedauert. Vor allem aber hatte Brian aufgrund von Apletons Schachzug seine Tarnung als Juniorchef des Unternehmens aufrecht erhalten können.

„Du hast ihn nicht erwischt”, stellte Brian leise fest, als er Mitch in der Cafeteria gegenübersaß.

„Nein, leider nicht. Das Schwein hat seine Flucht bis ins kleinste Detail geplant und mich erstklassig abgehängt. Tut mir leid, Brian.“

Aufmunternd legte ihm sein Partner eine Hand auf die Schulter. „Es ist nicht deine Schuld. Das nächste Mal bekommen wir ihn.“

„Ich habe sein Kennzeichen durchgegeben, aber ehrlich gesagt habe ich nicht viel Hoffnung, dass es uns weiterbringt.“

„Nein, wahrscheinlich nicht. Es würde mich wundern, wenn der Wagen nicht gestohlen wäre. Hast du sein Gesicht gesehen?“

„Auch nicht. Er hat aus dem Auto heraus geschossen. Dabei hatte er seine Baseballmütze so tief ins Gesicht gezogen, dass ich ihn nicht eindeutig identifizieren konnte.“

„Mist!”, brummte Brian.

„Du sagst es. Allerdings glaubt auch Apleton, dass es höchstwahrscheinlich Gabriel war. Trotzdem müssen wir andere Möglichkeiten in Betracht ziehen.“

„Ich weiß.“

„Lass mich noch einmal kurz mit Alleyson sprechen. Vielleicht erinnert sie sich an etwas, das sie bisher vergessen hat zu erwähnen, weil es ihr als zu unwichtig erschien.“

Unentschlossen sah Brian zu Alley hinüber, die offensichtlich erschöpft an einem Tisch saß. Als Mann schrie alles in ihm auf und wehrte sich gegen jede weitere Belastung. Er sollte sie nach Hause bringen. Das, was sie jetzt brauchte war Wärme und Geborgenheit sowie eine ordentliche Mahlzeit. Ganz sicher brauchte sie kein weiteres Verhör, auch wenn er wusste, dass Mitch sanft vorgehen würde. Doch leider durfte er nicht in dieser Kategorie denken. Er musste rational entscheiden.

„Okay”, willigte er seufzend ein. „Aber mach es kurz.“

„Versprochen”, versicherte ihm Mitch mitfühlend.

Gemeinsam gingen sie hinüber zu Alleyson und setzen sich zu ihr an den Tisch. Nachdem sich Brian mit einem kurzen Blick vergewissert hatte, dass außer ihnen dreien niemand mehr in der Cafeteria war, nahm er ihre Hand in seine.

Sofort überzog ein leichtes Lächeln ihr Gesicht. Brians Hand war so wunderbar warm. Es war interessant zu erfahren, wie allein seine Nähe und eine solch kleine Geste ihren Zustand innerhalb einer Millisekunde verbessern konnte. Verflogen waren die Kälte und die Einsamkeit, die Furcht und die Hilflosigkeit, die sie eben noch dominiert hatten.

„Mitch hat noch ein paar Fragen. Okay?“, erkundigte er sich sanft. Es kostete Brian jede Menge Selbstbeherrschung, sie nicht in seine Arme zu ziehen.

„Sicher”, antwortete sie leise.

„Alleyson, gibt es außer Jacob Gabriel noch jemandem, dem Sie zutrauen, auf Sie zu schießen?“

„Brian!“, tönte plötzlich eine aufgeregte Stimme durch den Raum und alles sah auf.

Seufzend erhob sich Brian. Lieber wäre er neben Alleyson sitzen geblieben, doch stattdessen erhob er sich. „Ich kümmere mich um ihn.“

„Alex, es ist alles in Ordnung. Es ist nichts passiert”, rief er beruhigend, während er bereits auf seinen Onkel zulief und ihn zu einem Tisch am Eingang hinüberzog.

„Nichts ist passiert? Eine Schießerei nennst du nichts?“ Aufgebracht sah Alex seinen Neffen an.

„Nein, das habe ich nicht sagen wollen. Ich meinte damit nur, es ist niemand verletzt worden.“

„Zum Glück. Aber wie leicht hätte das hier böse enden können. Was genau ist passiert?“

In wenigen Worten schilderte Brian seinem Onkel die Geschehnisse der letzten Stunde.

„Aber Brian, wer um Himmels willen schießt auf Miss Winters?“ Ratlos blickte Alex ihn an. „Glaubst du, jemand will unsere Designs nicht mehr nur verkaufen, sondern gleichzeitig den Start einer neuen Kollektion verzögern?“

„Im Augenblick sind wir in alle Richtungen offen“, antwortete Brian ausweichend.

„Gestern der Unfall, heute der Anschlag. Ich begreife das alles nicht. Andererseits ...”, hielt Alex grübelnd inne.

„Andererseits?“, forderte Brian ihn kurze Zeit später zum Weiterreden auf, woraufhin sein Onkel ihn mit festem, klaren Blick ansah.

„Wenn CbH unsere Produktion verzögert und somit eine Kollektion mit unseren Designs vor uns auf den Markt bringt, dann ist das das Ende des Unternehmens. Abgesehen davon, dass sich die Linie nicht verkaufen wird, wird CbH dieses Mal uns verklagen und einen weiteren Rechtsstreit kann ich mir finanziell nicht mehr leisten. Es wird eine Flut an negativer Presse geben und der Name ‚Alex Taylor’ wird ein für allemal verbrannt sein.“

Der Schmerz, den dieser Gedanke in dem älteren Mann auslöste, stand in seinen Augen. „Ich kann einfach nicht nachvollziehen, warum CbH einen solch starken Hass gegen uns hegt.“

Beruhigend legte Brian eine Hand auf die Schulter seines Onkels. „Mach dir im Moment nicht so viele Sorgen, Alex. Um ehrlich zu sein, glaube ich nicht, dass deine Konkurrenz hinter diesem Anschlag heute Abend steckt.“

„Nicht? Aber wer dann? Wer könnte sonst einen Grund haben ...“

„Alex, wäre es zu viel verlangt, wenn ich dich bitte, mit einer Erklärung bis morgen zu warten?“, unterbrach Brian seinen Onkel mit einem fragenden Blick sowie einer leichten Kopfbewegung hinüber zu Mitch und Alleyson, die gerade aufstanden und sich voneinander verabschiedeten. „Es ist eine längere Geschichte und eigentlich sollte Alleyson sie dir erzählen“, fuhr Brian fort. „Aber heute Abend ist nicht mehr der richtige Zeitpunkt dafür.“

Aufmerksam musterte Alex seine Designerin über den Raum hinweg. „Ich verstehe zwar kein Wort von dem, was du mir sagen willst, aber ich sehe, dass Alleyson mit ihrer Kraft am Ende ist. Sie braucht dringend Ruhe. In diesem Punkt hast du recht. Morgen ist also früh genug. Nimmst du sie noch einmal mit zu dir?“

Brian nickte. Wenn es nach ihm ging, würde sie den Rest ihres Lebens bei ihm verbringen. Doch auch das war kein Thema für heute Abend. In einem möglichst neutralen Ton erklärte er: „Im Moment kann sie unmöglich nach Hause.“

„Ich verstehe”, kommentierte Alex nur. In seinen Augen stand jedoch deutlich, dass er mehr in Brians Handlung hinein interpretierte, als Brians Worte ihm Glauben machen wollten. „Wie wäre es, wenn ihr beide morgen Abend zum Essen vorbeischaut? Dann können wir ungestört reden."

Nachdenklich sah Brian von Alleyson zu seinem Onkel. Vielleicht war das keine schlechte Idee. Außerdem wollte er plötzlich, dass Alleyson sah, wo er seine Jugend verbracht hatte. Er wollte, dass sie Alex nicht nur als Chef sah, sondern ihn auch von seiner privaten Seite kennenlernte.

„Sehr gerne, allerdings habe ich eine Bedingung." Entschieden sah Brian seinen Onkel an, der fragend eine Augenbraue in die Höhe zog.

„Es wird ein Essen ohne Marlene sein. Nur du, Cleo, Alleyson und ich."

Einen Augenblick überlegte Alex, dann nickte er. „Einverstanden. Nur wir vier."

„Danke, Alex", atmete Brian erleichtert auf.

„Wenn es etwas gibt, womit ich helfen kann, Junge, dann lass es mich wissen."

„Das mache ich. Vielen Dank!"

Nachdem Alex Taylor noch einige Worte mit Alleyson und Mitch gewechselt hatte, konnte Brian endlich mit Alleyson nach Hause fahren, wo sie von einem sichtlich erleichterten William begrüßt wurden.

„Gott sei Dank ist Ihnen beiden nichts passiert. Ich habe in den Nachrichten von den Schüssen gehört und mir entsetzliche Sorgen um Sie gemacht."

„Uns geht es gut, William", beruhigte Brian den Mann. „Allerdings haben wir einen Bärenhunger."

„Das Essen ist bereits vorbereitet. Gehen Sie ruhig ins Bad. In einer halben Stunde ist alles fertig. Ich habe den Tisch draußen im Garten gedeckt. Ich hoffe, das ist genehm."

„Danke, William, das ist wunderbar. Machen Sie Schluss für heute. Ich denke, wir kommen zurecht."

„Ja, Sir."

Fürsorglich nahm Brian Alleysons Hand und eilte mit ihr die Treppe zu ihrem Zimmer hinauf. Plötzlich hatte er es wahnsinnig eilig. Er musste sie in seinen Armen spüren, ansonsten glaubte er, nicht mehr genügend Luft zum Atmen zu finden. Sein Bedürfnis nach ihrer körperlichen Nähe war so unbändig groß, dass er nicht eine Sekunde länger warten konnte.Kaum hatten sie das

Gästezimmer betreten, trat er die Tür mit dem linken Fuß hinter sich zu und zog sie an sich.

„Alley!“, stieß er atemlos hervor und seine Hände glitten durch ihre Haare, über ihren Rücken, ihren Po.

Alleyson hatte das Gefühl, sie spürte ihn überall. Erst jetzt, nachdem Brians ganze Anspannung von ihm abgefallen war, bemerkte sie, wie sehr ihn die ganze Sache mitgenommen hatte.

„Es tut mir so leid. Niemals hätte ich dich ungeschützt auf den Parkplatz lassen dürfen. Ich hätte damit rechnen müssen. Es war meine Schuld.“

„Hör auf, Brian”, unterbrach sie ihn sanft und befreite sich aus seiner Umklammerung. Besonnen führte sie ihn zum Bett. „Nichts ist deine Schuld. Im Gegenteil. Du hast mich beschützt. Wenn du nicht gewesen wärst, hätte mich Gabriel mit Sicherheit getroffen. Vielleicht hat er mich nicht töten wollen, aber er wollte mich auf jedem Fall verletzen.“

Wild schüttelte Brian den Kopf. Sie erfasste die Situation nicht. Es war sein Job, es gar nicht erst so weit kommen zu lassen.

„Brian.“ Mit sanftem Druck nahm sie sein Gesicht in ihre beiden Hände und drehte es zu sich herum. „Du kannst die Zukunft nicht vorhersagen. Auch nicht Gabriels Taten, egal wie sehr du es dir auch wünschst. Wenn wir ihn fassen wollen, müssen wir ihn herauslocken und er muss aktiv werden. Es reicht nicht, ihm nachzuweisen, dass er sich in der gleichen Stadt aufhält wie ich. Es ist schade, dass ihn heute Abend niemand identifizieren konnte, aber das nächste Mal wird es uns gelingen. Im Moment zählt nur, dass er sein Ziel nicht erreicht hat und das verdanke ich einzig und allein dir.“

Müde legte Brian seine Stirn an ihre. Sie hatte recht. Trotzdem musste er mehr tun, um ihre Sicherheit zu gewährleisten. Er musste aufmerksamer sein und versuchen, Gabriel einen Schritt voraus zu sein. Zu viel stand auf dem Spiel.

„Jetzt lass mich deine Schulter sehen”, riss Alleysons Stimme ihn aus seinen Gedanken.

„Wie bitte?“

„Deine Schulter. Du hast versprochen, sie mir zu zeigen, sobald wir zu Hause sind.“

Diese Frau vergaß wirklich nichts. „Meine Schulter ist in Ordnung, glaube mir.“

Mit gerunzelter Stirn sah sie ihn an. „Versprochen ist versprochen”, stellte sie trotzig fest.

Seufzend zog Brian sein Sakko aus. Ah. Das tat weh.

Mit hochgezogenen Brauen beobachtete ihn Alleyson. Zu gerne hätte sie sich auf seinen sexy Oberkörper konzentriert, der ihren Körper sofort an allen möglichen und unmöglichen Stellen in Erregung versetzte, doch sie sah den Schmerz in seinem Gesicht.

„Lass mich dir helfen”, bot sie an, stand auf und knöpfte sein Hemd weiter auf. Zärtlich ließ sie dabei ihre Finger über seine Brust gleiten. Sie hörte, wie sich Brians Atemfrequenz erhöhte und auch sie atmete schneller. Doch sie riss sich zusammen. Wie konnte sie nur an Sex denken, wenn Brian Schmerzen hatte? Behutsam strich sie das Hemd über die Schultern nach unten und ließ es auf den Boden gleiten. Hörbar sog sie die Luft durch die Zähne, als sie den riesigen blauen und roten Bluterguss an der Schulter sah.

„Es ist nur ein blauer Fleck, Alley. Ich habe schon weitaus Schlimmeres überstanden.“

„Das ist nicht nur ein blauer Fleck. Das ist eine Prellung, wenn nicht Schlimmeres. Wir sollten in die Klinik fahren und die Schulter röntgen lassen.“

„Alley, es ist nur eine Prellung. In meiner Tasche habe ich Traumeel. Du wirst sehen, die Salbe bewirkt Wunder. Lass uns duschen und dann treffen wir uns unten zum Essen. Einverstanden?“

Alleyson nickte und wandte sich schnell ab, damit er die Enttäuschung nicht in ihren Augen sah. Sie hatte keinen Hunger. Zumindest nicht nach Essen. Aber anscheinend spürte er nicht das gleiche körperliche Verlangen, das in ihren Brüsten zog und weiter unten brannte.

Brian war die Trübung ihrer Augen nicht entgangen. Dachte Alleyson wirklich, er würde sie nicht begehren? Dabei hatte er lediglich ihre Situation nicht ausnutzen wollen. Die Ereignisse des heutigen Tages waren sowohl psychisch als auch physisch aufreibend genug gewesen. Angefangen von der Erkenntnis, dass Gabriel sie nicht nur tagsüber, sondern auch nachts beobachtet hatte, bis hin zu dem Schusswechsel auf dem Parkplatz. Der Adrenalinstoß hatte ihren Körper an seine Grenzen gebracht, doch wenn Alleyson das hier genauso wollte wie letzte Nacht, würde er nicht länger an sich halten.

Den ganzen Tag juckte es Brian bereits in den Fingern, ihre Hochsteckfrisur zu lösen und dabei ihren Nacken zu küssen. Leise trat er hinter sie und küsste seitlich ihren Hals. Sofort bog sie ihm ihren Kopf entgegen. Langsam zog er eine Haarnadel nach der anderen aus ihrem Haar, während seine Lippen ihren Nacken liebkosten.

Leise stöhnte sie und er legte seinen linken Arm um ihre Taille. Vorsichtig drehte er sie zu sich herum und lockerte mit seinen Fingern ihre Haare. Wie seidig sie sich anfühlten.

„Davon träume ich schon seit Tagen", flüsterte er in ihr Ohr und zog zeitgleich Alleysons Po an seine Erektion.

Gott, er würde nicht lange durchhalten. Niemals hatte er ein solch intensives Bedürfnis gespürt oder zumindest konnte er sich nicht erinnern. Abgesehen von gestern natürlich. Aber im Moment glich sein Gehirn einfach nur einem weißen unbeschriebenen Blatt. Wenn ihn jemand nach seinem Namen gefragt hätte, hätte er nicht einmal darauf eine Antwort gewusst.

„Brian", stöhnte Alleyson in diesem Moment.

Richtig. Brian war sein Name. Doch im gleichen Augenblick hatte er ihn auch schon wieder vergessen, denn Alleysons Rücken bog sich nach hinten und damit erhielt er uneingeschränkten Zugang zu den wunderschönsten Brüsten, die er je gesehen hatte.

Rasch schob er Bluse und BH zur Seite und umschloss eine Brustwarze mit seinen Lippen. Während er saugte, öffnete er den leichten Baumwollstoff und schob ihr die Bluse über die Arme nach unten. Anschließend öffnete er ihren BH. Endlich.

Ein Stöhnen drang aus seinen Lippen und wiederholte sich, als Alleyson seine Hose öffnete und ihre Hände über sein langes geschwollenes Glied gleiten ließ.

„Vorsicht", stöhnte er.

Wann war er nur das letzte Mal so steif gewesen? Abgesehen von gestern Nacht. Hastig zog er Hose und Boxershorts aus, während auch Alleyson Rock und Unterwäsche ablegte. Dann nahm er sie auf seine Arme und legte sie auf das große weiche Bett.

Bevor Alleyson sich rühren konnte, kniete er bereits zwischen ihren Beinen und seine Zunge glitt in sie hinein.

Whoa, schmeckte sie gut. Er hörte, wie sie stöhnte und schneller atmete. Sie war genauso nah an ihrem Höhepunkt, wie er an seinem. Wie war das in dieser kurzen Zeit nur möglich?

„Brian. Bitte", flehte sie atemlos und spannte alle Muskeln an. „Ich möchte dich spüren. Bitte." Voller Leidenschaft glühten ihre grünen Augen und bedrängten ihn weiterzumachen.

Vorsichtig glitt Brian in sie hinein. Oh, wie genau ihr Körper zu seinem passte. Ganz genau so musste es im Paradies sein. Leidenschaftlich küsste er sie und seine Zunge übernahm den Rhythmus seiner Lenden. Sein Herz raste in einer Geschwindigkeit, dass er froh war, entsprechend durchtrainiert zu sein. Ansonsten hätte er wahrscheinlich kurz vor einem Infarkt gestanden. Doch plötzlich erstarrte er mitten in der Bewegung. Er hatte kein Kondom übergestreift.

Verdammt. Verdammt. Verdammt. Einen kurzen Moment schloss Brian die Augen und kämpfte gegen sein Verantwortungsbewusstsein.

„Was ist los?", hörte er leise Alleysons verwirrte Stimme.

Zärtlich küsst er ihre Stirn, während er sein Glied zurückzog. „Ich habe den Schutz vergessen. Warte kurz."

Ohne den Körperkontakt zwischen ihnen abzubrechen, zog er die Nachttischschublade auf und betete. Leider wusste er ganz genau, dass er vergangene Nacht beide Kondome in der Schublade aufgebraucht hatte. Erleichtert atmete er jedoch auf, als er eine ganze Schachtel darin liegen sah. William war der Beste! Eilig zog er ein Gummi über sein Glied.

„Wo waren wir nochmal stehengeblieben?", hauchte er in ihr linkes Ohr und küsste ihren Hals. „Hier? Oder hier?" Sanft liebkoste er ihre Brust.

„Egal", erwiderte Alleyson mit einer Stimme, die so sexy klang, dass ihm heiß und kalt zugleich wurde.

Ehe Brian es sich versehen konnte, hatte Alleyson ihn auf den Rücken gedreht. Verführerisch lächelnd saß sie auf ihm. „Die Verzögerung muss bestraft werden."

Erstaunt sah Brian zu ihr auf, doch jeder weitere Gedanken verschwand im dichten Nebel, der sich sanft über seine Gehirnzellen legte.

Neugierig erforschte Alleyson Brians Körper. Angefangen bei seinem festen Six-Pack bis hinunter zu seinen Lenden. Ihre Fingerspitzen und ihre Zunge neckten ihn und steigerten sein

Verlangen ins Unermessliche. Doch wann immer er sie drängen wollte, schüttelte sie nur ihr blondes Haar und er hörte sie sagen: „Jetzt bin ich dran."

Brian begriff, dass Alleyson es brauchte zu hören, zu sehen und zu fühlen, welche Macht sie über seinen Körper hatte und zum ersten Mal wurde ihm bewusst, dass er sich noch nie einem Liebensspiel unterworfen hatte. Noch nie hatte er alles um sich herum vergessen und einfach genossen.

Nachdem er sich mit einem weiteren Blick in Alleysons Augen vergewissert hatte, dass das hier wirklich das war, was sie wollte und was ihr gefiel, überließ er sich Alleysons Spiel und den Gefühlen seines Körpers. Ergeben schloss er die Augen und fühlte ihre Fingerspitzen an seinem Glied und ihre Zunge an seinen Hoden.

Ja. Oh ja. Mehr. Bitte mehr. Alles um sich herum vergessend, stöhnte Brian. Der Druck wurde immer stärker und um seine Eichel wurde es warm. Nein, heiß. Wie aus weiter Ferne meldete ihm sein Gehirn, dass sich sein Glied in Alleysons Mund befand. Er stöhnte laut. Vor Lust? Vor Schmerz? Es ließ sich nicht auseinanderhalten. Seine Muskeln begannen zu zucken. Wenn er nicht sofort in sie eindrang, würde es zu spät sein.

„Alley!", stöhnte er.

„Hm?", murmelte sie, während ihre Zunge an seinem Glied entlang glitt.

Was hatte er sagen wollen? Ach ja, richtig. Zwischen heftigen Atemstößen schaffte er es schließlich, einen Satz hervorzupressen. „Wenn du mich jetzt nicht in dich eindringen lässt, dann ..." Er musste Luft holen. Sprechen und atmen zur gleichen Zeit schien nicht mehr möglich zu sein.

„Dann?", neckte sie ihn verführerisch.

„... fürchte ich, ich kann es nicht mehr halten."

„Tststs!", antwortete Alleyson, führte aber sein Glied vorsichtig in ihre feuchte Scheide ein. Dabei ließ sie sich so viel Zeit, dass es für Brian purer Folter entsprach. Süße Folter. Paradiesische Folter. Immer tiefer drang er in sie ein. Immer heißer wurde es um sein Glied und auf einmal stöhnten beide gleichzeitig.

Fest legte Brian seine Hände um Alleysons Hüften und gab den Rhythmus vor. Er betete, dass er lange genug aushalten würde, damit auch Alley ihre Erlösung fand. Doch er hätte sich darum keine Gedanken machen müssen.

Das Gefühl, als sie Brian in sich aufgenommen hatte, war derart überwältigend gewesen, dass es sie direkt an ihren Höhepunkt katapultiert hatte. Als Brians Hand unter ihren Po wanderte, während sein Mund sich um eine ihrer Brüste schloss, bäumte sich ihr Körper auf und ein zarter Schrei der Lust entfloh ihren Lippen.

Brian lächelte in sich hinein, doch dann spürte er seinen eigenen Höhepunkt mit rasanten Schritten heraneilen. Alleysons Muskeln melkten noch immer sein steifes Glied und er konnte seine eigene Erektion nicht mehr länger halten. Seine Anspannung löste sich und er ließ sich fallen.

In seinem Kopf explodierten Sterne. Alles um ihn herum wurde weiß und außer einem Rauschen hörte Brian nichts mehr, als er sich tief in ihr ergoss. Es dauerte eine ganze Weile, bis er Alleysons schnelle Atemzüge wahrnahm und ihren Körper auf seiner Brust spürte. Mit äußerster Anstrengung schaffte er es, seine Arme um sie zu schließen.

„Gott, Alley, das war das Wunderbarste, das ich je erlebt habe”, flüsterte er mit bebender Stimme.

Einen Augenblick war es still, dann hob Alleyson ihren Kopf ein wenig, um ihm in die Augen sehen zu können. „Wirklich?“

„Ja. Das war einzigartig.“

Ihre Augen leuchteten und Brian sah zum ersten Mal eine glückliche Alleyson, die nichts zurückhielt und die sich zumindest in diesem Moment weder Sorgen machte noch Angst hatte. Er hatte es geschafft, sie die Realität für kurze Zeit vergessen zu lassen.

Glücklich strich Brian über ihre Wange und steckte ihr eine Haarsträhne hinter ihr Ohr. Er wusste, er hielt die Frau seiner Träume in seinen Armen. Gleichzeitig fühlte er sich jedoch so verletzlich wie niemals zuvor. Seine Gefühle machten ihm Angst. Wenn er nur wüsste, was Alleyson empfand. Doch er traute sich nicht zu fragen. Zu kostbar war ihm dieser kleine Moment Glückseligkeit. Und zu groß war die Gefahr, dass Alley lediglich Dankbarkeit ihm gegenüber empfand. Wenn es so sein sollte, wollte er zumindest jede Minute genießen, die ihm mit ihr blieb.

Ein stechender Schmerz breitete sich in seinem Brustkorb aus. Oh Gott, er wollte gar nicht wissen, was mit ihm passieren würde, wenn er Alleyson nicht halten konnte, weil sie ihm nicht dieselben Gefühle entgegenbrachte. Allein der Gedanke daran reichte bereits aus, ihm das Herz aus der Brust zu reißen. Mit einem Kuss auf ihr Haar zwang sich Brian die Umarmung zu lösen und aufstehen.

„Komm, lass uns duschen und etwas essen, bevor Williams Fleisch völlig verbrannt ist."

„Erzähl mir von deinen Eltern", bat Alleyson, als sie nach dem Essen mit Brian auf der Hollywoodschaukel im Garten saß. Nachdenklich drehte Brian sein Weinglas in der Hand.

„Ich hatte tolle Eltern. Sie haben viel gearbeitet, aber wenn sie zu Hause waren, haben sie sich Zeit für mich genommen. Beide hatten hohe moralische Ansprüche an sich und ihre Umwelt. Mein Vater war sehr streng, aber er war auch immer fair. Sein ausgeprägter Gerechtigkeitssinn hat ihm viel Anerkennung eingebracht. Niemals ist er einen einfachen Weg gegangen, wenn er auf Kosten eines anderen ging."

„Das klingt nach einem tollen Menschen."

„Ja, das war er. Allerdings war es als Kind nicht immer einfach, seinen Ansprüchen zu genügen. Es gab eine Phase, da hatten Aaron und ich nur Dummheiten im Kopf. Wir haben den Lehrern jede Menge Streiche gespielt. Ich erinnere mich noch, dass er und Alex sich darüber einmal furchtbar in die Haare bekommen haben. Alex sah alles wesentlich lockerer und argumentierte, wir seien schließlich Kinder und Streiche gehörten nun mal dazu. Mein Vater hingegen fand, man könne nicht früh genug lernen, Verantwortung zu übernehmen."

„Wie siehst du das?"

„Damals habe ich Aaron um seinen Vater beneidet. Alex hat meist nur gelacht, wenn der Rektor wieder einmal angerufen hatte, um sich über uns zu beschweren, wohingegen mein Vater mir erst einmal eine Woche Hausarrest aufgebrummt hat. Im Nachhinein muss ich aber zugeben, dass der ein oder andere Streich wirklich zu weit gegangen war. Heute bin ich froh, dass er mir die Bedeutung seiner Werte vermittelt hat. Wobei Alex bei Aaron das gleiche erreicht hat. Ich schätze, viele Wege führen nach Rom."

„Wie hat deine Mum dazu gestanden?"

„Vor mir hat sie immer zu meinem Dad gehalten. Allerdings glaube ich, dass sie meinen Vater schon sehr beeinflusst hat und so manches Mal hinter meinem Rücken ein milderes Strafmaß für mich ausgehandelt hat. Sie war ein liebenswerter Mensch, der immer nur das Beste in jedem gesehen hat."

„Es muss schwer für dich sein, in diesem Haus zu wohnen. Es tut mir so leid, dass es keine andere Möglichkeit gab.“

Liebevoll sah Brian die Frau neben ihm an, stellte sein Glas ab und legte eine Hand an ihre Wange.

„Mir nicht. Es wurde längst Zeit, dass ich hierher zurückkehre. All die Jahre habe ich mich davor gedrückt, weil ich dachte, ich könne den Schmerz nicht ertragen. Aber soll ich dir etwas sagen? Es tut gar nicht weh. Im Gegenteil. In diesem Haus senkt sich eine völlige Ruhe über mich. Meine Eltern sind hier glücklich gewesen, und es sind schöne Erinnerungen, die ich an dieses Haus und meine Kindheit habe. Ich weiß, sie würden sich beide freuen, dass wir hier sind und sie würden dich mögen.“

Zärtlich hauchte er einen leichten Kuss auf ihre Lippen. „Allerdings trägst du einen großen Anteil daran, dass es mir so leicht fällt, mich hier wohlzufühlen und all die schmerzhaften Erinnerungen an ihren Tod auszulöschen.“

Mit Herzklopfen beobachtete er Alleysons Reaktion. Hatte er zu viel gesagt? Auf keinen Fall wollte er sie bedrängen. Doch sein Herz quoll langsam über. Er liebte diese Frau. So einfach war das. Und doch so schwer zur gleichen Zeit. Würde sie zurückweichen?

Brian spürte, wie Alleyson einen Moment erstarrte, doch ihre Augen erstrahlten in einem Glanz, der kurz zuvor noch nicht dagewesen war. Langsam beugte sich Brian vor und küsste sie erneut.

Dieses Mal war es ein Kuss voller Sicherheit. Er küsste wie ein Mann, der eine Frau als Seine deklarierte, während er gleichzeitig nichts zurückforderte. Brian wollte Alleyson in diesem Moment nicht verführen. Vielmehr wollte er ihr klar machen, dass sie zu ihm gehörte. Er beendete den Kuss, hielt sein Gesicht aber dicht vor ihrem.

„Ich liebe dich, Alleyson, und das seitdem ich dir zum ersten Mal in die Augen gesehen habe.“

Ohne Nachzudenken hatte Brian die Worte gesprochen, die seit Tagen in seinem Gehirn herumkreisten und auf einmal fühlte er sich völlig nackt. Zum ersten Mal hatte er sein Herz und seine Seele in die Hand eines anderen Menschen gegeben. Es war, als stände er völlig schutzlos einem Attentäter gegenüber, der mit dem Lauf einer Waffe direkt auf sein Herz zielte. Es war, als warte er nur auf den lauten Knall, der jede Sekunde durch die Luft hallen würde und den unmittelbar darauf einsetzenden brennenden Wundschmerz.

Sich in sein Schicksal ergebend schloss Brian kurz seine Lider und legte seine Stirn an Alleysons. Noch einmal wollte er ihren Duft ganz bewusst einatmen, noch einmal die Vanille in seiner Nase riechen. Ihr Duft war einzigartig. So wie sie selbst.

Als Brian seine Augen schließlich wieder öffnete, sah er eine Träne an ihrer rechte Wange hinunterlaufen. Aus ihrem linken Augenwinkel löste sich eine zweite Träne, die er mit seinem Daumen auffing, während er die erste zärtlich mit seinen Lippen wegküsste.

„Du musst nichts erwidern, Alleyson", flüsterte er. „Ich weiß, es ist noch früh. Ursprünglich wollte ich dir auch gar nicht sagen, was ich für dich empfinde. Aber das Gefühl ist so stark, dass ich einfach nicht anders konnte. Dir gegenüber habe ich zum ersten Mal das Bedürfnis, diese Worte zu einem anderen Menschen zu sagen."

Hart schlug Alleys Herz gegen ihren Brustkorb. Das alles war einfach zu schön, um wahr zu sein. Konnte es überhaupt wahr sein? War das alles nicht etwas überstürzt? Doch ein Blick in seine Augen, sagte ihr, dass Brian die Worte nicht leichtfertig gesprochen hatte, sondern sie wirklich in ihrer voller Bedeutung meinte. Nie hätte sie sich vorstellen können, dass ihr starker Held, so verletzlich wirken konnte.

Plötzlich begriff sie, wie unsicher sich Brian ihrer Gefühle ihm gegenüber war. Trotzdem hatte er sich verwundbar gemacht. Für sie. Die Schmetterlinge in ihrem Bauch begannen mit einem Mal wieder zu flattern. Sie stiegen in den Himmel auf und trugen sie auf ihren Flügeln davon. Mit zitternder Hand strich sie Brian über die Unterlippe.

„Ich liebe dich auch", flüsterte sie und ihre Augen füllten sich mit Tränen.

Wärme breitete sich in Brians Innerem aus und die Erleichterung darüber, dass Alleyson genauso für ihn empfand wie er für sie, wandelte sich in ein unendliches Glücksgefühl, das der Furcht und der Unsicherheit in ihm den Raum nahm. Mit beiden Händen nahm Brian ihr Gesicht in seine Hände und presste seine Lippen auf ihre.

Überwältigt von seinen Gefühlen stellte er fest, dass sein Herz zu klein war, um weiterhin genügend Luft durch seine Adern zu pressen. Atemlos zog er sie in seine Arme. Dann übersäte er ihren Hals mit hunderten kleinen Küssen, doch plötzlich genügte ihm auch das nicht mehr. Sein Glied versteifte sich in Sekundenschnelle und das, obwohl er sie vor nicht einmal zwei Stunden erst geliebt hatte.

„Alley?“, brachte er schließlich zwischen zwei leidenschaftlichen Küssen hervor und sah ihr kurz in die Augen. Als er darin das gleiche Feuer sah, das auch in ihm loderte, trug er sie hinüber auf den Rasen und liebte sie noch einmal.

KAPITEL 18

„Stör ich?“, erkundigte sich Brian mit sanfter Stimme, als er an Alleys Schreibtisch trat.

Erstaunt drehte sie sich zu ihm um. „Ich habe dich gar nicht kommen gehört.“

Lachend erwiderte Brian: „Das habe ich gemerkt. Du warst völlig in Gedanken versunken. Überlegst du dir, welche Farbe das Kleid haben soll?“, fragte er mit einem Blick über ihre Schulter.

Alleyson errötete leicht und lächelte verlegen. „Ehrlich gesagt, war ich mit meinen Gedanken ganz woanders.“

„Darf ich fragen, wo?“ grinste er verschmitzt, denn ihr Gesichtsausdruck verriet ihm genau, an was sie gerade gedacht hatte. Doch zu gerne wollte er die Worte aus ihrem Mund hören.

Seit dem Mittagessen hatte er sie nicht mehr gesehen und es kam ihm schon wie eine halbe Ewigkeit vor. Sein Körper brannte danach, Alley in seine Arme zu ziehen. Doch nur wenige Schritte von ihnen entfernt, arbeitete Bailey an ihrem Schreibtisch. So würde er sich wohl oder übel noch etwas gedulden müssen.

„Was machst du eigentlich hier? Hast du nichts mehr zu tun?“, überging Alleyson seine Frage.

„Es gibt immer etwas zu tun. Aber es gibt nichts, das nicht bis morgen warten könnte. Wie sieht es bei dir aus?“

„Ich habe noch einen Telefontermin in einer halben Stunde, tut mir leid.“

„So spät? Es ist schon nach sechs.“

„Ich weiß, aber der Kunde musste den Termin verschieben, weil ihm am Nachmittag etwas dazwischen gekommen ist. Der Kunde ist wichtig für uns. Es ist ein Bekannter des Bentleygeschäftsführers, und er möchte eine eigene Blusenkollektion für seine Angestellten haben. Eine solche Mund-zu-Mund-Propaganda ist das Beste, was uns passieren kann.“

„Okay", gab sich Brian geschlagen. „Dann sehe ich noch ein paar Unterlagen durch und warte auf deinen Anruf."

In diesem Moment klingelte sein Handy. „Bradshaw", nahm er das Gespräch entgegen.

„Brian, du musst sofort kommen. Oh Gott, es ist furchtbar." Panisch klang Marlenes Stimme durch den Hörer und augenblicklich zogen sich Brians Organe entsetzt zusammen. „Marlene, beruhige dich erst einmal. Was ist passiert?"

„Brian! Cleo und Alex ...oh Gott, Brian, ..." Die restlichen Worte gingen in einem einzigen Schluchzen unter.

„Marlene", rief Brian streng. „Was ist passiert? Wo bist du?"

Mit fragenden Augen beobachte ihn Alleyson, doch er deutete ihr mit einem Blick und einem leichten Schulterzucken an, dass er noch keine Ahnung hatte, was der Anruf zu bedeuten hatte.

„Sie hatten einen Autounfall. Kurz vor ihrem Haus. Der Krankenwagen ist schon da. Alex hatte meine Nummer als Kontakt in seinen Papieren. Daher haben sie mich angerufen", erklärte Marlene und ihre Stimme überschlug sich.

„Wie schlimm ist es?", wollte Brian wissen.

Als Marlene nicht antwortete, fiel ihm alle Farbe aus dem Gesicht.

Sofort erhob sich Alleyson und legte ihm eine Hand auf seinen Arm.

Mit entgeistertem Blick sah er sie an, während er seine Worte noch einmal ins Telefon presste. „Marlene, wie schlimm?"

„Der Arzt hat gesagt, er weiß nicht, ob sie es schaffen. Sie bringen sie ins Medical Center Northwest."

„Ich bin unterwegs", erklärte Brian und beendete das Gespräch.

„Was ist passiert?", fragte Alleyson leise.

„Alex und Cleo hatten einen Autounfall. Es sieht nicht gut aus."

„Oh nein, wie schrecklich", flüsterte sie. „Es tut mir so leid. Du musst sofort zu ihnen, Brian. Ich komme mit dir."

„Nein, du hast noch deinen Telefontermin."

„Ich verschiebe ihn. Ich lasse dich jetzt nicht alleine."

„Unsinn! Noch wissen wir gar nichts. Marlene neigt grundsätzlich zu Übertreibungen", erklärte Brian und hoffte inständig, dass dies auch jetzt der Fall war. „Du hast vorhin selbst gesagt, wie wichtig der Kunde für Alex ist. Er würde auf keinen Fall wollen, dass die Firma einen Auftrag verliert."

Alleyson schluckte und nickte leicht. Sie kannte ihren Chef lange genug, um zu wissen, dass Brian recht hatte. „Dann komme ich nach, sobald ich hier fertig bin."

„Nein. Hier bist du sicher. Cole sitzt noch mindestens drei Stunden unten am Empfang und Mitch müsste eigentlich auch noch in der Gegend sein. Ich rufe ihn an und bitte ihn, herzukommen. Er kann dich entweder in die Klinik oder nach Hause bringen. Auf keinen Fall möchte ich, dass du das Gebäude allein verlässt. Versprich es mir! Bitte!"

Zwar widerstrebte es Alleyson, dass Brian soviel Aufhebens um ihre Person machte, doch das Letzte, was er jetzt brauchte war eine Diskussion mit ihr. Daher nickte sie. „Versprochen."

„Danke", flüsterte er leise und fragte sich, wo er genügend Energie auftreiben sollte, um einen Fuß vor den anderen zu setzen. So wie damals, als er vom Tod seiner Eltern und auch von Aarons Tod erfahren hatte, hatte ihm Marlenes Nachricht jegliche Kraft aus dem Körper gezogen.

Plötzlich spürte er Alleysons Körper an seinem. Mit beiden Händen nahm sie seinen Kopf und zog ihn zu sich herunter. Fest und sicher küsste sie seine Lippen.

„Noch sind sie nicht tot, Brian. Sie kämpfen. Alex ist niemand, der aufgibt und du solltest sie auch noch nicht aufgeben." Intensiv sah sie ihm in die Augen und langsam kehrte das Leben in Brian zurück.

Er schaffte sogar ein kleines Lächeln. „Das ist richtig. Vielen Dank."

„Keine Ursache. Aber jetzt geh. Ruf mich bitte an, sobald du etwas weißt."

„Das mache ich", versprach Brian und küsste Alleyson noch einmal. Diese Frau war wirklich unglaublich. Wo nahm sie nur ihre Kraft her? Und wie war er in seinem bisherigen Leben ohne sie zurechtgekommen?

„Das ist aber schnell gegangen mit euch." Neugierig sah Bailey zu Alleyson hinüber.

„Ja, das ist es wohl", entgegnete Alleyson und war selbst überrascht, wie selbstverständlich sie den Umgang mit Brian empfand. Es war, als ob sie ihn schon ein Leben lang kannte.

Hoffentlich waren Alex und Cleos Verletzungen nicht so schlimm, wie Marlene befürchtete. Aus vielzähligen eigenen

Erfahrungen wusste Alleyson, wie sehr die Frau es liebte, alles hochzuspielen. Inständig hoffte sie, dass Marlene auch dieses Mal unnötig dramatisiert hatte. Brian hatte bereits drei geliebte Menschen verloren. Für ihren Geschmack war das für sein junges Alter mehr als genug Leid und Trauer.

Seufzend warf sie einen Blick auf ihren Schreibtisch. Viel lieber hätte sie Brian begleitet. Er sollte jetzt eigentlich nicht alleine sein. Allerdings hatte er recht. Alex hätte mit Sicherheit nicht gewollt, dass sie ihren Kunden versetzte und letztendlich war Marlene bei ihm.

„Ich muss noch einmal schnell in die Schneiderei runter", verkündete Alleyson.

„Okay. Wenn du zurück bist, werde ich allerdings schon weg sein. Jack holt mich heute ab", erzählte Bailey und fügte mit strahlenden Augen hinzu: „Als er eben anrief, meinte er, heute wird ein ganz besonderer Abend werden."

„Wow, das klingt vielversprechend. Dann wünsche ich dir viel Spaß."

„Danke. Glaubst du, ich kann so gehen? Oder soll ich lieber noch mal schnell nach Hause fahren und mich umziehen?" Leicht verunsichert sah Bailey an sich herab. Ihr sonnengelbes Kleid schmiegte sich zart um ihre Taille, bevor sich der Plisseerock anschloss und sanft ihr Knie umspielte.

„Du siehst zauberhaft aus", versicherte Alleyson und meinte es ehrlich. Bailey war eine attraktive junge Frau und die Farbe Gelb stand ihr zu dem langen schwarzen Haar ausgezeichnet.

„Du wirst aufpassen müssen, dass Jack nicht gleich über dich herfällt, wenn er dich sieht", zwinkerte sie ihr noch zu, bevor sie das Büro verließ und hinunter in die Schneiderei lief, wo sie sich die Muster zusammensuchte, die sie für ihr Telefongespräch gerne vor sich liegen haben wollte. Dann eilte sie zurück in die fünfte Etage. Doch in der Tür zu ihrem Büro blieb sie abrupt stehen. Verwirrt blickte sie hinüber zu ihrem Schreibtisch.

Ungeduldig trat Brian von einem Fuß auf den anderen.

„Wie war der Name nochmal?", fragte die Dame an der Krankenhausinformation nach.

„Taylor. Alexander und Cleo Taylor. Sie hatten einen Autounfall und müssen gerade eingeliefert worden sein."

Mit gerunzelter Stirn blickte die ältere Frau auf ihren Computerbildschirm. Schließlich hob sie schüttelnd den Kopf. „Es tut mir leid, Sir, aber wir haben keine Patienten mit diesen Namen.“

„Kann es sein, dass sie noch niemand ins System eingegeben hat?“

„Nein, Sir. Die Daten werden grundsätzlich sofort erfasst. Zumindest der Patientenname müsste in jedem Fall auf meinem Bildschirm erscheinen.“

„Können Sie nicht in der Notaufnahme anrufen? Vielleicht hat es jemand vergessen oder noch keine Zeit gehabt”, bat Brian verzweifelt.

Der mitleidige Blick der Dame sagte ihm, dass sie ihn für verrückt hielt, doch zumindest griff sie nach dem Telefonhörer. Der Wortwechsel dauerte nur wenige Sekunden, dann wandte sie sich wieder Brian zu. Aber dieser hatte bereits verstanden.

„Sie sind nicht da?“

„Nein, leider nicht. Sie können in der Rettungsleitstelle nachfragen. Dort werden alle Einsätze erfasst und die Kollegen können nachsehen, in welche Klinik man ihren Onkel und ihre Tante gebracht hat. Vielleicht haben die Sanitäter auf dem Weg ihre erste Entscheidung revidiert und doch ein anderes Krankenhaus angefahren. Das kommt hin und wieder vor”, erklärte ihm die Frau hilfsbereit.

„Danke”, erwiderte Brian in einer automatischen Antwort, denn seine Gedanken waren bereits woanders. Hastig verließ er das Krankenhaus und wählte bereits auf dem Weg nach draußen Marlenes Handynummer. Beim dritten Klingeln nahm sie ab.

„Brian, wo bleibst du?“, rief sie hektisch.

„Marlene, wo seid ihr? Ich bin im Northwest Medical Center, aber die Dame an der Information sagt, ihr seid nicht da.“

„Wir sind im Corpus Christi Medical Center, Brian. Nicht Northwest.“

„In der Bay Area?“

„Ja. Verdammt, Brian. Ich brauche dich hier.“

„Ich bin unterwegs”, antwortete Brian und beendete das Telefonat, während er seinen Ärger hinunterschluckte. Er war sich ganz sicher, dass Marlene Northwest Medical Center gesagt hatte und er sie nicht falsch verstanden hatte. Aber letztendlich spielte es keine Rolle, wo das Missverständnis herkam. Er war eine halbe

Stunde in die falsche Richtung gefahren und musste nun alles zurück, und das auch noch im Feierabendverkehr. Hätte er von Anfang an die richtige Adresse gehabt, wäre er von der Firma aus in fünfzehn Minuten dort gewesen.

Während Brian sein Auto auf die Straße lenkte, wählte er noch einmal Mitchs Nummer. Doch wie vor zwanzig Minuten hörte er auch dieses Mal nur den Anrufbeantworter. Da Brian bereits eben eine Nachricht hinterlassen hatte, legte er wieder auf. Mitch würde ihn ohnehin zurückrufen, sobald er seine Nummer in der Anrufliste sah.

„Mrs Taylor?“, rief Alleyson ungläubig aus und starrte auf die Frau, die hektisch auf den Tasten ihres Computers herumtippte.

Mit einem erschrockenen Gesichtsausdruck drehte sich Marlene um.

Sprachlos nahm Alleyson die Szene vor sich auf, während ihr Verstand versuchte, alle Informationen so schnell wie möglich zu verarbeiten.Was machte Marlene Taylor an ihrem Bildschirm? Wieso war sie nicht bei ihren Schwiegereltern im Krankenhaus? Und wieso zog sie gerade einen USB-Stick aus ihrem Computer? Die Gedanken überschlugen sich, aber plötzlich machte es Klick in Alleyson Kopf. Als sie realisierte, welche Datei sich Marlene ansah, verstand Alleyson.

„Sie?“, fragte sie fassungslos. „Sie haben Alex letzte Kollektionen verkauft?“

Hämisch grinste Marlene Alleyson an. „Ja, ich. Das hätten Sie nicht gedacht, nicht wahr?“

Immer noch leicht verstört, schüttelte Alleyson ihren Kopf. „Warum?“ Für sie ergab dies überhaupt keinen Sinn. Welches Motiv hatte die Frau?

Der erschrockene Ausdruck in Marlenes Gesicht verschwand. Stattdessen begannen ihre Augen wütend zu blitzen. „Alex hat mir das Liebste auf der Welt genommen. Aaron.“

„Es war ein Unfall, Marlene. Alex hätte niemals etwas getan, das seinem Sohn schadete. Er hat ihn geliebt, genau wie Sie.“

Wild schüttelte die Frau ihren Kopf. „Alex ist Schuld. Hätte er Aaron an jenem Abend früher nach Hause geschickt, würde er heute noch leben. Doch Alex wollte unbedingt, dass Aaron noch die letzten Entwürfe fertig macht. Es ist seine Schuld.“

Rasant überschlugen sich Alleysons Gedanken. Ganz offensichtlich hatte Marlene den Bezug zur Realität verloren. Wut und Verzweiflung zeigten sich gleichermaßen in ihrer Körperhaltung. Eine gefährliche Mischung.

„Es hat heute Abend gar keinen Unfall gegeben, oder? Sie haben nur einen Vorwand gebraucht, um Brian hier wegzulocken", folgerte Alleyson laut, während ihr Verstand auf Hochtouren arbeitete.

Höhnisch lachte Marlene laut auf. „Sie kapieren schnell. Eigentlich bin ich davon ausgegangen, dass Sie mit ihm gehen. Seit er hier ist, sind Sie beide ein Herz und eine Seele. Zu dumm, dass Sie ihn nicht begleitet haben."

Hastig griff Marlene nach der Schere auf Alleysons Schreibtisch. Drohend kam sie auf Alleyson zu, die langsam zurück wich.

„Was haben Sie vor?", wollte Alleyson wissen und hielt Marlenes Blick stand, obwohl ihr Herz vor Furcht laut hämmerte. Dabei tastete sie in ihrer Hosentasche nach ihrem Handy. Sie musste Brian Bescheid geben. Auch wenn er ihr im Moment nicht helfen konnte, so musste er doch über seine Schwägerin Bescheid wissen. So weit Alleyson bekannt war, hatte niemand die Frau bislang auch nur in Verdacht. Zwar war Alley nicht bereit, sich Marlene kampflos zu ergeben, doch wollte sie in jedem Fall auf Nummer sicher gehen. Egal wie das hier endete, die Frau brauchte dringend Hilfe.

Möglichst unbemerkt von Marlene steckte Alleyson die Hand in ihre Hosentasche und drückte blind zweimal auf eine Taste, von der sie hoffte, dass sie die Verbindung zu Brian aufbauen würde.

Innerlich aufgewühlt schlängelte sich Brian durch den dichten Verkehr von Corpus Christi. Die Ungewissheit, wie es um Alex und Cleo stand, brachte ihn schier um den Verstand. Wie hatte er nur zuerst in das falsche Klinikum fahren können? Der Verkehr erschien ihm in dieser Richtung noch dichter, und es machte ihn wahnsinnig, dass er nicht schneller vorankam. Wenn er wenigstens ein Blaulicht hätte. In diesem Moment durchbrach das Klingeln seines Telefons die Stille im Auto.

„Mitch", grüßte er sofort, als er die Nummer auf dem Display erkannte.

„Brian, ich muss mit dir reden." Die Stimme seines Partners klang ernst.

„Ich auch mit dir. Hast du deine Mailbox abgehört?"

„Nein, ich hatte noch keine Zeit. Ich dachte, es geht schneller, wenn ich dich gleich anrufe. Hör zu, ..."

„Mitch, bevor du weiterredest. Kannst du bei Alleyson vorbei fahren? Sie ist noch in der Firma", unterbrach Brian. Sobald Mitch bei ihr war, würde er sich zumindest um sie keine Sorgen mehr machen müssen. Seinem Partner vertraute er blind.

Als es in der Leitung ungewöhnlich lange still blieb, hakte Brian nach: „Du bist doch noch in Corpus Christi, oder?"

„Ja. Ich bin zwar auf der anderen Seite, aber ich kann in dreißig Minuten dort sein. Doch wo bist du, wenn du nicht bei Alley bist?"

„Ich biege gerade auf den Parkplatz des Medical Centers. Alex und Cleo hatten einen Autounfall. Marlene sagt, es sieht nicht gut aus." Seine Stimme klang tonlos, während es ihm kalt den Rücken hinunterlief. In diesem Augenblick fühlte er förmlich den Vorboten des Schreckens.

Das hier war gar nicht gut. Eindeutig signalisierte ihm sein Bauchgefühl, dass etwas Furchtbares passieren würde und Brian wusste aus Erfahrung, dass sich sein Bauch niemals irrte. Er hatte einen unglaublich guten sechsten Sinn, der ihn und Mitch schon manches Mal rechtzeitig gewarnt hatte. Wenn er doch nur auch jetzt wüsste, wie er das Böse abwenden konnte.

„Marlene?", riss ihn Mitchs Stimme zurück in die Gegenwart.

„Ja. Sie ist bei ihnen. Gott, ich kann förmlich fühlen, dass das Ganze nicht gut ausgeht. Warte kurz, Mitch. Bleib dran. Ich muss aussteigen und es dauert eine Sekunde, bis die Verbindung von der Freisprechanlage auf mein Handy umspringt."

Mit dem Telefon am Ohr stieg Brian aus und lief auf den Haupteingang des Krankenhauses zu.

„Brian, bleib stehen und hör mir einen Moment zu", bat Mitch.

„Keine Zeit. Warte nochmal. Ich bin sofort wieder bei dir." Höflich nahm Brian sein Handy vom Ohr, als er sich an die Information im Klinikgebäude wandte. Dieses Mal stand er einem jungen Mann gegenüber.

„Guten Abend. Mein Onkel und meine Tante sind vor ungefähr einer Stunde eingeliefert worden. Sie hatten einen Autounfall. Alex und Cleo Taylor."

„Moment, bitte. Ich sehe sofort nach." Es dauerte keine drei Sekunden, als der Mann wieder seinen Kopf hob. „Wie war der Name nochmal? Taylor?"

„Ja, Taylor.“

„Mit ‚ay‘?“

„Ja.“ Langsam verlor Brian auch seinen letzten Geduldsfaden. Das hier war ja wie in ‚Und täglich grüßt das Murmeltier‘.

„Es tut mir leid, Sir, wir haben keine Patienten mit dem Namen Taylor. Vielleicht sind sie in eine andere Klinik gebracht worden?“

„Hören Sie”, beugte sich Brian über die Theke als er seinen Namen aus seinem Handy dringen hörte. „Moment, bitte”, bat er den Mann mit gerunzelter Stirn. Tief durchatmend trat Brian einen Schritt zurück und nahm sein Telefon wieder ans Ohr.

„BRIAN!“

„Was ist?“, schrie Brian zurück. Seine Nerven lagen langsam blank.

„Jetzt hör mir verdammt noch mal kurz zu. Aber vorher erkläre mir, was genau passiert ist.“

„Mitch. Ich muss zuerst wissen, wo Cleo und Alex stecken. Angeblich sind sie auch nicht hier in der Klinik.“

„Brian, jetzt halte kurz die Luft an und nimm dir zwei Minuten Zeit, mich aufs Laufende zu bringen.“

Seufzend informierte Brian seinen Partner im Schnelldurchlauf über die Geschehnisse am Abend. Dann war Mitch an der Reihe.

„Brian, was ich dir zu sagen habe, wird dir nicht gefallen, aber ich war heute Nachmittag bei Ella Wensworth. Durch eine blöde Bemerkung von ihr ist mir aufgefallen, dass wir alle Mitarbeiter deines Onkels durchgecheckt haben. Alle, außer Marlene.“

Die Pause, die Mitch einlegte, öffnete alle Schweißporen Brians.

„Was willst du damit sagen?“, erkundigte er sich schließlich, wobei seine Stimme gefährlich ruhig klang.

„Mittlerweile habe ich das nachgeholt und ein wenig nachgeforscht, Brian. Auf ihren privaten Telefonverbindungen taucht mehrfach die Handynummer des Vorstandsvorsitzenden von CbH auf. Außerdem hat sie ein Konto auf ihren Mädchennamen laufen. Nicht, dass sich Millionen darauf befinden, aber die Einzahlungen passen datumsmäßig zu den Kollektionsverkäufen.“

Stille breitete sich am Telefon aus.

„Es deutet also alles auf Marlene hin”, sprach Brian schließlich Mitchs Verdacht aus.

„So ist es. Es tut mir leid, Brian.“

„Das muss es nicht für mich, aber für Alex und Cleo. Sie haben sie wie eine Tochter in ihr Herz geschlossen."

Plötzlich rasten seine Gedanken zu seinem Onkel zurück. Bedeutete das, dass Alex und seiner Frau gar nichts passiert war? Hatte Marlene ihn heute Abend nur aus dem Büro haben wollen? Wahrscheinlich. Nur so ergab auf einmal alles einen Sinn.

Erst gestern hatten sie die neue Damenkollektion verabschiedet. Heute war also ein idealer Zeitpunkt, die Entwürfe zu kopieren. Soweit Brian wusste, hatte Alley am Nachmittag die letzten Designs scannen wollen. Es war also gut möglich, dass sich die Bilder noch gar nicht auf dem Server, sondern nur auf ihrem Rechner befanden.

Doch was würde passieren, wenn Marlene bemerkte, dass Alleyson noch im Büro war? Erneut lief ein eiskalter Schauer Brians Rücken hinunter.

„Mitch, ich muss Schluss machen. Wir treffen uns im Büro."

„Okay, bis gleich."

Mitch hatte seine letzten Worte noch nicht richtig zu Ende gesprochen, da wählte Brians Telefon bereits Alex' Nummer. Mit jedem Klingeln wurde Brian nervöser, doch schließlich meldete sich sein Onkel.

„Alex, geht es euch gut?", rief er aus, ohne Zeit zu verlieren, seinen Namen zu nennen.

„Brian. Natürlich geht es uns gut. Warum sollte es das nicht? Was ist los? Wo bist du?"

„Du bist zu Hause? Und Cleo auch?", hakte Brian noch einmal nach.

„Ja, natürlich. Wo sollte ich sonst sein? Ich habe dir doch gesagt, dass ich früher gehe, um Cleo zu helfen, das Essen für heute Abend vorzubereiten. Was soll das Ganze, Junge?"

„Das kann ich dir jetzt nicht erklären, Alex. Ich muss zurück in die Firma, aber ich melde mich später nochmal."

Bevor sein Onkel weitere Fragen stellen konnte, die Brian nicht beantworten wollte, beendete er lieber das Gespräch. Unmöglich konnte er Alex von seinem schrecklichen Verdacht am Telefon erzählen. Als Nächstes wählte er Marlenes Nummer. Das Freizeichen ertönte, doch niemand meldete sich. Schließlich wurde der Anruf auf die Mailbox umgeleitet.

„Marlene, hier ist Brian. Bitte ruf mich an, sobald du die Nachricht erhältst. Danke", sprach Brian und hielt seine Stimme möglichst ruhig. Noch wollte er nicht, dass Marlene ahnte, dass er sie verdächtigte, Alex bestohlen zu haben.

Gerade wollte er Alleyson anrufen, als sein Telefon erneut klingelte. Erleichtert atmete er auf, als er Alleys Nummer aufleuchten sah.

„Alley!“, rief er befreit auf, doch hörte er keine Antwort. Stirnrunzelnd wartete er darauf, Alleysons Stimme zu hören.

„Alley?“, rief er erneut und warf einen Blick auf die Verbindungsqualität. Seine Antenne zeigte vollen Ausschlag und im Hintergrund konnte er auch deutlich ihre Stimme hören.

Ohne die Augen von dem dichten Verkehr vor ihm zu nehmen, nahm er sein Handy in die Hand und korrigierte die Lautstärke nach oben. Deutlich konnte er jetzt Alleysons Stimme über seine Freisprechanlage hören.

KAPITEL 19

„Marlene, Alex hat Aaron nicht umgebracht. Es war ein Unfall", wiederholte Alleyson. Sie musste die Frau unbedingt dazu bringen, ihre Worte zu wiederholen, damit Brian sie hören konnte oder seine Mailbox sie aufzeichnen würde, falls er selbst das Gespräch nicht angenommen hatte. Es kribbelte sie in den Fingern nachzusehen, ob sie die richtige Taste gedrückt hatte, doch sie traute sich nicht, ein zweites Mal in die Tasche zu greifen.

„Natürlich war es ein Unfall. Aber Alex ist Schuld daran. Wenn er nicht unbedingt die Designs hätte fertig haben wollen, wäre Aaron mit mir nach Hause gefahren und nichts wäre passiert", kreischte Marlene.

„Ich war damals ja noch nicht hier, aber ich habe gehört, dass Aaron immer alles perfekt haben wollte. War es nicht vielleicht vielmehr so, dass er selbst die Zeichnungen noch fertig machen wollte?"

„Sie haben ja keine Ahnung. Genauso wenig wie die kleine Schlampe Bailey Miller, die sich ihm an den Hals geworfen hat. Anders ist es nicht zu erklären, dass Aaron sie überhaupt übernommen hat."

„Marlene, Bailey hat Talent. Ihr Mann hat das erkannt und hat sie deswegen eingestellt", versuchte Alleyson die aufgebrachte Frau zu überzeugen.

„Unfug. Er hat sie eingestellt, weil sie jung und hübsch ist und ihm schöne Augen gemacht hat. Nachdem wir das Baby verloren hatten, ist er kaum noch nach Hause gekommen. Ich will gar nicht wissen, wie oft die beiden bis spät am Abend an neuen Entwürfen gesessen haben."

Fieberhaft arbeitete es in Alleyson. Marlene und Aaron hatten offensichtlich Probleme in ihrer Ehe gehabt. Doch nach allem, was sie über Aaron Taylor gehört hatte, konnte sie sich nicht vorstellen, dass der Mann seine Frau betrogen hatte und schon gar nicht mit Bailey.

„Marlene”, versuchte sie es noch einmal, „ich habe Ihren Mann zwar nur einmal gesehen, aber ich weiß, dass er Sie unendlich geliebt hat.“

„Sie wissen gar nichts. Sie haben keine Ahnung, wie es ist, einen geliebten Menschen zu verlieren. Ich wollte hier oben arbeiten. Ich wollte an Aarons Schreibtisch sitzen. Dort wäre ich ihm nahe gewesen. Mich hätte Alex zum Chefdesigner machen sollen. Mich! Er schuldete es mir. Stattdessen kamen Sie und haben alles umgebaut. Nicht einmal Aarons Büro ist mehr da. Dabei bin ich Alex Schwiegertochter und er hat mir meinen Mann genommen!“

„Marlene, seien Sie vernünftig. Sie sind doch gar keine Designerin und Sie machen als Marketing- und Organisationsverantwortliche einen ausgezeichneten Job. Aaron wäre stolz auf Sie”, versuchte Alleyson die Frau zu beruhigen, doch sie hatte keine Chance. Marlene hörte ihr nicht einmal zu.

„Alex hatte kein Recht, mein Leben zu zerstören. Es ist nur recht und billig, wenn ich ihm das nehme, wofür er sein Leben lang gearbeitet hat.“

„Aber warum haben Sie die letzten Kollektionen ausgerechnet an CbH verkauft?“, lenkte Alleyson das Gespräch auf ein anderes Thema. Sie wollte unbedingt erreichen, dass Marlene ihre Schuld zugab.

„Ich kannte jemanden dort, der mir den richtigen Kontakt gemacht hat. Es war alles ganz einfach.“ Marlene stieß ein verrücktes Lachen aus und trat einen Schritt auf sie zu. Dabei hielt sie die Spitze der Schere wie eine Stichwaffe fest in der Faust und auf Alleyson gerichtet.

„Nehmen Sie die Schere runter”, bat Alley mit zittriger Stimme. Ein Blick in Marlenes Augen genügte jedoch, um ihr zu zeigen, dass die Frau Worten nicht mehr zugänglich war. Abwehrend hielt Alleyson beide Hände nach oben. „Was haben Sie vor? Sie sind doch keine Mörderin.“

Einen kurzen Moment zögerte Marlene. „Aber Sie wissen zu viel. Tut mir leid, dass es für Sie so tragisch enden muss. Wären sie mit Brian gefahren, wäre alles anders gekommen. Doch das liegt ihnen nicht, nicht wahr? Sie wollen immer nur die Vorteile für sich. Zuerst haben Sie sich Aarons Position geschnappt und nun wollen Sie an Brians Geld.“

Fieberhaft überlegte Alleyson, wie sie Marlenes zu erwartenden Angriff am geschicktesten abwehren konnte. Nicht umsonst hatte sie sich jahrelang in Selbstverteidigung geübt und Marlene war kein starker Gegner. So weit Alleyson wusste, hatte sie keine Kampferfahrung. Allerdings waren ihre unendliche Wut sowie ihr eiserner Wille nicht zu unterschätzen. Diese verliehen Marlene Kräfte, von denen nicht einmal sie selbst ahnte, dass sie sie besaß.

„Doch Brian ist nicht der Mann, für den Sie ihn halten", lachte Marlene hämisch. „Sie mögen ihn zwar mit Ihren unschuldigen großen Augen um den kleinen Finger gewickelt haben, aber mit einigen Tipps von mir hätte er die Augen vor der Wahrheit nicht ewig verschließen können. Der Verdacht wäre früher oder später auf Sie gefallen und er hätte Sie als die gesuchte Spionin erkannt. Ich hatte alles bis ins Detail geplant. Nur Sie hatten die Möglichkeit die Entwürfe heute Abend an CbH zu übermitteln. Niemand sonst hatte Zugang zu allen Zeichnungen. Wenn ich darüber nachdenke, ist es ein Glück, dass Sie Brian im Stich gelassen und ihn nicht begleitet haben. Auf diese Weise haben Sie nicht einmal ein Alibi. Sie sind die ganze Zeit alleine hier im Büro gewesen."

Alleyson sah, wie Marlene die Hand mit dem Messer über den Kopf hob und ihr Herz begann zu rasen. Mit einem lauten Schrei kam die Frau auf sie zu. Was sollte sie tun?

Alleysons Unterbewusstsein erkannte, dass Marlene alleine von Emotionen geleitet wurde. Ihr Blick war unkontrolliert und so entschied Alleyson zunächst einmal zur Seite auszuweichen. Gleichzeitig stellte sie ihren Fuß in Marlenes letzten Schritt und tatsächlich übersah die Frau die Stolperfalle. Hart schlug sie auf den Boden auf und Alley wich entsetzt zurück. Gewalt war ihr ein Gräuel.

Noch während Alleyson überlegte, ob sie nach Marlene sehen sollte oder ob es besser war zu fliehen, drang ein langsames, aber lautes Klatschen an ihr Ohr. Irritiert drehte sie sich um. Allein der Anblick der eiskalten Augen, in die sie unvermittelt sah, ließ ihr das Blut auf der Stelle in den Adern gefrieren.

„Nicht schlecht. Ich sehe, du hast dazu gelernt", lobte Jacob Gabriels tiefe Stimme ihre Verteidigung. „Dein Stand war gut, aber bei einem erfahreneren Gegner hättest du damit keine Chance gehabt. Doch das weißt du vermutlich selbst." Dann räusperte er sich und grinste über das ganze Gesicht. „Es ist schön, dich wiederzusehen, Filine. Du machst dir keine Vorstellung, wie lange ich diesen Moment herbeigesehnt habe."

Hatte Brian gedacht, Panik zu empfinden als Marlene ihm von Alex und Cleos Unfall erzählt hatte, so musste er feststellen, dass dies nichts war im Gegensatz zu der Furcht, die ihn in jenem Augenblick erfasste, als er Gabriels Stimme durch sein Auto dröhnen hörte. Es war der schlimmste Albtraum, den er sich vorstellen konnte.

Sein Herz schlug für Alleyson. Das alles durfte nicht wahr sein. Sie hatte es nicht verdient, Gabriel noch einmal erleben zu müssen. Doch vom Auto aus konnte er ihr nicht im Geringsten helfen. Sie war auf sich alleine gestellt. Zum zweiten Mal in ihrem Leben!

Wie hatte er es nur so weit kommen lassen können? Wie hatte dieser Abend dermaßen aus dem Ruder laufen können? Verdammt sei Marlene.

Wütend schlug Brian seine Hand auf das Lenkrad vor ihm. Doch er wusste, er war ungerecht. Fairerweise musste er sich zumindest einen Teil der Schuld geben.

Er war es gewesen, der Alleyson in dem irrwitzigen Glauben, dass sie im Büro sicher sei, alleine dort zurückgelassen hatte. Dabei wäre sein Platz einzig und allein an ihrer Seite gewesen. Entweder hätte er sie mitnehmen sollen, egal welche geschäftlichen Konsequenzen der abgesagte Telefontermin mit sich gebracht hätte, oder aber, er hätte bei ihr bleiben müssen. Für Alex und Cleo hätte er im Krankenhaus ohnehin nichts tun können. Die Ärzte hätten sich um sie gekümmert. Und Marlene wäre auch dagewesen.

Aber Marlene war nicht dort, weil es schließlich gar keinen Unfall gegeben hatte. Warum nur hatte er nicht früher darauf bestanden, seine Schwägerin durchzuchecken. So wie jeden anderen in der Firma auch?

Doch Brian wusste, warum er genau das nicht getan hatte. Aaron hatte seine Frau geliebt. Er hatte ihr vertraut. Brian hätte es als Verrat gegenüber seinem Cousin und Freund empfunden, seiner Frau ein solches Misstrauen entgegenzubringen.

Eine klassische Fehlentscheidung, für die Alleyson jetzt die Rechnung zahlen muss, erkannte Brian. Voller Sorge wanderten seine Gedanken zurück zu der Frau, die er liebte. Wie lange würde sie durchhalten können?, überlegte Brian, während er versuchte, die Situation möglichst realistisch einzuschätzen.

Körperlich hatte Alleyson keine Chance gegen den Mann. Daran gab es keinen Zweifel. Wenn Jacob Gabriel seinen Kick allerdings tatsächlich von der Angst seines Opfers bekam, wie Alleyson immer behauptete, dann bestand ihre einzige Möglichkeit darin, ihm ihre Angst nicht zu zeigen und ihn damit hinzuhalten. Doch würde sie das solange schaffen, bis er oder Mitch bei ihr waren?

Brian wusste, dass Gabriel solange mit Alleyson spielen würde, bis sie emotional zusammenbrach. Unbestritten würde er dabei alle Register ziehen. Am Ende war das Ganze ein Spiel gegen die Zeit. Zeit, die ihm im Stau durch die Finger rann.

Er brauchte eine Lösung und das schnell. Er konnte es sich nicht leisten, noch länger nur im Schneckentempo vorwärts zu kriechen. Kurzentschlossen brachte er den Wagen zum Stehen und stieg aus. Dabei ignorierte er das Hupkonzert, das unwillkürlich hinter ihm einsetzte.

Zielstrebig ging er auf den roten Dodge hinter ihm zu und bat den jungen Fahrer per Handzeichen sein Fenster herunterzufahren. Dann zog er seinen Dienstausweis aus der Hosentasche. „FBI. Ich brauche dringend Ihr Handy."

Zu erschrocken um auch nur eine Frage zu stellen, reichte ihm der Mann sein Telefon durchs Fenster. Schnell tippte Brian die Nummer seines Partners.

„Decker", meldete sich dieser sofort

„Wo steckst du, Mitch?"

„Ich schätze, ich brauche noch eine Viertelstunde. Der Verkehr ist grausam. Von welcher Nummer rufst du an? Was ist passiert?", erkundigte sich Mitch. Er kannte Brians verschiedene Stimmlagen nur zu genau und gerade stellten sich ihm alle Nackenhaare auf.

„Gabriel ist im Büro."

„Was? Wie kann das sein? Ihr habt doch einen Wachmann am Eingang sitzen."

„Ich habe keine Ahnung, wie er an Sam vorbeigekommen ist, Mitch. Aber er hat Alleyson. Irgendwie hat sie es geschafft, unbemerkt meine Nummer zu wählen. Ich höre jedes Wort, das im Büro gesprochen wird. Doch ich kann nichts machen. Anstatt ihr zu helfen, krieche ich mit zehn Meilen pro Stunde vorwärts, ohne auch nur die geringste Ausweichmöglichkeit. Ich brauche eine Polizeieskorte."

„Ich rufe Apleton an. Er kann mit Sicherheit etwas organisieren.“

„Beeil dich, Mitch”, verabschiedete sich Brian und gab das Telefon mit einem dankenden Kopfnicken an seinen Besitzer zurück.

„Filine?“ Irritiert wiederholte Bailey den Namen, mit dem ihr Freund Alleyson gerade angesprochen hatte. „Das ist meine Chefin Alleyson Winters. Sie heißt nicht Filine.“

Wieder grinste Jacob Gabriel Alleyson an, wobei er seine strahlend weißen Zähne zeigte. „Alleyson Winters, ja, ich weiß, so nennt sie sich heute. Aber ich kenne sie noch aus Zeiten, da hieß sie Filine Young.“

Ungläubig starrte Bailey immer noch zwischen den beiden hin und her. Im Moment verstand sie rein gar nichts. Sie beschloss, zunächst auf ihre gute Erziehung zurückzugreifen.

„Alley, darf ich dir meinen Freund Jack vorstellen? Jack, das ist Alleyson. Wir sind auch gleich wieder weg. Ich will nur schnell mein Telefon holen, das ich liegen gelassen habe.“

Sie wollte gerade zu ihrem Schreibtisch gehen, als Jacob sie mit seiner freien Hand in seinen Arm zog. „Nicht so schnell, Schatz.“

„Lass sie gehen. Sie hat nichts mit uns zu tun”, forderte Alleyson und blickte ihm mutig in die Augen.

„Aber sie macht den Abend interessanter“, entgegnete Gabriel kopfschüttelnd.

Stöhnend richtete sich Marlene langsam auf. „Was ist passiert?“

„Ich habe Ihren Spion gefasst“, klärte Jacob Gabriel sie freundlich auf. „Glücklicherweise bin ich gerade hinzugekommen, als diese Frau sie angegriffen und zu Boden gebracht hat. Ich hoffe, Sie haben sich nicht verletzt?“ Hilfsbereit reichte er Marlene eine Hand und zog die Frau in die Höhe.

„Mir ist nichts passiert. Wer sagten Sie, sind Sie?“

„Entschuldigen Sie bitte, ich habe mich noch gar nicht vorgestellt. Mein Name ist Jack. Ich bin Baileys Freund.“

„Ah!“ Dabei warf sie der jungen Designerin einen skeptischen Blick zu, bevor sie wieder zu dem Mann hinübersah. „Mr ...?“

„Jack. Nennen Sie mich einfach, Jack.“

Unsicher sah Marlene ihn einen Moment an. Dann straffte sie ihre Haltung. „Jack. Haben Sie vielen Dank für Ihre Hilfe, aber ich denke, ich komme nun alleine zurecht.“

„Zufälligerweise kenne ich diese Frau. Ihr richtiger Name ist Filine Young. Sie ist eine Betrügerin. Vor acht Jahren hat sie mir meine Zukunft gestohlen."

„Alleyson stiehlt?" Fassungslos sah Bailey von ihrem Freund zu ihrer Chefin und schüttelte den Kopf. „Das glaube ich nicht."

„Ich habe sie gerade dabei erwischt, wie sie unsere neueste Kollektion kopiert hat", bestätigte Marlene, in deren Augen das Leben zurückgekehrt war. Dabei lächelte sie Alley siegesgewiss an.

„Mrs Winters, nicht ich habe die Kollektion kopiert, sondern Sie", versuchte Alleyson die Frau in die Realität zurückzuholen.

„Das ist lächerlich. Ich rufe jetzt die Polizei", erklärte Marlene und griff nach ihrem Handy.

„Warten Sie, wir sollten die Frau zuerst fesseln", schlug Gabriel vor. „Marlene, fesseln sie die Frau, die Sie und ihren Schwiegervater die ganzen Jahre mit ihrer Identität belogen hat." Dabei warf er ihr ein Paar Flexicuffs zu. „Binden Sie sie hinten an den Schreibtisch."

„Marlene, nicht. Er ist ein Mörder. Er wird uns alle umbringen", versuchte Alleyson sich zu wehren, doch Marlenes Augen leuchteten überheblich.

„Versuchen Sie Ihre Haut zu retten? Das wird Ihnen auch nichts mehr nützen." Dann zischte sie ihr eine Nuance leiser zu, sodass nur Alleyson sie hören konnte: „Wenn ich von Ihrer Vergangenheit früher gewusst hätte, hätte ich Sie als Schuldige ganz anders inszeniert, aber ich schätze, dafür ist es noch nicht zu spät." Selbstsicher griff sie nach Alleysons Arm, um ihr diesen auf den Rücken zu drehen, doch Alleyson war schneller.

Ihrerseits ergriff sie Marlenes Handgelenk und drückte gleichzeitig die Schulter der Frau nach unten. Dabei spürte Alleyson die immense Kraft, die Marlene entwickelte und brachte die Frau mit einem gezielten Tritt gegen die Kniescheibe zu Fall, bevor Marlene die Oberhand gewinnen konnte.

„Oh, ich liebe einen guten Kampf. Es ist eine Schande, dass wir nicht mehr Zeit haben", rief Gabriel erfreut aus, bevor seine Stimme hart wurde. „Lass sie los, Filine!"

Der eiskalte Ton ließ Alleyson aufblicken und sie erstarrte, als sie die lange Messerklinge an Baileys Hals sah.

„Jack, was soll das?", stotterte Bailey.

„Pssst, du verdirbst alles, mein Schatz. Sei einfach leise und hör zu. Ein solch interessantes Spiel erlebst du nur einmal“, flüsterte er verführerisch.

„Lass sie gehen”, forderte Alleyson, obwohl sie wusste, dass es sinnlos war. Sie zitterte innerlich und Übelkeit stieg in ihr auf, als sie sich aufrichtete. Erinnerungen kehrten zurück und die Sicht vor ihren Augen verschwamm. Doch Alleyson wusste, wenn sie überhaupt eine Chance haben wollte, musste sie Jacob Gabriel entgegentreten. Furchtlos entgegentreten.

„Lass Bailey und Marlene gehen”, wiederholte sie noch einmal mit fester Stimme. „Das hier ist eine Sache zwischen uns beiden.“

„Ihr kennt euch tatsächlich?“, hakte Bailey angsterfüllt ein.

„Natürlich. Das habe ich dir doch gesagt”, erwiderte Gabriel, bevor er Alleyson antwortete. „Tut mir leid, Filine, aber zu viert ist es viel schöner. Es ist fast wie in alten Zeiten, findest du nicht?“

Alleysons Blut gefror in ihren Adern, doch sie hielt ihre Gesichtszüge starr wie eine Maske. Sie würde sich nicht von ihm und seinen Psychospielen in die Vergangenheit zurückziehen lassen. Sie würde in der Gegenwart bleiben. Das Vergangene konnte sie nicht mehr ändern, die Gegenwart schon. Zumindest hoffte sie das.

„Nun fesseln Sie sie endlich, Marlene”, forderte Gabriel hart.

„Für Sie bin ich immer noch Mrs Taylor”, korrigierte diese bestimmt, woraufhin Gabriel nur laut lachte. „Mrs Taylor”, wiederholte er glucksend.

„Marlene, machen Sie das nicht. Jacob Gabriel ist ein Mörder. Er wird uns alle umbringen. Nur gemeinsam haben wir eine Chance gegen ihn”, bat Alleyson.

„Seien Sie still”, fuhr Marlene sie wütend an. „Sie wollen nur nicht ins Gefängnis.“

„Marlene, denken Sie nach. Wenn es nur um mich geht, warum fesselt mich Gabriel dann nicht selbst? Und warum bedroht er Bailey mit einem Messer?“

„Wahrscheinlich steckt sie mit Ihnen unter einer Decke. Ich habe von Anfang an gewusst, dass sie hier nicht wegen ihres Könnens arbeitet.“

In Alleyson arbeitete es fieberhaft. Es war zum wahnsinnig werden. Sie brauchte eine Lösung und zwar schnell. Auf Marlene konnte sie nicht zählen. Ihr Gehirn hatte längst alle Wahrnehmung ausgeschaltet, die nicht in ihre Argumentationskette passte.

Alleyson sollte sich gegen die Frau wehren. Wenn sie erst einmal gefesselt war, sanken ihre ohnehin schon geringen Chancen noch tiefer. Doch sie wusste, dass dies Baileys sicheres Todesurteil wäre und dazu war sie nicht bereit. Niemals würde sie mit dem Wissen leben können, Bailey im Stich gelassen zu haben. Sie hatte keine Wahl. Ergeben sank sie zu Boden und ließ sich von Marlene an Stevens Schreibtisch binden.

Gehässig lachte Marlene, während sie die Flexicuffs um Alleysons Gelenke festzog, sodass die Plastikschnüre tief in die Haut schnitten.

„Das ist ja noch viel besser, als ich dachte", lachte sie. „Alex wird begeistert sein, wenn er erfährt, wie ich Sie auf frischer Tat ertappt habe. Ihre Stelle wird wieder frei sein und mein Schwiegervater wird endlich erkennen, dass die Designabteilung nur von mir kompetent geleitet werden kann. Es wird allerhöchste Zeit, dass die Leute hier richtige Führung kennenlernen."

„Marlene, versuchen Sie zu fliehen und Hilfe zu holen", flehte Alleyson ein letztes Mal, doch Marlene lachte wieder nur laut.

„Das würde Ihnen gefallen. Das glaube ich gerne. Aber das wird nicht passieren. Im Übrigen ist es mit Ihrer kleinen Liaison nun ebenfalls aus. Ich kann Ihnen versichern, dass Brian nicht auf Betrügerinnen steht. Wenn er erfährt, wie Sie seinen Onkel hintergangen haben, wird er sie fallen lassen, wie eine heiße Kartoffel."

„Marlene, Sie haben Alex betrogen", erinnerte Alleyson die Frau.

„Ich? Wie wollen Sie mir das beweisen? Sicherlich hätte es mich noch einiges an Überzeugungskraft gekostet, Brian zu erklären, warum ich ihn mit einer Unfallgeschichte aus dem Haus gelockt habe. Aber nachdem ich Sie jetzt als Täterin entlarvt habe, wird meine Argumentation sehr viel einfacher werden."

„Er wird Ihnen nicht glauben."

„Natürlich wird er das. Ich kenne Frauen wie Sie. Sie wollten sich ins gemachte Netz setzen und haben sich deswegen an ihn rangemacht. Doch ich werde ihm zeigen, wie blind er Ihnen gegenüber gewesen ist. Männer sind ja so einfach gestrickt."

Seufzend gab Alleyson die Diskussion auf. Ganz offensichtlich war Marlene so sehr in ihrer kranken Welt gefangen, dass sie nicht erkannte, von wem die wahre Gefahr in diesem Büro ausging. Ihre einzige Chance war lange genug durchzuhalten. Solange, bis Brian endlich eintreffen würde. Er würde kommen, da war sich Alleyson ganz sicher. Doch würde er es rechtzeitig schaffen?

Interessiert hatte Jacob Gabriel den Dialog der beiden Frauen verfolgt. Überheblich grinste er Alleyson jetzt an und ein weiterer kalter Schauer lief ihren Rücken hinunter. Doch sie wusste, sie durfte dem Mann um nichts in der Welt merken lassen, wie sehr sie innerlich zitterte.

„Du tust mir weh, Jack", jammerte Bailey.

„Wirklich?", tat Gabriel erstaunt. „Komm und setz dich einen Moment."

Seine Stimme klang dabei fast zärtlich, während er sie auf den Boden drückte und mit einer geschickten Handbewegung ein zweites Paar Kunststoffhandfesseln über ihre Handgelenke streifte.

„Was soll das? Jack?" Mit großen Augen sah sie Jacob an, bevor ihr Blick verängstigt zu Alleyson hinüber wanderte.

„Es wird alles gut, Bailey", versuchte Alley die junge Frau zu beruhigen.

„Ich verstehe das alles nicht. Jack? Was ist los mit dir? Ich dachte, wir gehen ins Kino?"

„Kleine Planänderung, Schätzchen. Jetzt feiern wir eine Büroparty." Mit drei Schritten war er bei Marlene, fasste ihren Arm und drehte ihn auf ihren Rücken.

„Au! Sind Sie verrückt geworden? Was soll das?"

„Runter mit dir." Hart stieß Gabriel die Frau zu Boden. Dann stellte er ihr mit ganzer Kraft seinen Fuß ins Kreuz, sodass sie nicht mehr aufstehen konnte.

„Lassen Sie mich gehen!"

„Lass sie los, Jacob", forderte Alleyson.

„Gleich. Erst will ich die Angst in deinen Augen sehen. Ich liebe es, wenn sie vor Panik weit aufgerissen sind und deine Pupillen fast die ganze Iris bedecken. Du weißt doch, was ich mit ihr machen werde, Filine, nicht wahr? Du erinnerst dich noch an jede Einzelheit."

Mit vor Vorfreude funkelnden Augen sah er zu Alleyson hinüber. „Ich werde sie aufschlitzen wie deinen Vater und dann werden wir gemeinsam beobachten, wie sich ihr Blut auf dem Boden verteilt. Ich bin sicher, der Teppich wird ihren roten Lebenssaft aufsaugen wie eine vertrocknete Blume das Wasser."

Alleyson musste angestrengt schlucken. Die Erinnerung an das Massaker in der Küche ihres Elternhauses drohte ihr die Luftwege zuzuschnüren. Trotzdem versuchte sie ihrer Stimme einen festen Klang zu verleihen. „Du machst mir keine Angst mehr, Jacob."

Laut lachte der Mann hämisch auf. „Netter Versuch. Aber ich weiß, wie sehr du dich vor mir fürchtest. Ich habe dich beobachtet. Jede Nacht hast du von mir geträumt. Von deinen eigenen Schreien bist du aufgewacht und schweißgebadet unter die Dusche gelaufen."

In Gabriels Miene war deutlich zu erkennen, wie viel Lust er daraus gewonnen hatte. „All die vergangenen Jahre habe ich mir vorgestellt, wie es sein wird, wenn wir uns wiedersehen. Ich habe gehofft, dass ich immer noch genauso deine Gedanken beherrsche, wie du die meinen", bekannte er und fuhr fort.

„Nicht ein Tag ist in den letzten Jahren vergangen, an dem ich nicht an dich gedacht habe. Glaube mir, du machst dir keine Vorstellung, wie befriedigend es war zu sehen, dass es dir mit mir ebenso ergangen ist. Es war ein Genuss zu erleben, welch großen Einfluss ich immer noch auf dich habe."

„Nehmen Sie Ihren Fuß von mir", schrie Marlene. „Was soll das alles? Ich habe Ihnen geholfen, Alleyson zu fesseln."

Gefährlich blitzten Gabriels Augen auf, als er auf die Frau hinab blickte.

„Marlene, seien Sie still", bat Alleyson.

Freundlich lächelnd ergriff Gabriel Marlenes Ellenbogen und half ihr auf die Füße. Mit seinem linken Arm umfasste er ihre Taille und half ihr, ihr Gleichgewicht wiederzuerlangen.

„Entschuldigen Sie bitte, Mrs Taylor. Ich hatte nicht damit gerechnet, Sie heute Abend hier anzutreffen." Sein Mund lächelte die Frau an und seine Stimme klang vollkommen ruhig. Im gleichen Moment stach er jedoch urplötzlich sein Messer in ihren Bauch.

Noch bevor Marlene begriffen hatte, was gerade passiert war, hatte Gabriel die Klinge bereits wieder herausgezogen. Fest drückte er Marlene an seinen Körper, die dabei war, in sich zusammenzusacken. Ihr Stöhnen ging in Baileys entsetzten Schreien unter.

Ohne auch nur einen Laut von sich zu geben, starrte Alleyson Gabriel an. Ihr ganzer Körper war wie gelähmt. Die schiere Panik stand in ihren Augen und mit einem Schlag war es, als wären keine acht Jahre vergangen und sie würde wieder in der Küche ihrer Eltern liegen.

Langsam zog Gabriel die Klinge des Messers unter seiner Nase vorbei, schloss die Augen und sog den Geruch des Blutes tief durch die Nase ein. Laut atmete er durch den Mund aus und gab dabei einen Laut des Genusses von sich.

Vornübergebeugt jammerte und stöhnte Marlene vor Schmerzen.

„Sei still, du Schlampe", rief Gabriel ungehalten aus, richtete sie auf, indem er an ihren Haaren zog und stieß sein Messer noch einmal tief in ihren Unterleib.

Sowohl Marlene als auch Bailey schrien dieses Mal laut. Dabei unterschieden sich beide Schreie deutlich. Marlenes Aufschrei war voller Schmerz wohingegen Baileys ein purer Schrei der Panik war.

Brutal ließ Gabriel die Frau auf den Boden fallen. Sofort rollte Marlene sich in einer embryonalen Schutzhaltung zusammen.

„Tssstssss", drückte Jacob sein Missfallen darüber aus. Kurzentschlossen griff er sie unter ihren Armen und schleifte sie über den Boden zu Alleyson hinüber. Erneut schrie Marlene vor Schmerz.

„Sei endlich still", befahl Gabriel und trat in ihre Rippen, bevor er ihre Hände an dem Schreibtischfuß gegenüber von Alleyson befestigte. Anschließend streckte er sie lang aus und band ihre Füße an einem Drehstuhl fest, dessen Räder er arretierte. „So können wir alles viel besser sehen“, stellte er zufrieden fest.

Bereits zu schwach von dem hohen Blutverlust, hatte Marlene keine Kraft mehr sich zu wehren. Unter lautem Stöhnen floss das Blut aus ihrem Bauch auf den hellen Büroteppich.

„Zu langsam", murmelte Gabriel mit kritischem Blick. Nachdenklich ging er in die Hocke, dann setzte er seine Klinge an Marlenes rechter Halsschlagader an.

„Nein", schrie Alleyson voller Entsetzen, die genau wusste, was jetzt kommen würde. „Jacob, bitte nicht", flehte sie.

In Zeitlupentempo drehte er seinen Kopf zu ihr und grinste sie zufrieden über seine Schulter an.

„Bitte nicht", wiederholte Alleyson leise, obwohl sie tief in ihrem Innern wusste, dass Jacob ihr Flehen nicht erhören würde. Eiseskälte durchströmte ihren Körper und ließ sie erzittern.

„Ich liebe den Ausdruck deiner Augen, Filine. Vom ersten Moment an habe ich ihn geliebt.“

Ohne Alleyson aus dem Blick zu lassen, zog Gabriel das Messer an Marlenes Hals kraftvoll von einer Seite parallel zum

Schlüsselbein zur anderen. Dann sprang er blitzschnell zur Seite und genoss den Anblick des Blutes, das aus Marlenes Halsschlagader strömte.

Blubbernde Laute drangen aus ihrer Kehle und füllten den Raum, als ein Teil des Blutes in die Luftröhre floss und Marlene qualvoll erstickte.

Bailey schrie mittlerweile wie am Spieß. Sie zog und zerrte an ihren Fesseln, die sich jedoch keinen Millimeter weiteten. Wütend sah Gabriel zu ihr hinüber.

Ein Blick in Gabriels zorniges Gesicht riss Alleyson aus ihrer Schockstarre. „Psst, Bailey", versuchte sie die junge Frau zu erreichen. „Bitte, sei ruhig. Bitte!"

Doch Bailey beruhigte sich nicht. Hysterische Schluchzer drangen aus ihrem Mund.

Unbeherrscht ging Gabriel auf die junge Designerin zu.

„Jacob, bitte nicht", flehte Alleyson ihn an. „Bitte, tu ihr nichts, Jacob!"

Doch der Mann zeigte keine Reaktion. Ungehalten trat er in die Rippen der jungen Frau. Einmal, zweimal, dreimal. Mit jedem Tritt steigerte sich sein Zorn und er trat noch fester zu als das Mal zuvor.

„Jacob!", schrie Alleyson lauter, die glaubte, den Schmerz jeden Trittes selbst zu fühlen. „Hör auf. Du willst doch gar nicht Bailey. Es geht dir um mich, nicht um sie."

Es kam Alleyson wie eine Ewigkeit vor, doch mit einem Mal hielt Jacob Gabriel inne. Als er sich schließlich ihr zuwandte, verlor Alleyson jede Gefühlsregung und ihr Herzschlag setzte für einen Schlag aus. Doch sie musste ihn von Bailey ablenken. Egal, was es sie kostete. Entschlossen riss sie sich zusammen und zwang ihre Stimme zu einem rationalen Ton.

„Hast du dir schon überlegt, wie du hier rauskommst? Die Polizei wird dich fassen. So wie das letzte Mal."

Laut lachte Gabriel auf. „Unfug. Dieses Mal wird mich niemand fassen. Dafür habe ich gesorgt."

„Das FBI weiß Bescheid."

„Wenn du damit deinen kleinen Freund meinst, der wird dir nicht helfen können. Zufällig weiß ich, dass er gerade bei seinem lieben Onkelchen im Krankenhaus sitzt."

„Woher weißt du das?“, stammelte Alleyson. Fieberhaft arbeitete es in ihrem Kopf. Konnte es sein, dass Brian und Mitch eine Wanze übersehen hatten?

Wieder lachte Gabriel. „Nein, meine Wanzen hier im Büro und bei dir im Haus hat er alle gefunden, aber glücklicherweise hatte ich eine weitere an Baileys Tasche angebracht. Du siehst, ich habe jedes Wort gehört und weiß, dass dein Freund erst einmal beschäftigt ist.“

„Er wird kommen”, beharrte Alleyson.

„Sicher wird er das. Irgendwann. Aber dann wird es zu spät sein für dich und Bailey. So wie es für Mrs Taylor zu spät ist. Aber jetzt muss ich mich zunächst um den Wachmann unten am Empfang kümmern und auch darum, dass uns hier oben in der nächsten Stunde niemand mehr stört, denn dieses Mal werde ich entscheiden, wann der Abend vorbei ist.“ Mit diesen Worten verschwand Gabriel durch die Tür.

„Bailey?“, rief Alleyson sofort als sie hörte, wie sich die Fahrstuhltür hinter Jacob Gabriel geschlossen hatte. Doch durch den Raum tönten nur laute Schluchzer. „Bailey, hör mir zu.“ Mit aller Kraft zwang sich Alleyson dazu, ihrer Stimme einen ruhigen Klang zu verleihen, obwohl sie innerlich zitterte wie Espenlaub. Sie durfte nicht zulassen, dass Panik sie überwältigte, denn dann hätte sie verloren. Doch sie würde nicht aufgeben. Nicht jetzt.

Mit hundertprozentiger Sicherheit wusste sie, dass Brian kommen würde. Allein der Gedanke an ihn, wärmte sie von innen und gab ihr Kraft und Hoffnung. Was sie in den letzten Tagen in seinen Armen gefunden hatte, wollte sie nicht aufgeben. Nicht freiwillig. Sie wollte ein Leben an Brians Seite und dafür würde sie bis zu ihrem letzten Atemzug kämpfen.

Für einen kurzen Moment schloss sie die Augen und überließ sich dem Gefühl des Vertrauens und der Geborgenheit, das sie in den vergangenen Nächten in Brians Armen empfunden hatte. Doch noch waren sie nicht in Sicherheit. Gabriel würde wiederkommen.

Tief seufzend, erinnerte sie sich an das Telefon in ihrer Tasche. Zwar hatte sie keine Ahnung, ob Brian sie hören konnte, doch sie entschied, sie sollte diese Möglichkeit nicht völlig ausschließen.

„Brian”, sprach sie daher laut in den Raum, „wenn du mich hören kannst, dann will ich dir nur sagen, dass ich nicht sicher bin, ob Gabriel dieses Mal nicht doch gewinnen wird. Für Marlene ist es leider zu spät. Er hat sie umgebracht."

Stumme Tränen liefen an ihren Wangen hinunter, doch sie sprach weiter. „Falls ich es nicht schaffen sollte, sag Alex bitte, es tut mir leid. Es ist alles meine Schuld. Ich hätte niemals herkommen dürfen. Wenn ich nicht so egoistisch gewesen wäre, als Designerin arbeiten zu wollen, wäre dieses Monster niemals in Corpus Christi aufgetaucht. Es tut mir wirklich leid."

Alleyson machte eine kurze Pause, dann sprach sie weiter. „Aber Brian, bitte mach dir keine Vorwürfe. Du hast alles getan, was in deiner Macht stand. Und so leid es mir tut, dass ich Gabriel hierher gelockt habe, so unendlich dankbar bin ich doch dafür, dich getroffen zu haben. Du hast mir gezeigt, wie schön das Leben sein kann. Die letzten Tage waren die schönsten in meinem Leben und ich habe nur einen Wunsch an dich. Bitte trauere nicht um das, was nicht mehr ist, sondern erinnere dich an die schönen Momente mit all den Menschen, die dir lieb und teuer sind. Sei dankbar für die Zeit, die du mit ihnen verbringen durftest."

Noch einmal legte Alleyson eine Pause ein. Sollte sie ihm noch einmal sagen, was sie für ihn empfand? Auf keinen Fall wollte sie ihn belasten. Doch es war nicht auszuschließen, dass dies ihre letzte Gelegenheit sein würde. Kurzentschlossen atmete sie tief durch, bevor sie ergänzte: „Ich liebe dich, Brian."

Stille legte sich über den Raum und plötzlich bemerkte Alleyson, dass Bailey aufgehört hatte zu weinen und stattdessen ihr zugehört hatte. „Bailey?"

„Alley, was passiert gerade? Ich verstehe das alles nicht. Ich dachte, Jack wäre ein netter Mann. Er war immer so galant."

„Ich weiß, Bailey. Es ist nicht deine Schuld."

„Warum nennt er dich immer Filine?"

Von ihrer Familie zu erzählen, war das Letzte, was Alleyson wollte, doch ihr war klar, dass Bailey ein Recht darauf hatte zu erfahren, in was sie hinein geraten war.

Schweigend hörte Bailey zu, als Alleyson ihr eine kurze Zusammenfassung gab. „Er hat mich nur benutzt, um besser an dich rankommen zu können", folgerte sie am Ende tonlos.

Was sollte Alleyson darauf erwidern? „Wahrscheinlich", antwortete sie schließlich wahrheitsgemäß.

„Dann ist es meine Schuld. Ich habe ihn in unser Büro gebracht. Ich fand es so süß, als er vor einigen Wochen unbedingt sehen wollte, wo ich arbeite.“

„Nein, Bailey, nichts, was gerade passiert, ist deine Schuld. Gabriel hätte immer einen Weg gefunden, mich irgendwann aufzuspüren. Er bestimmt die Regeln. Dich trifft keine Schuld. Hör zu, Brian wird zurückkommen und er wird uns hier rausholen.“

„Wie um alles in der Welt soll er uns helfen?“

„Vertrau mir einfach. Brian wird uns helfen. Alles wird gut. Wir müssen nur noch etwas durchhalten. Ich werde versuchen, seine Aufmerksamkeit auf mich zu lenken. Doch egal was passiert, Bailey, du darfst dich nicht einmischen. Schließ die Augen und denke an etwas Schönes. Versuche Gabriels Stimme auszublenden.“

„Sie klingt so grausam, Alley. Ich bin nicht sicher, ob ich das kann.“

„Ich weiß, dass es schwierig ist. Aber versprich mir, dass du es versuchst.“

Es dauerte einen Moment, doch schließlich flüsterte Bailey: „Ich versuche es.“

KAPITEL 20

Brian war sich sicher, in seinem Wagen um Jahre zu altern, während er hilflos dem Geschehen in Alleysons Büro lauschte. Mitten im Verkehr festzustecken und nichts unternehmen zu können, brachte ihn an den Rand der Verzweiflung. Sein Herz schlug für diese Frau, die trotz ihrer Furcht alles versuchte, Gabriels Aufmerksamkeit von Marlene und Bailey abzulenken. Bewunderung, Stolz und Angst hielten seine Brust gleichermaßen fest umklammert. Wo verdammt noch mal blieb nur der Streifenwagen?

Während er Alleysons Worten gelauscht hatte, hatten sich seine Augen mit Tränen gefüllt. Er musste kräftig schlucken, um sie zurückzudrängen. Doch jetzt war nicht der richtige Zeitpunkt, sich Gefühlen hinzugeben. Alley vertraute ihm und er schuldete ihr nicht weniger als seine volle Konzentration. Um nichts auf der Welt würde er sie enttäuschen. Er würde sie aus den Händen dieses Monsters befreien. Schließlich musste er ein Versprechen halten. Wenn er doch nur schneller vorankäme.

In diesem Augenblick hörte Brian in der Ferne eine Sirene aufheulen, die sehr schnell immer lauter wurde. Ein Blick in den Rückspiegel bestätigte ihm, dass die Kollegen endlich da waren. Die Wagen hinter ihm bildeten bereits eine Rettungsgasse und auch Brian lenkte ein wenig nach rechts. Dann stieg er hastig aus seinem BMW und winkte. Direkt neben ihm hielten die Polizisten an. Brian zeigte seine Marke und gab die Zieladresse weiter.

„Kurz vor Ankunft schalten Sie bitte die Sirene aus. Ich will nicht, dass der Täter frühzeitig gewarnt wird", instruierte er die beiden Officers, die zum Zeichen des Verständnisses nickten.

Während Brian dem Streifenwagen folgte, breitete sich eine hochkonzentrierte Ruhe in ihm aus. Endlich konnte er etwas tun und automatisch schaltete sein Gehirn in den professionellen Modus.

Zeitgleich mit Mitch hielt er wenige Minuten später vor dem Firmengebäude.

„Sie kommen mit", befahl Mitch den beiden Streifenpolizisten.

„Haben Sie schon einen Krankenwagen gerufen?", erkundigte sich Brian.

„Nein, Sir. Noch nicht."

„Dann tun sie das. Am besten bestellen sie gleich zwei", orderte er. Dann stürmte er auf die gläserne Eingangstür zu.

„Abgeschlossen", stellte Mitch frustriert fest, als sie sich nicht öffnen ließ.

Sofort zog Brian seinen Schlüssel aus der Hosentasche, doch die Tür bewegte sich keinen Millimeter.

„Brian, sieh dir das an! Dieses Schwein hat die beiden Türen an den Griffen mit einem Stahlseil zusammengebunden." Wütend deutete Mitch durch das Glas nach innen.

Ein kurzer Seitenblick genügte Brian, um zu sehen, dass sein Partner recht hatte. Auf konventionellem Wege würden sie die Tür niemals aufbekommen. „Wir brauchen eine Brechstange und einen Bolzenschneider", stellte er fest.

„Wir haben beides in unserem Wagen", erklärte der ältere Streifenpolizist und kehrte Sekunden später damit zurück.

Geschickt hebelte er die Tür auf der Rahmenseite aus ihrer Verankerung, während sein jüngerer Kollege das Stahlseil durch den entstehenden Spalt mit dem Bolzenschneider kappte. Nachdem die Tür endlich offen war, durchquerte Brian in schnellem Sprint die Eingangshalle. Doch die Tür zum Treppenhaus ließ sich ebenfalls nicht öffnen.

„Verdammt. Er muss sie von innen verschlossen haben", stieß Brian hervor.

„Wo ist eigentlich der Sicherheitsmann?" Suchend sah sich Mitch um.

„Er ist tot", gab der jüngere der beiden Streifenpolizisten mit einem Blick über die Empfangstheke bekannt. Alle Farbe war aus seinem Gesicht gewichen.

Wahrscheinlich seine erste Leiche, dachte Brian, doch im Moment hatte er keine Zeit, sich um den Mann zu kümmern.

„Der Fahrstuhl ist außer Betrieb”, kommentierte der zweite Beamte mit einem Blick auf die Elektronikanzeige hinter der Rezeption. „Er hat den ganzen Schaltkasten lahmgelegt.“

„Gibt es ein zweites Treppenhaus?“, erkundigte sich sein Kollege.

„Nein”, antwortete Brian. „Nur dieses und den Fahrstuhl.“

„Dann müssen wir diese Tür ebenfalls aufbrechen. Wo ist das Brecheisen?“ Fragend sah sich Mitch um.

„Hier, Sir!“, erklärte der ältere Polizist und machte sich an die Arbeit.

Unruhig trat Brian von einem Fuß auf den anderen. „Hoffentlich hat Gabriel den Zugang zum fünften Stock nicht auch verschlossen. Ansonsten wird er uns kommen hören und der Überraschungseffekt ist verloren.“

„Darüber machen wir uns Gedanken, wenn es soweit ist“, erklärte Mitch und legte seinem Partner ermutigend eine Hand auf die Schulter. „Auf geht's. Die Tür ist offen.“

Gefolgt von den beiden Streifenpolizisten hechteten die beiden die Treppen hinauf. Im fünften Stock blieben sie stehen und alle vier zogen ihre Waffen, bevor sie sich auf beiden Seiten der Tür positionierten.

Brian atmete einmal tief durch. Dann legte er seine Hand auf die Klinke und drückte sie langsam herunter. Hatte Jacob Gabriel die Tür abgesperrt oder würde sie sich öffnen lassen?

Eine Welle der Erleichterung ging durch die kleine Gruppe, als sich die Tür bewegte. Brian konnte sein Glück kaum fassen.

„Leise”, zischte er, bevor er als Erster in den Flur trat.

„Du hättest damals mit mir zu deinem Abschlussball gehen sollen, Filine. Ich habe dich so sehr geliebt. Doch stattdessen wolltest du mit Gott weiß wem gehen. Jetzt verrate mir, was hat dir das Ganze gebracht? Am Ende hast du an jenem Abend doch nur mit mir getanzt. Erinnerst du dich an das rote Kleid, das du damals getragen hast? Du sahst bezaubernd aus.“

Verträumt schwelgte Gabriels Stimme in der Vergangenheit. Doch als er das nächste Mal sprach, war die Kälte in seinen Ton zurückgekehrt. „Schluss jetzt. Genug mit der Sentimentalität. Heute erhältst du endlich das, was du verdienst und worauf ich seit Jahren gewartet habe.“ Langsam hob er seinen Arm mit dem Messer über seinen Kopf.

Panik durchströmte Alleyson. Sie wusste, dass er sie in ihren Augen lesen konnte und schloss schnell ihre Lider.

„Neiiiiin", schrie Bailey schrill.

Sofort öffnete Alleyson ihre Augen wieder. Ihr Herz raste. Die Gedanken überschlugen sich. Bailey durfte nicht schreien. Sie hatte ihr doch gesagt, sie solle sich auf keinen Fall einmischen. Entsetzt beobachtete Alleyson, wie Jacob vor Wut schäumend auf die junge Frau zuging.

„Lass Bailey aus dem Spiel", rief sie sofort.

Erleichtert atmete sie auf, als Jacob Gabriel tatsächlich stehen blieb und sich wieder zu ihr umdrehte.

„Immer noch der große Retter, Filine? Deiner Schwester hast du damals nicht helfen können. Riechst du immer noch ihr Blut? Nachts, in deinen Träumen?"

Erneut roch er an seiner Messerklinge. Anscheinend war der Geruch allerdings nicht mehr intensiv genug, denn er kehrte zurück und tauchte sie noch einmal in Marlenes Blut.

„Sie war ein hübsches Ding. Wie hieß sie noch? Belanna, richtig? Sie war nicht ganz so schön wie du, aber sie hatte etwas. Sie war ja auch noch so jung damals."

In einer großzügigen Geste hielt er Alleyson sein Messer unter die Nase. Angewidert drehte sie den Kopf zur Seite. „Riech!", befahl Jacob herrisch, ergriff ihre Haare und hielt ihren Kopf damit in Position.

Verzweifelt versuchte Alleyson die Luft anzuhalten, doch als sie schließlich atmen musste, drang der Eisengeruch durch ihre Nase in ihr Gehirn. Reflexartig musste sie würgen. In ihren Ohren fing es an zu rauschen und Alleyson spürte, wie ihr Bewusstsein drohte, sie zu verlassen. Mit aller Kraft kämpfte sie dagegen an. Auf keinen Fall durfte sie Gabriels Aufmerksamkeit verlieren. Nicht, wenn Baileys Leben davon abhing. Sein spöttisches Lachen holte sie zurück.

„Du willst Bailey retten, nicht wahr? Okay, weißt du was, Filine. Ich habe heute einen guten Tag. Ich biete dir einen Deal an."

Mühsam schluckend sah Alleyson zu ihm auf. Mit einem Mal hatte befand sie sich mitten in ihrem Traum und sie wusste haargenau, was jetzt kommen würde.

Entsetzt beobachtete sie, wie Gabriel zielstrebig nach einem Glas griff, das auf einem der Schreibtische stand. Damit ging er hinüber zu Bailey, schnitt unter ihrem schrillen Schrei die

Pulsschlagader des rechten Handgelenks auf und ließ ihr Blut in das Trinkgefäß fließen. Nachdem es bis zu Hälfte gefüllt war, kehrte er zu Alleyson zurück und hielt ihr das Glas an die Lippen.

Alleyson war dermaßen geschockt, dass sie zu keiner Reaktion fähig war. Sie hatte schreien wollen, hatte ihren Mund bereits geöffnet, doch kein Ton war über ihre Lippen gekommen.

„Trink und ich lasse das Mädchen am Leben."

Schweiß brach überall an Alleysons Körper aus. Gleichzeitig zitterte sie vor Kälte. Hart schlug ihr Herz gegen ihren Brustkorb. Was sollte sie tun? Sie wusste, sie hatte keine Wahl. Ihr Magen rebellierte und sie würgte. Trotzdem nickte sie.

Hämisch lachte Gabriel. „Du schaffst es ohnehin nicht, Filine."

Wie in Zeitlupe näherte sich das Glas ihren Lippen. Alleyson schloss die Lider.

„Oh nein, Filine. Ich will deine Augen sehen. Sieh mich an!", befahl Gabriel. „Ansonsten gilt unser Deal nicht."

Fest entschlossen, alles zu tun, um Baileys Leben zu retten, öffnete Alleyson wieder ihre Augen. Der Geruch des Blutes ließ sie erneut würgen. Doch sie war nicht bereit aufzugeben. Sie würde es schaffen. Sie konnte sich vorstellen, dass es nur ein Glas Saft war. Doch es roch nicht nach Saft. Trotzdem würde sie es trinken. Wenn Bailey dafür lebte, würde sie es schlucken.

Kalt spürte sie den Rand des Glases an ihren Lippen, während sie in Jacobs erregte Augen blickte. Sie spürte, wie er das Glas langsam neigte. Sie fühlte die alles überlagernde Übelkeit und merkte, wie sich ihre Luftröhre zusammenzog.

„Hände hoch, Gabriel", drang in eben jenem Moment die tiefe ruhige Stimme Brians durch den Raum.

Niemals zuvor war Alleyson derart erleichtert gewesen seine Stimme zu hören, wie in diesem Augenblick.

Überrascht von dem unerwarteten Besuch ließ Gabriel das Glas fallen und zog in einer blitzschnellen Bewegung sein Messer hervor. Währenddessen verteilte sich Baileys Blut auf Alleysons Oberkörper. Es lief in ihren Ausschnitt und klebte auf ihrer Haut. Doch das Einzige, was Alley spürte, war Gabriels kalte Messerklinge an ihrem Hals.

Brian suchte für einen kurzen Moment Alleysons Blick, bevor er seine Augen erneut auf Gabriel richtete. Die eine Sekunde hatte jedoch gereicht, um zu sehen, dass Alleyson völliges Vertrauen in ihn hatte. Sein Herz füllte sich mit Wärme. Er würde sie hier rausbringen. Etwas anderes stand nicht zur Debatte.

Er mochte keine Ahnung haben, wie man ein Unternehmen führte oder einen Anzug schneiderte, doch er wusste, wie man Mörder und Psychopathen fasste. Dieses Spiel würde Jacob Gabriel verlieren.

Professionell schob Brian alle Emotionen beiseite, die der Anblick der fünfzehn Zentimeter langen Klinge des scharfen Bajonettmessers an Alleysons Hals in ihm auszulösen drohte.

„Verschwinden Sie! Alle! Und zwar sofort! Oder ich schneide ihr die Kehle durch", befahl Jacob Gabriel.

„Lassen Sie sie los. Sofort!", entgegnete Brian kalt, während er den Blick des Mannes fixierte. Aus dem Augenwinkel sah Brian, dass Mitch seitlich von ihm Stellung bezogen hatte. Wenn sie beide zur gleichen Zeit schossen und sie beide das Stammhirn trafen, dann würde Gabriel keine Reaktionszeit mehr bleiben. Das Messer würde ihm einfach aus der Hand fallen. Falls sie jedoch nicht richtig trafen ...

Nein, daran durfte Brian nicht denken. Sowohl Mitch als auch er waren herausragende Schützen. Niemals hatten sie im Training auch nur einen Zentimeter daneben geschossen.

Allerdings war das hier kein Training. Das hier war die Realität. Hier ging es nicht um einen Pappkameraden, sondern um Alleyson. Aber was war die Alternative? Gabriel würde Alley nicht am Leben lassen. Niemals. Und mit diesem Wissen traf Brian seine Entscheidung.

„Ich zähle bis drei, Gabriel, dann legen Sie das Messer zur Seite", erklärte Brian, ohne seinen Blick von Gabriel abzuwenden. In Wahrheit jedoch waren seine Worte an seinen Partner gerichtet. Er wusste, dass Mitch ihn blind verstand.

Laut lachte Gabriel auf. „Oder was? Bradshaw, glauben Sie, ich weiß nicht, was zwischen Ihnen beiden läuft? Niemals würden Sie Filines Leben riskieren. Also, lassen Sie das Schauspiel. Legen Sie und Ihre anderen drei Clowns die Waffen auf den Boden und schieben Sie sie zu mir herüber. Natürlich schön langsam, so wie es sich gehört."

„Seien Sie vernünftig, Gabriel. Sie haben keine Chance", belehrte ihn Mitch, aber auch seine Worte waren in Wirklichkeit an Brian adressiert. Er gab ihm zu verstehen, dass er bereit war.

„Eins!“, begann Brian zu zählen, doch Jacob Gabriel grinste ihn nur an.

„Zwei! Drei!“

Zeitgleich feuerten Brian und Mitch ihre Waffen ab. Beide Kugeln trafen Gabriels Haupt zielgenau und er war bereits tot, bevor sein fallender Körper den Boden berührte. In einem letzten Reflex hatte sich seine Hand geöffnet und das Messer war auf Alleysons Brustkorb gefallen.

In zwei Schritten war Brian neben ihr, legte das Messer zur Seite und strich ihr zärtlich über die Wange.

„Alles ist gut, Sweetheart. Es ist vorbei”, redete er beruhigend auf sie ein, während er ihre Fesseln mit einem Schnitt seines eigenen Messers durchtrennte. Dann zog er sie endlich in seine Arme.

Weißer Nebel begann sich in Alleysons Gehirn auszubreiten und ein Rauschen in ihren Ohren zeigte ihr an, dass sie dabei war das Bewusstsein zu verlieren. Doch um nichts in der Welt wollte sie Brians Stimme verlieren. Mit letzter Kraft konzentrierte sie sich auf ihn.

„Bailey”, flüsterte sie. „Sie braucht Hilfe.“

„Ich weiß, Sweetheart. Mitch kümmert sich schon um sie und die Sanitäter sind unterwegs. Sie hat zwar viel Blut verloren, aber sie wird es schaffen, so wie ich das sehe. Bist du verletzt?“

Alleyson schüttelte ihren Kopf und klammerte sich an ihn. Die Panik, die sie in der vergangenen halben Stunde unterdrückt hatte, überfiel sie nun in voller Stärke. Ihr Körper zitterte durch den Abbau des Adrenalins und das Atmen gelang ihr nur in kleinen stoßweisen Zügen.

„Wie geht es ihr?“, flüsterte Mitch, während er neben Brian in die Hocke ging. „Ist sie verletzt?“

„Nein, es ist nur der Schock.“

Verständnisvoll nickte Mitch. „Hier, nimm die Decke. Wärme ist wichtig.“

Fürsorglich legte er eine Wolldecke über Alleysons Rücken, die Brian um sie herum zog. „Danke. Hast du alles so weit gesichert?“

„Ja. Mach dir keine Gedanken, ich habe alles im Griff. Kümmere dich um sie.“

„Danke.“

„Selbstverständlich“, nickte Mitch und Brian wusste, sein Partner meinte seine Worte ernst..

Brian fühlte Alleysons Herz an seiner Brust schlagen. Hart. Schnell. Zu schnell. Sein eigenes Herz wollte ebenfalls davon galoppieren, zu groß war noch der Schrecken über das soeben Erlebte. Doch er zwang sich ruhig zu bleiben. Alleyson brauchte Ruhe. Sicherheit. Geborgenheit.

„Es ist alles vorbei, Liebes. Niemals wieder wird Gabriel dir etwas antun können. Du bist in Sicherheit.“ Immer wieder wiederholte er beruhigende Worte mit sanfter Stimme, doch plötzlich fühlte er, wie sich ihr Magen zusammenkrampfte.

„Ist alles in Ordnung, Alley?“, erkundigte er sich ernsthaft besorgt und warf einen prüfenden Blick auf ihre Gesichtsfarbe. Zu weiß.

„Er wollte, dass ich Baileys Blut trinke. Es war alles genau wie in meinen Träumen”, flüsterte sie tonlos.

„Ich weiß, Liebes. Aber jetzt ist es vorbei. Bailey wird wieder gesund werden. Das hat sie einzig und allein dir zu verdanken. Du hast Gabriel lange genug hingehalten. Es tut mir leid, dass ich nicht früher war.“ Zärtlich küsste er ihr Haar.

„Nicht. Bitte. Es war nicht deine Schuld.“

Alleyson hob ihren Kopf und sah mit großen dunklen Augen zu ihm auf. In ihrem Blick lag ein solches Vertrauen, dass Brian wusste, sie meinte ihre Worte genauso, wie sie sie gesagt hatte. Sie machte ihm keinen Vorwurf. Doch noch immer zitterte ihr Körper und so zog Brian sie wieder an sich. Liebevoll wiegte er sich mit ihr langsam hin und her. Dabei sah er sich über ihren Kopf hinweg im Raum um.

Der helle Teppich offenbarte ein wahres Blutbad. Nur drei Meter von ihm entfernt starrte ihn seine Schwägerin mit leerem Blick an. Würde Aaron ihm verzeihen können, dass er nicht rechtzeitig erkannt hatte, wie krank Marlene in Wahrheit gewesen war? Hätte er nicht viel früher darauf bestehen müssen, dass sie ärztliche Hilfe bekam? Hatte sie wirklich einen Termin bei einem Psychiater vereinbart, wie sie gesagt hatte, oder waren es nur leere Worte gewesen? Er hätte es nachprüfen sollen. Doch im Grunde seines Herzens wusste Brian, dass er nichts hätte tun können, was Marlene davon überzeugt hätte, sich in therapeutische Behandlung zu begeben.

Arme Cleo. Wie eine Tochter hatte sie Marlene damals aufgenommen, als Aaron seinen Eltern seine große Liebe vorgestellt hatte. Brian wusste, seine Tante würde sich Vorwürfe machen. Doch sie trug ebenfalls keine Schuld. Cleo und Alex hatten alles in ihrer Macht stehende getan, um Marlene zu helfen. Sie war krank gewesen. Kränker, als sie alle erkannt hatten.

Warum hatte Marlene ihn nur heute Abend aus dem Büro locken müssen? Zwar hätte er ihr Leiden nicht heilen können, aber er hätte zumindest dieses Massaker im Büro verhindern können. Seine Schwägerin hätte nicht sterben müssen.

„Es tut mir leid, dass ich Marlene nicht retten konnte. Ich habe es versucht, Brian. Wirklich", hörte er Alleysons Stimme. Ihr Blick war seinem gefolgt und es war, als könne sie seine Gedanken lesen.

„Scht. Ich weiß. Ich habe alles gehört und ich bewundere dich dafür. Doch Marlene war nicht zu helfen. Sie war krank. Ich hätte jedoch wissen müssen, wie schlimm es um sie stand."

„Das konntest du nicht, Brian. Wir haben sie jeden Tag gesehen und mit ihr gearbeitet. Trotzdem hat keiner von uns auch nur im Entferntesten etwas geahnt."

„Oh Gott, sieh nur den Boden!", flüsterte Alleyson plötzlich entsetzt und verkrampfte. Ihr Blick, der vor einer Sekunde völlig klar gewesen war, war auf einmal gefüllt mit Panik. Ihre eben noch ruhige Stimme klang viel zu hoch. „Der ganze Teppich ist völlig ruiniert."

„Das ist kein Problem. Alex lässt ihn austauschen", beschwichtigte Brian, doch mittlerweile hatte Alley an sich herab gesehen.

Mit großen Augen sah sie ihn hilfesuchend an. Ein stummer Schrei des Entsetzens stand in ihrem Gesicht und mit einem Blick erfasste Brian die Ursache. Dabei erkannte er ebenfalls, dass es nicht damit getan war, Alleys Bluse auszuziehen. Baileys Blut klebte überall an ihrer Haut und auch ihr Haar hatte mehr als nur ein paar Spritzer abbekommen. Kurzentschlossen stand er mit ihr in seinen Armen auf. Als er an seinem Partner vorbei ging, rief er Mitch zu: „Wir sind oben."

Dieser hob nur kurz eine Hand als Zeichen, dass er verstanden hatte, denn er war gerade dabei, die ankommende Spurensicherung einzuweisen.

„Wo gehen wir hin?", presste Alleyson mühsam hervor.

„Oben im sechsten Stock gibt es ein kleines Badezimmer. Es stammt noch aus den Anfangszeiten des Unternehmens als mein Vater und Alex hier nächtelang durchgearbeitet haben", erklärte Brian, während er die zwei Treppen mit ihr nach oben stieg und die oberste Etage betrat.

Mit Ellenbogen und Fuß öffnete er die Tür am Ende des Ganges und trat in ein kleines weiß gefliestes Badezimmer. Vorsichtig stellte Brian Alleyson auf den Boden, hielt sie aber an den Schultern fest. Erst als er sicher war, dass sie ihm nicht umfallen würde, ließ er sie los und zog sie aus. Selbst völlig passiv ließ Alleyson alles mit sich geschehen.

„Kommst du zurecht?", erkundigte sich Brian, während er ihr in die Dusche half und das Wasser andrehte.

Nickend drehte sich Alleyson um.

„Okay, ich bin gleich zurück. Ich hole nur schnell ein paar frische Sachen zum Anziehen. Mit etwas Glück hängen die Musterstücke der neuen Kollektion noch in Marlenes Büro."

Als Brian kurze Zeit später mit einer Jeans, einem T-Shirt und einer lässigen Bluse zurückkehrte, stand Alleyson noch immer genauso in der Dusche, wie er sie verlassen hatte. Starr blickte sie auf den Boden der Duschwanne, wo blutrot gefärbtes Wasser im Abfluss verschwand.

„Alley?", sprach Brian sie an.

Besorgt hob er ihr Kinn an und sah in ein paar leere Augen. Verdammt! Er hätte sie zuerst ärztlich durchchecken lassen sollen. Wie hatte er nur glauben können, dass allein seine Anwesenheit ausreichen würde, sie zu beruhigen? Stattdessen schien es, als hielte sie der Schock jetzt noch stärker gefangen. Vernünftigerweise sollte er ärztliche Hilfe anfordern.

Da Alleyson aber nun schon einmal unter der Dusche stand, beschloss Brian, sie zumindest von dem Blut an ihrem Körper und in ihren Haaren zu befreien. Hastig schlüpfte er aus seiner Kleidung und stellte sich zu ihr unter die Dusche. Fürsorglich seifte er zuerst ihren Körper und anschließend ihre Haare ein. Zärtlich massierte er ihre Kopfhaut und wusch ihr das Shampoo anschließend vorsichtig aus. Diesen Vorgang wiederholte er solange, bis sich das Wasser, das durch ihr langes Haar rann, nicht mehr rot verfärbte. Dabei sprach er immer wieder sanfte beruhigende Worte. Besorgt beobachtete er Alleysons Gesichtszüge.

Noch immer hatte sie sich keinen Millimeter bewegt, kein Wort gesagt. Als Brian jedoch gerade das Wasser abstellen wollte, begann Alleyson zu weinen. Die Tränen strömten über ihre Wangen, doch Brian war unglaublich erleichtert. Dies war eine normale und richtige Reaktion. Tränen waren gut. Aufatmend zog er Alley in seine Arme und ließ das warme Wasser weiter von oben auf ihre Schultern laufen.

Einige Minuten standen sie engumschlungen in der kleinen Dusche, dann stellte sich Alleyson plötzlich auf die Zehenspitzen und küsste Brian. Vorsichtig zuerst, doch dann presste sie ihre Lippen heftiger auf seine. Hart forderte sie eine Reaktion Brians.

Zuerst war er überrascht, doch dann gab er ihr, was sie ganz offensichtlich suchte. Aus eigener Erfahrung kannte Brian die Reaktionen des Körpers nur zu gut, wenn das Adrenalin die Adern verließ.

Alleyson wollte das Leben fühlen. Sie wollte keinen Austausch von liebevollen Zärtlichkeiten. Sie wollte schnellen harten Sex und Brian war bereit, ihr genau das zu geben.

Fest zog er sie mit einem Arm an seinen Körper, damit sie den Puls in seinem harten, steifen Glied spüren konnte. Seine zweite Hand hielt ihren Hinterkopf, sodass seine Zunge in ihrem Mund perfekt spielen konnte. Fordernd stieß er seine Zunge immer wieder zwischen ihren Zähnen hindurch.

Alleysons Atem wurde schneller und ein Stöhnen drang aus ihren Lippen. Obwohl kein Blatt zwischen sie und Brian passte, hatte sie das Gefühl, dass er immer noch zu weit weg war. Fest presste sie ihre Brüste an seinen Oberkörper, doch es reichte nicht. Ihre Brustwarzen schrien nach harter Berührung.

Brian schien ihre Gedanken gelesen zu haben, denn seine Hand wanderte an ihren linken Busen. Gleichzeitig senkte er seinen Kopf und umschloss die rechte Brustwarze mit seinen Lippen. Hungrig saugte er und katapultierte sich selbst damit in Sekundenschnelle an den Abgrund.

Ein Blick in Alleysons glasige Augen genügte ihm. Längst war sie bereit für ihn. Als ob sie eine Feder wäre, hob er sie auf seine Hüften und presste ihren Rücken an die Wand der Dusche.

„Okay?“, vergewisserte er sich noch einmal.

„Mach! Bitte", antwortete sie und stöhnte laut, als Brian mit einem harten Stoß tief in sie eindrang. Binnen weniger Sekunden spürte er, wie ihre Muskeln um sein Glied kontrahierten. Noch einmal stieß er in sie hinein, bevor er sich schließlich in ihr ergoss.

Atemlos sank er mit ihr zu Boden. Heftige Schluchzer schüttelten ihren zarten Körper, doch Brian hielt sie fest in seinen Armen. Erst als sie sich beruhigt hatte, stellte er das Wasser ab und reichte ihr ein Handtuch. Wortlos trockneten sie sich ab und zogen sich wieder an.

„Danke", sagte Alleyson schließlich und sah verlegen zu Brian hinüber, der sie aufmunternd anlächelte.

Behutsam nahm er ihr das Handtuch aus der Hand und trocknete ihre Haare. Nur allzu gut wusste er, dass der Akt in der Dusche nicht das Geringste mit Liebe zu tun gehabt hatte.

Die Zukunft würde zeigen, was Alleyson wirklich für ihn empfand. Auch wenn es ihm noch so schwer fiel, er würde ihr Zeit geben müssen, sich ihrer Gefühle bewusst zu werden und es war ihm klar, dass Alleyson zuvor noch eine ganze Reihe anderer Emotionen verarbeiten musste.

Allerdings konnte er ihr noch einmal sagen, was er für sie empfand. Tief blickte er in ihre grünen Augen. „Ich liebe Dich, Alley."

EPILOG

Geräuschlos betrat Alleyson den Raum, der früher Brians und Aarons Zimmer gewesen war. Ganz offensichtlich hatten die Taylors hier nichts verändert. An beiden Längswänden standen jeweils ein Bett und ein Schreibtisch. Die Wände darüber zierten Poster von Football- und Basketballspielern. Das Herzstück des Zimmers war jedoch zweifellos ein riesiger Tischkicker. Problemlos konnte sich Alleyson vorstellen, wie die beiden Teenager hier lauthals ihre Partien ausgefochten hatten.

An der Stirnwand gegenüber der Zimmertür stand Brian und blickte gedankenverloren aus dem großen Panoramafenster. Als Alleyson näher trat, sah sie, dass er ein Bild in Händen hielt, das ihn und Aaron Arm in Arm glücklich lächelnd in schmutziger Footballkleidung zeigte. Sie konnte sich gut vorstellen, was er beim Anblick des Fotos empfand. Wie sehr wünschte sie, sie könnte seinen Schmerz lindern.

Vor drei Stunden hatten sie Marlene neben Aaron beerdigt, und Alleyson hoffte inständig, dass sie dort in Frieden ruhen würde. Es war eine große Beerdigung gewesen. Die ganze Belegschaft war anwesend gewesen sowie viele Freunde von Alex, Cleo und Brian. Noch immer standen mehr als fünfzig Gäste unten im Garten zusammen und erzählten von alten Zeiten. Von Zeiten als Aaron und Marlene ein glückliches Paar gewesen waren und von Zeiten, in denen Aaron und Brian nur Flausen im Kopf gehabt und die Nachbarschaft unsicher gemacht hatten.

Vor einer halben Stunde hatte Brian ihr plötzlich einen Kuss auf die Haare gedrückt und sich mit den flüsternden Worten ‚Ich bin gleich wieder zurück.' verabschiedet. Alleyson hatte gut verstehen können, dass ihm die Menschen in jenem Moment zu viel gewesen waren. Daher hatte sie nur genickt und war ihm mit den Augen gefolgt, als er die Treppe nach oben gestiegen war.

Seit Brian sie vor sechs Tagen aus Jacob Gabriels Fängen gerettet hatte, war er keine Minute von Alleysons Seite gewichen. Er hatte alle Hebel in Bewegung gesetzt, dass sie die Ereignisse in seinem Haus hatte zu Protokoll geben können und sie war dankbar dafür gewesen, nicht stundenlang in einem kalten unpersönlichen Verhörzimmer der örtlichen Polizei sitzen zu müssen.

Er hatte sich nach einem der besten Psychotherapeuten erkundigt und sie zu den ersten beiden Terminen begleitet. Nachts hielt er sie in seinen Armen und beruhigte sie, wenn die Albträume sie quälten. Tagsüber verwöhnte er sie mit wunderschönen gemeinsamen Aktivitäten, die eine himmlische Ruhe ausstrahlten. Erst gestern hatte er einen langen, ruhigen Strandspaziergang an einem der schönsten Strände der Gegend vorgeschlagen, der in einem romantischen Restaurant am Meer geendet hatte. Es war, als wüsste Brian ganz genau, was sie in jedem Moment brauchte.

Alleyson wusste jedoch, dass ihre gemeinsame Zeit mit Brian dem Ende zuging. Schon übermorgen würde er nach Houston zurückkehren müssen. Seine Freistellung vom Dienst konnte schließlich nicht ewig dauern. Dann würde sie seine Villa verlassen und in ihr Haus zurückkehren müssen. Dabei ahnte sie schon, dass sie sich dort mit einem Male sehr einsam fühlen würde. Brian würde ihr fehlen.

Bisher hatten sie beide einfach in den Tag hinein gelebt und Alleyson hatte nicht den Mut gehabt zu fragen, welche Pläne Brian für die Zukunft hatte und ob sie darin eine Rolle spielte. Zwar hatte er ihr nach der gemeinsamen Dusche gesagt, dass er sie liebe, doch hatte er diese Worte in den Tagen danach nicht mehr wiederholt und Alley machte sich nichts vor. Es war damals eine extrem emotionale Situation gewesen, in der Worte nicht die Bedeutung haben mussten, die ihnen unter normalen Umständen beigemessen werden konnte.

Vielleicht waren seine Gefühle ihr gegenüber generell mehr durch die Geschehnisse der letzten Zeit beeinflusst worden. Zu leicht ließ sich Zuneigung in Kombination mit einem ausgeprägten Beschützerinstinkt mit Liebe verwechseln.

Für den nicht unwahrscheinlichen Fall, dass sich ihre Wege bald trennen würden, hatte Alleyson daher für sich beschlossen, dankbar zu sein für die Zeit, die sie mit Brian gehabt hatte. Auf keinen Fall würde sie ihn spüren lassen, wie sehr ihr Herz schmerzte, wenn sie ihn ziehen lassen musste.

Sanft legte sie eine Hand auf Brians Arm. „Ein Teil von ihm wird immer bei dir sein", flüsterte sie.

„Ja", brachte Brian mit rauer Stimme hervor. „Das wird es."

Vorsichtig stellte er das Foto auf einer Kommode ab und drehte sich zu ihr herum. Seine Arme umschlangen sie und er drückte sie fest an seine Brust. Schließlich küsste er ihre Stirn. „Seit Aarons Unfall bin ich heute zum ersten Mal hier oben."

Behutsam legte Alley eine Hand an seine Wange und sein Blick suchte ihre Augen.

Zaghaft lächelte er. „Soll ich dir etwas verraten? Es tut nicht mehr weh. Natürlich fehlt er mir nach wie vor. Aber als ich eben dieses Bild in Händen hielt, erinnerte ich mich an jenen Nachmittag, als das Foto aufgenommen wurde. Wir beide waren so glücklich gewesen, fühlten uns unbesiegbar nach einem knappen Footballspiel, das unsere Mannschaft nur gewonnen hatte, weil Aaron und ich in der letzten Sekunde die entscheidenden Punkte gemeinsam geholt hatten. Zum ersten Mal habe ich an Aaron gedacht, ohne diese ohnmächtige Wut im Bauch über die Ungerechtigkeit, dass er so früh gehen musste. Verstehst du, was ich meine?"

Alleyson nickte. „Das ist gut."

„Ja, das ist es", flüsterte Brian und eine Weile standen sie schweigend nebeneinander. „Alley?" Schüchtern sah er sie an, während er sie auf sein früheres Bett zog und sich neben sie setzte.

Noch immer hielt er ihre Hand, doch seine Augen schauten so unsicher, dass Alleysons Herz erneut anfing zu pochen. Intuitiv spürte sie, dass Brian seine nächsten Worte nicht leicht fielen. Würde er ihre Beziehung jetzt und hier beenden?

„Ich muss mit dir reden", sprach Brian ernst und schloss einen Moment seine Augen.

Mit aller Kraft versuchte Alleyson ihr Herz vor Brians nächsten Worten zu schützen, doch insgeheim wusste sie, dass es gleich in tausend Teile zerbrechen würde. Allerdings hatte sie sich geschworen, nicht vor ihm zusammenzubrechen. Im Moment wusste sie zwar noch nicht, wie ihr das gelingen sollte, doch irgendwie würde sie es schaffen.

„Alley", begann Brian und sah sie ernst an, „jahrelang bin ich nur als halber Mensch durch die Gegend gelaufen. Ich habe mit dem Schicksal gehadert, dass es mir erst meine Eltern und dann Aaron genommen hat. Seitdem ich aber dich kenne, habe ich erstmals seit drei Jahren wieder das Gefühl, dass ich ein ganzer Mensch bin."

Alley schluckte, während sie darauf wartete, dass Brian seine nächsten Worte aussprach, die in Kurzfassung ‚Vielen Dank' und ‚Auf Wiedersehen' lauten würden.

„In den letzten Tagen habe ich viel über uns beide nachgedacht. Ich glaube, du machst dir keine Vorstellung, was ich durchlitten habe, als ich Gabriels Stimme durchs Telefon gehört habe. Als ich wusste, dass er dich in seiner Gewalt hat, bin ich um Jahre gealtert. Die Angst, dich zu verlieren, hat mich beinahe umgebracht."

Tief atmete Brian ein, bevor er weitersprach. „Was ich eigentlich sagen möchte ist, dass mir in den letzten Tagen bewusst geworden ist, wie viel ich für dich empfinde. Dabei beruhen meine Gefühle nicht auf den Gefahren, die wir gemeinsam durchlebt haben. Sie gehen tiefer. Viel tiefer. Alley, ich liebe dich von ganzem Herzen. Noch nie habe ich eine solche Liebe für einen Menschen empfunden und eigentlich sollte es mir Angst machen. Wundersamer Weise tut es das aber nicht. Mit absoluter Sicherheit weiß ich, dass ich den Rest meines Lebens mit dir verbringen möchte. Das Einzige, was mir Angst macht, ist die Sorge, dass du das vielleicht nicht willst."

Beklommen beobachtete er Alleysons Blick, den langsam ein einzigartiges Leuchten erhellte, das ihm Hoffnung gab. Spontan beschloss Brian alles auf eine Karte zu setzen. Ohne darüber nachzudenken, rutschte er von der Bettkante herunter und kniete sich mit einem Bein vor ihr auf den Boden. „Möchtest du meine Frau werden, Alleyson?"

Wild schlug Brians Herz in seinem Brustkorb, während er auf ihre Antwort wartete. Erwartungsvoll sah er in ihre Augen, aus denen sich zwei Tränen lösten. Mit zitternder Hand fing er diese mit dem Daumen auf. Hatte er ihren Blick etwa missgedeutet? War er zu schnell gewesen? Doch ihre Augen blickten nicht traurig. Sie glänzten noch immer.

„Ich kann dir nicht versprechen, dass das Leben mit mir immer einfach ist. Mein Beruf verlangt eine Menge Einsatz über die üblichen Acht-Stunden-Dienste hinaus, aber ich verspreche dir, dass du immer das Wichtigste in meinem Leben sein wirst. Ich werde dich lieben und alles dafür tun, dass du glücklich bist. Möchtest du den Rest deines Lebens mit mir verbringen, Alley?"

„Ja", flüsterte Alleyson. „Ja, das will ich."

Glückstrahlend zog Brian seine Braut zu sich hinunter auf seinen Schoß und küsste sie zärtlich. Dabei sendete er in Gedanken ein großes Dankesgebet in den Himmel hinauf.

„Wo wollt ihr leben?“, erkundigte sich Cleo, nachdem sie und Alex ihrem Neffen und Alleyson herzlich gratuliert hatten. Es war ihnen anzusehen, dass sie sich von ganzem Herzen für das junge Paar freuten. Nach den ganzen Grauen der vergangenen Tage waren sie alle mehr als bereit für gute Nachrichten.

„Ehrlich gesagt, haben wir noch nicht abschließend darüber nachgedacht”, gestand Brian.

„Vielleicht kann ich euch einen Vorschlag machen?“, bot Alex an und sprach weiter, als er Brians einladenden Blick sah. „Um ehrlich zu sein, habe ich ein paar Tage gebraucht, um alles Geschehene überhaupt vollständig begreifen zu können. Eines jedoch war mir sofort klar: Es muss einige Veränderungen im Unternehmen geben. Noch ist keine meiner Ideen wirklich ausgegoren, aber vielleicht können wir die ein oder andere gemeinsam weiterspinnen. Weißt Du, Alleyson, was ich mich schon immer gefragt habe?“, wandte er sich an die junge Frau.

„Nein, was?“, schüttelte Alleyson ihren Kopf.

„Möchtest du nicht eine eigene Kollektion haben?“

Alleysons Augen weiteten sich vor Schreck. „Du willst mich entlassen?“

„Himmel, nein! Ich bin doch nicht wahnsinnig”, korrigierte Alex sie sofort. „Allerdings fände ich es nicht verkehrt, im Hause Taylor eine junge, freche Modelinie zu haben. Nicht billig, versteh mich nicht falsch. Sie soll sich abheben von der Teeniemode, die ansonsten auf dem Markt zu finden ist. Als Zielgruppe stelle ich mir späte Teens und junge Twens vor, deren Eltern und sie selbst Spaß daran haben, Geld für qualitativ hochwertige Designerkleidung auszugeben. Diese Linie soll den gleichen Ansprüchen genügen wie ‚Alex Taylor’, jedoch cooler und vielleicht sogar etwas rockig sein.“

Alex und Brian lächelten sich zufrieden an. Es war unübersehbar, dass Alleysons Gehirn bereits dabei war, erste Stücke zu entwerfen. Ihre Augen leuchteten wie die glänzendsten Kristalle eines Kronleuchters.

„Ich habe auch schon einen Namen“, fuhr Alex fort. „Also, ich meine, er ist noch nicht endgültig. Letztlich ist es selbstverständlich deine Entscheidung, aber ich dachte mir, Belanna' wäre wunderbar passend. Was meinst du?"

Ungläubig starrte Alleyson ihren Chef an. Schließlich sah sie zu Cleo und Brian hinüber.

„Also, wenn du mich fragst, ich finde ‚Belanna' großartig", bestätigte Brian und auch Cleo nickte.

„Ja, ich glaube, das wäre schön", flüsterte Alleyson ergriffen und wie so oft in den letzten Tagen, füllten sich auch jetzt wieder ihre Augen mit Tränen. Die Zuneigung, die ihr von allen Seiten entgegen gebracht wurde, war einfach unbeschreiblich.

„Prima. Dann hätten wir das schon mal", klatschte Alex erfreut in die Hände. „Dann habe ich weiter überlegt, dass wir, wenn wir schon eine neue Marke unter unserem Dach kreieren, auch gleich der Abendlinie ein neues Marketing verpassen sollten, vor allem wenn wir die Galakleider zukünftig in Kombination mit deinen Dessous herausbringen. Im Grunde finde ich, dass sie ohnehin ein wenig mehr Pep vertragen könnte. Wie wäre es, wenn wir auch hier eine eigene Linie daraus machen. Cleo ist übrigens der Ansicht, dass der Name ‚Filine' genau das Image trifft, das ich mir vorstelle."

Eine riesige Emotionswelle durchlief Alleysons Körper. Fest presste sie die Hände in ihrem Schoß ineinander, damit niemand ihr Zittern bemerkte. Doch Brian spürte ihre Erregung und legte ihr liebevoll einen Arm um die Schultern. Mit seiner anderen Hand umfasste er ihre Hände.

Leise sagte er: „Es ist deine Entscheidung, Liebes. Niemand ist dir böse, wenn du lieber einen Namen wählst, der nicht so persönlich mit dir verbunden ist."

Langsam schüttelte Alleyson ihren Kopf. „Nein, das ist es nicht. Ich bin nur so überwältigt. Alex, das ist so wahnsinnig lieb von dir", wandte sie sich an ihren Chef, der in wenigen Wochen quasi die Rolle ihres Schwiegervaters einnehmen würde. „Du solltest aber keine geschäftlichen Entscheidungen aufgrund emotionaler Bindungen treffen."

„Das tue ich nicht, Alley, glaube mir. Im Grunde ist es sogar sehr egoistisch von mir. Mit der ganzen Presse, die wir zuletzt hatten, könnten wir keine besseren Namen finden. Aber Brian hat völlig recht: es ist einzig und allein deine Entscheidung."

Einen Moment überlegte Alleyson, doch Alex' Worte waren alle richtig. Beide Marken würden kein großes Einführungsbudget benötigen. Die Namen würden für sich sprechen und die Zeitungen würden sich darauf stürzen, sobald sie veröffentlicht werden würden. In den letzten Tagen hatten alle Medien von dem Blutbad im Unternehmen Taylor berichtet. Dabei war natürlich ihre eigene Vergangenheit nicht lange geheim geblieben.

Sobald der erste Nachrichtensender die Verbindung zu Filine Young hergestellt hatte, waren alle Journalisten und Reporter sensationslustig darauf gestürzt. Ausnahmslos hatten jedoch alle Artikel Alleysons Leistung herausgestellt. Jeder bewunderte, was sie nach der Tragödie vor acht Jahren aus ihrem Leben gemacht hatte.

Alleyson selbst war dies eher unangenehm. Sie empfand sich nicht als stark und schon gar nicht als Heldin. Dafür erinnerte sie sich an zu viele Tage, in denen sie nichts auf die Reihe bekommen hatte. Dunkle Tage, in denen sie es nicht geschafft hatte, auch nur aufzustehen. Sie erinnerte sich an Tage der Angst und an Reaktionen ihres Körpers, die sie nicht hatte kontrollieren können. Doch Brian hatte recht, wenn er sagte, dass am Ende nur das Ergebnis zählte. Sie hatte es geschafft.

Heute saß sie im Wohnzimmer von Alex und Cleo Taylor an der Seite eines traumhaften Mannes, der sie über alles liebte und ihr heimlicher Traum einer eigenen Kollektion, die ihren Namen tragen würde, sollte Wirklichkeit werden.

„Ich denke, Belanna wäre furchtbar stolz, wenn ihr Name Pate für die neue junge Linie stände. Und Filine", fügte sie vorsichtig hinzu, „hätte es auch gefallen."

„Das klingt nach einem Aber", befand Cleo.

„Na ja, nicht direkt. Es ist nur, ..." Zögerlich sah Alleyson von einem zum anderen.

„Sag es frei heraus, Kindchen", forderte Alex sie auf.

Einmal tief durch atmend drehte sie sich zu Brian um. „Ich weiß nicht, wie du darüber denkst. Du arbeitest in Houston und wenn ich weiter hier arbeite ..."

„... dann führen wir eine Wochenendehe", schloss Brian den Satz für sie und steckte ihr eine Haarsträhne hinter ihr Ohr. „Glaubst du wirklich, ich wollte, dass du deinen Traum für mich aufgibst? Das ist eine Riesenchance für dich."

Lächelnd beobachtete Brian, wie das Glänzen in Alleysons Augen zurückkehrte. „Außerdem", fuhr er schmunzelnd mit einem Blick zu seinem Onkel fort, „kann ich Alex nicht seiner Chefdesignerin berauben."

„Oh, Brian.“ Dankbar fiel sie ihm um den Hals und küsste ihn.

„Hm-m”, räusperte sich Alex schließlich. „Eigentlich war ich noch nicht fertig.“

„Warst du nicht?“, wunderte sich Brian.

„Nein. Ich mag ja nicht mehr der Jüngste sein, aber deswegen ist mir dennoch nicht entgangen, wie viel ihr füreinander empfindet. Ich weiß, Alley, dass die Umsetzung unserer neuen Ideen viel Arbeit für dich bedeutet. Aber mit der ganzen modernen Technik heutzutage, sollte es kein allzu großes Problem sein, einen Großteil davon auch von Zuhause aus zu erledigen. Wenn wir dir also ein Homeoffice mit den entsprechenden Verbindungen einrichten, könntest du sicherlich einen Teil der Arbeit auch von Houston aus erledigen. Vielleicht könntest du die Woche einfach teilen und beispielsweise Montag bis Mittwoch hier im Büro arbeiten, während du donnerstags und freitags in Houston bist oder umgekehrt?“

„Alex!“, sprang Brian erfreut auf. „Du bist der allerbeste Onkel, den ich habe, weißt du das?“

„Das erscheint mir bei der nicht vorhandenen Konkurrenz nicht schwer, Junge”, erklärte Alex im Aufstehen. Seine Mimik zeigte jedoch, dass er sich über das Kompliment mehr als freute. Cleo und Alleyson erhoben sich ebenfalls.

„Danke, Alex”, sprach Alleyson und auch ihr stand die Freude im Gesicht.

„Nichts zu danken”, entgegnete der Mann und zog sie in seine Arme. „Willkommen in der Familie, Alley. Und jetzt ...”, ließ er sie augenzwinkernd wieder los, „... geht endlich nach Hause. Mir scheint, Brian kann es kaum erwarten, dich ganz für sich allein zu haben.“ Bei den Worten legte Alex einen Arm um seine Frau und lachte sie schelmisch an. „Außerdem haben wir heute auch noch etwas vor, nicht wahr?“

Aus tiefem Herzen lachte Brian laut auf. „Wie recht du hast, Onkel Alex.“ Dann wandte er sich Alleyson zu. „Komm, Liebes, wir wollen hier nicht weiter stören und in der Tat kann ich es kaum erwarten, mit dir nach Hause zu kommen.“

Er wusste, in seinen Augen leuchtete ein Verlangen, von dem er sicher war, dass es auch in den nächsten hundert Jahren nicht erlöschen würde.

Neugierig auf Mitchs Story?

Leseprobe – FBI: Houston – Wer immer
Ein weiteres Buch von JESSICA WESTIN

Als Finanzinspektorin untersucht Shaleena Sanders die Arbeit von Chief Apletons Team beim FBI in Houston. Dabei wird ihr der attraktive Agent Mitch Decker als Kontakt zur Seite gestellt. Sie spürt eine starke Anziehungskraft zwischen ihnen, doch hält sie ihn aus Gründen auf Abstand, die niemand außer ihr selbst kennt. Als sich plötzlich lebensbedrohliche Unfälle in ihrem Umfeld häufen, ist sie auf Mitchs Hilfe angewiesen.

Mitch Decker fühlt sich magisch zu der faszinierenden Inspektorin hingezogen. Doch zum ersten Mal in seinem Leben muss er akzeptieren, dass ihm eine Frau nicht sofort zu Füßen liegt. Als er feststellt, dass die Unfälle in Shaleenas Umfeld Anschläge auf ihr Leben darstellen, stellt er sich der Herausforderung, sie um jeden Preis zu beschützen. Doch kann er den Täter fassen, bevor dieser endgültig sein Ziel erreicht? Und kann er Shaleena davon überzeugen, ihm zu vertrauen?

KAPITEL 1

„Ah, Mitch! Gut, dass ich Sie treffe. Ich wollte Sie ohnehin heute Morgen sprechen.“

Misstrauisch blickte Agent Mitch Decker seinen Vorgesetzten an. Wann immer Chief Apleton den Vornamen seiner Mitarbeiter benutzte, bedeutete es in der Regel nichts Gutes. Was um alles auf der Welt konnte er an diesem Montagmorgen von ihm wollen? Nach einem rauschenden Hochzeitsfest am vergangenen Samstag befand sich sein Partner auf Hochzeitsreise und vor ihm lag eine ruhige Woche. Fünf Tage, an denen er endlich seinen Schreibtisch aufräumen und all den lästigen Papierkram erledigen konnte, der viel zu lange liegen geblieben war. Zumindest war dies bislang sein Plan gewesen. Vorsichtig stellte Mitch die Kaffeekanne zurück auf die Wärmhalteplatte der Maschine und schüttete den Inhalt eines kleinen Zuckerpäckchens in die dunkle Flüssigkeit des Kaffeebechers.

„Was gibt's, Chief?“, erkundigte er sich lässig, während er seinen Kaffee mit einem Plastiklöffel umrührte. Ein tiefes Murren ließ Mitchs Augenbrauen in die Höhe schnellen. „Ärger?“

„Noch nicht. Aber er ist im Anmarsch”, brummte Joseph Apleton. Dann erklärte er: „Wir haben die FRR am Hals.“

„Wie bitte? Wen?“

„Die interne Finanz- und Ressourcenrevision.“

„So ein Mist!“

„Wem sagen Sie das? Als ob wir nicht auch so alle Hände voll zu tun hätten, Verbrechen aufzuklären. Nein, jetzt müssen wir uns auch noch mit diesen Bürokraten herumärgern, die nichts anderes zu tun haben, als Zahlen auf dem Papier hin- und herzuschieben und uns dabei vorschreiben, wie lange wir für die Bearbeitung eines Verhörs, das Verfassen eines Protokolls und das Lösen eines Falls zu brauchen haben. Dabei lässt sich die Verhaftung eines Verbrechers oder Mörders nicht in festen Zeittabellen abbilden”, regte sich Apleton auf.

„Schreibtischtäter!“, stieß Mitch Decker verächtlich aus.

Mit zusammengepressten Lippen nickte sein Chef.

Nach einer längeren Pause ergriff Mitch schließlich wieder das Wort. „Warum wollten Sie mich sprechen, Chief?“

„Nun, Mitch, die Sache ist die.“

Wieder der Vorname. Das war nicht gut, bemerkte Mitch für sich und beschloss innerlich, auf der Hut zu sein.

„Wir können diesen Inspektor nicht unbeaufsichtigt in unseren Akten wühlen lassen. Zuviel steht für uns auf dem Spiel. Sie wissen selbst, dass diese Abteilung an ihrem Limit ist. Jeder Einzelne von Ihnen macht jede Woche mehr Überstunden als am Ende des Monats auf Ihrem Gehaltszettel ausgezahlt werden. Ohne dieses persönliche Engagement wäre unsere Aufklärungsrate niemals so hoch wie sie ist. Ich habe definitiv das motivierteste und beste Team im ganzen Department. Wenn mir die FRR mein Budget aber auch nur um einen Cent kürzt, bin ich ziemlich sicher, dass es zu einem Aufstand kommt, was ich, unter uns gesagt, sogar verstehen könnte. Alles hat irgendwo seine Grenzen.“

Das ist richtig, stimmte Mitch dem Chief in Gedanken zu. Jeder von ihnen arbeitete mehr als er müsste. Dabei sprachen sie nicht von ein oder zwei Überstunden in der Woche, die nicht aufgeschrieben wurden. Viele Kollegen arbeiteten nächtelang durch, wenn es um besonders dringende Fälle ging. Keiner von ihnen zögerte auch nur einen Moment, noch ein Wochenende an eine bereits arbeitsreiche Woche dranzuhängen, wenn es die Chancen erhöhte, einen Serienmörder zu fassen, bevor dieser sein nächstes Opfer wählte.

„Ich brauche jemanden, der diesem Von-der-Praxis-keine-Ahnung-habenden-Zahlenverdreher erklärt, wie das richtige Leben funktioniert, bevor er uns alle Mittel zusammenstreicht“, fuhr Apleton fort.

Langsam dämmerte Mitch, worauf sein Chef hinauswollte. Eine Frage war an dieser Stelle überflüssig. Daher stellte er einfach fest: „Und das soll ich erledigen.“

„Brian ist im Urlaub. Sie sind die ganze Woche allein. Aber, ganz abgesehen davon, sind Sie mit Ihrer hohen Sozialkompetenz der am besten geeignete Kandidat, unseren Inspektor zu bauchpinseln. Sie können einfach mit jedem.“

„Das können Sie mir nicht antun, Chief. Bitte. Auf meinem Schreibtisch warten Berge von Protokollen darauf, von mir geschrieben zu werden.“

„Ich bin sicher, Sie schaffen das, Decker", ging Apleton über den Einwand hinweg. „Erklären Sie dem Kerl, wie wir arbeiten, wie wir vorgehen. Jammern Sie, wie viel Einsatz Sie und Ihre Kollegen jeden Tag bringen und gehen Sie mit ihm essen. Zeigen Sie ihm die Stadt. Beschäftigen Sie ihn am Abend, aber halten Sie dabei die Kosten im Rahmen. Ich will nicht, dass er denkt, wir hätten Geld übrig. Angekündigt wurde mir ein Inspektor Sanders. Ich schätze, er wird im Laufe des späteren Vormittags eintreffen."

„Chief, bitte, überlegen Sie es sich noch einmal", flehte Mitch. „Von mir aus kümmere ich mich um den Typen tagsüber im Büro. Aber verschonen Sie mich vor einem Abendprogramm. Sie wissen ganz genau, wie diese Finanzheinis ticken, geschweige denn aussehen. Wahrscheinlich hat er eine Glatze, einen dicken Bauch vom vielen Sitzen und zu wenig Sport und interessiert sich darüber hinaus für nichts anderes als langweilige Statistiken. Worüber, um alles auf der Welt, soll ich mich mit ihm unterhalten? Wir werden so viel gemeinsam haben wie eine Wanze und ein Schmetterling."

„Ich nehme an, in dieser Konstellation sind Sie der Schmetterling?", erkundigte sich in diesem Moment eine weibliche Stimme interessiert.

Erstaunt drehten sich Chief Apleton und Mitch Decker um. Vor ihnen stand eine junge Frau, die Mitch für eine Sekunde den Atem anhalten ließ. Gekleidet in einem eleganten, klassisch-geschnittenen anthrazitfarbenen Kostüm, auf dem sie eine crèmefarbene enggeschnittene Bluse trug, wirkte sie fast unnahbar.

Mitchs Blick glitt an ihren formschönen Waden hinunter zu ihren Füßen, die in farblich passenden Pumps mit schwindelerregender Absatzhöhe steckten, bevor seine Augen ihren Blick trafen. Obwohl die Frau in ihrer Gesamterscheinung eher kühl wirkte, schienen ihre dunklen schokoladenbraunen Augen amüsiert zu blitzen.

„Wissen Sie nicht, dass das Belauschen von Gesprächen verboten ist?", scherzte Mitch, nachdem er seine Stimme wiedergefunden hatte. Gleichzeitig fragte er sich, wer diese atemberaubende Schönheit war und was sie in ihrer Abteilung machte. Hatte sie sich verlaufen? Das wäre in diesem verwinkelten alten Gebäude wahrlich kein Wunder.

„Man kann es wohl schwerlich ‚belauschen' nennen, wenn sich zwei Menschen an einem öffentlichen Ort wie der Kaffeemaschine eines Großraumbüros in normaler Lautstärke miteinander unterhalten, oder?“

Einen Augenblick verharrten ihre Augen auf dem jungen Agenten, bevor sie sich dem älteren der beiden Herren zuwandte. „Chief Apleton, nehme ich an?“

Als der Mann wortlos nickte, streckte sie ihm ihre Hand entgegen. „Shaleena Sanders von der FRR.“

Für einen Moment genoss Shaleena den Schrecken der beiden Männer, der im Umkreis von drei Quadratmetern förmlich körperlich spürbar war. Dann zwinkerte sie Mitch zu.

„Mit einem Bierbauch kann ich nicht dienen, fürchte ich, und mit einer Glatze auch nicht. Was den Sport betrifft, so könnten wir uns über Football, Baseball oder diverse Kampfsportarten unterhalten, aber machen Sie sich keine Gedanken: Dazu wird es nicht kommen. Ich gedenke meine Zeit bei Ihnen so effizient wie möglich zu nutzen und auch an den Abenden zu arbeiten. Völlig unabhängig davon bin ich ebenfalls alt genug, um mich ohne einen Babysitter in der Stadt bewegen zu können.“

„Was Ihre Ängste betrifft, Chief Apleton“, warf sie ihren Blick wieder zurück auf den Vorgesetzten, „darf ich Sie daran erinnern, dass die Aufgabe der FRR darin besteht, dafür zu sorgen, dass finanzielle Mittel gerecht verteilt und verantwortungsbewusst eingesetzt werden. Das bedeutet, wir können nicht nur zukünftige Budgets verringern, sondern sie auch entsprechend erhöhen, wenn wir zu der Auffassung gelangen, dass ein Etat zu gering bemessen ist.“

„Inspektor Sanders“, räusperte sich Apleton verlegen, „es tut mir leid, dass Sie ...“

„Vergessen Sie es, Chief“, unterbrach ihn Shaleena nun kühl. „Ich bin es gewohnt, kein gerngesehener Gast zu sein. Eine Eigenschaft, die mit dem Job kommt und die man in meiner Position besser früher als später akzeptiert. Je eher wir anfangen, desto eher sind Sie mich wieder los. Ich brauche einen Zugang zu Ihren Serverdaten, Ihren Akten sowie einen Schreibtisch.“

„S...sicher“, stotterte Apleton. „Kommen Sie, ich zeige Ihnen Ihr Büro für die nächsten Tage.“

Noch nie hatte Mitch seinen Chef derart verlegen gesehen. Doch Shaleena Sanders hatte ihn ganz offensichtlich aus dem Konzept gebracht. Aber konnte er ihm das verdenken? Gedankenverloren folgte er den beiden in einigem Abstand.

Inspektor Sanders entsprach in keiner Weise seinen Erwartungen. Meine Güte, hatte er wirklich den Vergleich von einer Wanze mit einem Schmetterling ausgesprochen? Es war wohl keine Frage, wer in dieser Konstellation die Wanze sein würde.

Während er ihnen folgte, fiel Mitchs Blick auf dickes, seidig-glänzendes, mitternachtsschwarzes Haar, das der Inspektorin in sanften Wellen über die Hälfte des Rückens hinunterfiel. Reflexartig zuckte seine Hand in dem Wunsch, das Haar zu berühren. Nie in seinem Leben hatte er eine solche Fülle an dichtem Haar gesehen, das gleichzeitig so leicht und weich aussah. Wie würde es sich in seinen Fingern anfühlen? Würden seine Spitzen seinen Brustkorb kitzeln, wenn sie ihn berührten?

Stopp! Hilfe! Wie kam er bloß auf den irrsinnigen Gedanken, dieses Haar jemals auf seiner nackten Haut zu fühlen? Um den Gedanken endgültig aus seinem Gehirn zu verdrängen, schüttelte er einmal kräftig seinen Kopf.

„Alles in Ordnung, Agent?“, hörte er im gleichen Augenblick Shaleenas Stimme. Kühl blickte sie ihn musternd an.

„Selbstverständlich”, murmelte er, während er den kleinen Besprechungsraum betrat, in den Apleton sie geführt hatte.

„Gut.“ Interessiert sah sich Shaleena um, bevor sie um den Tisch herumging und ihre Computertasche auf dem Stuhl ablegte, der der Zimmertür gegenüberstand.

Inspektor Apleton stellte ihre zweite Tasche, die er netterweise für sie getragen hatte, auf den Sitzplatz daneben.

„Ich glaube, ich habe Sie noch nicht miteinander bekannt gemacht. Bitte entschuldigen Sie meine Unaufmerksamkeit. Das hier ist Agent Mitch Decker. Er wird sich um Sie kümmern und Sie mit allen nötigen Daten versorgen, die Sie benötigen. Wenden Sie sich also jederzeit vertrauensvoll an ihn, wenn Sie irgendwelche Fragen haben. Natürlich stehe auch ich Ihnen jederzeit zur Verfügung.“

„Das freut mich zu hören, Chief. Je offener unsere Zusammenarbeit verläuft, desto einfacher ist es für uns alle.“

Schweigend schloss Mitch die Bürotür hinter seinem Vorgesetzten. Zum ersten Mal in seinem Leben befand er sich in einer Situation, die er in keiner Weise einschätzen konnte. Wie würde sich die vor ihm liegende Woche entwickeln? Was war Inspektor Sanders für ein Mensch? Wie interessiert war sie wirklich an all den menschlichen Faktoren, die hinter den ganzen Zahlen und Statistiken steckten, die sie erstellen würde?

Zu unterschiedlich waren die Signale, die die Frau ausstrahlte. Zu Beginn hatte in ihren Augen ein heiteres Amüsement gestanden. Allerdings war Mitch nicht entgangen, wie schnell es einer distanzierteren professionellen Haltung gewichen war.

„Würden Sie die Türe bitte offen lassen, Agent Decker? Weit offen", hörte er Shaleenas Stimme durch den Raum dringen.

Erstaunt drehte er sich um und blickte sie an. War das ihr Ernst? Jeder von seinen Kollegen, er selbst eingeschlossen, war froh, wenn er eine Tür hinter sich schließen und damit der Geräuschkulisse des Großraumbüros zumindest für einen Moment entfliehen konnte. Egal, wie klein der dahinterliegende Raum war. Aber Inspektor Sanders wollte die Tür zu ihrem kleinen Refugium offen stehen haben? Der einzige Vorteil, den seine verdammte Abordnung an ihre Seite wahrscheinlich überhaupt bereithielt? Das konnte nicht ihr Ernst sein. Doch ganz offensichtlich war es kein Spaß gewesen.

Shaleena blickte ihm herausfordernd in die Augen und wartete auf seine Reaktion. Innerlich atmete sie erleichtert auf, als Mitch schließlich achselzuckend die Bürotür wieder öffnete. Für einen Moment hatte sie befürchtet, der Agent würde sich ihrer Bitte widersetzen.

Unauffällig musterte sie den Mann, mit dem sie die nächsten Tage würde zusammenarbeiten müssen. Sein Äußeres war attraktiv. Das musste sie zugeben. Trotz ihrer zehn Zentimeter hohen Absätze reichte sie ihm nur bis zum Kinn. Das bedeutete, er musste gut 1,90 Meter groß sein. Seine Figur wirkte jedoch alles andere als schlaksig, obwohl er kein Gramm Fett zu viel auf den Hüften hatte. Vielmehr wirkte er sportlich und ziemlich durchtrainiert.

Er trug eine lässige dunkelblaue Jeans, die direkt auf seinen Hüften saß und sich perfekt um seinen festen Po schmiegte. Darauf trug er ein blaues Hemd, das ebenfalls keinen Zweifel an seinem muskulösen Oberkörper aufkommen ließ. Ganz offensichtlich hatte Mitch Decker kein Interesse daran, zu verstecken, was er besaß.

Seine Haare waren durchgestuft, wobei ihm die untersten Spitzen bis zum Kinn reichten. Damit waren sie länger als es in seinem beruflichen Umfeld üblich war. In Kombination mit seinem Dreitagebart verlieh ihm dies eine gewisse Coolness. Die braungebrannte Haut, gepaart mit den dunkelblonden Haaren, die von helleren Strähnen durchzogen waren, spielte diesem Image ebenfalls in die Hand.

Automatisch fragte sich Shaleena, ob sich der Mann die Haare färbte, oder ob er seine Freizeit am Meer verbrachte und das Farbspiel seines Haares der Sonne und dem Salzwasser zu schulden war.

In jedem Fall aber war sich Shaleena sicher, dass die Frauen Schlange standen, um eine Verabredung mit Mitch Decker zu erhaschen. Automatisch fiel ihr Blick auf den Ringfinger seiner Hand. Kein Ring. Aber wen wunderte das? Der Mann war höchstens Anfang dreißig. Zu jung, um sich schon für ein ganzes Leben festzulegen. Zumindest, wenn man ein solches Aussehen besaß.

„Hmmhmm", räusperte sich Mitch, konnte sich aber ein Grinsen nicht verkneifen, als Shaleena leicht errötete.

Sie konnte sich nicht erinnern, wann sie das letzte Mal einen Mann derart gemustert hatte. Doch schließlich musste sie versuchen einzuschätzen, mit wem sie hier die nächsten Tage eng zusammen arbeiten würde, oder nicht? Schnell wandte sie ihre Aufmerksamkeit ihrer Tasche zu, der sie ihren Laptop entnahm.

Unverhohlen beobachtete Mitch den überraschenden Besuch von der Tür aus. Vielleicht würden die nächsten Tage doch nicht ganz uninteressant werden. Zwar hatte Inspektor Sanders Blick das unverblümte Flirtangebot gefehlt, dass er so häufig von Frauen erhielt und das mittlerweile für ihn zur Gewohnheit geworden war, doch zumindest war ihr Blick offen gewesen. Eine außergewöhnliche Wärme breitete sich um sein Herz aus. Nanu? Was war das denn?

Ein wenig tiefer in sich hineinhorchend stellte Mitch überrascht fest, dass es ihm durchaus nicht egal war, was die Frau von ihm dachte. Woher kam dieses Gefühl auf einmal?

Sicher, Shaleena Sanders war hübsch. Ausnehmend hübsch sogar. Ihre hohen Wangenknochen unterstrichen die feine Linie ihrer Nase und ihr heller Teint ließ ihre dunkelbraunen, fast schwarzen Augen noch größer und intensiver wirken. Assoziationen von feinster Zartbitterschokolade fuhren Mitch durch den Kopf und automatisch fuhr die Zunge über seine Lippen, um den süßen Geschmack zu testen. Doch natürlich schmeckte er nichts. Vielmehr wurde ihm der bittere Geschmack des abgestandenen Filterkaffees bewusst, den er immer noch im Mund hatte.

„Was ist das denn?“, erkundigte er sich neugierig, während Shaleena mit ein wenig Mühe ein größeres Etwas aus ihrer zweiten Tasche beförderte.

„Wonach sieht es Ihrer Meinung aus?“, fragte Shaleena zurück. Dabei bedachte sie ihn mit einem Blick, der seinen Geisteszustand ernsthaft anzweifelte.

„Sie haben eine Kaffeemaschine in ihrem Handgepäck?“

Nun musste Shaleena doch lächeln. Selten hatte sie einen verdutzteren Blick gesehen. „Ich verreise grundsätzlich nicht ohne meinen Kapselautomaten. Ich kann Ihnen zwar nicht sagen, in wie vielen FBI-Dezernaten ich in den letzten Jahren schon gearbeitet habe, aber ich kann Ihnen versichern, dass ich noch nie irgendwo eine vernünftige Kaffeemaschine erlebt habe. Und wenn ich mir den Inhalt Ihrer Tasse genauer ansehe, stellt Ihre Abteilung in dieser Beziehung keine Ausnahme dar.“

Suchend richtete Shaleena ihren Blick auf den Boden. Ihre Lippen verzogen sich zu einem leichten Lächeln, als sie gefunden zu haben schien, was sie gesucht hatte. Mit sicherem Griff nahm sie ihren Automaten in die Hände und trug ihn hinüber zur rechten Fensterecke, wo sie die Maschine auf der Fensterbank abstellte. Anschließend steckte sie den Stecker in die über der Fußleiste angebrachte Steckdose.

„Wenn Sie Wasser besorgen, lade ich Sie auf eine vernünftige Tasse Kaffee ein”, bot sie an.

„Wer kann dazu schon ‚Nein’ sagen?“ Grinsend ergriff Mitch den Wasserbehälter, den Shaleena ihm entgegenstreckte und verschwand.

„Fantastisch”, schwärmte Mitch fünf Minuten später, als er eine Tasse frisch gebrühten Kaffee in Händen hielt.

„Nehmen Sie bitte Platz, Agent Decker”, bat Shaleena und deutete auf einen Stuhl, der ihrem Laptop gegenüberstand. Ihr Tonfall war dabei bestenfalls als kühl zu bezeichnen. Das ‚Bitte’ in dem Satz hatte nicht mehr als eine Alibifunktion. Zumindest tat es nichts, um der Aussage etwas Wärme oder Freundlichkeit zu verleihen.

Mit einer leicht hochgezogenen Augenbraue betrachtete Mitch die Frau wieder genauer. Ihre Haltung wirkte distanziert, ihr Blick verschlossen. Offensichtlich unterschied Miss Sanders sehr deutlich zwischen Arbeitszeit und Pause.

Nachdem erneut zwei bis drei lange Sekunden verstrichen waren, folgte Mitch der Anweisung. Langsam ging er um den Tisch herum und nahm auf dem entsprechenden Stuhl Platz. Er war gewillt, Miss Sanders eine Einführungsphase zuzugestehen. Sicherlich würde sie im Laufe der nächsten Stunden und Tage auftauen, sobald sie feststellte, wie gut und sauber Chief Apleton seine Abteilung führte.

Nachdem sich auch Shaleena gesetzt hatte, schob Mitch ihr einen gelben Notizzettel über den Tisch zu. „Hier sind die Zugangscodes zu unserem Server sowie zu unserem WLAN-System. Wenn Sie möchten, kann ich den Zugang auf Ihrem Rechner so einrichten, dass sich Ihr Computer jedes Mal automatisch mit unserer Datenbank verbindet, sobald Sie die Räume betreten", bot er freundlich an.

„Danke, aber ich denke, das bekomme ich alleine hin." Mit einigen gezielten Klicks verknüpfte sie ihren Rechner mit den internen Systemen, dann schloss sie den Deckel ihres Laptops und schob diesen zur Seite.

„Nun, Agent Decker, wie wäre es, wenn Sie mir zu Beginn ein wenig aus Ihrem beruflichen Leben erzählen?", forderte Shaleena ihn auf. Dabei legte sie ihre Unterarme auf dem Tisch übereinander.

Ihre Augen trafen sich und sofort glaubte Mitch, in den Weiten des dunklen Universums zu versinken.

„Mitch", war alles, was er irgendwie aus seinem Mund hervorbrachte.

„Wie bitte?", hakte Shaleena nach, um Zeit zu gewinnen und damit die Reaktion ihres Körpers unter Kontrolle zu bekommen.

Wie konnte ein einziger Blick dieses Mannes ihr Herz derart zum Rasen bringen? Das war seit ihrer Jugend nicht mehr passiert. Das konnte auch gar nicht mehr passieren, denn ihr Herz war tot. Kalt. Leer. Shaleena schluckte und musste alle Kraft aufwenden, die sie besaß, um ihren Blick nicht abzuwenden und sich dabei gleichzeitig ihre innere Unruhe nicht anmerken zu lassen.

„Nennen Sie mich Mitch", wiederholte der Mann ihr gegenüber nun ein wenig lauter.

Shaleena nickte einmal zum Zeichen, dass sie ihn verstanden hatte. Allerdings gedachte sie nicht, seinen Vornamen zu verwenden. Schließlich war sie als Prüferin hier.

„Warum beginnen Sie nicht bei Ihren Kollegen?", forderte sie ihn auf, wobei sie auf jede Anrede verzichtete.

Mitch fiel dies ebenso auf wie ihre nicht ausgesprochene Erwiderung. Es wäre nur höflich gewesen, ihm ebenfalls die Nutzung ihres Vornamens anzubieten, doch offensichtlich hatte Miss Sanders daran kein Interesse.

Schön, dachte er sarkastisch für sich, *dann eben nicht. Wenn sie eine kalte, distanzierte Arbeitsatmosphäre bevorzugt, dann kann sie das gerne haben.* Eine innere Stimme sagte ihm jedoch, dass ihm das ganz und gar nicht gefiel. Egal, wie lange und wie oft er sich das Gegenteil einreden würde.

„Sie wollen, dass ich über meine Kollegen herziehe, Inspektor Sanders?", antwortete er verärgert.

„Nein, Agent Decker, das möchte ich nicht. Dazu habe ich Sie auch mit keinem Wort aufgefordert." Ihre Augen hatten sich mittlerweile kohlrabenschwarz verfärbt.

„Was wollen Sie dann von mir hören, Inspektor? Ich dachte, Sie überprüfen unsere Arbeit anhand abgeschlossener Fälle und erstellen damit Statistiken über Zeiten aller Art." Dabei beugte er sich ihr ein wenig provozierend über den Tisch entgegen.

Shaleenas Blick wurde kalt. „Das werde ich, Agent Decker. Keine Sorge. Es wundert mich jedoch, dass ich Ihnen erklären muss, dass hinter all den Zahlen, die ich erfassen werde, Menschen stecken. Menschen, die tagtäglich im Kampf gegen das Böse ihr Bestes geben, unabhängig von dem, was sich in ihrem Privatleben gerade abspielt. Darüber hinaus sind auch die Täter, die Sie suchen und hoffentlich immer so schnell wie möglich fassen, Menschen. Auch wenn sie sich auf der anderen Seite des Gesetzes bewegen, sind sie nicht einfach mit Einsen und Nullen zu analysieren."

Einen Moment lang starrte Mitch die Frau an. Dann atmete er hörbar aus und setzte sich wieder aufrecht hin.

Aufmerksam hatte Shaleena die Emotionen in Mitchs Gesicht beobachtet. Der Ärger war mittlerweile aus seinem Blick verschwunden. Stattdessen las sie nun Bewunderung darin. Doch wofür? Bewunderung dafür, dass sie sich für die menschliche Seite interessierte? Das war Teil ihres Jobs. Okay, vielleicht sahen das nicht all ihre Kollegen so, aber für sie war es ein wesentlicher Bestandteil ihrer Arbeit, der sich weder wegdiskutieren noch wegrationalisieren ließ.

Allerdings hatte sie ihrer Meinung nach durchaus ein wenig Bewunderung verdient. Wenngleich sie sich diese nur selbst zusprechen konnte. Es war definitiv nicht einfach gewesen, die nötige Portion Distanz zu dem Mann auf der anderen Tischseite aufrechtzuerhalten. Die Versuchung war groß gewesen, ihn mit seinem Vornamen anzusprechen und ihn damit spüren zu lassen, dass sie ihn sympathisch fand.

Glücklicherweise hatte sie der Verlockung jedoch nicht nachgegeben, sondern professionell eine deutliche Grenze zwischen ihnen gezogen, die nicht nur durch die räumliche Trennung des Tisches bestand. Zu ihrem eigenen Erstaunen stellte Shaleena fest, dass sie dies bedauerte. Bisher hatte es ihr nie etwas ausgemacht, wenn sie die Agenten, mit denen sie in der Vergangenheit zusammengearbeitet hatte, mit ihrem Titel ‚Inspektor' angeredet hatten. Im Gegenteil. Es hatte die Arbeitsatmosphäre vereinfacht. Wieso nur beschlich sie heute das Gefühl, dass es in diesem Fall genau das Gegenteil bewirkte?

„Es tut mir leid", entschuldigte sich Mitch. Dabei entspannten sich seine Gesichtszüge sichtlich. „Ich weiß nicht, was in mich gefahren ist. Wahrscheinlich habe ich einfach nicht damit gerechnet, dass Sie sich tatsächlich für die weichen Faktoren unseres Jobs interessieren."

„Schon gut. Vergessen wir das Ganze", bot Shaleena versöhnlich an. Sie hatte keine Lust, sich die Arbeit schwerer zu machen als unbedingt nötig.

Im Grunde konnte sie verstehen, dass die Leute nicht besonders erfreut über ihre Anwesenheit waren. Niemand wurde gerne kontrolliert, vor allem nicht, wenn dies unter Umständen zu massiven finanziellen Einschnitten führte. Der Mensch war nun einmal ein Gewohnheitstier und nur wenige Menschen standen Veränderungen offen gegenüber. Die meisten Leute hielten lieber an Arbeitsweisen fest, die sich über Jahre hinweg etabliert hatten, selbst wenn sie ineffizient waren oder sich mittlerweile andere Vorgehensweisen entwickelt und als effektiver herausgestellt hatten.

„Erklären Sie mir, wie Sie hier arbeiten. Wie sieht Ihre Arbeitsaufteilung aus? Wer übernimmt welche Fälle?"

Mitch nickte und überlegte einen Moment, bevor er anfing zu erläutern. „Chief Apleton führt ein Team mit achtzehn Agenten, zwei Sekretärinnen, wovon eine ausschließlich für ihn arbeitet sowie drei Telefonistinnen. Grundsätzlich kann jeder von uns in allen Fällen ermitteln. In der Praxis jedoch haben wir eigene Einsatzschwerpunkte. Drei Teams ermitteln hauptsächlich in Drogenfällen sowie Prostitution, zwei weitere in Fällen von Gewalt- und Wirtschaftsverbrechen und vier Teams beschäftigen sich mit Mord und Totschlag. Im Fall von Serienmördern können wir auf zwei Profiler zurückgreifen, die allen Einheiten im größeren Umkreis von Houston zur Verfügung stehen."

Konzentriert nickte Shaleena. „Wieso haben Sie drei Telefonistinnen? Sicherlich geben Sie während Ihren Ermittlungen doch Ihre Durchwahlnummern raus, oder nicht?"

„Das ist richtig. Allerdings sind wir oft nicht an unserem Platz. Außerdem leitet die zentrale Notrufstelle der Stadt in unsere Abteilung um, sobald dort ein Notruf für unseren Zuständigkeitsbereich eingeht. Es wäre ziemlich schlecht, wenn unser Telefon in einem solchen Fall nicht besetzt wäre, nicht wahr?"

Shaleena ging nicht auf die Provokation ein. In ihren Augen gab es andere, finanziell günstigere Möglichkeiten, doch das würde sie weder zu diesem Zeitpunkt noch mit Agent Decker diskutieren. „Wenn Ihr Telefon rund um die Uhr besetzt sein muss, gehe ich davon aus, dass sich die Damen auf drei Acht-Stunden-Schichten aufteilen."

Decker nickte zustimmend.

„Was passiert, wenn eine von ihnen krank ist oder Urlaub hat?"

„Dann springen die anderen beiden ein. In der Regel arbeitet jeder zwei Stunden länger. Für die restlichen vier Stunden wird die Leitung entweder auf die Telefonistin einer anderen Abteilung umgestellt oder auf einen Kollegen von uns, der freiwillig die Bereitschaft übernimmt."

In Gedanken machte sich Shaleena eine Notiz zu überprüfen, ob diese Stunden als Überstunden abgerechnet wurden. Doch selbst wenn dies nicht der Fall sein sollte, war dies in ihren Augen kein System, das auf Dauer bestehen bleiben konnte. Abgesehen von den finanziellen Ressourcen, die ganz sicher besser eingesetzt werden konnten, war es auch eine untragbare Belastung für die Mitarbeiter. Darüber würde sie auf jeden Fall mit Chief Apleton sprechen müssen.

„Sie arbeiten also in Zweierteams?“

„Ja. Jeder hat einen festen Partner. Einsätze werden grundsätzlich nur zu zweit gefahren.“

„Wechseln die Teams untereinander?“

„Nein. Warum sollten sie? Wir sind als Teams aufeinander eingespielt.“

„Es gibt verschiedene Argumentationsweisen für oder gegen das Rotieren von Einsatzpartnern.“

Aufmerksam musterte Mitch die Frau ihm gegenüber. Hatte sie etwa vor, völlig neue Einsatzregeln aufzustellen? Alles in ihm bäumte sich dagegen auf.

Äußerlich erinnerte ihn Shaleena an eine orientalische Mondprinzessin. Die Zartheit ihrer Gesichtszüge sowie ihrer langen schmalen Finger berührte Mitch auf eine Weise, die ihm völlig fremd war. Ihr samtschwarzes Haar, die dunklen Augen sowie ihre vollen Lippen, die sich mit Sicherheit zu einem perfekten Kussmund formen konnten, erinnerten ihn an den geheimnisvollen Orient. Dazu passte auch ihr dezentes Parfum, das sie in einen Hauch von Vanille, Amber und Moschus hüllte. Ihr Wesen hingegen wirkte kühl und unnahbar, so wie der Mond, der des Nachts von einem perfekten Sternenhimmel hinunter auf die Erde leuchtete.

Mitch konnte sich des Eindrucks nicht erwehren, dass diese Frau unverhältnismäßig hart sein konnte. Vor allem gegen sich selbst. Automatisch fragte er sich, ob sie wohl jemals richtig Spaß hatte. Konnte sie hin und wieder alle fünfe gerade sein lassen und ausgelassen feiern? Genoss sie ihre Weiblichkeit in der Freizeit? Die Frau hatte einen Körper, der jeden Mann in den Wahnsinn treiben konnte. Doch konnte sie im Bett loslassen? Konnte sie sich voller Vertrauen den Liebeskünsten eines Mannes überlassen? Oder war sie dort ein ebensolcher Kontrollfreak wie sie bisher den Anschein erweckte?

Himmel, wo war dieser Gedanke schon wieder herkommen? Unbewusst war sein Blick jedoch zurück zu ihren Fingern geglitten.

Kein Ring, stellte er erleichtert fest. Allerdings hieß das nicht, dass ihre im French-Look perfekt manikürten Nägel nicht regelmäßig den Körper eines festen Freundes, eines Lebensgefährten oder Verlobten erforschten.

Verdammt! Er musste aufhören Shaleena Sanders als weibliches Wesen zu betrachten. Schließlich war sie von der FRR und wenn er ihre Aussage soeben richtig gedeutet hatte, wollte sie hier ganz grundlegende Veränderungen einführen. Aber so einfach, wie sie sich das vorstellte, würde das nicht gehen.

Erleichtert bemerkte Mitch, wie sich langsam wütender Ärger in ihm ausbreitete. Gut. Sehr gut. Das war auf jeden Fall besser als seine erotischen Gedankengänge zuvor. Gerade wollte er ansetzen, ihr seine Meinung zu sagen, als sie ihn mit einer Handbewegung stoppte.

„Glauben Sie mir, Agent Decker, ich werde in keiner Weise in die Aufteilung Ihrer Teams eingreifen. Sie haben ein System, mit dem Sie alle einverstanden sind und das ganz offensichtlich für Sie alle sehr gut funktioniert. Ich interessiere mich lediglich dafür, wie Sie arbeiten, damit ich ein Gefühl für diese Abteilung und ihre Menschen bekomme. Entgegen Ihrer Meinung bin ich nicht Ihr Feind.“

Überrascht blickte Mitch sie an. Mit dieser Aussage hatte sie seinem Ärger jeglichen Wind aus den Segeln genommen. Woher hatte die Frau überhaupt gewusst, was er hatte sagen wollen? Konnte sie hellsehen oder war seine Mimik nicht mehr so undurchschaubar wie noch letzte Woche? Stand da ein Funken von Traurigkeit in ihrem Blick? Nein, unmöglich. Es musste ein Spiel des einfallenden Lichts gewesen sein. Shaleena Sanders wirkte ebenso emotionslos wie zuvor. Er räusperte sich.

„Das ist gut zu hören, Inspektor”, stieß er schlussendlich hervor.

Shaleena presste kurz ihre Lippen aufeinander, doch Mitch bezweifelte, dass es eine bewusste Geste gewesen war. Hatte die Verwendung ihres Titels sie getroffen? Wenn ja, so freute ihn das. Er zumindest fuhr jedes Mal innerlich zusammen, wenn sie ihn mit ‚Agent Decker’ ansprach. Andererseits war hier wohl mehr der Wunsch Vater des Gedankens. Beim besten Willen konnte sich Mitch nicht vorstellen, dass Miss Sanders anders als angemessen angesprochen werden wollte. Letztendlich waren diese Finanztypen doch alle gleich. Egal, ob männlich oder weiblich. Sie alle waren Prinzipienreiter ...

BÜCHER VON JESSICA WESTIN

Black Panther Operations

Black Panther Operations: **Skye**
Black Panther Operations: **Ash**
Black Panther Operations: **Blue** (November 2017)

FBI: Houston

FBI: Houston: **Wann immer**
FBI: Houston: **Wer immer**
FBI: Houston: **Wo immer**
FBI: Houston: **Wie immer**
FBI: Houston: **Was immer**

FBI: Chicao

Chicago Heat: **Spiel auf Herz und Tod**
Chicago Heat: **Kein Reiz ist ohne Risiko**
FBI: Chicago: **Liebe mit und ohne Leidenschaft**
FBI: Chicago: **Stumme Verbindungen**

Contact Jessica

jessica@jessicawestin.com

http://jessicawestin.de

http://www.facebook.com/jesswestin/

ÜBER DEN AUTOR

Geboren in den USA, lebt **Jessica Westin** heute mit ihrem Mann und ihren beiden Söhnen im Südwesten Deutschlands. Neben ihrer Familie sind ihre beiden großen Leidenschaften Bücher und Reisen. Beides hat sie zu ihrem Beruf gemacht. Noch immer fliegt sie einmal im Monat für eine große deutsche Airline als Flugbegleiterin um die Welt. An allen anderen Tagen erweckt sie in ihren romantischen Krimis die wunderbaren Charaktere ihrer Fantasie für ihre Leser zum Leben.

IMPRESSUM

Jessica Westin
c/o Scheer UB
Höhenweg 17a
66130 Saarbrücken

mailto: jessica@jessicawestin.com

28718633R00181

Printed in Poland
by Amazon Fulfillment
Poland Sp. z o.o., Wrocław